MIKE WALTERS

Blutiger Schnee

Buch

In Ulan-Bator, der mongolischen Hauptstadt, steht der Winter vor der Tür. Und es verspricht ein besonders harter zu werden – zumindest für Inspector Nergui, einen so unergründlichen wie brillanten Mitarbeiter des Staatssicherheitsdiensts. Denn er muss in einer mysteriösen Mordserie ermitteln, die nicht nur durch ihre Brutalität verstört. Das erste Opfer wurde geköpft und mit abgeschlagenen Händen in einer dunklen Nebenstraße gefunden. Bald werden weitere Tote entdeckt, und beim vierten Opfer handelt es sich um einen britischen Staatsbürger. Daher wird Nergui und seinem Kollegen Doripalam nun der britische Ermittler Drew McLeish zur Seite gestellt. McLeish hat größte Mühe, sich in dieser Welt zurechtzufinden, die zwischen Tradition und Moderne zerrissen ist. Rund um Ulan-Bator treffen Stammesbräuche auf westliche Einflüsse, buddhistische Klöster auf amerikanische Kaffeehausketten und Nomaden auf ausländische Investoren. Die Suche nach dem Killer führt die Ermittler von den leerstehenden Fabrikgebäuden der Stadt hinaus in die Steppe zu mongolischen Hirten und illegalen Goldsuchern bis in die faszinierende Landschaft der Wüste Gobi. Doch noch während sie ersten Hinweisen auf einen möglichen Täter nachgehen, schlägt dieser erneut zu …

Autor

Mike Walters hat in der Ölindustrie, im Bankgeschäft und für den Rundfunk gearbeitet. In den letzten zehn Jahren war er als Unternehmensberater in allen Teilen der Welt im Einsatz. »Blutiger Schnee« ist sein erster Roman aus der Serie um Inspector Nergui. Der zweite ist bei Goldmann bereits in Vorbereitung.

Mike Walters lebt mit seiner Familie in Manchester. Mehr Informationen zum Autor und zu seinen Romanen unter www.theshadowwalker.com.

Mike Walters

Blutiger Schnee

Roman

Aus dem Englischen
von Juliane Gräbener-Müller

GOLDMANN

Die Originalausgabe erschien 2006
unter dem Titel »The Shadow Walker«
bei Quercus, London.

Die Übersetzung wurde durch ein Stipendium
des Freundeskreises zur Internationalen Förderung
literarischer und wissenschaftlicher Übersetzungen e.V.
gefördert.

FSC
Mix
Produktgruppe aus vorbildlich
bewirtschafteten Wäldern und
anderen kontrollierten Herkünften

Zert.-Nr. SGS-COC-1940
www.fsc.org
© 1996 Forest Stewardship Council

Verlagsgruppe Random House FSC-DEU-0100
Das für dieses Buch verwendete FSC-zertifizierte Papier
München Super liefert Mochenwangen.

1. Auflage
Deutsche Erstveröffentlichung 2008

Umschlaggestaltung: Design Team München
Umschlagfoto: plainpicture/whatapicture
Redaktion: Martina Klüver
AB · Herstellung: Str.
Satz: deutsch-türkischer fotosatz, Berlin
Druck und Bindung: GGP Media GmbH, Pößneck
Printed in Germany
ISBN: 978-3-442-46288-9

www.goldmann-verlag.de

»Im Land der Blinden schließe selbst die Augen.«

Mongolisches Sprichwort

Das war's also. Wieder einmal abgebrannt. Bis auf den letzten *tugrik*.

Er taumelte gegen die Mauer, verlor beinahe das Gleichgewicht, richtete sich schwankend wieder auf und tappte mit unsicheren Schritten die menschenleere Straße entlang.

Wie spät war es? Bestimmt nach Mitternacht. Auf dem großen Platz hatten die Straßenlaternen noch gebrannt, doch in den schmalen Seitenstraßen war es düster. Und es war kalt. Klirrend kalt, dabei hatte der Winter gerade erst begonnen. Im letzten Spiel hatte er versucht, seinen Mantel zu verwetten – das Einzige, was ihm noch geblieben war –, aber Gott sei Dank hatten sie ihn nur ausgelacht. Sie lachten ihn meistens aus.

Er stolperte erneut, diesmal über einen unebenen Pflasterstein, und plötzlich wurde ihm übel. Er sollte damit aufhören. Mit dem Trinken. Mit dem Spielen. Wieder hatte er kein Geld mehr in der Tasche, jedenfalls bis zur nächsten Stütze, die erst in ein paar Tagen anstand. Aber was gab es denn sonst? Immer wieder leere Versprechungen. Das war die Geschichte seines Landes; jeder machte Versprechungen. Und niemand hielt sie. Wenigstens auf den billigen Wodka war Verlass.

Plötzlich blieb er stehen, ihm war schlecht und er musste dringend Wasser lassen. Die Lichter der Stadt wirbelten um ihn herum, eine schwindelerregende Wirrnis von Leuchtreklamen, die eine Zukunft verhießen, in der er keine Rolle spielte. Er trat einen Schritt zurück und versuchte, das Gleichgewicht zu halten; von der Eiseskälte taten ihm alle Knochen weh.

Wo war er? Immer noch weit, noch einen langen Fußmarsch von zu Hause weg. Er schaute sich nach einer Stelle um, wo er sich erleichtern konnte. Links von ihm zweigte eine kleine, unbeleuchtete Straße ab, undurchdringliche Schwärze nur wenige Meter abseits von der Stelle, an der er stand. Er blickte zurück. Das Zentrum der Stadt und der große Platz in der Ferne lagen verlassen da, trostlos und frostig im schwachen Schein der Straßenlaternen.

Er drehte sich um und trat vorsichtig in die unbeleuchtete Straße. Ein Rest von Anstand ließ ihn weiter in die Dunkelheit vordringen – er hatte keine Lust, zu allem Überfluss auch noch verhaftet zu werden.

Da seine Augen sich noch nicht an das Dunkel gewöhnt hatten, konnte er kaum etwas erkennen. Hohe, nackte Gebäude ragten rechts und links auf, während sich hinter ihm die Lichter der Hauptstraße verloren. Er machte noch einen Schritt vorwärts und stolperte von Neuem, nachdem sein Fuß an etwas hängen geblieben war. Etwas Schwerem, das mitten auf der Straße lag. Etwas Weichem.

Er fiel vornüber und schrammte mit Arm und Schulter über den rauen Boden; selbst in seinem trunkenen Zustand tat der Aufprall ihm weh. Keuchend drehte er sich auf den Rücken und versuchte, wieder zu Atem zu kommen. Über ihm in der schmalen Lücke zwischen den hohen Gebäuden konnte er ein funkelndes Sternenmuster sehen.

Seine Augen stellten sich allmählich auf die Dunkelheit ein und er wälzte sich auf die Seite, um zu sehen, was ihn zum Stolpern gebracht hatte. Zunächst konnte er es gar nicht erkennen. Nur ein nichtssagender, unförmiger Haufen, der sich über den gefrorenen Boden erstreckte. Mit der Zeit fand er, dass er irgendwie einer menschlichen Gestalt ähnelte, aber dann auch wieder nicht. Er rollte sich wieder auf den Rücken und versuchte, einen klaren Kopf zu bekommen, versuchte zu verstehen, was hier nicht stimmte.

Und mit einem Mal begriff er, was es war, und er fing an zu schreien, während die Übelkeit, die sich in seinem Magen breitgemacht hatte, ihn überwältigte und einen sauren Geschmack in seiner Kehle hinterließ.

Als die Polizeistreife fünfzehn Minuten später eintraf, lag er noch immer stöhnend und würgend da.

TEIL EINS

1. KAPITEL

Es war wie eins der Höllentore.

Mit rasender Geschwindigkeit fuhren sie vom Flughafen Richtung Nordosten, geradewegs auf die Stadt zu, während der Sonnenuntergang purpurrote Schatten vor ihnen auf die Straße warf. Als es zu dämmern begann und allmählich Sterne am Himmel aufgingen, wich die leere Steppe einem gewaltigen Industriekomplex, der sich zu beiden Seiten der Straße erstreckte. Endlose nackte Gebäude ragten in die dichter werdende Winterdunkelheit, dazwischen Netze aus schweren Pipelines und ein Gewirr fahler, orangefarbener Lichter. Irgendwo mittendrin loderte eine einzelne Flamme.

Nergui folgte Drews Blick. »Bergbau. Hier vor allem Kohle, aber in der Gegend gibt es auch Goldvorkommen. Ein primitives Verfahren. Bei Ihnen wäre das heute, glaube ich, gar nicht mehr erlaubt. Diese Hässlichkeit, diese Umweltverschmutzung. Aber die Sowjets haben sich über solche Dinge nicht allzu viele Gedanken gemacht. Und ich nehme an, solange wir noch irgendeine Form von Industrie haben, tun wir das wohl auch nicht. Wir haben schwere Zeiten hinter uns.« Er zuckte die Schultern und lächelte. »Ein großer Teil des Landes ist aber noch unberührt. Ich hoffe, Sie haben während Ihres Aufenthalts Gelegenheit, etwas davon zu sehen.«

»Ich weiß nicht ...«

Nergui nickte. »Natürlich, verzeihen Sie. Mord ist keine Bagatellsache. Schon gar nicht in einem Fall wie diesem. Wir werden Ihnen jegliche Unterstützung zukommen lassen. Auch wir nehmen diese Angelegenheit äußerst ernst. Ich wollte nur ein guter Gastgeber sein.«

Drew schüttelte den Kopf. »Nein, nein, schon in Ordnung. Ich möchte unbedingt etwas vom Land sehen, solange ich hier bin.«

»Ich stehe Ihnen gerne als Fremdenführer zur Verfügung, Chief Inspector.«

»Bitte nennen Sie mich Drew.«

Der Mongole nickte bedächtig. Er selbst hatte keinen Hinweis auf seinen Rang oder seine Position gegeben. Am Flughafen hatte Nergui sich Drew – einem der wenigen westlichen Passagiere in der ankommenden Maschine – lediglich mit Namen vorgestellt. In den Telefongesprächen und E-Mails, die vor Drews Ankunft hin- und hergegangen waren, hatte es den Anschein gehabt, als leite Nergui die Ermittlungen, aber ausdrücklich gesagt hatte er es nicht. Stattdessen hatte er ihm den jüngeren Doripalam als Chef der Abteilung Schwerkriminalität vorgestellt.

Es stand jedoch außer Frage, dass Nergui sich im Fond dieses Dienstwagens wohlfühlte, während Doripalam als Beifahrer neben einem schweigenden Subalternen saß, der sie über diese gesichtslose Straße in Richtung Stadtzentrum chauffierte.

Ebenfalls außer Frage stand, dass Drew weit von zu Hause weg war.

Zu Hause, das war achttausend Kilometer entfernt. Zu Hause, das war die sanfte Frische des spätherbstlichen Regens, nicht der harte Zugriff des nahenden Winters. Es war der graue Platzregen, der Drew begrüßt hatte, als er an diesem Morgen zu unchristlicher Zeit aus dem Bett gekrochen war, den regelmäßigen Atem seiner Frau und den leiseren, gleich schwingenden Atem der Kinder aus dem Nachbarzimmer im Ohr.

Der endlose Sturzbach, der dreißig Minuten später die Windschutzscheibe des Taxis hinabrann, das rhythmische Hin und Her der Scheibenwischer. Das übertrieben fröhliche Geplänkel des Fahrers, der nach dieser Fahrt Feierabend hatte und sich schon auf sein Bett freute.

Wie immer war Drew zu früh am Flughafen angekommen und musste nach dem Einchecken noch eine Ewigkeit warten; dabei versuchte er, nicht an den stundenlangen Flug zu denken, der vor ihm lag, und nicht an das, was ihn wohl am Ende der Reise erwartete. Als er das Flugzeug nach Heathrow bestieg, war er immer noch nicht richtig wach, ein willfähriger Automat, der seinen Reisepass festhielt, nach seinem hastig besorgten Visum tastete, mit seinem Packen Tickets herumspielte. Die Maschine landete zwangsläufig mit Verspätung, nachdem sie eine ganze Weile über London hatte kreisen müssen, wo sich bereits der Montagmorgenstau bildete. Am Ende wurde die Zeit so knapp, dass er quer durch das Terminal zu dem Anschlussflug der Lufthansa nach Berlin rennen musste. Als er den Gang des Flugzeugs entlangstolperte, hatten die anderen Passagiere ihn böse angeguckt; schließlich war er derjenige, der für die kurze Verspätung ihres Fluges verantwortlich war.

Das war angeblich die einfachere Route in die Mongolei. Die Alternative wäre ein Flug nach Moskau gewesen und von dort mit der Aeroflot weiter nach Ulan-Bator. Der Spezialreiseveranstalter, bei dem die Reise gebucht worden war, hatte davon abgeraten, mit Hinweis auf die regelmäßigen Verspätungen in Moskau und die notorische Unzuverlässigkeit der russischen Fluggesellschaft. Auf die Deutschen sei da mehr Verlass, hieß es, und auch der staatlichen Fluggesellschaft der Mongolei, MIAT, sei daran gelegen, Touristen und deren Devisen schnell ins Land zu bringen.

Der Rat erwies sich als vernünftig. Das Flugzeug landete

pünktlich in Berlin, und der Transfer am Flughafen Tegel verlief ziemlich glatt. Zwei Stunden später saß er in der einzigen Boeing 737 der MIAT und fing endlich an, sich zu entspannen. Diese Maschine startete ebenfalls planmäßig, und der Service war gut, wenn auch, nach europäischem Verständnis, in Stil und Verpflegung etwas ausgefallen. Das Essen an Bord bestand aus nichts als einer Auswahl an Fleisch – gepökelt, gebraten oder gekocht –, begleitet von einem scheinbar nicht enden wollenden Nachschub an mongolischen Miniatur-Wodkas. Drew trank zwei davon und genoss angesichts der Tatsache, dass der schwierigste Teil der Reise vorbei war, mit zunehmendem Wohlbehagen dessen Wärme und pfeffrigen Geschmack. Drei Wodka erschienen ihm allerdings zu viel für den frühen Nachmittag, und er steckte sich die letzte kleine Flasche als Souvenir in die Tasche. Sein Nachbar, ein Mongole mittleren Alters in einem gepflegt aussehenden schwarzen Straßenanzug, lächelte ihn an und prostete ihm mit seinem Wodkaglas schweigend zu.

Unerwarteterweise – für Drew jedenfalls – hatte es in Irkutsk an der russischen Grenze eine Zwischenlandung zum Auftanken gegeben. Das Flugzeug kreiste über der gewaltigen weißen Fläche des Baikalsees, um den sich die dunklen sibirischen Wälder erstreckten. Wieder mussten sie Schlange stehen, um Pässe und Visa zu zeigen, und ein Beamter mit unbeweglicher Miene warf einen argwöhnischen Blick auf Drews Papiere.

»Polizei?«, sagte er schließlich auf Englisch mit starkem Akzent.

Drew nickte und holte tief Luft, um irgendeine Art von Erklärung loszulassen. Er hatte zwar das offizielle Einladungsschreiben der mongolischen Regierung in der Tasche, wusste aber nicht, wie viel das auf dieser Seite der Grenze zählen würde. Doch nach einer längeren Pause hatte der Mann nur genickt, dünn gelächelt und »Viel Glück« gesagt. Drew vermutete, dass das die einzigen englischen Wörter waren, die er kannte.

Umgeben von billigem Kiefernfurnier und riesigen, schmierigen Glasfenstern, hatten Drew und die anderen Passagiere in dem leeren Flughafengebäude gesessen und starken Kaffee von der einfach ausgestatteten Bar getrunken. Einmal hatte sich Drew, um Luft zu schnappen, zu der Gruppe von Rauchern auf dem kleinen hölzernen Balkon mit Blick über die Wälder und den See gesellt. Wenngleich noch heller Nachmittag, war es schneidend kalt gewesen, der russische Winter zeigte sich bereits von seiner frostigen Seite. Drew hatte so lange dort ausgeharrt, wie er konnte, die eisige Luft scharf in seiner Lunge, und auf die dichten sibirischen Wälder hinausgeschaut, schwarze Bäume vor einem tiefblauen Himmel, eine totenstille Landschaft. In dem Augenblick hatte er das Gefühl gehabt, am Rand der Welt zu stehen, ohne im Entferntesten zu wissen, was sich jenseits davon befinden mochte.

Minuten später wurden sie wieder zum Flugzeug gebracht. Auf dem Rückweg über das Rollfeld schaute sich Drew die Mitreisenden um ihn herum an. Die meisten waren zwar Mongolen mit den charakteristischen groben Gesichtszügen und der dunklen Haut, aber vereinzelt gab es auch westliche Fluggäste und einige, die Drew für Chinesen hielt. Die meisten hatten westliche Kleidung an – Anzug, Jeans, Sweatshirt –, zwei ältere Männer trugen schwere, in dunklen Farben gehaltene Mäntel mit um die Hüften gebundenen, leuchtend gemusterten Schärpen.

Im Anflug auf Ulan-Bator ging das Flugzeug später über der Steppe in die Kurve und bog dann scharf in Richtung Flughafen ein. Die Sonne stand tief am wolkenlosen Himmel und warf lange Schatten über die endlosen grünen Ebenen. Selbst die Umrisse der Hügel waren hier anders – sanfter, runder, unverwechselbar asiatisch. Als die Maschine an Höhe verlor, entdeckte Drew in verblüffender Nähe zur Landebahn vereinzelte Nomadenlager, runde graue Zelte, in traditionelle Gewänder gehüllte Gestalten, angepflockte Pferde, Schaf- und Hornviehherden.

Das war ein unerwarteter Anblick gewesen, aber so lebten die Menschen hier. Die Bevölkerungsdichte war gering – kaum mehr als ein Einwohner pro Quadratkilometer – und die Hälfte von ihnen wohnte immer noch in den traditionellen, *ger* genannten Jurten. Die Hälfte davon waren nach wie vor Nomaden, die ihre Herden hüteten, mit den Jahreszeiten weiterzogen und die großen Schwankungen eines extrem kontinentalen Klimas meisterten. Es war ein über tausend Jahre unverändert gebliebener, einfacher Lebensstil. Und im Laufe des vergangenen Jahrzehnts hatten Arbeitslosigkeit und Armut eine wachsende Zahl von Menschen wieder hinaus in die Steppen getrieben, wo sie darum kämpften, dem unwirtlichen Grasland eine Existenz abzuringen.

Minuten später landete das Flugzeug und vor ihm lagen, so unpassend, als gehörten sie zu einer völlig anderen Zeit, die Reihen von Landefeuern, die Pass- und Zollkontrolle, das Gepäckkarussell, das zu Drews gelindem Erstaunen sehr schnell das Gepäck ausspuckte, das er Stunden zuvor eingecheckt hatte. Um ihn herum das anonyme grelle Licht und geschäftige Treiben einer schäbigen Abfertigungshalle, die überall in der Welt hätte stehen können.

»Drew«, sagte Nergui. »Drew McLeish. Ein schottischer Name, nicht wahr?«

Drew schaute zu der kräftig gebauten Gestalt neben ihm hinüber. »Mein Vater war aus Glasgow. Aber meine Familie zog nach Manchester, als ich noch klein war, deshalb habe ich den Akzent schon vor langer Zeit verloren. Kennen Sie Großbritannien?«

Nergui nickte. »Ich habe ein Jahr dort gelebt. Während des Studiums.«

»Ihr Englisch ist ausgezeichnet.«

»Danke. Ich war auch für ein paar Jahre in den Vereinigten Staaten, deshalb benutze ich für Bürgersteig und Aufzug andere Wörter als Sie.« Nergui lachte. »Aber England hat mir gefallen. Ein wunderschönes Land.«

»Wir haben auch hässliche Dinge und Umweltverschmutzung«, sagte Drew. »Aber manche Ecken sind wirklich schön.«

»Wir werden Ihnen einige der Sehenswürdigkeiten unseres Landes zeigen, solange Sie hier sind.« Der Mongole hielt inne. »Es ist gut, dass Sie hergekommen sind. Wir werden alles an Unterstützung und Rat brauchen, was Sie uns geben können. Ich fürchte, Sie werden uns für ziemliche Amateure halten.«

Das erschien Drew unwahrscheinlich. Der hiesigen Polizei mochte es zwar an Mitteln und Erfahrung mangeln, aber schon bei ihrem ersten kurzen Zusammentreffen war Drew klar geworden, dass Nergui und Doripalam alles andere als Amateure waren. »Ich weiß nicht, ob ich Ihnen viel werde helfen können«, sagte er. »Aber ich werde Sie unterstützen, wo immer ich kann.«

»Diese Art Verbrechen ist neu für uns, Chief Inspector. Verzeihung – Drew.« Er sprach den Namen, als probierte er ihn aus, schien aber mit dem Ergebnis zufrieden.

Drew zuckte die Schultern. »Zum Glück«, sagte er, »hat keiner von uns sehr oft mit derartigen Verbrechen zu tun.«

Das war nur allzu wahr. So sollte Kriminalität eigentlich nicht sein, nicht in der Mongolei. Verbrechen konnten hier durchaus brutal und manchmal kompliziert sein – das waren die Fälle, in denen Nergui jetzt für gewöhnlich hinzugezogen wurde –, aber meistens waren es banale Sachen. Erst vor wenigen Tagen hatte Nergui in der Zeitung gelesen, dass in der Mongolei das bei Weitem am häufigsten begangene Verbrechen der Viehdiebstahl war. Ein paar Monate zuvor war einem englischen Journalisten von einem Mann auf einem Pferd das Fahrrad gestohlen worden, obwohl Nergui völlig schleierhaft war, wie das vor sich gegangen sein sollte. Und dann war da die allgegenwärtige Trunksucht, die zunahm, wenn die Nächte länger wurden und die Temperatur sank, und die bei der wachsenden Zahl von Menschen ohne Arbeit und ohne Zukunftsaussichten massiv um sich griff. In der Hauptstadt stieg die Zahl der Alkohol- und Drogenabhängigen von Monat zu Monat.

Aber selbst in diesen düsteren Zeiten kannte man diese Art von Verbrechen nicht.

Als sie die erste Leiche fanden, war niemand überrascht. Solche Dinge passierten hin und wieder. Sie waren immer passiert, auch früher, nur hatten damals die Behörden dafür gesorgt, dass nie über sie berichtet wurde. Nun, da liberalere Zeiten angebrochen waren, griffen die in Privatbesitz befindlichen Skandalblätter solche Geschichten auf und versuchten, ein bisschen Unruhe zu stiften. Derartige Vorfälle gerieten jedoch normalerweise rasch in Vergessenheit, entweder weil die Polizei sofort wusste, wer dahintersteckte, oder weil sie es wahrscheinlich nie herausfinden würde.

Die Leiche war in einer der schmalen, unbeleuchteten Seitenstraßen nahe dem Stadtzentrum gefunden worden, im Schatten einer alten Textilfabrik. Eigentlich hatte Nergui keinen Grund gehabt, sich in die Ermittlungen einzumischen, schließlich war er nun mit anderen Aufgaben betraut. Es hatte ihn aber gewurmt, dass dieser knifflige Fall so kurz nach seiner Abberufung ins Ministerium aufgetaucht war. Gelangweilt und neugierig hatte er seine neu gewonnene Befugnis dazu genutzt, eine Kopie des Tatortberichts anzufordern. Und zu seiner großen Überraschung hatte er sie umgehend und ohne weitere Fragen bekommen. Eins der kleineren Privilegien derjenigen, die nicht mehr im Polizeidienst vor Ort tätig waren.

Bei der Lektüre des umständlich formulierten Berichts wünschte Nergui sich nicht zum ersten Mal, dass Streifenpolizisten etwas länger zur Schule gingen. Aber die Grundzüge der Schilderung waren hinreichend klar. Ein einheimischer Betrunkener hatte die Leiche gefunden, als er vom Glücksspiel in einer illegalen Kneipe in den frühen Morgenstunden auf dem Weg nach Hause gewesen war.

Nergui hatte in seiner Laufbahn mehr als genug Leichen gesehen. Er konnte nur hoffen, dass der Schnaps den Schock des Mannes gemildert hatte, als ihm bewusst wurde, was da neben ihm lag. Angesichts des Erbrochenen, das auf der Leiche gelandet war, durfte man das allerdings bezweifeln. Der Rechtsmediziner, der ohnehin schon eine unangenehme Aufgabe vor sich gehabt hatte, war über diese zusätzliche Verwischung des Beweismaterials empört gewesen. Andererseits musste Nergui, als er die Tatortfotos durchging, einräumen, dass selbst bei einer stocknüchternen Person Erbrechen eine verständliche Reaktion gewesen wäre.

Der Körper war stark verstümmelt; ihm fehlten Kopf und Hände, die an Hals und Handgelenken wie mit einer schweren, stumpfen Klinge brutal abgehackt worden waren. Die Brust wies zahlreiche Verletzungen auf, so als hätte der Mörder sich nicht mehr bremsen können und, nachdem das Leben längst aus dem Körper gewichen war, wie wild auf ihn eingestochen und dabei immer wieder die dünne Kleidung aufgeschlitzt. Von den abgetrennten Körperteilen fehlte jede Spur.

Der Rechtsmediziner war zu dem Schluss gekommen, dass

diese Verstümmelung nach dem Tod erfolgt sein musste. Todesursache war höchstwahrscheinlich Erdrosselung oder Erstickung. Andere sichtbare Hinweise gab es kaum. Die Leiche war westlich gekleidet – billige Hose, dünnes Baumwollhemd, derbes Jackett. Abgesehen von den Rissen und Blutflecken waren die Kleider sauber und sahen neu aus. Es handelte sich um Massenware, die überall gekauft worden sein konnte; allerdings war es schwer vorstellbar, dass jemand in dieser Jahreszeit freiwillig so dünn bekleidet ins Freie gegangen sein sollte. Die Taschen waren leer.

Die örtliche Polizei war bezeichnenderweise mehr oder minder zufällig auf diesen Vorfall gestoßen. Einem vorbeigehenden Streifenpolizisten, der mit seiner Taschenlampe in die Seitenstraße geleuchtet hatte, war die seltsam verdrehte Leiche aufgefallen, der bäuchlings daliegende Betrunkene. Seine erste Reaktion hatte darin bestanden, Verstärkung zu rufen und dann den immer noch würgenden Betrunkenen festzunehmen, der kaum Widerstand geleistet hatte.

Es war eine naheliegende Vermutung. Die meisten Todesfälle und Körperverletzungen in der Stadt waren das Ergebnis von Schlägereien, und immer war Alkohol mit im Spiel. Ein kurzer Blick auf die Leiche hätte jedoch genügt, um festzustellen, dass der Betrunkene eher Zeuge denn Täter war. Um die Leiche herum gab es nämlich nur wenig Blut, und es war klar, dass der Mord und die Zerstückelung woanders und einige Zeit früher stattgefunden hatten.

Außer den zusätzlichen Verletzungen wies der Fall alle Anzeichen eines professionellen Mordes auf. Die Abtrennung von Kopf und Händen sollte vermutlich die Identität des Opfers verschleiern, von den Kleidern war alles entfernt worden, was näheren Aufschluss über das Opfer hätte geben können. Die Leiche war hier hingeworfen worden, in die dunkle Gasse, aber nicht allzu weit von der Straße entfernt; ob man sie fand oder nicht, war also gleichgültig gewesen. Vielleicht waren die Entdeckung des Toten und die unweigerlich darauf folgende Berichterstattung in den Medien sogar als Warnung an irgendjemanden gedacht gewesen.

Der Mord konnte aus allen möglichen Gründen begangen worden sein. Hier wie in den meisten verarmten ehemaligen Satellitenstaaten der Sowjetunion hatten Drogen Einzug gehalten, vor allem unter den jüngeren Arbeitslosen. Es gab die üblichen Netze organisierter Kriminalität – oft mit Wurzeln jenseits der Grenzen in China und Russland, allerdings verlagerte sich das Ganze immer mehr hierher in die Hauptstadt. Die Mongolei war ein Land ohne Geld, aber mit riesigem Potenzial. Der perfekte Käufermarkt für jeden, der ein Stück vom künftigen Kuchen abbekommen wollte.

Und an einheimischer Korruption fehlte es natürlich auch nicht. Erst vor wenigen Jahren hatte der Skandal um das Mon-Macau-Casino dazu geführt, dass eine Reihe bekannter Politiker wegen des Verdachts der Bestechung vor Gericht gestellt und zu einer Gefängnisstrafe verurteilt worden war. Und dieser Fall war nur ein hervorstechendes Beispiel für ein immer schlimmer werdendes Problem – die schleichende Korruption, die mittlerweile alle Bereiche des öffentlichen Lebens erfasste. Sogar den Polizeiapparat, wie er nur allzu gut wusste.

Die Polizei würde sich den Anschein geben, zu ermitteln, dabei aber vermutlich wenig Fortschritte machen. Bei allem Entsetzen war das die Art von Verbrechen, die keine langen Ermittlungen rechtfertigen würde; die Chancen, es aufzuklären, waren zu gering, und niemand hatte ein Interesse daran, zu tief zu graben. Und selbst die aufrichtigsten Polizisten dachten vielleicht, dass das Opfer, wer immer es sein mochte, sein Schicksal vermutlich verdient hatte. Was auch Nergui nicht ausschließen wollte.

Daher hielt sich nach kurzer Aufregung in den Medien das

Interesse an diesem Fall in Grenzen. In der unbestimmten Hoffnung, es gebe einen Zusammenhang mit einem der Betrugs- oder anderen Fälle, in denen sie bereits ermittelten, behielt Nergui die Akte vorerst bei sich. Er erwartete im Grunde kein Ergebnis und tat den Mord als weiteres Werk des kriminellen Abschaums ab, der diese Stadt immer mehr heimsuchte.

Und dann, eine Woche später, fand man die zweite Leiche.

»Wie ich hörte, sind Sie eine Art Fachmann auf diesem Gebiet?«, sagte Nergui. Draußen zogen nächtliches Dunkel und flackernde Lichter vorbei, während das Auto die Randbezirke der Stadt erreichte. Die Schwerindustrieanlagen wichen endlosen Reihen nichtssagender Plattenbauten, jenem vertrauten Zeugnis hässlichen sowjetischen Pragmatismus. Die meisten sahen heruntergekommen aus, mit abblätternder Farbe und gelegentlich einem eingeschlagenen Fenster. Aber fast alle schienen bewohnt zu sein – in den Fenstern war Licht, und hier und da hingen Wäscheleinen schlaff in der kalten Abendluft.

Dann tauchte in einer Lücke zwischen den dicht gedrängten Wohnblocks unvermittelt eine weitere Gruppe von Jurten auf, ein Nomadenlager, das in der städtischen Anonymität irgendwie verloren wirkte. Drew starrte hinaus auf die ordentlichen Reihen identischer runder grauer Zelte, aus deren zentralen Schornsteinen fortwährend Rauch aufstieg. Er sah reihenweise altmodische, glänzend polierte russische Motorräder neben einem einsamen angebundenen Pferd, dessen Atem im blassen Orange der Straßenlaternen Wölkchen in die Nacht schickte. Wie um die Widersprüchlichkeit noch zu verstärken, stand eine Gruppe Jugendlicher in Jeans mit glühenden Zigaretten in den Händen schwatzend um eine einzige Straßenlaterne in der Mitte des Lagers herum, als hätte man sie aus irgendeiner westlichen Innenstadt hierhertransportiert.

Drews Blick wanderte wieder zu Nergui. Der Mongole sah ihn eindringlich an, so als könnte Drews Antwort von Bedeutung sein. Nerguis Miene blieb ausdruckslos, mit seinen flachen Gesichtszügen und seiner dunklen Haut wirkte er fast wie aus Holz geschnitzt.

»Das wäre übertrieben«, sagte Drew. »Ich hatte aber viel mit Gewaltverbrechen zu tun, Mord eingeschlossen.«

»Serienmorde?«

»Kommt drauf an, was Sie damit meinen. In einem Fall war es ein echter Psychopath. Er tötete zwei Mal, bevor wir ihn erwischten; hätten wir das nicht getan, hätte er sicher noch mehr Menschen umgebracht. Ich habe auch verschiedene Mehrfachmorde bearbeitet, aber da hatten wir es zumeist mit Auftragskillern zu tun.«

Nergui nickte. »Was auch hier der Fall sein könnte.«

»Ich möchte nicht spekulieren«, sagte Drew. »Nach allem, was ich gelesen habe, ist das Ganze einfach – nun, sonderbar. Es klingt nicht nach den willkürlichen Tötungen eines Psychopathen, ist aber auch für einen Auftragskiller recht merkwürdig.«

»Allerdings«, sagte Nergui. »Jedenfalls ist Ihre Hilfe uns sehr willkommen. Und wir werden alles in unserer Macht Stehende tun, uns zu revanchieren. Wir wissen, dass die Aufklärung dieses Falls unseren beiden Ländern ein Anliegen ist.«

In Wahrheit war überhaupt nicht klar, warum man Drew hierhergeschickt hatte. Es war nicht ungewöhnlich, dass nach einem Gewaltverbrechen an einem britischen Staatsbürger ein Ermittlungsbeamter vor Ort geschickt wurde, um mit der dortigen Polizei zusammenzuarbeiten. Allerdings war das oft kaum mehr als eine leere Geste, ein Wink an die Öffentlichkeit, dass die Sache ernst genommen wurde. Das traf vermutlich hier zu. Der brutale Mord an einem britischen Geschäftsmann in einem entlegenen und weitgehend unbekannten Land würde in der Boulevardpresse immer viel Staub aufwirbeln, auch wenn noch gar keine weiteren Einzelheiten bekannt gegeben worden waren.

Das Opfer hatte in Manchester gelebt, und Drew als einem der erfahreneren Ermittlungsbeamten hatte man die Gelegenheit geboten, diese Reise zu unternehmen. Er hätte das Angebot nur schwerlich ablehnen können, obwohl er nicht so recht wusste, was sein Beitrag zu dieser speziellen Truppe sein könnte. Die Untersuchung eines Verbrechens, selbst eines Mordes – vor allem eines Mordes – war in der Regel eine Routineangelegenheit, bei der jede Spur systematisch erforscht, jedes bisschen Information durchleuchtet wurde, bis man allmählich anfing, Verbindungen herzustellen. Es bestand kein Zweifel, dass Nergui und Doripalam diesen Aspekt der Ermittlungen sehr effektiv organisieren würden. Drew könnte vielleicht mit Kontakten in Großbritannien behilflich sein, falls sich herausstellen sollte, dass die Identität des letzten Opfers von größerer Bedeutung war, aber das war vermutlich auch schon alles.

Inzwischen hatten sie das Stadtzentrum erreicht. Die Straße verbreiterte sich zu einem hell erleuchteten Boulevard, gesäumt von einer Mischung aus staatlich wirkenden, häufig mit kommunistischen Emblemen übersäten Gebäuden und neueren Geschäfts- und Bürohäusern, von denen manche koreanische, japanische oder sogar amerikanische Firmennamen trugen, die Drew wiedererkannte. Es hätte jede osteuropäische Stadt sein können, die sich bemühte, mit dem Leben nach der Sowjetunion klarzukommen – die ersten Triebe westlichen Kapitalismus neben tristem, verwittertem Beton, schlecht erhaltenen Straßen und Straßenlaternen und schäbigen Plätzen und innerstädtischen Parks. Vertraute Logos, neonbeleuchtet auf den Dächern von Bürogebäuden, wetteiferten mit stilisierten Bildern von Soldaten und Sternen – den verblassenden Wandgemälden des Kommunismus. Und dann öffnete sich plötzlich gleich rechts davon der Blick auf ein ganz anderes, blass gegen den dunklen Himmel erleuchtetes Gebäude, das Kloster des Choijin Lama – ein Gewirr aus geschwungenen, vergoldeten Firstlinien, kupfer- und purpurroten Farben, Türmen und kurzen goldenen Turmspitzen.

Es war noch nicht spät, aber die Straßen lagen weitgehend verlassen da, bis auf einzelne vorbeifahrende Lastwagen oder Autos – zumeist altmodische ehemals sowjetische oder osteuropäische Modelle. Nergui deutete auf ein eindrucksvolles Gebäude zu ihrer Rechten. »Die britische Botschaft«, sagte er.

Drew nickte. »Der Botschafter möchte mich sehen. Ich habe einen Termin für morgen.«

»Zum Mittagessen?«

Drew lachte. »Ich glaube nicht. Ich soll um zehn dort sein. Vermutlich bin ich nicht wichtig genug, um mit dem Botschafter zu speisen.«

»Schade«, sagte Nergui, als meinte er es ernst. »Bei ihm isst man gut zu Mittag.«

Drew überlegte gerade nebenbei, wie oft dieser hochrangige Polizeibeamte wohl Grund hatte, mit dem britischen Botschafter zu Mittag zu essen, als das Auto vor dem Hotel Dschingis Khan anhielt.

Nergui deutete auf den außergewöhnlichen, hoch aufragenden Glasmonolithen in Pink und Schwarz, der inmitten der nichtssagenden Architektur sowjetischen Stils wie ein Fremdkörper wirkte. »Ich hoffe, es macht Ihnen nichts aus, hier zu wohnen«, sagte er. »Ich war mir nicht sicher, ob es nicht taktlos ist, Sie so nah beim Ort des Verbrechens unterzubringen.«

Drew zuckte die Schultern. »Wenigstens bin ich dann beim nächsten Mord gleich zur Stelle«, erwiderte er. Noch während er sprach, wurde ihm klar, dass seine Worte leichtfertig und unangemessen waren.

Doch Nergui musterte ihn gelassen. »Wir wollen doch hoffen«, sagte er, »dass Ihre Hilfe nicht vonnöten sein wird.«

2. KAPITEL

Der zweite Mord änderte zunächst kaum etwas. Die Umstände waren andere, sodass niemand die beiden Todesfälle in Verbindung brachte. Die Leiche war am frühen Morgen in einer engen Gasse hinter dem Hotel Bayangol von einer Hotelputzfrau auf dem Weg zur Arbeit gefunden worden. Die Frau wäre beinahe daran vorbeigelaufen, denn sie hatte den Toten fälschlicherweise für einen der obdachlosen Betrunkenen gehalten, die oft zusammengekauert in der spärlichen Wärme am Hintereingang des Hotels schliefen, wenn sie nicht gerade die Mülltonnen nach Küchenabfällen durchwühlten. Doch als sie näher kam, sah sie die verdrehten Gliedmaßen und die Blutspritzer in der Umgebung der Leiche. Der Mann musste aus großer Höhe heruntergestürzt sein. Ihre Schreie waren so laut, dass sie eine Gruppe von Küchenangestellten herauslockten, die am Hintereingang geraucht hatten.

Als Doripalam eine Stunde später eintraf, war die Leiche bereits fortgeschafft worden. Einer der Streifenpolizisten stand innerhalb der Polizeiabsperrung und leitete anscheinend den Einsatz. Doripalam hoffte, wenn auch ohne große Zuversicht, dass die Kollegen alles nach Vorschrift erledigt hatten. Wahrscheinlicher war jedoch, dass die Beseitigung der Schweinerei Priorität gehabt hatte.

»Was ist passiert?«, fragte er.

Der Streifenpolizist zuckte die Schultern, nachdem er Doripalams Eintreffen mit einem leicht verärgerten Blick quittiert hatte. Daran gewöhnte der Kriminalbeamte sich allmählich. Früher war er so naiv gewesen, anzunehmen, dass die Beamten der Schutzpolizei – deren beschränkte Möglichkeiten immer bis an ihre Grenzen ausgeschöpft wurden – das Einschalten der Abteilung Schwerkriminalität begrüßen würden. Jetzt begriff er, dass es in ihren Augen bloß mehr Komplikationen und mehr Arbeit verhieß.

»Wer weiß?«, antwortete der Mann. »Wahrscheinlich Selbstmord, oder ein Betrunkener, der versucht hat, sein Schlafzimmerfenster zuzumachen. Wir überprüfen gerade die Gästeliste des Hotels. Dürfte nicht mehr lange dauern.« Als er sich abwandte, hatte Doripalam das untrügliche Gefühl, weggeschickt zu werden.

Am späten Vormittag jedoch, als es in dem Fall immer noch keine Fortschritte gab, waren die Einsatzkräfte der Streifenpolizei ihrerseits weggeschickt worden und Doripalams Männer hatten die Ermittlungen übernommen. Er selbst hatte im Büro des Hotelmanagers eine provisorische Polizeidienststelle eingerichtet, wo er zusammen mit Batzorig, einem seiner jüngeren Beamten, die bisher gesammelten Informationen durchging. Weder bei der Identifizierung des Opfers noch bei der Bestimmung der Todesumstände waren sie weitergekommen. Batzorig arbeitete sich mit seiner üblichen Mischung aus Enthusiasmus und Strenge gewissenhaft durch die Aufzeichnungen. »Wie es aussieht, sind alle Gäste und das gesamte Hotelpersonal da. Wir dachten erst, einer der Nachtportiers fehlte, aber er schlief nur seinen Rausch aus.«

Doripalam schaute ihn mit hochgezogener Augenbraue an. »Seinen Rausch? Hatte er Dienst?«

»Angeblich. Ich fürchte, unsere Ermittlungen haben seine beruflichen Aussichten nicht gerade verbessert.«

Doripalam nickte. Das waren genau die Dinge, die sein Ermittlerteam so unbeliebt machten. Während der Aufklärung eines Kapitalverbrechens wurden in der Regel eine Menge banalerer Vergehen aufgedeckt. »Was wissen wir denn nun?«

»Also, wir wissen, dass das Opfer nicht aus einem Hotelzimmerfenster gefallen ist – alle Zimmer auf dieser Seite des Hotels waren entweder belegt oder verschlossen, und es gibt keinerlei Anzeichen für eine Störung. Wie es scheint, muss die Leiche vom Hoteldach gefallen sein.«

»Ist das Dach zugänglich?«

»Nicht ohne Weiteres, aber durch einen Wartungsbereich im obersten Stockwerk kommt man hinauf. Allerdings muss man den Zugang kennen – man würde nicht unbedingt darüber stolpern.«

»Es handelt sich also nicht bloß um einen Betrunkenen, der raufgestiegen ist, um sich die Sterne anzugucken, und dann einen Schritt zu viel gemacht hat?«

»Danach sieht es nicht aus. Und da er nicht im Hotel gewohnt hat, wissen wir nicht, wie oder wann er hineingekommen ist. Die Sicherheitsmaßnahmen wiederum waren nicht besonders streng. Normalerweise schließen sie die Türen um Mitternacht ab, aber falls er vorher reingekommen ist, muss man ihn nicht unbedingt gesehen haben. Wir prüfen die Überwachungskameras, allerdings ohne große Hoffnung auf Erfolg. Der Todeszeitpunkt ist noch unklar – ihn exakt zu bestimmen ist nicht einfach, weil es letzte Nacht so kalt war. Es könnte gegen Mitternacht oder sogar früher gewesen sein.«

»Und niemand hat irgendetwas gesehen?«

»Wir befragen alle Gäste und das gesamte Personal. Bisher ohne Ergebnis.«

»Was spricht gegen Selbstmord?« Doripalam spielte den Advocatus Diaboli, aber es musste nun mal alles abgeklopft werden. Schließlich war Selbstmord in der Hauptstadt wie auch sonst im Land ein nicht gerade unbekanntes Phänomen. Die Arbeitslosigkeit war in der postsowjetischen Ära auf vierzig Prozent oder mehr gestiegen. Mit der Armut sah es ähnlich aus, wenn auch in städtischen Gebieten nicht ganz so schlimm. Viele Menschen lebten knapp über dem Existenzminimum.

Batzorig zuckte die Schultern. »Tja, könnte sein. Aber uns verwundert die Anonymität des Opfers. Wir haben eine Leiche, die mit billiger Massenware bekleidet ist – leere Taschen, keine Papiere, keine Markenlabels. Warum sollte ein Selbstmörder sich die Mühe machen, seine Taschen zu leeren? Warum sollte er überhaupt in ein Hotel gehen, um sich umzubringen? Ich kann mir eine Menge einfacherer Methoden vorstellen. Für mein Empfinden stimmt da irgendetwas nicht.«

Batzorigs Eingebung erwies sich als korrekt; die Leiche blieb anonym. Die Fingerabdrücke fanden keine Entsprechung in den Polizeiakten. Der Zahnstatus lieferte keine Hinweise. Fest stand, dass das Opfer ein mittelgroßer, kräftig gebauter Mann Ende dreißig und mongolischer Staatsbürger war. Darüber hinaus gab es keinerlei weitere Informationen. Über die Geschichte wurde in den Medien berichtet, und die Polizei hoffte, dass jemand sich melden würde, um ihn zu identifizieren, aber viel mehr konnte sie nicht tun.

Die Obduktion ergab, dass der Mann an den schweren Verletzungen gestorben war, die er sich bei dem Sturz zugezogen hatte. Doch obwohl der Zustand der Leiche eine verbindliche Aussage unmöglich machte, schien das Opfer vor seinem Tod in irgendeine Art von gewalttätiger Auseinandersetzung verwickelt gewesen zu sein. Außerdem fand man im Blut Spuren eines starken Beruhigungsmittels. Es bestand kaum ein Zweifel, dass der Mann ermordet worden war.

Zu seiner Überraschung hatte Nergui festgestellt, dass eine Kopie des Tatortberichts diesmal sogar unaufgefordert auf seinem Schreibtisch gelandet war. Offensichtlich verfügte er jetzt über so viel Autorität, dass seine eher willkürlichen Anfragen sofort als Abteilungsroutine interpretiert wurden. Nach all den Jahren fing er nun endlich an, den Reiz der Macht zu begreifen.

Trotzdem weckte das Zusammentreffen der beiden unerklärlichen Todesfälle sein Interesse. In einer Stadt wie Ulan-Bator wurden zwar mehr Menschen ermordet, als die meisten Leute zugeben wollten; dennoch war die Lage relativ überschaubar. Die meisten Tötungsdelikte geschahen im Affekt und waren nicht schwer zu klären – Verbrechen aus Leidenschaft, Schlägereien unter Betrunkenen, häusliche Gewalt. Selbst die ungeklärten Morde waren normalerweise ziemlich leicht einzuordnen. Wenn ein kleiner Ganove in seinem Viertel ermordet aufgefunden wurde, mochte es zwar schwierig sein, den Täter selbst zu überführen, aber in der Regel hatte die Polizei eine klare Vorstellung davon, warum der Mord passiert war und was für Leute dahintersteckten.

Doch dieser Fall lag anders. Nachdem Nerguis Neugier entfacht war, bat er seinen ehemaligen Stellvertreter Doripalam um ein informelles Treffen. Doripalam war jung und relativ unerfahren, aber Nergui schätzte seine Intelligenz und sein Urteilsvermögen. Seit Doripalams Beförderung hatte er versucht, eine gewisse Distanz zu wahren, um nicht als jemand dazustehen, der sich ständig einmischte. Doch wenn er darum ersucht wurde, stand Nergui seinem Nachfolger jederzeit mit Rat und Tat zur Seite.

Doripalam seinerseits schien Nergui immer noch als Mentor zu betrachten und war sehr darauf erpicht, von der Erfahrung des Älteren zu profitieren. Sie hatten es sich zur Gewohnheit gemacht, einmal im Monat zusammenzukommen, in einem der neuen Coffee-Shops amerikanischen Stils, die überall im Stadtzentrum aus dem Boden zu schießen begannen. Nergui war fasziniert davon, dass trotz des chaotischen Zustands der Wirtschaft immer noch Geld vorhanden war, um es an Orten wie diesem auszugeben.

Sie hatten vereinbart, sich früh zu treffen, aber das Café war bereits voll mit einer Mischung aus jungen Leuten – zumeist Studenten, die zwischen ihren Vorlesungen hierherkamen, um sich zu unterhalten und zu rauchen – und seriös wirkenden Geschäftsleuten in dunklen Anzügen, die ernsthaft über Geschäfte redeten oder anscheinend dringende Telefongespräche über Handy führten. Die Luft war erfüllt von kräftigem Kaffeeduft und dem süßlichen Geruch von Pasteten, die im Ofen backten.

Draußen schien die Sonne, und der Himmel war makellos blau. Auf der anderen Straßenseite, am Rand des Platzes, drängten sich Massen von Männern um Tische, an denen Schach oder Dame gespielt wurde, und nutzten aus, was sich vielleicht als einer der letzten milderen Tage des Jahres erweisen würde. Von den Älteren hatten manche die traditionelle Kutte an, aber die meisten trugen schwere Mäntel mit Baskenmützen oder Baseballkappen nach amerikanischem Vorbild, die sie zum Schutz vor der blendenden Vormittagssonne tief ins Gesicht gezogen hatten. Der Rauch zahlloser Zigaretten hing über ihnen wie eine Wolke.

Mit einem Ausdruck des Missfallens beäugte Nergui die große, schäumende Tasse, die Doripalam vor ihn hinstellte. »Das ist kein Kaffee«, sagte er. »Das ist ein Babygetränk.«

Der jüngere Mann zuckte die Schultern. »Es ist das, was die Amerikaner trinken. Anscheinend.«

»Das heißt, wir müssen uns daran gewöhnen.« Nergui nahm einen Schluck und verzog das Gesicht. »Das wird eine Weile dauern, fürchte ich. Aber trotzdem danke.«

Doripalam setzte sich ihm gegenüber hin und nippte an seiner eigenen Tasse. »Und wie lebt sich's in den Korridoren der Macht?«

»Die Macht muss sich in einem anderen Korridor befinden. Ich tue nichts anderes, als an Besprechungen teilzunehmen und Formulare zu unterschreiben. Während Sie richtig Glück haben.«

»Ach wirklich? Da müssen Sie mir auf die Sprünge helfen!«

»Zwei Mordfälle in einer Woche. Und beide interessanter als alles, womit ich in den letzten fünf Jahren zu tun hatte.«

»Ach so, dieses Glück. Wie konnte ich das vergessen?«

»Was meinen Sie, gibt es da einen Zusammenhang?«

Doripalam schaute Nergui eine Sekunde lang an und lächelte dann. »Ist das ein Auskunftsersuchen? Der Minister ist doch sicher nicht an so etwas Banalem wie Mord interessiert?« Er lächelte immer noch, und in seinen erstaunten Gesichtszügen schien nichts als leichte Neugier zu liegen, doch Nergui war nicht so dumm, ihn zu unterschätzen.

»Rein persönliches Interesse«, erklärte Nergui. »Ich würde lieber irgendeine offizielle Rechtfertigung vorbringen, aber es ist einfach pure Neugier. Der Wunsch nach der Routine von früher.« Finster starrte er auf den seltsamen Kaffee vor ihm und einen Moment lang verspürte Doripalam eine gewisse Sympathie für seinen ehemaligen Chef. Nergui machte einen recht verlorenen Eindruck, wie er so dasaß in seinem dunkelgrauen Anzug, dessen Strenge durch eine für ihn typische grellorangefarbene Krawatte wettgemacht wurde, und sich etwas ungelenk über den Tisch beugte.

Seine Abberufung ins Justiz- und Innenministerium war eine ansehnliche Beförderung gewesen, um die der Minister selbst ersucht hatte. Im Polizeidienst war Nergui immer ein unnahbarer, zwar hoch geschätzter, aber bei den Kollegen nicht sonderlich beliebter Mann gewesen. Es hatte zu viele

Gerüchte über seine Vergangenheit gegeben, zu viele Zweifel hinsichtlich seiner wahren Motive. Und natürlich stieß Nerguis offene Kritik an der Unfähigkeit und Korruption der niederen Chargen auf wenig Gegenliebe.

Für viele in der Abteilung hatte Nerguis Wechsel ins Ministerium nur ihre schon lange gehegten Vermutungen bestätigt – dass er die ganze Zeit über ein Lakai der Mächtigen gewesen war, damit beauftragt, ihnen die wenigen mit ihrem undankbaren Job verbundenen Vergünstigungen wegzunehmen. Oder schlimmer noch, dass er einfach einer jener Opportunisten war, die es verstanden, ihr Mäntelchen nach dem Wind zu hängen, und sich dabei niemand anderem als ihrem jeweiligen Zahlmeister verpflichtet fühlten.

Aber Doripalam hatte sich diese Ansichten nicht zu eigen gemacht. Er hegte keine Zweifel an Nerguis beruflichem Engagement oder seiner Hingabe und teilte den Widerwillen des älteren Mannes gegen die weit verbreitete Korruption, an die sich die meisten seiner Kollegen längst gewöhnt hatten. Auf persönlicher Ebene hatte er Nergui immer als aufrichtig und vertrauenswürdig, wenn auch etwas rätselhaft empfunden und war ihm dankbar gewesen, als er seine Beförderung zum Leiter der Abteilung unterstützt hatte.

Es überraschte ihn nicht, dass der Minister auf der Suche nach einem zuverlässigen Verbündeten in einer immer turbulenter werdenden politischen Welt in Nergui einen der wenigen Menschen mit der nötigen Kompetenz und persönlichen Integrität gesehen hatte. Und unter diesen Umständen konnte es auch kaum verwundern, dass Nergui es als unmöglich erachtet hatte, sein Angebot abzulehnen. Doripalam hatte allerdings den Verdacht, dass sich sein ehemaliger Vorgesetzter trotz allem, was seine neue Rolle an Prestige und materiellem Zugewinn mit sich brachte, mit dem Sortieren von Akten nie würde anfreunden können.

»Ich persönlich«, anwortete Doripalam auf Nerguis Frage, »glaube nicht, dass es einen Zusammenhang zwischen den Morden gibt. Vermutlich ist es reiner Zufall. Es ist zwar ungewöhnlich, dass zwei derartige Morde in unmittelbarer Nähe passieren, aber möglich ist es trotzdem. Vielleicht ist es aber auch eine kleine Fehde. Dann werden allenfalls die Mütter der Toten richtig trauern.«

Nach dieser knappen Abfuhr hatte Nerguis Interesse auf kleiner Flamme weitergebrannt. Es gab keine offenkundigen Verbindungen zu den anderen Fällen, die seine Abteilung im Ministerium gerade untersuchte – von denen der größte ein komplizierter Korruptionsfall in der Steuerbehörde war. In Wirklichkeit gab es selbst für die wenige Zeit, die er auf die Mordfälle verwendet hatte, keine Rechtfertigung. Er redete sich ein, es sei nützlich, die Entwicklungen auch in anderen Bereichen des Ministeriums zu verfolgen, wusste aber, dass er sich da etwas vormachte: In Wirklichkeit suchte er wohl nur nach einer Rechtfertigung dafür, dass er sich wieder in seinem alten Terrain tummelte.

Doch das alles änderte sich, als sie die dritte Leiche fanden.

Sie wurde drei Tage nach der zweiten entdeckt, und schon eine halbe Stunde später erhielt Nergui einen Anruf. Es war nicht nur die normale, routinemäßige Weitergabe von Informationen, sondern der offensichtlich erregte Minister persönlich. Nergui sprach häufig mit ihm, oft zwei- oder dreimal am Tag, und er wusste, dass den Minister so leicht nichts aus der Ruhe brachte. Alles in allem hegte Nergui weder für die politischen Ansichten noch für die moralischen Überzeugungen des Ministers besonderes Verständnis, aber er hatte inzwischen gelernt, für die Gelassenheit des Politikers in Krisenzeiten dankbar zu sein.

»Sie haben gehört, dass noch eine Leiche gefunden wurde, Nergui?«

»Noch eine Leiche? Wann denn?« Nergui nahm an, dass der Minister gerade erst von dem zweiten Mord erfahren hatte. Seine Leute instruierten ihn gewöhnlich nur über die wichtigen Vorkommnisse, und man konnte vernünftigerweise davon ausgehen, dass ein gemeiner Straßenmord auf der Prioritätenliste des Justiz- und Innenministers nicht sehr weit oben rangierte.

»Heute Morgen.«

»Nein, das habe ich noch nicht gehört.« Er fragte sich, wie lange es wohl dauern würde, bis der ordentlich getippte Tatortbericht unaufgefordert auf seinem Schreibtisch landete.

»Hier zu leben wird ganz schön gefährlich, Nergui.«

Nergui seufzte innerlich. Er wusste, dass die Hauptsorge des Ministers war, was die Medien daraus machen würden. Unter dem alten Regime wäre das kein Problem gewesen. Heutzutage waren Rundfunk und Fernsehen zwar immer noch in staatlicher Hand, aber die Häufung von Zeitungen in Privatbesitz machte die Zensur alten Stils praktisch unmöglich. Nergui fragte sich manchmal, ob das eine ausschließlich positive Entwicklung war. Früher hatte man wenigstens gewusst, wo man stand, selbst wenn dieses Wissen auf blinder Unwissenheit beruhte. Heutzutage verfügten die Medien über einen differenzierteren Themenkatalog, standen jedoch unter genauso starkem Einfluss, weil viele Besitzer – vom einzelnen Unternehmer bis hin zu politischen Parteien – dafür sorgten, dass ihre eigenen Ansichten angemessen zum Ausdruck kamen.

»Scheint es denn eine Verbindung zu den anderen Morden zu geben?«, fragte Nergui.

»Zum ersten auf jeden Fall«, antwortete der Minister.

»Der Enthauptung?«

»Genau.«

»Irgendwelche Hinweise auf die Identität des Opfers?«

»Keine, wie's aussieht. Genau wie bei den anderen.«

»Stimmt. Ich nehme an, Sie haben schon mit der Mordkommission gesprochen …«

»Nergui«, sagte der Minister. »Sie wissen ebenso gut wie ich, dass die Polizeibehörde voller korrupter Stümper ist. Die würden nicht mal mit dem Diebstahl eines Touristenfahrrads fertig. Warum, glauben Sie, war ich so scharf darauf, den einen klugen Kopf aus der Truppe für mich zu gewinnen? Aus meiner Sicht hat das Priorität. Nein, es ist überhaupt *die* Priorität. Vergessen Sie die ganzen Bank- und Korruptionsgeschichten. Es bringt uns nicht an den Rand des Ruins, wenn sie noch etwas mehr Geld abzweigen. Ich möchte Sie wieder dort haben, um diesen einen Fall aufzuklären.«

Nerguis Stimmung erhellte sich unwillkürlich, aber er hielt sich wohlweislich zurück. »Das halte ich für gar keine gute Idee. Und, mit Verlaub, Ihre Äußerungen sind nicht ganz fair. Doripalam ist ein ausgezeichneter Mann …«

»Weshalb er, wenn ich mich recht entsinne, mit gerade mal fünf Jahren Erfahrung auf dem Buckel zu Ihrem Nachfolger ernannt wurde. Für mein Empfinden war er dort der Einzige mit einem gewissen Maß an Integrität und genügend Grips im Kopf. Für diesen Fall fehlt es ihm aber an Erfahrung, und ich wünsche eine rasche Aufklärung. Ich habe bereits angekündigt, dass Sie zurückkommen. Und dass man Ihnen alles zur Verfügung stellen soll, was Sie brauchen. Sorgen Sie nur dafür, dass die Sache bald erledigt ist.«

Danke, dachte Nergui. Die Polizei ist immer erfreut, wenn Politiker ihr sagen, was sie zu tun hat. Vor allem, wenn der verlorene Sohn von seinem ruhigen Posten als Lieblingslakai des Justizministers zurückkehrt. Und trotz ihrer freundschaftlichen Beziehung und ihres gegenseitigen Respekts würde Doripalam wahrscheinlich nicht gerade an der Spitze des Begrüßungskomitees stehen. Er führte ja so schon einen mühsamen Kampf, um sich gegenüber den dienstälteren, aber viel weniger fähigen Beamten, die ihm jetzt unterstellt waren, zu behaupten. Nerguis erzwungene Rückkehr beim ersten Anzeichen von Schwierigkeiten war kaum dazu angetan, Doripalams Position in dem Team zu stärken.

Nergui überkam ein irrationales Schuldgefühl. Im Grunde seines Herzens wusste er – und er vermutete, dass Doripalam es auch wusste –, dass das genau die Entwicklung war, die er sich während der letzten sechs stumpfsinnigen Monate im Stillen ausgemalt hatte.

»Gut«, sagte er schließlich. »Wenn Sie meinen, Herr Minister. Ich werde mein Bestes tun.«

Der Minister legte auf. Nergui starrte für einen Augenblick den Hörer an und fragte sich, was den Politiker wohl dazu veranlasste, im zwischenmenschlichen Umgang auf alle gängigen Höflichkeitsformeln zu verzichten. Dann wählte er, nach nur kurzem Zögern, Doripalams Nummer.

»Es ist in Ordnung«, sagte Doripalam, bevor Nergui zu einer Erklärung ansetzen konnte. »Ich habe es bereits erfahren. Jetzt weiß ich wenigstens, warum Sie unbedingt mit mir Kaffee trinken wollten.«

»Doripalam, das ist nicht …«

»Nein, ich weiß. War nur ein Scherz. Ich bin nicht gerade außer mir vor Freude, aber ich nehme an, dass es nicht Ihre Schuld ist. Das hoffe ich jedenfalls. Jetzt müssen wir das Beste daraus machen.«

»Ich werde versuchen, es so wenig schmerzhaft wie möglich zu machen«, sagte Nergui. »Wirklich.«

»Ja«, antwortete Doripalam. »Das werden Sie sicher.«

Eine Stunde später stand Nergui schweigend neben dem jungen Mann und untersuchte den trostlosen Ort, an dem das dritte Mordopfer gefunden worden war. Bevor die Leiche zur Obduktion abtransportiert worden war, hatte Nergui noch einen Blick auf sie werfen können, aber sie hatte ihm nichts verraten, außer, wie ekelerregend ein verstümmelter Körper aussehen konnte. Was er ohnehin nur allzu gut wusste.

Sie befanden sich am Rand der Stadt, hinter ihnen erhoben sich die dunkelgrünen Berge. Es war eins der Viertel, in denen die Menschen noch weitgehend in den traditionellen runden Nomadenzelten lebten statt in den langen Reihen gesichtsloser Wohnblocks, die in der kommunistischen Ära entstanden waren. Selbst in dieser städtischen Umgebung waren solche Zelte etwas Alltägliches, doch nach seinem Aufenthalt im Westen fand Nergui sie irgendwie unpassend.

Natürlich war es Tradition, eine optimal an das Klima und die Lebensart des Landes angepasste Wohnform. Dennoch kam diese Art, zu leben, ihm seltsam vor, so als versuchten die Bewohner, die Existenz der Stadt zu leugnen, als wären sie ständig auf dem Sprung weiterzuziehen. Vielleicht war es aber auch gar nicht so seltsam. In der Mongolei war eigentlich die Stadt mit ihrer vermeintlichen Dauerhaftigkeit das Ungewöhnliche. Und es bestand kein Zweifel, dass die Jurten mit ihren hölzernen Rahmen und leuchtend angestrichenen Türen, dem dicken Filz und Segeltuch der Wände durchaus solide und wohnlich waren. Mit dem brennenden Ofen in der Mitte, ein paar Gläsern Wodka und der gesamten Körperwärme einer Familie war es möglich, dem härtesten aller mongolischen Winter zu trotzen. Und Nergui musste zugeben, dass solche zusammengedrängten Familienverbände, die *ails*, ein Gemeinschaftsgefühl ausstrahlten, das er sonst nirgendwo erlebt hatte.

Die Leiche war jedoch außerhalb davon gefunden worden, in einem von Büschen umgebenen Tannenwäldchen in einer kleinen Schlucht. Es war ein trostloser Ort, vor allem so spät im Jahr, wo sogar zur Mittagszeit die tief stehende Sonne kaum durch seine Schatten drang. Hier hatte einmal ein Bach geplätschert, aber der trockene Herbst hatte nichts als einen ausgedörrten, rissigen Boden hinterlassen. Unter Bäumen und Büschen lagen rostende Dosen und modrige Pappschachteln herum, achtlos weggeworfener Müll aus dem Lager oberhalb davon.

Früh am Morgen war ein alter Wachhund, der am Rand des Lagers umherstreifen durfte, während sein Besitzer vor seinem Zelt Teewasser kochte, plötzlich in die Schlucht hinuntergerast und hatte nicht mehr aufgehört zu bellen. Als der Besitzer schließlich bei ihm war, knurrte der Hund ein Bündel im Gebüsch an. Ohne es berührt zu haben, hatte der Hundebesitzer eine Vorahnung von seinem Inhalt gehabt und war den Abhang wieder hinaufgerannt, um die örtliche Polizei zu alarmieren.

Zum Glück hatte er nicht näher hingeschaut. Die Leiche befand sich in einem noch schlimmeren Zustand als die erste. Kopf und Hände waren abgehackt worden, an Hals und Handgelenken klafften blutige Wunden, und die Brust wies ähnliche große Einstiche auf, wobei das Messer diesmal brutal bis zum Knochen vorgestoßen war. Es gab nur wenige Blutflecken, und die Leiche war noch nicht in Verwesung übergegangen. Der Mord war eindeutig woanders und relativ kurz zuvor passiert. Der Rechtsmediziner war schnell zu dem Schluss gekommen, dass der Tod durch die Stichwunden herbeigeführt worden war, die Gliedmaßen dagegen auch in diesem Fall erst nach dem Tod entfernt worden waren. In Anbetracht der kalten Witterung war es bisher noch nicht möglich, den Todeszeitpunkt genau zu bestimmen, vermutlich hatte der Mord aber in der Nacht oder sogar erst am frühen Morgen stattgefunden, vielleicht erst vor sechs oder sieben Stunden. Es war unklar, wie die Leiche an diesen Ort gebracht worden war, obwohl es nicht schwer gewesen sein dürfte, einen Lieferwagen oder LKW bis an den Rand der Schlucht heranzufahren.

Das Opfer trug einen burgunderroten *del*, den traditionellen Mantel der Hirten draußen in der Steppe, ein schweres Gewand, das um seinen Körper gewickelt und mit einer verzierten, aber verblichenen Schärpe festgebunden war und das seinen Träger vor den Unbilden des mongolischen Winters schützen sollte. Diese Art von Kleidung war sogar in der Stadt, vor allem unter den älteren Einwohnern, immer noch üblich.

»Können wir die Kleidung identifizieren?«, fragte Nergui. »Diesmal ist es kein Anzug aus chinesischer Massenproduktion.«

Doripalam zuckte die Achseln. »Vielleicht. Aber sehr optimistisch bin ich nicht. Der *del* und die Stiefel sind beide schon Jahre alt, wenn auch noch gut erhalten. Die Etiketten sind herausgetrennt worden. Dieses Zeug könnte überall im Land hergestellt oder gekauft worden sein. Geht vermutlich in die Zeit der Sowjets zurück.«

»Was haben wir denn sonst?«

»Nicht viel. Wieder ein Mann, wahrscheinlich Ende vierzig, ziemlich klein und stämmig und mit Sicherheit Mongole. Andere Erkennungsmerkmale gibt es nicht. Keine sonstigen Besitzgegenstände. Mit einem Wort – nichts.« Doripalam schüttelte den Kopf und trat frustriert gegen den harten Boden. »Noch eine namenlose Leiche mehr.«

Es war ein kalter, klarer Morgen, und die Temperatur war seit dem kurzen Altweibersommer der vorangegangenen Woche gesunken. Der Winter nahte. Doripalam trug einen schweren schwarzen Mantel, den er eng um sich geschlungen hatte. Er war schlank, ein nervöses Energiebündel. Er machte einige Schritte in das mit Buschwerk bewachsene Ödland und kehrte dann wieder zurück, als durchmesse er einen Raum.

Nergui fiel auf, dass sein dunkles Haar vielleicht eine Idee zu lang war.

»Sie haben überhaupt nicht versucht, die Leiche zu verstecken«, sagte Nergui. Es war eher ein Kommentar als eine Frage.

»Wenn sie sie hätten verstecken wollen, hätten sie nicht diesen Ort gewählt.« Mit einer Geste deutete er auf die Reihen von *gers*, die oberhalb der Schlucht sichtbar waren. »Hier unten sind dauernd Menschen. Leute mit ihren Hunden. Spielende Kinder.«

»Ein Glück, dass ein Hund den Toten gefunden hat«, bemerkte Nergui grimmig.

Doripalam nickte. »Allerdings kommt es einem so vor«, fügte er hinzu, »als hätten sie gewollt, dass sie gefunden wird.«

»Das scheint eine potentielle Verbindung zwischen den drei Morden zu sein, sagte Nergui. »Die Leichen wurden an Stellen platziert, wo man davon ausgehen konnte, dass sie schnell gefunden würden, auch wenn in zwei Fällen der Mord woanders stattfand. Andererseits wollte der Mörder offensichtlich nicht, dass wir die Leichen so schnell identifizieren können. Aber warum hat er sie dann nicht gleich verschwinden lassen?«

Doripalam zuckte die Achseln. »Ich kann mich beim besten Willen nicht in die Gedankengänge von jemandem hineinversetzen, der so etwas tut.«

In Zusammenarbeit mit seinen russischen Amtskollegen hatte Nergui früher einmal ganz am Rande mit ein paar Serienmordfällen zu tun gehabt, und er kannte deshalb die konfuse Geisteshaltung recht gut, die hinter solchen Taten stand. Das setzte natürlich voraus, dass diese Morde tatsächlich das Werk eines Psychopathen waren. Bei getrennter Betrachtung hätte die offenkundige Professionalität der Morde eher auf ein kaltblütigeres, berechnenderes Vorgehen schließen lassen; eine geschäftliche Transaktion. Drei Auftragsmorde innerhalb von zwei Wochen kamen ihm jedoch unwahrscheinlich vor.

»Glauben Sie im Ernst, dass sie etwas miteinander zu tun haben?«, fragte Doripalam, der Nerguis Gedanken las. Er wusste nur zu gut, warum der Minister Nerguis Rückkehr angeordnet hatte. Und wie Nergui bereits vermutet hatte, war Doripalam über die damit verbundene Einschätzung seiner eigenen Fähigkeiten keineswegs erfreut gewesen, auch wenn er in gewisser Weise erleichert war, aus der Schusslinie zu sein. Falls sie es wirklich mit einem Serienmörder zu tun hatten, wäre Nergui nun derjenige, dessen Ermittlungsarbeit ins Visier genommen würde. »Ich meine, auch die zweite Leiche?«

Nergui zuckte die Achseln. »Ich weiß nicht mehr als Sie«, antwortete er. Es war auf jeden Fall gut, das zu sagen, auch wenn Doripalam ihm nicht glauben würde. Die Polizei ging immer davon aus, dass das Ministerium an Informationen herankam, die den normalen Polizeibeamten vorenthalten wurden. Wenn sie nur wüssten, wie selten das tatsächlich der Fall ist, dachte Nergui. »Es ist schwer vorstellbar, dass dieser Mord nichts mit dem ersten zu tun hat, aber der zweite – wer weiß? Andererseits gibt es genug Ähnlichkeiten, um bis zum Beweis des Gegenteils von einem Zusammenhang auszugehen.«

Sie trotteten den steilen Hang wieder hinauf zu der Ansammlung von *gers*. Nach den düsteren Schatten in der Schlucht bot die helle Morgensonne wenigstens eine Illusion von Wärme. Einige Frauen mittleren Alters, von denen die meisten dunkle Filzgewänder und schwere Stiefel trugen, standen in einer Gruppe plaudernd beisammen und beäugten die beiden Polizeibeamten mit offensichtlichem Argwohn. Andere Frauen saßen an den nach Süden zeigenden Türen ihrer Jurten, wuschen Kleider in Plastikschüsseln oder schnitten sorgfältig Gemüse klein und schielten dabei immer wieder unter ihren fest gebundenen Kopftüchern hervor auf die beiden Polizisten.

Ein Mann, der seinen schweren braunen *del* eng um sich geschlungen und seine graue Baskenmütze fest auf den Kopf gezogen hatte, hockte neben einer alten russischen IJ Planeta und bastelte an deren Motor herum. Im Mundwinkel hatte er eine brennende Zigarette hängen, die Nähe des Motorradtanks schien ihn nicht weiter zu beunruhigen. Um ihn herum hatte sich eine kleine Gruppe von Kindern versammelt, die zum größten Teil Jeans westlicher Machart und dicke Pullover trugen und ihn gespannt beobachteten, als wäre er ein Straßenkünstler. In der Ferne spielte ein Radio, eine klagende traditionelle Weise, vermutlich im Staatssender. Als Kontrapunkt zu der getragenen Musik kläffte die ganze Zeit ein Hund. Von irgendwoher kamen kräftiger Bratenduft und der mildere Geruch eines Holzfeuers. Es war schwer vorstellbar, dass ein Psychopath hier herumschlich.

»Haben Sie die Leute hier vernommen?«, fragte Nergui.

»Wir haben damit angefangen«, antwortete Doripalam. »Niemand hat letzte Nacht etwas gesehen oder gehört, behaupten sie.«

»Nichts?«

»Behaupten sie jedenfalls.«

Nergui nickte. Es war immer dasselbe. Im Hotel war es anscheinend genauso gewesen. Niemand hatte irgendetwas gesehen oder gehört. »Wir müssen trotzdem weiterfragen. Vielleicht bekommen wir am Ende doch etwas heraus.«

»Man kann nie wissen«, bemerkte Doripalam.

Nergui schüttelte den Kopf. Das führte zu nichts. Das waren alles Routinemaßnahmen, die Doripalam genauso gut durchführen konnte wie er, wenn nicht sogar besser. Die rechtsmedizinische Untersuchung der Leichen. Der Versuch, so viele relevante Daten wie möglich aus den Akten zusammenzutragen. Verbindungen zu irgendwelchen früheren Morden – obwohl Nergui auf Anhieb keiner einfiel. Routinebefragungen möglicher Zeugen. Die übliche Plackerei der Ermittlungsarbeit. Nergui hatte keine Ahnung, wie sie vorankommen sollten, wenn sie nicht allmählich das Geheimnis um die Identität der Opfer lüfteten. Dem Minister würde er das zwar nicht auf die Nase binden, aber ihre größte Aussicht auf Erfolg bestand darin, dass der Mörder wieder zuschlug. Im Idealfall, fügte er für sich hinzu, würde ihm dabei irgendetwas in die Quere kommen.

Wie sich herausstellte, wurde Nerguis unausgesprochener Wunsch bald erfüllt, wenn auch nur zum Teil. Der Mörder schlug wieder zu, und das unerwartet schnell. Leider wieder ohne Spuren zu hinterlassen.

Der Anruf kam gegen elf am nächsten Vormittag. Nergui saß in seinem neuen Büro im Polizeipräsidium und las ein ums andere Mal die Polizeiakten über die vorherigen Morde. Er hatte Doripalam nicht aus dem Büro verdrängen wollen, das zuvor sein eigenes gewesen war, und sich stattdessen bereitwillig in einem kleinen, ungenutzten Raum am Ende des Korridors eingerichtet, mit nichts als einem billigen Schreibtisch und einem leeren Aktenschrank als Gesellschaft. Er hoffte, dass zumindest diese Botschaft von Doripalam und dem Rest des Teams richtig verstanden wurde.

Schon bevor er den Telefonhörer abnahm, sagte ihm sein Gefühl, dass ihn da keine gute Nachricht erwartete.

»Nergui? Hier ist Doripalam.«

»Was gibt's?«

»Noch einen.«

»Schon? Da hat der Minister ja zur Abwechslung mal recht gehabt – hier zu leben wird ganz schön gefährlich. Wo denn?«

»Im Dschingis Khan. In einem der Hotelzimmer.«

»Sie machen Witze.«

»Lachen Sie vielleicht?«

Nergui schwieg einen Moment. Das Dschingis Khan war eins der neuesten Hotels der Stadt, in dem Geschäftsleute und Touristen abstiegen, die in immer größeren Scharen nach Ulan-Bator kamen. Jeder Zwischenfall dort würde schwerwiegende Konsequenzen haben, vielleicht sogar auf internationaler Ebene. Der Minister, so viel stand fest, würde ganz und gar nicht erfreut sein.

»Ist davon auszugehen, dass eine Verbindung zu den anderen besteht?«, fragte Nergui.

»Schwer zu sagen«, erwiderte Doripalam nach einer Pause. »Dieser hier ist anders.«

»Wie anders?«, fragte Nergui, dem schon vor der Antwort graute.

»Ich glaube, Sie sollten lieber mitkommen und sich selbst ein Bild machen.«

Schon kurze Zeit später kam Nergui in einem Dienstwagen mit heulender Sirene vor dem Hotel zum Stehen. Das Dschingis Khan war ein beeindruckendes Gebäude, ein erfolgreicher Versuch, Luxus nach westlicher Art in die Stadt zu bringen. Einige der anderen Hotels einschließlich des Bayangol hatten daraufhin seinen Stil kopiert und ihre vorher eher einfachen Zimmer etwas besser ausgestattet, in der Hoffnung, nun auch westlichen Ansprüchen zu genügen.

Nergui winkte an der Rezeption mit seinem Dienstausweis und wurde durch die weitläufige Empfangshalle zu den Aufzügen geführt. Er warf einen flüchtigen Blick auf die dunklen, spiegelnden Wände um ihn herum, den dicken Florteppich, die Gruppen von japanischen und westlichen Touristen, die auf den Beginn ihrer Morgenexkursionen warteten. Er war schon ein paarmal zu Konferenzen und offiziellen Veranstaltungen hier gewesen, kannte sich aber nicht richtig aus. Dennoch war es nicht schwer, die Zimmernummer zu finden, die Doripalam ihm genannt hatte. Überall in der Empfangshalle und an den Aufzügen waren Polizeibeamte postiert, um diskret Gäste umzulenken, damit sie sich nicht zufällig dem Tatort näherten. Die Polizisten nickten ihm zu, als er vorbeiging.

Auch vor dem Zimmer stand ein Uniformierter. Doripalam winkte ihn hinein. Nergui war schwer beeindruckt von der Einrichtung; im Vergleich mit den Hotelzimmern, die er auf seinen Reisen in Europa und den USA gesehen hatte, schnitt es gar nicht schlecht ab. Unter anderen Umständen hätte er es luxuriös gefunden, mit seiner Holztäfelung und den beiden übergroßen Einzelbetten. So aber wurde sein Blick abgelenkt von dem, was auf dem näher stehenden Bett lag.

Trotz all seiner Erfahrung bekam Nergui einen Würgereiz. Es stank nach Blut, obwohl die Männer von der Spurensicherung die Fenster weit aufgerissen hatten, um frische Luft hereinzulassen. Kein Wunder, dass die beiden Kriminalbeamten sich ans Fenster gestellt hatten.

Die weißen Baumwolllaken waren vollkommen mit Blut durchtränkt, auf dem Teppich und an den hellen Wänden gab es weitere Spritzer. Die Farbe des Blutes veränderte sich allmählich von Rot zu Braun, aber der Mord hatte vor relativ kurzer Zeit stattgefunden. Das Zimmermädchen hatte die Leiche entdeckt, als es zum Saubermachen hereinkam. Nergui dachte, dass sie bestimmt keine Vorstellung davon gehabt hatte, wie sehr ihre Putzfertigkeiten gefragt sein könnten. Doch in diesen Raum würde sie vorerst sowieso keinen Fuß mehr setzen wollen.

Die Leiche lag mit ausgestreckten Armen und Beinen auf dem Bett, bekleidet mit einem ebenfalls blutverschmierten gestreiften Schlafanzug. Nergui hätte den Körper als mit dem Gesicht nach oben liegend beschrieben, nur dass das Gesicht ganz und gar nicht nach oben schaute. Der Kopf war nämlich vom Körper abgetrennt, aber diesmal nicht vom Tatort entfernt worden. Stattdessen hatte man ihn ordentlich auf dem Fernsehapparat platziert, von wo aus er teilnahmslos seinen früheren Besitzer betrachtete.

Nergui machte den Mund auf, brachte aber kein Wort hervor. Doripalam und die anderen Polizisten standen schweigend da, nicht ohne eine gewisse Schadenfreude darüber, dass es endlich einmal einen Anblick gab, der den sagenhaften Nergui sprachlos gemacht hatte.

Genau genommen waren Nergui fast gleichzeitig zwei erschütternde Gedanken gekommen. Der erste war das schiere Entsetzen vor der Ungeheuerlichkeit dieses Anblicks. Der zweite die Erkenntnis, dass die verstümmelte Gestalt, die da vor ihm lag, die eines Europäers oder Amerikaners war.

Was, dachte er unwillkürlich, würde der Minister wohl dazu sagen?

3. KAPITEL

»Ich bin beeindruckt«, sagte Drew. »Es ist hervorragend. Viel besser als die meisten Hotels, die ich sonst kenne.«

Nergui bat ihn mit einer Geste, Platz zu nehmen. »Ich hoffe, das Bier ist in Ordnung. Wir haben immer noch gute Kontakte nach Osteuropa, sodass wir an anständigen Stoff rankommen.« Er hob das Glas und betrachtete nachdenklich seinen Inhalt. »Tschechisch. Die wissen, wie man Bier braut.«

»Das Bier ist ausgezeichnet«, sagte Drew mit ungespielter Aufrichtigkeit. Sein frühmorgendlicher Abflug von Manchester erschien ihm ewig weit weg und die lange, zerstückelte Reise hatte sein Gefühl der Desorientierung nur noch verstärkt. Und nun saß er in einem Land, in dem die Hälfte der Bevölkerung in Zelten lebte, beim Bier in einer anonymen Hotelbar, die man in jeder Hauptstadt der Welt hätte finden können. Die leise Musikberieselung im Hintergrund war die Klavierversion eines Popsongs, den Drew zu erkennen glaubte.

»Ist Ihr Zimmer okay?«

»Ja«, antwortete Drew. »Ganz hervorragend.«

Nergui nickte. »Vielleicht sollte ich das gar nicht sagen. Aber Ihr Zimmer ist dem sehr ähnlich, wo wir – nun, wo wir die Leiche gefunden haben.«

Drew nickte langsam, unschlüssig, wie er reagieren sollte. Die Verschandelung dieses Hotelzimmers durch die Szenerie aus dem Tatortbericht konnte er sich nur schwer vorstellen. Er schaute Nergui an, der majestätisch in der Ecke der Hotelbar saß, und fragte sich, wie ernst er ihn nehmen sollte. Er war ein stattlicher Mann, für mongolische Verhältnisse stämmig und groß, und strahlte Ruhe und zugleich Autorität aus. Er hatte die regelmäßigen Gesichtszüge der Mongolen mit weit auseinanderstehenden Augen und rundlichen Wangen, seine glattrasierte Haut war dunkel und fast lederartig, wie von der Sonne und dem Wind der Wüste gegerbt. Seine Kleidung wiederum war etwas ausgefallen – ein schlichter, dunkler Anzug von guter Qualität und als absoluter Kontrast dazu Hemd und Krawatte in einer Farbe, die Drew Lachsrot genannt hätte. Es war nicht schwer, fand Drew, ihn sich als Anführer im Heer Dschingis Khans vorzustellen, als der vor mehr als acht Jahrhunderten Asien eroberte.

Nerguis leuchtend blaue Augen betrachteten Drew aufmerksam, ohne dass seine ausdruckslose Miene etwas über seine Gedanken oder Gefühle verriet. Doripalam, der neben ihm saß, war zierlicher und blasser und spielte, anscheinend nicht am Gespräch beteiligt, mit einer Speisekarte herum.

»Entschuldigen Sie«, wandte sich Drew an den jüngeren Mongolen. »Ist es in Ordnung, wenn wir Englisch sprechen?«

Doripalam blickte auf und lächelte schwach, während er sich sein dickes Haar aus der Stirn strich. Er hatte dieselben Gesichtszüge mit den weit auseinanderstehenden Augen, doch seinem jungen Gesicht verliehen sie einen Ausdruck von Offenheit und Eifer, vielleicht sogar Naivität. »Wir werden Ihnen ein bisschen Mongolisch beibringen, solange Sie hier sind«, erwiderte er. »Mein Englisch ist nicht so gut wie das von Nergui, aber wenn Sie langsam sprechen, kann ich Ihnen folgen.«

»Notfalls kann ich für Doripalam übersetzen«, ergänzte Nergui. »Aber er ist zu bescheiden. Sein Englisch ist wirklich sehr gut. Immer mehr von uns versuchen es zu lernen, es scheint ja inzwischen die international gebräuchliche Sprache zu sein.« Er wandte sich an Doripalam. »Wir sollten Drew erzählen, was wir bisher über unser viertes Opfer herausbekommen haben.«

»Also«, begann Doripalam, »wie Sie wissen, hieß er Ian Ransom. Er war Geologe in der Bergbauindustrie und stand bei einem unserer Bergbaukonsortien unter Vertrag. Davor war er schon mal in der Mongolei gewesen, zweimal, glaube ich, ebenfalls auf Basis zeitlich begrenzter Verträge. Wir haben mit der betreffenden Firma gesprochen. Laut deren Aussage war er ein hervorragender Mitarbeiter – ein Fachmann auf seinem Gebiet, ausgesprochen fleißig und so. Ein Mordmotiv gibt es nicht. Er wurde nicht ausgeraubt – in seiner Jacke an der Garderobe befand sich eine Brieftasche mit Devisen und Kreditkarten.«

»Wie sieht es mit seinem Arbeitsumfeld aus?«, fragte Drew. »Gäbe es da ein Motiv?«

Nergui zuckte die Achseln. »Bei uns ist der Bergbau eine schwierige Branche. Schnelles Wachstum. Eine Menge Geld zu verdienen. Dauernd treten neue Akteure auf den Plan. Massive Investitionen aus dem Ausland, nicht alle ganz rechtmäßig. Wir sind ein rohstoffreiches Land, und jeder möchte ein Scheibchen davon abhaben. Es wäre also schon möglich. Allerdings deutet in diesem Fall eigentlich nichts darauf hin. Ransom war Spezialist, ein Wissenschaftler. Seine Position war nicht bedeutend genug, um in irgendetwas Gefährliches verwickelt zu werden, würde ich meinen.« Er nahm einen Schluck Bier. »Aber wir behalten das im Auge.«

»Dem habe ich nicht viel hinzuzufügen«, sagte Drew. »Wir haben Ransoms Privatleben überprüft, für den Fall, dass es irgendwie von Belang wäre. Er war geschieden, zwei Kinder – die zwei Mädchen leben bei seiner Frau, die wieder geheiratet hat. Er wohnte in Greater Manchester – ordentliches Haus in einer anständigen Gegend, was auf geordnete finanzielle Verhältnisse schließen lässt. Er schien allein gelebt zu haben und hatte, soweit wir wissen, keine Freundin, vielleicht wegen seiner vielen Reisen. Nachdem er in Geologie promoviert hatte, begann er seine Karriere bei British Coal – unserer heute weitgehend aufgelösten staatlichen Kohlegesellschaft ...«

»Ach ja, Ihre Mrs. Thatcher«, bemerkte Nergui.

»Unsere Mrs. Thatcher«, bestätigte Drew. »Ransom war vor ungefähr fünfzehn Jahren bei British Coal ausgestiegen und arbeitete seitdem als Berater, und zwar vorwiegend im Ausland: Indien, Australien, Südafrika, China und natürlich hier. Scheint ein ziemlicher Einzelgänger gewesen zu sein.«

»Aber auch da nichts, was sich als Motiv eignen würde?«, fragte Nergui.

»Soweit wir sehen, nicht. Ich nehme aber an, wenn jemand so viel reist, besteht immer die Möglichkeit, dass er in zwielichtige Angelegenheiten verwickelt wird ...«

»Zwielichtig?«, hakte Nergui nach. Es war das erste Mal, dass er Drews Englisch nicht ganz folgen konnte.

Drew lachte. »Zwielichtig. Äh – zweifelhaft, kriminell. So was.«

»Aha«, sagte Nergui. »Ich verstehe. Zwielichtig«, wiederholte er langsam, als prägte er sich das Wort ein.

»Es wäre also durchaus möglich. Aber Hinweise darauf gibt es nicht. Er schien auch nicht über seine Verhältnisse zu leben, das heißt, nichts deutet darauf hin, dass er noch eine andere Einkommensquelle hatte.«

Nergui nickte langsam. »Dann sind wir wohl beide zum selben Schluss gelangt«, sagte er. »Es kann gut sein, dass Mr. Ransoms bedauerliche Verwicklung in diese Sache uns keinen Schritt weiterbringt.«

»Sie meinen, die Wahl fiel rein zufällig auf ihn?«

»Durchaus möglich. Falls wir es hier wirklich mit einem Psychopathen zu tun haben, kann es sein, dass die Morde einfach Spontantaten sind. Vielleicht war Ransom dem Mörder irgendwo über den Weg gelaufen, und der Mann war auf ihn aufmerksam geworden. Als Engländer dürfte er hier – wie sagt man? – aus der Menge hervorgestochen haben.«

»Bestimmt hat er das«, sagte Drew. Dass es ihm im Grunde genauso erging, war ein eher irritierender Gedanke. Drew schaute sich in der Bar um. Vier Männer, alle Mongolen in Straßenanzügen, waren hereingekommen und tranken jetzt am anderen Ende des Raums ihr Bier. Einer von ihnen warf einen flüchtigen Blick herüber und lächelte vage in Drews Richtung. Mit einem unerklärlichen Gefühl der Verletzlichkeit senkte Drew den Blick auf sein Bier.

Das Restaurant konnte mit dem Standard des gesamten Hotels mithalten. Das Essen war zwar nichts Besonderes, aber durchaus vergleichbar mit dem, was man in den meisten Hotels für Geschäftsreisende in Europa bekam. Die Atmosphäre war sehr angenehm – dunkles Holz, gedämpftes Licht, freundliche Bedienung, sogar ein Cocktailpianist, der sich durch eine

Auswahl bekannter Melodien schlängelte. Nergui war die ganze Zeit ein überaus charmanter Gastgeber, der ihn beim Essen beriet und vorschlug, beim Bier zu bleiben, statt zu einem mittelmäßigen und teueren Wein überzugehen. »Es ist Ihre Entscheidung«, sagte er. »Aber das Bier ist besser.«

Unter anderen Umständen hätte Drew diese Erfahrung rundherum genossen. Doch ihn ließ das Gefühl nicht los, dass der Mörder hier irgendwo auf ihn lauerte. Drew schaute sich unbehaglich in dem gut besuchten Restaurant mit seinem Stimmengewirr aus einheimischen und westlichen Tönen um und hoffte, dass das Ganze nur Einbildung war. Er konnte seine Verwirrung gar nicht verstehen – schließlich war er seinerzeit aus freien Stücken, wenn auch nicht immer völlig entspannt, durch einige der raueren Viertel der Innenstadt von Manchester geschlendert. Ein solches Unbehagen im Speiseraum eines exklusiven Hotels zu verspüren war schon sonderbar.

Nergui zerlegte sorgfältig die Garnelen auf seinem Vorspeisenteller. »Ich nehme an, dass wir mit dieser Frage beginnen müssen: Gab es einen bestimmten Grund, weshalb Ransom umgebracht wurde?« Er schüttelte den Kopf. »Wenn er nur zufällig dem Mörder zum Opfer fiel, wird es für uns noch schwieriger.«

Drew sah das Problem. Aus polizeilicher Sicht wäre der schlimmste Fall der, dass sie es mit einem gefährlichen, kaltblütigen Psychopathen zu tun hatten, der kein nachvollziehbares Motiv besaß. Dann ließe sich nur schwer abschätzen, wo der Mörder das nächste Mal zuschlagen würde, und die Wahrscheinlichkeit wäre groß, dass er alle Spuren oder Hinweise wieder geschickt verwischen könnte. Die einzige Hoffnung bestünde darin, dass der Mörder einen Fehler machte. Und da die früheren Opfer immer noch nicht identifiziert waren, war Ransom im Moment die einzige mögliche Spur.

»Die anderen Opfer lassen sich wahrscheinlich nicht identifizieren, oder?«, fragte Drew.

Nerguis Blick wanderte zu Doripalam, der den Kopf schüttelte. »Wer weiß? Der Bericht aus der Pathologie liegt uns vor. Vielleicht gibt es im Westen raffiniertere Methoden, aber ich bezweifle, dass sie uns viel mehr verraten würden. Wir wissen so viel über die Leichen, wie man wissen kann, was uns fehlt, sind die Namen der Toten.«

»Aber in den Medien ist darüber berichtet worden, nicht wahr? Irgendjemand muss doch wissen, wer diese Leute sind?«

Nergui lächelte. »Das ist nicht wie in Ihrem Land. Ein Viertel unserer Bevölkerung sind Nomaden. Natürlich gibt es in vielen Fällen enge Familienbande, und die meisten Leute sind heutzutage auch offiziell gemeldet – schon um an Wahlen teilzunehmen und staatliche Unterstützung bekommen zu können. Von daher ist es leichter als früher. Aufgrund all der wirtschaftlichen Schwierigkeiten, die wir in den vergangenen zehn Jahren hatten, ist aber auch viel Bewegung in die Gesellschaft gekommen. In beide Richtungen. Nomaden, die auf der Suche nach Arbeit in die Städte gezogen sind. Und arbeitslose Stadtbewohner, die aufs Land hinausziehen, um sich als Hirten oder Bauern zu versuchen – normalerweise ohne großen Erfolg. Manche von ihnen haben den Kontakt zu ihren Familien oder Freunden verloren. Manche sind in die Kriminalität abgerutscht oder halten sich sonst irgendwie mit Müh und Not über Wasser.« Er aß seine Garnelen auf und legte sein Besteck fein säuberlich auf den Teller. »Die Opfer stammen höchstwahrscheinlich nicht aus geordneten Verhältnissen. Sie dürften irgendwelche Kriminelle sein. Wir versuchen, sie mit unseren Vermisstenlisten abzugleichen, und haben vielleicht Glück, aber allzu optimistisch bin ich da nicht. Wenn diese Leute vermisst würden, hätten wir das längst erfahren.«

Das war eine wenig ermunternde, aber naheliegende Schlussfolgerung. »Und Sie sind ganz sicher, dass ein Zusammenhang zwischen den vier Todesfällen besteht?«

»Auch das wissen wir nicht mit Sicherheit. Die erste und dritte Tat scheinen zusammenzuhängen – das Muster war bei beiden Morden dasselbe. Und beim Ransom-Mord war es zumindest ähnlich genug, um auch hier einen Zusammenhang zu vermuten. Aber der zweite Mord war anders – wirklich, das einzig Gemeinsame waren die zeitliche Nähe zu den anderen Morden und die Anonymität des Opfers. Wenn Sie nun fragen, ob wir nur einen einzigen Mörder haben – tja, das hoffe ich. Mir gefällt schon der Gedanke nicht, dass ein Mörder die Stadt unsicher macht, umso weniger zwei. Es ist aber auch gut möglich, dass der zweite Mord nur ein zufälliges Zusammentreffen war, und das müssen wir im Kopf behalten.«

»Besteht nicht auch die Möglichkeit, dass die späteren Morde Nachahmungstaten waren?«

»Nachahmungstaten?« Nergui runzelte die Stirn. »Das ist eins Ihrer Schlagwörter, stimmt's?« Er übersetzte die Wendung schnell für Doripalam.

Drew lachte. »Vermutlich schon. Ich wollte damit sagen, dass ein zweiter Täter das Muster des ersten Mordes kopiert haben könnte. Das ist ja nichts Neues.«

»Nein, sicher nicht«, erwiderte Nergui. »Aber ich halte es doch für ziemlich unwahrscheinlich, es sei denn, da draußen laufen zwei Psychopathen frei herum.«

»Oder jemand, der den Eindruck erwecken will, dass die nachfolgenden Morde Zufall waren«, sagte Drew. Schon während er sprach, war ihm klar, dass das jetzt langsam abstrus wurde und eher dem Reich des Kriminalromans als dem wahren Leben entstammte. »Nein, vergessen Sie's. Das ist Unsinn.«

Nergui schüttelte den Kopf. »Nein, wir müssen für jede

Möglichkeit offenbleiben, egal wie unwahrscheinlich sie uns erscheint. Das hat Ihr Sherlock Holmes schon sehr richtig gesagt.« Er lachte. »Obwohl ich es auch für ziemlich unsinnig halte, dass die nachfolgenden Morde Zufall waren. Wir haben nicht alle Einzelheiten der früheren Morde veröffentlicht – die Enthauptung und so weiter. Ganz bestimmt ist hier und da etwas durchgesickert, aber niemand konnte alle Details kennen, außer der Polizei. Doch unsere Beamten besitzen auch nicht immer das höchste Maß an Integrität«, fügte er hinzu. »Bedauerlicherweise ein weiteres Vermächtnis unserer jüngsten Geschichte.«

»Und wie ist es mit irgendeiner Art von Unterweltfehde? Ist das eine Möglichkeit?«

»Selbstverständlich. Das dürfte sogar die wahrscheinlichste Erklärung sein. Bisher war das Verbrechen hier nicht richtig organisiert, wir dürfen allerdings den Einfluss unserer Freunde jenseits unserer beiden Grenzen nicht außer Acht lassen. Das organisierte Verbrechen ist leider auf dem Vormarsch. Und das bringt uns zu Mr. Ransom zurück. Wenn das die Folgen einer Art Fehde sind, wie wurde dann ein anscheinend unbedeutender Geologe in die Sache verwickelt?«

»Gab es nach Ransoms Tod keine weiteren Morde oder ähnlichen Überfälle?«, fragte Drew.

»Nichts. Wir haben vier brutale Morde in weniger als zwei Wochen und danach nichts mehr. Zum Glück«, ergänzte Nergui in einem Ton, der vermuten ließ, dass das vielleicht nur die halbe Wahrheit war. Ein weiterer Mord oder tätlicher Angriff wäre natürlich schrecklich, könnte ihnen aber wenigstens zu ein paar neuen Spuren verhelfen. »Nein, ich bin natürlich froh, dass es nicht mehr gab, trotzdem beunruhigt es mich. Ich warte darauf –«, er hielt inne.

»Dass etwas passiert?«

»Ja, genau. Ich habe so ein Gefühl, als käme da noch etwas.«

Er schüttelte sich und nahm das Hammelfleischgericht in Angriff, das gerade vor ihn gestellt worden war. »Wir sollten aufhören zu fachsimpeln und uns lieber über angenehmere Themen unterhalten. Mögen Sie Fußball? Manchester United?«

»Leider Manchester City«, entgegnete Drew. »Die erbitterten Gegner.«

»Ah, aber nicht so erfolgreich, glaube ich.«

»Das kann man wohl sagen. Aber wir hatten auch schon Grund zum Feiern. Spielt man hier Fußball?«

Nergui nickte. »Ja, es wird immer populärer. Und Rugby. Andererseits hängen die Leute immer noch an den traditionellen Sportarten – Reiten, Bogenschießen, Ringen. Die drei männlichen Sportarten, wie wir sie nennen. Aber auch bei uns lässt sich der Einfluss des Westens nicht aufhalten.«

»Möchten Sie das denn?«

Nergui zuckte die Achseln. »Was ich mir wünsche, gibt es weder hier noch dort. Verglichen mit den meisten Leuten in diesem Land bin ich ein Weltbürger. Ich habe in Europa und den Vereinigten Staaten gelebt. Ich bin regelmäßig durch Asien, den Nahen Osten, Australien gereist. Ich kann alle Vorteile der Veränderungen sehen. Aber ich sehe auch ihre Nachteile.«

»Welcher Art?«

»Nun, die Nachteile sind offensichtlich. Wir verlieren unsere traditionelle Lebens- und Denkweise. Die traditionellen Familienbande lösen sich auf. Dieses Land hat im Laufe des vergangenen Jahrhunderts viele Veränderungen durchgemacht. Die Lage bessert sich langsam, aber wir leben immer noch in einer schwierigen Zeit. Wir könnten eine starke, erfolgreiche Wirtschaft haben, leben aber in Armut und sind von Raubtieren umgeben. Damit meine ich nicht nur Russland und China, sondern auch den Westen.«

»Raubtiere?«

»Vielleicht übertreibe ich. Aber ich glaube nicht. Im Grunde meines Herzens bin ich Patriot, wahrscheinlich gerade weil ich so weit gereist bin. Die meisten meiner Landsleute kennen allerdings nichts anderes. Sie beschweren sich über die Regierung. Sie beschweren sich über die Polizei. Sie beschweren sich über die Wirtschaft. Alles durchaus verständlich. Sie haben schwere Zeiten hinter sich. Aber ich glaube, sie machen sich gar nicht klar, wie viel sie noch verlieren könnten.« Er lachte plötzlich. »Tut mir leid. Wir fangen an, über Fußball zu reden, und schon werde ich ganz wehmütig.«

»Daran gewöhnt man sich, wenn man Manchester-City-Fan ist«, beruhigte ihn Drew.

Nergui lachte dankbar. »Tut mir leid«, sagte er noch einmal. »Ich habe nur an mich gedacht. Sie müssen müde sein und ich sitze hier und schwadroniere über den Zustand unseres Staates.«

»Das ist sehr interessant«, sagte Drew ehrlich. Er dachte wieder über Rolle und Rang dieses Mannes nach, und zum ersten Mal auch über seine Vergangenheit. Die Mongolei war bis Anfang der neunziger Jahre ein Satellitenstaat der UdSSR gewesen. Es war unwahrscheinlich, dass Nergui in der Polizeihierarchie so hoch hatte aufsteigen können, ohne zum alten Regime gehört zu haben, insbesondere da die kommunistische Partei hier fast das ganze letzte Jahrzehnt über an der Macht geblieben war. Soweit Drew wusste, wurde die Polizei als unabhängiges Organ erst Mitte der Neunziger geschaffen; es war also wahrscheinlich, dass Nerguis Laufbahn bereits in der Regierungsmiliz begonnen hatte.

»Na, wir werden diese Woche bestimmt noch Gelegenheit haben, über diese Dinge zu sprechen. Ich stehe Ihnen jederzeit zur Verfügung. Sagen Sie mir aber bitte auch, wenn Sie allein gelassen werden wollen. Ich weiß, wie anstrengend solche Reisen sein können.«

»Danke«, sagte Drew. »Was steht denn für morgen auf dem Programm?«

»Also …« Nergui wartete, während ihnen der Kaffee serviert wurde. »Den Botschafter treffen Sie um zehn?« Drew nickte. »Sie haben die Botschaft im Vorbeifahren gesehen – es sind nur ein paar Minuten zu Fuß. Da es sicher wenig Sinn hat, dass Sie schon vor diesem Termin ins Polizeipräsidium kommen, holen wir Sie einfach anschließend dort ab.«

»Ich weiß leider nicht, wie lange das Treffen dauern wird. Vermutlich nur ein halbstündiger Austausch von Höflichkeiten, aber man kann nie wissen.«

Nergui lächelte. »Der Botschafter wird davon ausgehen, dass Sie Dinge wissen, die er nicht weiß. Was vermutlich auch stimmt, aber nicht in Bezug auf diesen Fall – da wurde er umfassend informiert. Außerdem wird er dafür sorgen, dass Sie wissen, auf welcher Seite Sie stehen.«

»Ich wüsste nicht, dass ich auf irgendjemandes Seite stehe«, erwiderte Drew.

»Wir kennen nicht einmal die Seiten«, gab Nergui ihm recht. »Er wird Sie aber sehr diskret daran erinnern, dass die britische Regierung Ihr Zahlmeister ist, nur für den Fall eines – Interessenkonflikts.«

»Könnte es zu einem kommen?«

Nergui zuckte die Achseln. »Von meiner Seite nicht. Aber wir haben es hier mit Politik zu tun. Politiker ticken anders als der Rest der Menschheit. Sie wittern Konflikte, wo wir keine sehen.«

Drew nickte, obwohl er nicht genau wusste, ob er ihn richtig verstanden hatte. Er erinnerte sich an Nerguis Worte von vorher: »Im Grunde meines Herzens bin ich Patriot.«

»Sie scheinen den Botschafter gut zu kennen«, sagte er.

»Ich treffe ihn von Zeit zu Zeit. Dienstlich. Er ist ein recht sympathischer Mensch.« Nergui ließ diese Bemerkung im

Raum stehen, so als könnte er eigentlich auch noch mehr dazu sagen. »Gut«, äußerte er schließlich, »morgen also – ich gebe Ihnen meine Büro- und meine Handynummer. Rufen Sie mich an, wenn Sie fertig sind, und ich schicke Ihnen dann einen Wagen.«

Absurderweise war Drew erstaunt darüber, dass es hier Mobilfunk gab. Aber in einem entlegenen Land wie diesem waren Handys sinnvoller als Festnetzanschlüsse.

»Ich glaube, den morgigen Tag nutzen wir am besten, indem wir eine kleine Stadtrundfahrt mit Ihnen machen und Ihnen die Fundorte der vier Leichen zeigen. Außerdem kann Doripalam die verschiedenen polizeilichen Ermittlungsakten und Zeugenvernehmungsprotokolle mit Ihnen durchgehen. Sie sind natürlich nicht auf Englisch, aber das Wesentliche können wir Ihnen ohne große Mühe vermitteln.« Nergui hielt inne. »Im Grunde können wir nichts anderes tun, als weiterzumachen und zu hoffen, dass etwas zum Vorschein kommt. Und vielleicht können wir ein paar Steine ins trübe Wasser werfen und sehen, wie es sich kräuselt.«

Drew wusste nicht genau, was er meinte, nickte aber trotzdem. Ihm fiel auf, dass Doripalam den älteren Mann aufmerksam beobachtete.

Nergui stand langsam auf. »Wie gesagt, Sie hatten einen langen Tag. Wir lassen Sie jetzt ein bisschen schlafen. Rufen Sie mich morgen Vormittag an, sobald der Termin vorbei ist.«

Drew sah zu, wie die beiden Mongolen langsam durch das Restaurant gingen und Nergui kurz stehen blieb, um ein paar Worte mit dem Chefkellner zu wechseln. Als Drew plötzlich allein dasaß, musste er an Ian Ransom denken, der vermutlich am Abend vor seiner Ermordung auch allein in diesem Restaurant gegessen hatte. Bald würde Drew sich auf den Weg durch die stillen Hotelkorridore zu einem Zimmer machen, das identisch war mit dem, in dem Ransom auf brutale Weise umgekommen war. Der Gedanke war alles andere als beruhigend.

4. KAPITEL

Es war dumm, das wusste er, und die ersten drei oder vier Monate hatte er versucht, sich dagegen zu wehren. Er wusste, was sie dachten, und redete sich ein, dass es ihm nichts ausmachte. Warum sollte er überhaupt Respekt vor ihnen haben? Er erkannte, was sie waren, jedenfalls die meisten von ihnen, und wenn man ihn nur ließe, hätte er sie schon entlassen. Das war jedoch unmöglich; es gab keine geeigneten Leute. Genau das war natürlich auch der Grund, warum man ihm den Job überhaupt gegeben hatte. Weil es hier nämlich überall, wohin man auch sah, an kompetenten Leuten mangelte.

Deshalb hätte er sie einfach ignorieren sollen. Diesen Rat hatte Nergui ihm gegeben und es war der Rat, den er selbst jedem anderen in dieser Position gegeben hätte. Es war aber viel leichter gesagt als getan. Er wusste, wie sehr sie ihn verachteten – fast so sehr, nahm er an, wie er selbst sie verachtete. Er wusste, dass sie ihn beobachteten und darauf warteten, dass ihm der erste Fehler unterlief. Und er war entschlossen, ihnen diese Genugtuung nicht zu gönnen.

Und so kam er wider bessere Einsicht morgens immer früher, war schon da, bevor irgendjemand von den anderen auftauchte, und hielt sich über alles ganz genau auf dem Laufenden. Solongo, die seine Beförderung anfangs als Beweis dafür gesehen hatte, dass ihr Ehemann endlich ihren gesellschaftlichen Erwartungen zu entsprechen schien, fing natürlich an, sich bitter darüber zu beklagen, wie viel Zeit er jetzt im Büro verbrachte. Er sah keine Möglichkeit, es allen recht zu machen, aber im Augenblick hatte er das Gefühl, es niemandem recht zu machen, am wenigsten sich selbst.

Und nun hatte zu allem Überfluss Nerguis Rückkehr alles noch zehnmal schlimmer gemacht. Die Schuld dafür gab er nicht seinem ehemaligen Chef allein, auch wenn er wusste, dass Nergui der Aussicht, wieder an die Schauplätze seines früheren Ruhms zurückzukehren, niemals hätte widerstehen können. Nur änderte das nichts an seiner eigenen Situation. Für den Rest des Ermittlerteams war Nerguis Mithilfe die Bestätigung dafür, dass Doripalam den Anforderungen dieses Jobs eigentlich nicht gewachsen war. Solongo hatte sich sehr bemüht, ihre Enttäuschung zu verbergen, als er ihr davon erzählt hatte, aber ihm war klar, dass auch sie jetzt meinte, seine Beförderung sei nur eine Notlösung gewesen und Nergui würde nun auf diesem Posten gehalten, bis man einen passenderen Kandidaten gefunden hätte. Sie hatte letztlich nie geglaubt, dass ihr Ehemann das Zeug zu Höherem hätte.

Vor diesem Hintergrund hätte er ihnen eigentlich sagen sollen, sie könnten sich ihren Job sonst wohin stecken. Oder er hätte wenigstens mit den ganzen Überstunden aufhören sollen, die in den letzten paar Monaten zur Norm geworden waren. Und trotzdem war er wieder hier, taumelte schlaftrunken um halb sieben, noch vor Tagesanbruch, in das Gebäude und rüstete sich für einen weiteren Tag ohne große Erfolge.

Als er den Korridor entlangging, stellte er mit Erstaunen fest, dass in einem der anderen Büros bereits Licht brannte. Die Beamten der Nachtschicht waren natürlich noch im Dienst, aber es war sehr unwahrscheinlich, dass sie sich bis hinauf in die Büros der leitenden Beamten gewagt hatten. Dann begriff er. Selbst jetzt konnte Nergui, wie es schien, der Versuchung nicht widerstehen, ihm ein deutliches Signal zu geben: dass er nämlich immer allen einen Schritt voraus war.

Da Doripalam jedoch Nerguis persönliche Lebensumstände kannte, schwankte er zwischen Verärgerung und Mitleid.

Er klopfte leise an Nerguis Tür und steckte den Kopf ins Zimmer. »Guten Morgen, Nergui. Wie ich sehe, haben sich Ihre Gewohnheiten nicht geändert.«

Nergui blickte von dem Papierstapel auf. »Sie wissen doch, der Mensch ist und bleibt ein Gewohnheitstier.«

Im Grunde genommen war es ihm peinlich, dass Doripalam ihn so früh am Morgen am Schreibtisch überraschte. Nergui hatte stets den Ruf gehabt, bis in die Puppen zu arbeiten, was andere einschüchternd fanden, obwohl das gar nicht immer seine Absicht gewesen war. Zwar schadete es grundsätzlich nicht, die Leute hin und wieder einzuschüchtern, doch bei Doripalam wollte Nergui nicht den Eindruck erwecken, er spielte irgendein Egospielchen. Die Spannung zwischen den beiden Männern war auch so schon groß genug.

In Wirklichkeit brauchte Nergui einfach nur wenig Schlaf. Er hatte sogar den Verdacht, dass er auch ganz ohne Schlaf auskommen könnte. Im Laufe der Jahre hatte er sich bei etwa vier Stunden pro Nacht eingependelt, normalerweise zwischen ungefähr ein und fünf Uhr.

Heute Morgen wollte er jedoch auf alle Fälle früh da sein. Obwohl er die Fallakten wieder und wieder durchgegangen war, hatte er vor, sie noch einmal zu lesen, bevor sie sich am späten Vormittag mit Drew trafen. Nergui machte sich keine Illusionen darüber, warum man Drew hergeschickt hatte. Er wusste, dass es eine symbolische Geste war, die hauptsächlich auf die Familie des Opfers und auf die britischen Medien abzielte. Ihm war auch klar, dass Drew in der begrenzten Zeit, die ihm hier zur Verfügung stand, nur wenig zu den Ermittlungen würde beitragen können.

Dennoch hatte Nergui in all den Jahren, die er auf diesem Gebiet gearbeitet hatte, gelernt, dass es sich lohnte, alle sich ihm bietenden Mittel restlos auszuschöpfen. Das Allermindeste, was Drew zu dem Fall beitragen würde, war eine andere Betrachtungsweise – und, soweit Nergui es beurteilen konnte, eine ziemlich kluge –, was eine gute Ergänzung zu seiner eigenen Erfahrung und Doripalams Scharfsinn darstellte. Noch wichtiger war, dass Drew ein erfahrener Ermittlungsbeamter war, und solche Männer gab es in diesem Land nur allzu selten. Nergui wollte seiner kurzen Anwesenheit so viel Nutzen abringen wie möglich.

Seit er um halb sechs ins Büro gekommen war, hatte er die Fallakten gründlich gelesen, wichtig erscheinende Punkte markiert, sich ausführliche Notizen gemacht, mit wenigen Sätzen ins Englische übersetzt, was für Drew von Interesse sein könnte, und sich noch einmal die unzähligen, zum größten Teil abstoßenden Fotos angeschaut.

Doripalam deutete auf den Berg von Unterlagen und Akten vor Nergui. »Bin überrascht, dass Sie es geschafft haben, nicht einzuschlafen«, sagte er. »Irgendwas Neues gefunden?«

»Was glauben Sie?« Alles in allem hatte Nergui keine Spur entdeckt, der sie hätten nachgehen können, doch immerhin hatte er jetzt das Gefühl, auf dem neuesten Stand zu sein. »Abgesehen von den üblichen Routinemaßnahmen, die Sie ohne Frage gut im Griff haben, sehe ich nicht, was wir sonst noch unternehmen könnten.«

Doripalam nickte. »Ich bin natürlich enttäuscht, das von Ihnen zu hören, wäre sicherlich aber auch nicht gerade erfreut gewesen, wenn Sie etwas gefunden hätten, was mir entgangen wäre.«

»Das hätte mich schon sehr gewundert, wenn Ihnen ein Fehler unterlaufen wäre. In den Aufzeichnungen steht zwar nichts, aber ich gehe davon aus, dass wir DNA-Proben von den Kleidern der Opfer genommen haben?«

Doripalam zog mit gespielt vorwurfsvoller Miene eine Augenbraue hoch, akzeptierte aber, dass Nergui nur nachprüfen wollte, ob alles seine Ordnung hatte. »Die offiziellen Berichte aus dem Labor sind noch nicht da«, sagte er, »aber inoffiziell haben sie mir schon gesagt, dass sie nichts gefunden haben. Es gibt wohl Fremdstoffe auf der Kleidung, allerdings nichts, was alle Opfer gemeinsam haben oder was mit unseren Akten übereinstimmt.«

Nergui nickte und lehnte sich auf seinem Stuhl zurück, während sein Blick, gleichsam auf der Suche nach Inspiration, unstet im Raum umherschweifte. Sein provisorisches Büro war kleiner und funktionaler als sein Zimmer im Ministerium, wenn auch nur unwesentlich. Obwohl er jemand war, der am Arbeitsplatz und genau genommen auch zu Hause keinen Komfort und keine Gemütlichkeit suchte, fiel ihm nun plötzlich doch die Kahlheit des Raums auf – der billige, funktionale Schreibtisch, der hellgrüne, vom Ministerium vorgeschriebene Anstrich, ein alter Aktenschrank aus Metall, an der Wand ein Kalender vom vorletzten Jahr. Mit einem Mal hatte er das Gefühl, dass der Zustand dieses Raums einfach nur aufzeigte, wie gering ihre Mittel und wie erbärmlich schlecht sie ausgerüstet waren, um dem, was immer da draußen lauerte, gegenüberzutreten.

Nergui unterschätzte seine Fähigkeiten keineswegs, er wusste, dass er für die Rolle, die er für eine begrenzte Zeit wieder übernommen hatte, bestens geeignet war. Er hatte nicht immer Erfolg gehabt. Aber in den Fällen, in denen er nicht weitergekommen war, wusste er genau, dass kaum jemand mehr hätte tun können.

Normalerweise hätte er also, selbst unter solchen Umständen, diese Aufgabe mit Lust und Zuversicht in Angriff genommen, vor allem nach der abstumpfenden Erfahrung der letzten Monate. Er war sich des Drucks bewusst, unter dem er stand; er wusste, dass das berufliche Schicksal des Ministers – und somit auch sein eigenes – womöglich vom Ausgang dieses Falles abhing. Das beunruhigte ihn nicht. Es war der Eintrittspreis, den man auf dieser Stufe des Spiels zahlen musste.

Was ihn jedoch sehr wohl beunruhigte, während er dasaß und in Doripalams müdes und dennoch entschlossenes Gesicht blickte, waren die Auswirkungen dieses Falles auf die Stadt, vielleicht auf das ganze Land. Die Mongolei war eine junge Nation im Wandel, die Mühe hatte, eine eigene Identität zu finden. In vieler Hinsicht war sie immer noch ein Staat in seinen Anfängen – und die Menschen waren ängstlich und unsicher, nach Jahrzehnten, sogar Jahrhunderten der Unterdrückung und Not. Tag für Tag hatten sie ihren kargen Lebensunterhalt der blanken Erde abringen müssen. Und nichts war dabei zwischen ihnen und dem Himmel als eine dünne Schutzschicht aus Holz und Filz.

Irgendetwas an diesen Morden rief bei Nergui tiefes Unbehagen hervor. Nicht nur, dass womöglich ein Psychopath frei herumlief, der willkürlich und brutal zuschlug; damit konnte Nergui umgehen. Solch ein Mörder würde eines Tages einen Fehler machen oder vielleicht sogar beschließen, sich zu stellen. Was Nergui an den Morden wirklich beunruhigte, war ihre Zielstrebigkeit. Ihre bewusste, kalkulierte Grausamkeit. Als wären sie Teil einer Geschichte, die langsam ihrer düsteren Auflösung zustrebte.

Er schlug die Akte auf dem Schreibtisch zu. »Kommen Sie«, sagte er. »Gehen wir einen Kaffee trinken. Ich glaube, den brauchen wir beide.«

»Ich bin leider United-Anhänger.«

»Tja, wir haben eben alle unser Kreuz zu tragen.« Drew war nicht erstaunt. Wie alle City-Fans war er davon überzeugt, dass Manchester United für Leute erfunden worden war, die Fußball eigentlich gar nicht mochten.

Der Botschafter lachte. »Ich dachte, mit diesem Stigma wärt ihr behaftet.« Was nach Drews Dafürhalten genau die Art von Antwort war, die man von einem United-Fan erwarten konnte. Feine Pinkel aus der Oberschicht, die elitäre Internatsschulen besucht hatten und noch nie in Manchester gewesen waren, außer vielleicht zu einem Champagnerdinner in einer der VIP-Logen des Old-Trafford-Stadions.

»Da fühle ich mich richtig zurückversetzt«, sinnierte der Botschafter. »Ich bin in Wythenshawe aufgewachsen, wissen Sie. Das kommt einem schon so weit weg vor.«

Na so was, dachte Drew, der seine Kindheit in dem benachbarten, aber wesentlich nobleren Vorort Hale verbracht hatte. War das nicht mal wieder typisch? Selbst auf die eigenen Vorurteile war heutzutage kein Verlass mehr.

»Kaffee?«

Und tatsächlich schien der Botschafter Wythenshawe schon lange hinter sich gelassen zu haben, wie sie so in seinem eichenholzgetäfelten Zimmer in anscheinend antiken Lehnstühlen saßen, ein Silbertablett mit feinem Porzellan auf dem niedrigen Couchtisch zwischen ihnen. Drew fragte sich flüchtig, wo die Mongolei in der Hierarchie der Botschafterposten rangierte. Er konnte sich nicht vorstellen, dass sie zu den Ländern gehörte, um die sich Diplomaten rissen. Andererseits war sie ein recht interessantes Land und im Vergleich mit manch anderen ziemlich stabil. Diese Art von Posten wurde wahrscheinlich an talentierte, aufstrebende, aber noch unerfahrene junge Leute oder an loyale Staatsdiener auf dem Weg zur Pensionierung vergeben. Seinem weißen Haar und seinem Tweedjackenverhalten nach zu urteilen, konnte man davon ausgehen, dass der Botschafter zur zweiten Kategorie zählte.

»Danke.« Nicht bloß das Porzellan war edel; auch der Kaffee schmeckte ausgezeichnet.

»Vielen Dank, Chief Inspector, dass Sie sich heute Morgen für mich Zeit genommen haben.«

Als hätte ich eine andere Wahl gehabt, dachte Drew. »Da ich Sie ohnehin um Ihre Meinung bitten wollte, danke ich Ihnen meinerseits für die Einladung.«

»Ich versorge Sie gerne mit allen Informationen, die ich habe. Mittlerweile bin ich schon ein paar Jahre hier und außerdem hat diese Region immer zu meinen besonderen Interessengebieten gehört. Ich habe sogar meine Dissertation in Oxford darüber geschrieben. Die Mongolei ist in vielerlei Hinsicht außergewöhnlich. Sie ist eins der wenigen größeren Länder, die von den Kräften der Globalisierung noch relativ unberührt sind.«

»Das ändert sich wohl gerade, oder?«

»Ja, aber ziemlich langsam. Das Land ist sehr abgeschieden. Es gibt immer noch verhältnismäßig wenig Touristen. Und mongolische Staatsbürger, die ins Ausland reisen, sind auch eher selten. Ihr Mr. Nergui stellt da schon eine Ausnahme dar.«

»Er scheint in der Tat vergleichsweise weit gereist zu sein«, bestätigte Drew. Er hatte den Eindruck, dass der Botschafter erpicht darauf war, Informationen weiterzugeben, vermutlich in der Hoffnung, im Gegenzug selbst welche zu bekommen.

»So sehe ich es auch«, sagte der Botschafter in einem Ton, der auf ein ziemlich umfassendes Wissen hindeutete. »Hat ein paar Jahre in den Staaten gelebt, auch in Großbritannien, und wie es scheint, war er für einige Zeit in Europa, Asien – wo auch immer.«

»Kommt mir für einen Polizeibeamten etwas merkwürdig vor«, bemerkte Drew. »Selbst einen höheren. Mir hat niemand angeboten, mich auf Reisen zu schicken. Außer auf diese natürlich.«

Der Botschafter lachte. »Stimmt, ich finde es auch etwas merkwürdig für einen Polizeibeamten, vor allem hier, wo sie in der Regel darauf aus sind, die Polizei möglichst am Gängelband zu halten. Aber Nergui ist mit allen Wassern gewaschen.«

Das war offensichtlich ein Stichwort, aber Drew beschloss, erst einmal an seinem Kaffee zu nippen und den Botschafter dieses Thema selbst anschneiden zu lassen. Aus endlosen Verhören von Verdächtigen wusste er, dass man andere durch nichts leichter zum Sprechen brachte als durch eine längere Pause.

»Er ist wirklich ein interessanter Mann, dieser Nergui«, sagte der Botschafter schließlich, »und ich weiß nicht, ob ich ihn auch nur annähernd ausgelotet habe. Es gibt allerdings gewisse Dinge, die Sie im Hinterkopf behalten sollten.«

Drew zog eine Augenbraue hoch und griff nach einem Keks. Er sah nicht ein, warum er es dem Botschafter leicht machen oder ihm das Gefühl vermitteln sollte, dass er ihm im Gegenzug irgendeine Auskunft schuldete.

»Das Erste, was Sie wissen sollten, ist, dass er nicht für die Polizei arbeitet. Offiziell jedenfalls nicht.«

»Nein? Ich dachte, er leitet hier die Ermittlungen …«

Der Botschafter nickte. »Ja, gewiss leitet er die Ermittlungen. Den Auftrag dazu hat er vom Justizminister persönlich.«

»Dann …«

»Nergui arbeitet seit kurzem für die Staatsschutzbehörde. Sozusagen einen anderen Arm des Justiz- und Innenministeriums.«

»Und was macht die Staatsschutzbehörde?«, fragte Drew, obwohl er die Antwort sehr wohl kannte.

»Hauptsächlich Gegenspionage, so wie ich die Sache sehe«, antwortete der Botschafter. »Als Abteilung befasst sie sich mit allem, was potentiell eine Bedrohung für den Staat bedeutet. Terrorismus. Spionage. Sabotage. All das.«

»Wie der MI5?«

»Sie sagen es.«

»Nergui ist also ein Spion?«

Der Botschafter zuckte die Achseln. »Tja, ich weiß nicht, ob das zwangsläufig der richtige Begriff ist. Jedenfalls ist Nergui ein höherer Beamter des Geheimdienstes.«

»Und was hat er vorher gemacht?«, fragte Drew, während er überlegte, in was er da hineingeraten war.

Der Botschafter runzelte die Stirn. »Hm, das ist eins der merkwürdigen Dinge an unserem Freund Nergui«, sagte er. »Niemand scheint besonders viel über ihn zu wissen. Zumindest erzählt uns niemand etwas.« Drew amüsierte sich einen Moment lang über die dünkelhafte Vorstellung, da niemand dem Botschafter etwas erzählt hatte, wüsste folglich auch niemand etwas. »Er ist ein rätselhafter Bursche. So was wie ein Staatsheld, aus ziemlich unerfindlichen Gründen. Er arbeitete sich durch die Ränge der Regierung hoch, als die im Wesentlichen noch ein verlängerter Arm der Kommunistischen Partei war, scheint es aber geschafft zu haben, sich nicht allzu sehr davon vereinnahmen zu lassen.«

»Und was hat er mit diesem Fall zu schaffen?«

»Nun, als in den neunziger Jahren die Zivilpolizei gebildet wurde, wechselte er von der alten Miliz an die Spitze einer neuen Abteilung Schwerkriminalität. Vor einigen Monaten ging er dann ins Ministerium zurück, wie es der Zufall wollte, auf eine Art Geheimdienstposten. Er scheint im ganzen Ministerium und in der Regierung insgesamt eine gewaltige Autorität zu besitzen. Man scheint ihm zuzutrauen, Dinge im Interesse der Regierung und des Staates voranzubringen – in der Annahme, dass beide deckungsgleich sind, was nicht immer der Fall ist. Vor allem der Minister benutzt ihn als eine Art rechte Hand, die heikle Probleme anpackt.«

»Das hört sich ja beinahe unheimlich an«, sagte Drew. »Als wäre er ein Auftragsmörder der Mafia.«

Der Botschafter lächelte schwach. »Ach tatsächlich? Tut mir leid, das war nicht meine Absicht. Ich glaube nicht, dass an Nerguis Rolle irgendetwas unheimlich ist, obwohl wir natürlich immer im Kopf haben müssen, dass er ein Vertreter des Staates ist.«

»Und man ihm deshalb nicht trauen darf?«

»Nein, das würde ich nicht sagen. Aber wie es schon in der Bibel heißt, kann niemand zwei Herren gleichzeitig dienen. Sollte es zu einem Interessenkonflikt kommen, ist klar, welcher Seite Nergui sich verpflichtet fühlen würde.«

»Ist denn anzunehmen, dass es zu einem Interessenkonflikt kommt?«, fragte Drew und stellte fest, dass er seine Frage vom Vorabend wiederholte. »In diesem Fall, meine ich.«

»Davon gehe ich nicht aus, Chief Inspector«, erwiderte der Botschafter. »Meine Äußerung ist ganz allgemeiner Natur.«

»Natürlich. Bei was für Fällen wird Nergui denn eingeschaltet? Nach allem, was Sie gesagt haben, kommt es mir doch etwas seltsam vor, dass er sich mit einem Mordfall befasst, und sei es auch einer von solchem Ausmaß.«

»Tja, lassen Sie es sich gesagt sein, dass die Prioritäten hier vermutlich anders gesetzt werden, als Sie es gewohnt sind. Wenn ich es richtig verstanden habe, umfasst Nerguis Aufgabenbereich alles, was eine potentielle Gefährdung des Staates bedeutet. In Großbritannien wären das Dinge wie Terrorismus, umstürzlerische Aktivitäten und so weiter. Geringfügigere Verbrechen – wenn ich sie mal so nennen darf – sind zwar auch ernst zu nehmen, würden aber nicht als Gefahr für den Staat gewertet und fielen deshalb in die Zuständigkeit der Polizei.«

»Terroristen fallen auch in die Zuständigkeit der Polizei«, hielt Drew dagegen.

»Was die Festnahme von Verdächtigen et cetera angeht, ja, natürlich«, stimmte der Botschafter ihm zu. »Aber Sie würden auf der Grundlage von Informationen und unter Leitung des MI5 und so weiter arbeiten.«

Wer's glaubt, dachte Drew, behielt es aber für sich.

»Hier dagegen, in einem immer noch unterentwickelten Land, kann jede Art von Schwerverbrechen eine Gefahr für den Staat bedeuten – Betrug, Korruption, Industriesabotage ...«

»Und Mord?«

»Normalerweise wohl nicht, weil die meisten Morde ziemlich banale Angelegenheiten sind. Aber dieser hier ist etwas anderes. Die hiesige Polizei ist damit überfordert, und meine Vermutung ist, dass der Minister sich persönlich eingeschaltet hat, weshalb Nergui jetzt die Ermittlungen übernommen hat.«

Drew nippte an seinem Kaffee, während er darüber nachdachte. »Glauben Sie, die Mongolen wissen etwas, das sie uns nicht mitteilen?«

»Ich hatte gehofft, darüber könnten Sie mir Auskunft geben. Natürlich nicht sofort – mir ist klar, dass Sie gerade erst angekommen sind. Aber es wäre hilfreich, zu wissen, wie Sie die Angelegenheit einschätzen.«

Klar wäre es das, dachte Drew. Jetzt wusste er wenigstens, warum der Botschafter so offen zu ihm war.

»Meiner Vermutung nach«, fuhr sein Gegenüber im Ton eines Mannes fort, der es gewohnt war, dass man seine Vermutungen ernst nahm, »ist das hier jedoch nicht der Fall. Obwohl sie es meisterhaft verstehen, uns Informationen vorzuenthalten.« Er schüttelte den Kopf, wie fassungslos über die Ungeheuerlichkeit eines solchen Verhaltens. »Ich habe aber ein paar eigene Quellen, und mein Eindruck ist der, dass sie genauso ratlos sind wie wir.« Er machte eine Pause. »Wie schätzen Sie die ganze Sache ein?«

»Bis jetzt? Nun, ich habe die Fallakten noch nicht bis ins Detail gelesen – sie hatten mir den Packen geschickt, aber das meiste musste natürlich erst übersetzt werden. Ich treffe mich nachher mit Nergui, um das alles mit ihm durchzugehen. Doch wie es aussieht, ist es ein merkwürdiger Fall. Die einfachste Erklärung ist, dass wir es schlicht mit einem Psychopathen zu tun haben, jemandem, der sich seine Opfer nach dem Zufallsprinzip aussucht. So wie Ian Brady, der Moormörder, oder Peter Sutcliffe, der Yorkshire Ripper.«

»Suchen sich denn solche Leute ihre Opfer wirklich zufällig aus?«

»Ich bin kein Psychologe, aber ich glaube, in der Regel gibt es mehr Gemeinsamkeiten als in diesem Fall. Wobei wir hier natürlich gar nichts über ein Muster sagen können, da die ersten drei Opfer ja immer noch nicht identifiziert sind.«

»Und wenn es kein Psychopath ist, der nach dem Zufallsprinzip mordet?«

»Was mich wundert, ist die Professionalität, mit der die ersten Morde allem Anschein nach begangen wurden. Das Entfernen der Etiketten, die leeren Taschen. Das Abtrennen der Gliedmaßen, das anscheinend mit einer gewissen Präzision vorgenommen wurde – was nicht heißt, dass wir nach einem ausgebildeten Chirurgen suchen, aber für mein Empfinden sieht es nicht aus wie das Werk eines Menschen, der sich beeilen muss, weil er am Schauplatz des Verbrechens in Panik gerät. Für einen Psychopathen ist das ein seltsames Verhalten, wobei ich annehme, dass psychopathisches Verhalten grundsätzlich seltsam ist. Für einen Auftragskiller wäre dagegen die Häufung der Taten merkwürdig – außer wir haben es hier mit einer Art Rachefeldzug zu tun.«

»Wie? Organisierte Banden, die um ein Gebiet kämpfen? Meinen Sie so was?«

Drew lächelte. »Na ja, im Süden Manchesters passiert das dauernd. Es muss als Möglichkeit zumindest in Betracht gezogen werden. Allerdings stellt sich dann die Frage, warum so viel Aufwand getrieben wurde, um die Identität der Opfer zu verschleiern. Wenn man eine Botschaft sendet, will man doch, dass sie so eindeutig wie möglich ist. Das wiederum bringt uns, wie Nergui gestern Abend richtig bemerkte, geradewegs zu der Frage zurück, was Ransom damit zu tun hat. Nach allem, was wir über ihn wissen, ist er nicht der Typ Mensch, der sich in einen blutigen Territorialkampf der Mafia verwickeln lässt.«

»Es sind schon merkwürdigere Dinge passiert, glaube ich.«

»Natürlich. Wenn wir aber über eine Art lokalen gegenseitigen Vernichtungskrieg sprechen, kann ich mir nicht vorstellen, dass die Beteiligten die Aufmerksamkeit der westlichen Medien suchen. Wozu der ganze Aufwand, die Identität der ersten Opfer zu verschleiern, wenn anschließend im besten Hotel am Platz ein Europäer in seinem Bett brutal ermordet wird?«

»Vielleicht war das die eindeutige Botschaft, von der Sie gesprochen haben?«

Zum ersten Mal schaute Drew sich den Botschafter genauer an. Hinter dem äußerlich liebenswürdigen alten Trottel verbarg sich ein schlauer und zweifellos hochpolitischer Kopf. Womöglich wusste der Botschafter mehr über die Sache, als er zugab. »Wie soll ich das verstehen?«

Der Botschafter zuckte die Achseln. »Diplomatenschule, Chief Inspector.« Er lachte, allerdings ohne erkennbare Heiterkeit. »Wenn jemand einen Bürger Ihres Landes tötet, und dann auch noch auf so brutale Weise, ist Ihre erste Vermutung, dass das eine Botschaft an Sie ist.«

»Welche zum Beispiel?«

»In diesem Fall habe ich nicht die leiseste Ahnung. Unsere Beziehungen zur Regierung sind alles in allem gut. Die Mongolen haben nichts gegen Leute aus dem Westen. Im Gegenteil, für sie scheinen wir Wohlstand und Stabilität zu bringen – ihnen ist der Westen lieber als die Russen oder Chinesen. Sicher gibt es welche, die anders darüber denken, aber nicht viele. Nein, Chief Inspector, vergessen Sie, was ich gesagt habe. Ich tappe genauso im Dunkeln wie Sie. In meiner Rolle tendiere ich naturgemäß erst einmal zu einer politischen Interpretation der Vorfälle, aber ich habe den Verdacht, dass sich in diesem Fall die Wahrheit am Ende als viel banaler erweisen wird.«

Drew hatte den Eindruck, dass er gerade eine Art verschlüsselte Botschaft bekommen hatte, zu deren Entschlüsselung ihm jedoch der nötige Einblick fehlte.

»So, Chief Inspector, ich glaube, jetzt habe ich Ihnen genug von Ihrer Zeit gestohlen. Sie werden mir aber sicher zustimmen, dass wir in Kontakt bleiben müssen. Möchten Sie diese Woche einmal mit mir zu Abend essen? Nichts Besonderes, aber eine Abwechslung von der Hotelküche. Am Donnerstag?«

»Ja, selbstverständlich.« Es klang nicht nach einer Einladung, die man ohne Weiteres ablehnen konnte.

»Ich werde dafür sorgen, dass jemand Sie am Hotel abholt – gegen sieben? Müssen Sie jetzt zum Polizeipräsidium? Brauchen Sie einen Wagen?«

»Nergui wollte einen Fahrer hierherschicken.«

»Aha, sehr gut. Und lassen Sie Nergui wissen, dass er gerne dazukommen kann.« Der Botschafter stand auf und führte Drew zur Tür. »Ich finde es sehr wichtig, dass wir hier alle Kommunikationswege nutzen, Sie nicht auch?«

Drew nickte, aber mit dem untrüglichen Gefühl, dass die

gegenwärtige Kommunikation vermutlich über seinen Kopf hinwegging. Es gab Zeiten, da war er heilfroh, nur ein Polizist zu sein.

Die Hand auf Drews Arm, blieb der Botschafter im Türrahmen stehen. Nachdem er einen Moment geschwiegen hatte, so als suchte er nach den richtigen Worten, sagte er: »Bleiben Sie an Nergui dran, ja? Und seien Sie auf der Hut!«

Tja, dachte Drew, während er langsam die Treppe hinunterging, das klang nach einer weiteren eindeutigen Botschaft.

5. KAPITEL

»Einer unserer Helden«, erklärte Nergui, der in raschem Tempo vorausging. Drew hatte Mühe, mit ihm Schritt zu halten. Doripalam kam weiter hinten nach; er schien keine Notwendigkeit zu verspüren, ihn einzuholen. »Revolutionsheld.«

»Aha.« Drew ließ seinen Blick über den riesigen Süchbaatar-Platz schweifen, der von der Reiterstatue des gleichnamigen Revolutionshelden beherrscht wurde. Auch wenn der Platz vielleicht nicht zu den großen der Welt zählte, fand er ihn doch recht imposant. Hier war sowjetisch geprägte Funktionalität durch etwas ersetzt worden, was durchaus eine gewisse Erhabenheit besaß – das gedrungene weiße Parlament, die palastartigen Regierungsgebäude, die massige Architektur der Hauptpost. Der Platz war riesig und voller Menschen. Manche standen einfach nur plaudernd in der Morgensonne, die meisten jedoch waren zielstrebig auf dem Weg zu den nahe gelegenen Geschäften oder dem nicht überdachten schwarzen Markt. Die Mehrheit von ihnen war westlich gekleidet, die Älteren trugen dagegen oft noch traditionelle Kutten und Schärpen. Eine Gruppe junger Leute in weiten Sweatshirts und Jeans mit vertrauten Designeretiketten hatte sich an einem Ende des Platzes versammelt, aß Eis aus Papphörnchen und trotzte der Kälte des spätherbstlichen Morgens.

Zu dieser Tageszeit waren die Straßen belebt, aber nicht verstopft und der Verkehr floss langsam ohne die Hektik europäischer Hauptstädte. Es gab lärmende Busse, Motorräder und kleine LKWs aus russischer Produktion sowie ein paar alte, stotternde Ladas, aber auch einige neuer aussehende koreanische Daewoos, Hyundais und Kias. Hin und wieder entdeckte Drew auch glänzende europäische Autos – einen BMW oder Mercedes –, was auf den zunehmenden Wohlstand zumindest einer bestimmten Gruppe mongolischer Staatsbürger hindeutete.

»Und hier unser wahrer Held«, sagte Nergui im Gehen. Er deutete auf eine große Reklamewand mit dem gedrungenen Bildnis des Dschingis Khan. »Wohin Sie auch gehen, er wird Sie überall begleiten.«

Das hatte Drew bereits gemerkt. Dieses Bild war überall anzutreffen – in der Hotelhalle, als großes Wandgemälde an Gebäuden, mit Tinte nachgezeichnet auf winzigen verblassten Postern, die an Betonwände geklebt worden waren. Hier im Stadtzentrum wetteiferte sein allgegenwärtiges Konterfei auf irgendwie unpassende Weise mit den übrig gebliebenen Wahrzeichen des Kommunismus und den Logos, Neonreklamen und Plakatwänden westlicher Produkte, die immer mehr das Stadtbild beherrschten.

»Im Westen hat er wohl immer noch ein ziemlich negatives Image, oder?«, bemerkte Nergui über die Schulter. »Hier nicht. Er war natürlich ein skrupelloser Eroberer, aber zugleich auch ein bemerkenswerter Mann.«

Drew war zu sehr außer Atem, um zu antworten. Er hatte schon festgestellt, dass es schwer war, mit Nergui Schritt zu halten, im wörtlichen wie im übertragenen Sinne. Morgens, beim Verlassen der Botschaft, hatte er Nergui angerufen und schon nach erstaunlich kurzer Zeit war ein Wagen gekommen, um ihn zum Polizeipräsidium zu bringen.

Er hatte Nergui und Doripalam in einem kleinen, anonym wirkenden Büro angetroffen, einen Schreibtisch voller Akten und Unterlagen vor sich.

»Willkommen«, sagte Nergui. »Bitte nehmen Sie Platz. Wie war der Botschafter?«

»In Ordnung«, antwortete Drew zurückhaltend. Er überlegte immer noch, was die Abschiedsworte des Botschafters wohl zu bedeuten hatten. »Er lässt Sie grüßen. Ach, und am Donnerstag sind wir zum Abendessen eingeladen. Sie ganz ausdrücklich auch.« Etwas verlegen blickte Drew hinüber zu Doripalam. »Leider nur Nergui.«

In gespielter Enttäuschung verzog Doripalam das Gesicht zu einer Grimasse, dann lachte er. »Mit dieser Enttäuschung kann ich leben«, sagte er. »Wenn Sie allerdings eine Einladung für meine Frau arrangieren könnten, würde ihr das vielleicht gefallen.«

Nergui lächelte ihn an. »Das ist typisch britisch. Keine Situation ist so verfahren, dass man ihr nicht mit einem guten Abendessen beikommen könnte. Ich bin aber nur eingeladen, weil er auf ein bisschen Klatsch aus dem Ministerium hofft.«

»Solange es tatsächlich ein gutes Abendessen ist«, bemerkte Drew. »Ich bin da ein bisschen wählerisch.«

»Der Botschafter wird Sie nicht enttäuschen«, sagte Nergui lächelnd. »Jedenfalls nicht in Bezug aufs Essen.«

Nergui hatte die betreffenden Akten gewissenhaft vorbereitet und Drew war beeindruckt davon, wie gründlich der Mongole sich mit dem Fall auskannte. Die drei Männer arbeiteten sich akribisch durch das ganze Material hindurch, ohne allerdings am Ende einen Schritt weiter zu sein. Drew hatte nichts anderes erwartet; er war viel zu erfahren in solchen Dingen, um zu glauben, dass irgendeine heiße Spur übersehen worden sein könnte. Andererseits wusste er nur zu gut, dass die wiederholte gründliche Prüfung der Fakten die einzig zweckmäßige Vorgehensweise war. Auch wenn es in diesem Stadium keine neuen Spuren gab, bestand doch immer die Möglichkeit, dass irgendeine neue Entwicklung die Masse an Material vor ihnen in einem anderen Licht erscheinen ließ.

»Die andere Frage«, sinnierte Drew, als sie mit der Durchsicht der Unterlagen fertig waren, »ist die nach den eigentlichen Schauplätzen des ersten und dritten Mordes.«

Nergui nickte. »Sie könnten überall in der Stadt sein. Es gibt eine Menge verlassener oder halb abgerissener Gebäude, in denen man eine solche Tat begehen könnte. Ein paar haben wir von Polizeibeamten durchsuchen lassen, aber das ist ein aussichtsloses Unterfangen. Wenn nicht jemand zufällig darüberstolpert, ist es unwahrscheinlich, dass wir sie ausfindig machen. Es könnte ja auch hinten in einem Lieferwagen oder LKW oder so was Ähnlichem passiert sein. Oder in einem alten Schlachthaus oder Hof, wo man mühelos alles abspritzen kann. Überall.«

»Also bringt uns das wahrscheinlich nicht viel weiter. Ich sollte mir als Nächstes vielleicht die Stellen anschauen, wo die Leichen gefunden wurden. Sicher wäre es hilfreich, ein Gefühl für diese Orte zu bekommen.«

»Selbstverständlich«, sagte Nergui. »Ich könnte einen Wagen bestellen, aber vielleicht sollten wir lieber zu Fuß gehen. So bekommen Sie einen ersten Eindruck von der Stadt.«

Wenn Drew klar gewesen wäre, wie schnell Nergui ging, hätte er sich auf diesen Vorschlag womöglich gar nicht eingelassen. So aber trabte er förmlich hinter ihm her durch die Straßen Ulan-Bators, während Doripalam in lässigem Schritt das Schlusslicht bildete. Die Stadt selbst wirkte zunächst eher nichtssagend – eine Mischung aus gesichtslosen niedrigen Geschäftsgebäuden, Plattenbauten und gelegentlich einer eindrucksvollen neuen Architektur. Sie kamen an Ständen vorbei, an denen es kleine Gerichte zu kaufen gab, und um den Süchbaatar-Platz herum auch Touristensouvenirs wie die traditionellen knallbunten *loovuuz*-Mützen. Von Weitem sahen sie ein großes Wandbild in gedeckten Brauntönen, das stilisierte Kampf- und Reiterszenen zeigte und am oberen Rand seltsamerweise mit den englischen Worten »Welcome to Mongolia« verziert war.

Nergui eilte voraus, in eine der kleinen Seitenstraßen, und blieb dann plötzlich stehen. Er drehte sich zu Drew um. »Da«, sagte er und zeigte nach vorne.

Drew holte ihn ein und sah in die Richtung, in die Nerguis ausgestreckter Finger wies. Eine andere, kleinere Straße zweigte von der ab, in der sie standen, dunkel lag sie zwischen einer Art Wohnblock und so etwas wie einer verlassenen Fabrik, deren große Fenster offensichtlich seit langem mit Brettern zugenagelt waren.

»Hier wurde die erste Leiche gefunden«, sagte Nergui und ging langsam in die düstere Seitenstraße. Nach zwanzig oder dreißig Metern blieb er stehen.

»Genau hier«, präzisierte er. »Man kann immer noch ein paar Blutflecken sehen.«

Drew schaute auf den Boden. Dort, wo die Straße abzweigte, war sie gepflastert, aber schon nach wenigen Metern verwandelte sich das Pflaster in festgedrückte Erde. Dennoch konnte Drew die dunkleren Flecken auf dem Boden vor ihm erkennen. Als er den Blick hob und auf die sich abzeichnenden Gebäude links und rechts der Straße richtete, schauderte es ihn. Selbst für einen erfahrenen Polizisten war die Vorstellung, an diesem trostlosen Ort eine Leiche ohne Kopf und Hände zu finden, nicht gerade angenehm.

»Und dort hat niemand etwas gesehen?«, fragte er, auf den Plattenbau deutend. Reihen leerer Fenster starrten auf sie herab.

»Wie es scheint, nicht«, antwortete Doripalam, der nach ihnen eintraf. »Natürlich haben wir eine Haus-zu-Haus-Befragung durchführen lassen, aber bis jetzt hat niemand etwas gesehen oder gehört. Das kann sogar stimmen. Diese Straße ist nachts nicht beleuchtet. Das Licht der Straßenlaterne reicht nur bis dorthin.« Doripalam zeigte auf die etwas breitere Straße, die sie gerade verlassen hatten. »Wenn die Leiche also im Dunklen hier abgeladen worden war, hat vermutlich auch niemand etwas bemerkt.«

»Was befindet sich da drin?«, fragte Drew und deutete mit dem Kopf auf das Geschäftsgebäude auf der anderen Seite.

»Im Moment nichts«, erwiderte Doripalam. »Früher war es eine Kleiderfabrik, unter staatlicher Leitung. Stellte Anzüge her – so wie diesen.« Doripalam zeigte mit einem ironischen Grinsen auf seinen billig wirkenden Anzug. »Nicht ganz so vornehm wie die Londoner Savile Row, aber das Beste, was wir kriegen können. Als die Regierung sich daraus zurückzog, hat sie zugemacht. Deshalb steht das Gebäude jetzt leer.«

»Und keinerlei Anzeichen, dass da drinnen jemand war?«

Doripalam schüttelte den Kopf. »Natürlich haben wir das Gebäude durchsucht. Es deutete nichts darauf hin, dass es in den letzten Monaten betreten wurde.«

Sonst gab es hier nichts zu sehen. Drew und Doripalam folgten Nergui, der rasch zum Süchbaataar-Platz zurückging und dann in die Lenin Avenue einbog. Nergui deutete auf einen der beiden quadratischen Wohntürme des Bayangol-Hotels. »Die zweite Leiche wurde dort beim Hotel gefunden«, erklärte er. »Wir sind zu dem Schluss gekommen, dass das Opfer vom Dach gefallen war.«

Drew richtete den Blick nach oben, während sie auf den

sich abzeichnenden Schatten des Hotels zugingen. Das Gebäude selbst war ein weiteres Beispiel unauffälliger Architektur sowjetischen Stils, obwohl das Hotel in den letzten Jahren offensichtlich gründlich renoviert worden war, um einem internationalen Markt gerecht zu werden. Nergui führte ihn in die enge Gasse auf der Rückseite, wo man die Leiche gefunden hatte.

»Sie sagen, er wurde nachts getötet?«, fragte Drew. »Wie ist er dann ins Hotel gekommen?«

Nergui zuckte die Achseln. »Das versuchen wir noch herauszufinden. Es gibt verschiedene Möglichkeiten. Es könnte sein, dass der Mörder sich dort ein Zimmer genommen und ihn tagsüber irgendwie hereingeschleust hat. Wir überprüfen alle Gäste, die an diesem Tag im Hotel gewohnt haben, was viel Zeit in Anspruch nimmt – viele von ihnen kamen aus dem Ausland. Aber sehr viel verspreche ich mir davon nicht. Es ist wahrscheinlicher, dass ein Hotelangestellter bestochen wurde, um sie hineinzulassen. Wir haben das Personal vernommen, aber niemand sagt einen Ton. Hotelpersonal ist zu Diskretion verpflichtet.«

»Selbst in einem Mordfall?«

»Gerade in einem Mordfall, meine ich. Sie wollen nicht in die Sache hineingezogen werden. Womöglich sind sie sogar bedroht worden.«

»Es kommt mir einfach unglaublich vor, dass jemand mit Drogen betäubt, dann aufs Dach hinaufgeschleppt und, tja, hinuntergeworfen werden konnte, ohne dass irgendjemand etwas gesehen hat.«

»So unglaublich ist das gar nicht«, entgegnete Doripalam. »Es war ein Samstagabend. Und etwas zu trinken gibt es nur an wenigen Orten, vor allem für Ausländer. Im Hotel dürften viele Leute schlicht betrunken gewesen sein. Wem fällt es dann auf, wenn jemand den Flur entlanggeschleppt wird?«

Drew nickte. »Und die dritte Leiche? Sie sagten, sie sei in einem der Jurtenlager gefunden worden?«

»Ich rufe einen Wagen, der uns dorthin bringt«, sagte Nergui. »Es liegt ein Stück von hier entfernt, am Stadtrand.«

Innerhalb weniger Minuten war das Auto da und fuhr sie zu dem Jurtenlager. Zum ersten Mal fand Drew sich in einer Umgebung wieder, die ihm wirklich fremd erschien. Das Stadtzentrum hatte zwar seinen eigenen Charakter gehabt, seine Atmosphäre und Architektur waren aber typisch für viele Städte der ehemaligen Sowjetunion gewesen. Drew, der nicht viel durch Osteuropa gereist war, hatte sich hauptsächlich an die anonymen Schauplätze der Spionagefilme aus den Sechzigern erinnert gefühlt.

Das hier war jedoch etwas ganz anderes. Das Auto hielt an der Stelle, wo die Schotterstraße in eine gröbere Piste überging, und die drei Männer stiegen aus. Vor ihnen bildeten Reihen traditioneller Jurten so etwas wie eine ausgesprochen ordentliche und gepflegte Slumvorstadt. Zwischen den Nomadenzelten sah man Männer, Frauen und Kinder, die wie Nachbarn in jedem anderen Vorort miteinander schwatzten, alle mit den Hirtengewändern bekleidet, deren dicken Filz sie gegen die Morgenkühle eng um sich gezogen hatten. Es gab angebundene Pferde, Hunde, sogar eine Ziege. In einem Hühnerhof weiter hinten scharrte das magere Federvieh im staubigen Boden. Sofort war Drew die vielfältige Mischung von Gerüchen in der Luft aufgefallen: der Duft von Holzrauch, das Moschusaroma von Ziegen und Pferden, von irgendwoher der scharfe Gestank von brennendem Öl oder Benzin, und alles mit verlockenden Kochdüften durchsetzt.

Das Jurtenlager war in der Tat außergewöhnlich. Drew kam es anders vor als die Art von Zeltansammlung, die man aus Ländern der Dritten Welt oder aus Vertriebenen- oder Flüchtlingslagern kannte. Diese Leute lebten anscheinend aus freien Stücken so und bewahrten sich einen Lebensstil, der zwischen ihren nomadischen Wurzeln und den zunehmend städtisch geprägten Anforderungen des 21. Jahrhunderts ausbalanciert war. Man hatte das Gefühl, dass diese Gemeinschaft, wenn sie wollte, den Beton- und Glasmonolithen der Innenstadt trotzend einfach alles zusammenpacken und weiterziehen konnte.

»Das ist ganz anders als in Manchester, nicht wahr?«, fragte Nergui lächelnd.

»Das ist anders als – als überall, wo ich bisher war«, bestätigte Drew.

»Für die meisten Menschen hier ist das einfach die natürliche Art zu leben. Sie mögen aus ökonomischen Gründen gezwungen sein, in der Stadt zu arbeiten, aber sie sind der Steppe, der traditionellen Lebensweise immer noch stark verbunden. Sie wohnen lieber hier als in einem gesichtslosen Plattenbau in der Stadt.«

»Vermutlich eine vernünftige Entscheidung«, bemerkte Drew.

»Ganz bestimmt. Nach meinen Aufenthalten im Westen ist mir dieser Lebensstil aber etwas fremd geworden.« Nergui lachte. »Mir liegt mein leibliches Wohl doch sehr am Herzen.«

»Wo wurde die Leiche denn gefunden?«

»Dort.« Nergui zeigte auf die Schlucht jenseits der Jurtenreihen. »Kommen Sie.« Er führte sie den Weg entlang bis zum Rand der Schlucht. Eine Reihe von Jurten stand unmittelbar hinter ihnen.

»Hat man keinen Versuch unternommen, die Leiche zu verstecken?«, fragte Drew, wobei er mit einem Schauder an die entsetzlichen Fotos von der entblößten und verstümmelten Leiche dachte, die er gesehen hatte.

»Wie es scheint, nicht«, sagte Doripalam. »Wir meinen,

dass sie mit einem Gelände- oder Lieferwagen bis da drüben hingefahren sind.« Doripalam zeigte auf die Schotterstraße, die an der anderen Seite der Schlucht entlangführte. »Und dann haben sie die Leiche einfach runtergekippt. Wahrscheinlich ist sie weitergerollt, bis sie auf diese Büsche da stieß.«

»Aber warum ausgerechnet hier?«

»Ich glaube, es ist wie bei der ersten Leiche. Sie wollten sie vermutlich an einen Ort bringen, wo sie sie schnell und ohne großen Aufwand loswerden konnten, wo man sie aber finden würde. Die Straße dort verläuft nicht unmittelbar entlang der Jurtensiedlung, sodass niemand in der Nacht einen Geländewagen bemerken würde. Wahrscheinlich haben sie nur kurz angehalten. Zufällig war die Leiche von dieser Seite aus nicht zu sehen, weil die Büsche sie verdeckten. Andernfalls wäre sie schon ein oder zwei Stunden früher entdeckt worden.«

Nergui führte sie an den Jurten vorbei zu dem wartenden Auto zurück. Obwohl der Sommer längst vorbei war, war keine Wolke am Himmel und der Tag wurde wärmer. Nergui hatte Drew erzählt, dass das Herbstwetter wechselhaft sein konnte. Anfang der Woche habe es schon leichte Schneegestöber gegeben, die ersten Vorboten des nahenden Winters. Sie gingen an einer alten Frau vorbei, die in das Drew mittlerweile schon vertraute dunkle Gewand mit Schärpe gehüllt war und einen Eimer Wasser trug. Sie lächelte und nickte zum Gruß.

Drew hatte den Mund aufgemacht, um etwas über die Jurten zu sagen, als Nergui einen unartikulierten Schrei ausstieß und sich rückwärts dem Engländer entgegenwarf. Drew stolperte, völlig perplex, verlor das Gleichgewicht und fiel auf die harte Erde. Nergui stürzte sich auf ihn und im nächsten Moment spürte Drew, wie der Mongole fest an seiner Jacke zog.

»Sind Sie denn ...?«

»Hier lang!«, kommandierte Nergui und zog noch fester. Drew rollte herum und lag schließlich neben Nergui, der rasch hinter eine der Jurten zurückrobbte. »Kommen Sie!«, schnappte er, während er heftig in Drews Richtung gestikulierte. Drew kroch hinter ihm her, bis sie sich beide im Schatten der Jurte befanden. Doripalam hatte sich auf Nerguis Warnruf hin auf die Knie fallen lassen und kroch jetzt zu ihnen hinüber. Hinter ihnen gackerten durch die Störung aufgeschreckte Hühner.

»Was ist denn los?«, fragte er.

Nergui atmete schwer. »Da«, antwortete er und deutete nach oben. »Aber lassen Sie den Kopf unten.«

Drew spähte vorsichtig an der Jurte hoch. Dort steckte, sauber in den dicken Filz gebohrt, ein Armbrustpfeil, der von der Wucht des Aufpralls noch vibrierte.

Irgendwie kam es Drew lächerlich vor. Eher wie eine Szene aus einem alten Hollywood-Western als wie eine tatsächliche Bedrohung. Gleichzeitig sagte ihm sein Verstand, dass der Pfeil eine tödliche Waffe war. Wenn da draußen jemand mit einer Armbrust auf sie schoss, war ihr Leben genauso in Gefahr, wie wenn es sich um einen Heckenschützen mit einem Gewehr handelte.

»Woher kam der?«, flüsterte er.

Nergui zeigte auf ein anscheinend stillgelegtes Fabrikgebäude auf der anderen Seite eines Stücks Brachland. »Da oben, glaube ich. Irgendwo im ersten Stock.«

»Meinen Sie, der Kerl ist immer noch da?«

»Keine Ahnung. Ich vermute nicht. Zu gefährlich, selbst wenn er einen von uns getroffen hätte. Ich nehme an, er hat einen Schuss abgegeben und ist dann weggerannt.«

»Und was, wenn Sie sich irren?«

»Mein Leben würde ich darauf nicht verwetten.« Nergui zog behutsam sein Handy aus der Tasche und wählte die Nummer des Polizisten, der den Wagen fuhr. »Er kann über diese Schotterstraße heranfahren«, erklärte Nergui. Er sprach kurz auf Mongolisch mit dem Polizeibeamten, und einen Augenblick später kam das Auto holpernd auf sie zu. Sobald es zum Stehen gekommen war, riss Nergui die hintere Tür auf und er und Drew stiegen hastig ein, während Doripalam vorne auf den Beifahrersitz kletterte. Der Fahrer fuhr rasch rückwärts Richtung Hauptstraße und nahm dann Kurs auf die Fabrik.

Drew merkte, dass er zitterte. »Danke«, sagte er. »Ich dachte schon, Sie wären verrückt geworden. Wie haben Sie den Pfeil sehen können?«

»Ich weiß es nicht. Instinkt, wahrscheinlich. Aus den Augenwinkeln heraus habe ich in der Luft eine Bewegung wahrgenommen und irgendwie registriert, dass es etwas Gefährlicheres als ein Vogel war. Ich wusste nicht genau, wohin es zielte und habe mich, aber ohne weiter zu überlegen, nach hinten geworfen.« Er lachte trocken. »Ich hätte Sie aber womöglich auch genau in seine Bahn stoßen können, Sie sollten sich also nicht allzu überschwänglich bei mir bedanken.«

»Oder schlimmer noch, Sie hätten meinen Anzug für nichts und wieder nichts ruiniert«, erwiderte Drew lächelnd. Sie spielten es beide herunter, doch er hatte den Verdacht, dass auf Nerguis Instinkt mehr Verlass war, als er zugab.

»Etwas Schlimmeres könnte man einem Engländer nicht antun«, pflichtete der Mongole ihm bei.

Vor dem Fabrikgebäude hielt das Auto an. Im Erdgeschoss waren die Fenster mit Brettern vernagelt und es gab keinen Hinweis auf Leben. Die Fenster darüber waren nicht zugenagelt, ihre Scheiben zum größten Teil zertrümmert. Vermutlich war der Pfeil aus einem von ihnen abgeschossen worden. Der Fahrer lenkte das Auto ganz in die Nähe der Tür, womit er die Gefahr verringerte, von oben beschossen zu werden.

»Was haben Sie vor?«, fragte Drew, während er durch die

Autoscheibe einen Blick auf den Betonbau warf. »Wir können da unmöglich allein reingehen.«

Nergui schüttelte den Kopf. »Nein, auf keinen Fall werden wir das tun. Schlimm genug, dass Ihr Leben schon einmal in Gefahr war. Der Botschafter würde es mir nie verzeihen, wenn ich es ein zweites Mal dazu kommen ließe.« Nergui verzog keine Miene, und Drew brauchte einen Moment, um zu begreifen, dass sein Gegenüber einen Witz gemacht hatte. »Ich habe Verstärkung angefordert«, sagte er. »Sie werden in ein paar Minuten hier sein. Dabei riskieren wir natürlich, dass, wer immer es ist, uns entkommt – ich weiß nicht, ob dieses Gebäude einen Hinterausgang hat, aber ich habe gebeten, dass ein Auto von hinten heranfährt. Keine Ahnung, was uns hier erwartet. Wenn es nur ein Witzbold ist, der mal aufs Geratewohl auf die Polizei schießen wollte, ist der auf jeden Fall längst verschwunden. Wenn es aber unser Mörder ist und er sich immer noch da drin aufhält, ist völlig unklar, was er als Nächstes im Schilde führt.«

Die Minuten vergingen. Es war nicht das erste Mal, dass Drew vor der Situation stand, ein Gebäude zu betreten, in dem sich jemand Gefährliches verschanzt hatte. Doch diesmal fühlte er sich völlig schutzlos, weil er keine Ahnung hatte, worauf er sich einstellen sollte, was die Maßstäbe waren. Nie, nicht einmal in den schlimmsten Angstträumen seines Polizistenlebens, hatte er damit gerechnet, dass ein Pfeil auf ihn abgeschossen würde. Und er hatte es noch nie mit einem Mörder zu tun gehabt, der die Leichen seiner Opfer gnadenlos verstümmelte.

»Wie lautet Ihre Vermutung?«, fragte er, um die Stille zu durchbrechen. »Glauben Sie, dass es unser Mörder ist?«

Nergui löste den Blick vom Fenster. »Ich glaube nicht. Ich tippe eher auf einen Scherzbold.«

»Aber warum schießt er auf uns?«

»Es wird Sie überraschen, zu erfahren«, schaltete Doripalam sich ein, »dass die Polizei hierzulande nicht immer beliebt ist. Ich weiß, dass das für einen britischen Polizeibeamten schwer zu verstehen ist.«

Drew betrachtete die ausdruckslose Miene des jungen Mannes. »Sinn für britischen Humor scheinen Sie ja in der Tat zu besitzen«, bemerkte er. »Aber woher sollte der Kerl wissen, dass wir von der Polizei sind?«

»Er hat vermutlich das Auto erkannt«, erklärte Doripalam. »Solche Autos bedeuten normalerweise Polizei oder Politiker. In beiden Fällen ein gutes Ziel. Wenn es irgendein Idiot ist, hatte er wahrscheinlich sowieso nicht vor, uns umzubringen. Wollte uns vielleicht nur erschrecken.«

»Das hat er jedenfalls erreicht. Für mich gesprochen, wohlgemerkt.«

»Es war ein guter Schuss. Er wusste, was er tat. Aber wir haben viele erfahrene Armbrustschützen im Land.«

»Sie müssen sich ein paar Raubritter besorgen, die vor nichts zurückschrecken.«

»Manche sehen in Polizeibeamten genau das«, erklärte Doripalam.

Hinter ihnen hielten zwei weitere Polizeiautos. Nergui bedeutete den Beamten, vorerst in ihren Fahrzeugen sitzen zu bleiben; dann öffneten er und Doripalam behutsam ihre Türen. Nergui drückte sich an die Betonwand und schob sich nach hinten zu den anderen Autos, dicht gefolgt von Doripalam. Als auch Drew Anstalten machte, ihnen zu folgen, winkte Nergui ihn zurück. »Wie gesagt, der Botschafter würde es mir nicht verzeihen.«

Nergui gab den anderen Polizisten zu verstehen, dass sie sich ihnen anschließen sollten. Drew hörte das Motorengeräusch von weiteren Autos, die vermutlich auf der Rückseite des Gebäudes Stellung bezogen.

Ein paar Meter weiter gab es eine Tür, doch eine Kette und ein großes rostiges Vorhängeschloss verwehrten den Zugang. Nach und nach schoben sich die Polizeibeamten an der Wand entlang darauf zu. Nergui betrachtete einen Moment lang das Schloss und sprach dann leise mit Doripalam, der hinter ihm stand, sich daraufhin langsam zu einem der Autos zurückbewegte und kurze Zeit später mit einer Brechstange wiederkam.

Wie es aussah, war das Holz morsch. Mit einem splitternden Geräusch brach die Tür auf, als Doripalam die Eisenstange zwischen Tür und Rahmen presste. Kette und Schloss fielen zu Boden. Während er eine Taschenlampe aus der Tasche zog, spähte er vorsichtig um den Türrahmen herum. Mit lauter Stimme rief er etwas auf Mongolisch, leuchtete dann hinein und ließ den Lichtstrahl in der leeren Fabrikhalle umherwandern, offensichtlich bereit, sich auf jegliche Reaktion hin sofort zurückzuziehen.

Drew merkte, dass er die Luft angehalten hatte, und atmete in einem langen Zug aus. Alles schien ruhig zu sein. Nergui gab den Männern hinter ihm ein Zeichen und folgte Doripalam langsam ins Dunkel.

Drew schüttelte den Kopf. Er konnte unmöglich in aller Seelenruhe hier im Auto sitzen bleiben, während Nergui und seine Leute ihr Leben aufs Spiel setzten. Er machte die Autotür auf, stahl sich hinaus und schob sich zu den Polizeibeamten vor, die immer noch darauf warteten, das Gebäude zu betreten. Der Polizist am Ende der Reihe drehte sich um und schaute ihn überrascht an, bedachte ihn dann aber mit einem einladenden Grinsen. Drew holte die Taschenlampe heraus, die er immer dabeihatte, und hielt sie wie eine Waffe in der Hand.

Nergui rief etwas von drinnen. Drew hatte keine Ahnung, was es bedeutete, aber es klang nicht, als wäre er in Schwierigkeiten. Vermutlich war es eine Anweisung an den Rest der Mannschaft, denn sie fingen alle an, langsam in das dunkle Gebäude vorzudringen.

Drew folgte als Letzter. Nachdem er zur Seite getreten war, um nicht als Zielscheibe mitten in der Tür zu stehen, wartete er, bis seine Augen sich an die Finsternis gewöhnt hatten.

Innen war das Gebäude mehr oder minder leer, eine riesige Halle, die wohl einmal Fertigungsmaschinen beherbergt hatte, jetzt aber ein hohles Echo produzierte. Er konnte die Schatten der anderen Polizisten sehen, die sich auf die Wände verteilten. Über ihnen, in Höhe des oberen Stockwerks, führte so etwas wie ein Steg an den Hallenwänden entlang – ursprünglich vielleicht zur Wartung der Maschinen gedacht. Schwaches Licht fiel durch die zerbrochenen oberen Fenster, zu sehen gab es jedoch kaum etwas.

Am anderen Ende standen Nergui und Doripalam reaktionsbereit vor einer großen Doppeltür, die wahrscheinlich in einen Lagerraum führte. Ein dünner Lichtrahmen um die Türen herum ließ vermuten, dass der Raum dahinter erleuchtet war. Von da, wo Drew stand, war es schwer zu beurteilen, aber es kam ihm heller vor als reines Tageslicht.

Obwohl die obere Ebene leer zu sein schien, gab Doripalam zweien der Männer ein Zeichen, sich den Steg vorzunehmen, der über Stufen in einer Ecke der Fabrikhalle zu erreichen war. Soweit Drew sehen konnte, gab es keine andere Möglichkeit, sich zu verstecken, als in dem wie auch immer beschaffenen Raum hinter der Doppeltür.

Die übrigen Männer sammelten sich zu beiden Seiten der Tür. Drew folgte den Polizisten über den ölverschmierten Betonfußboden. Nergui streckte die Hand aus und legte sie um den Griff des linken Türflügels, der sich leicht öffnen ließ. Ein schwacher Lichtstrahl fiel heraus auf den Beton. Mit erhobener Hand gab Nergui Doripalam und einem anderen Polizeibeamten ein Zeichen, woraufhin dieser zwei Handfeuerwaffen brachte und eine davon Doripalam aushändigte. Drew hatte nicht bemerkt, dass die Polizisten bewaffnet waren, was ihn aber nicht weiter verwunderte. Etwas erstaunter war er allerdings darüber, dass Nergui selbst eine Waffe in der Hand hielt.

Nergui forderte mit einer Geste die beiden bewaffneten Polizisten auf, sich so gegenüber der Tür zu postieren, dass sie den gesamten Bereich dahinter unter Beschuss nehmen konnten. Nachdem er eine Art Warnruf abgegeben hatte – vermutlich die mongolische Entsprechung für »Hier spricht die Polizei – ergeben Sie sich«, dachte Drew –, trat er die Tür auf. Von dem hellen Licht, das in die Fabrikhalle fiel, war Drew vorübergehend geblendet.

Es herrschte Stille. Dann sagte Nergui etwas und bewegte sich bedachtsam vorwärts. Doripalam senkte langsam seine Waffe, während er mit ausdrucksloser Miene in den hell erleuchteten Raum starrte. Zunächst machten weder er noch sein bewaffneter Kollege einen Schritt nach vorn. Erst nachdem sie sich langsam einander zugewandt und einen Blick gewechselt hatten, folgten sie Nergui.

Ein anderer Polizist machte Anstalten, es ihnen gleichzutun, doch eine laute Anweisung von Nergui ließ ihn innehalten. Die übrigen Mitglieder des Teams schauten einander ratlos an, aber keiner bewegte sich.

Den Befehl ignorierend – letztlich gehörte er ja nicht zu Nerguis Team, sagte er sich – löste Drew sich von den Polizisten und ging an ihnen vorbei, bis er unmittelbar vor der Türöffnung stand. Vorsichtig bewegte er sich weiter.

Nergui stand mitten im Raum und starrte unverwandt auf das, was vor ihm ausgebreitet lag. Doripalam und der andere bewaffnete Mann traten, den Blick zu Boden gerichtet, zur Seite. Das helle Licht eines Scheinwerfers leuchtete den ganzen Bereich aus und illuminierte die gespenstische Szenerie. Drew fragte sich unwillkürlich, woher wohl der Strom für das Licht kam.

Das, worauf Nergui den Blick richtete, war eine enthauptete Leiche, die im grellen Schweinwerferlicht an die Wand gelehnt dasaß, wie ein groteskes Ausstellungsstück im Museum. Zwischen den Händen, so als mimte es eine Art Gespensterparodie, hielt das Opfer seinen eigenen Kopf.

Drew stand einen Augenblick wie gelähmt da. Neben ihm hatten einige der Polizeibeamten angefangen, sich um die Tür zu scharen, nachdem ihre Neugier schließlich doch die Oberhand gewonnen hatte. Einer von ihnen, einer der Jüngeren, trat neugierig vor, wich aber, eine Hand vor den Mund gepresst und im Gesicht das schiere Entsetzen, gleich wieder zurück. Er drehte sich um und musste sich übergeben, noch ehe er den Ausgang erreicht hatte. Andere fingen an, in ähnlicher Weise nach draußen zu streben, so als wäre der helle Raum irgendwie verseucht.

Nergui hob den Blick und sah Drew. Er nickte und winkte ihn zu sich. Drew ging nach vorne, nicht ohne Unbehagen, aber mit weniger Abscheu als die anderen Polizisten. Obwohl ihm so etwas noch nicht begegnet war, hatte er im Laufe der Zeit doch genug gesehen, um dem standhalten zu können.

»Sie müssen nicht hereinkommen«, sagte Nergui.

»Ist schon gut«, erwiderte Drew. »Ich habe – na ja, ich kann nicht sagen Schlimmeres, aber doch schon vieles gesehen.«

Nergui nickte. »Das haben wir beide. Allerdings nie etwas derart Grausames.«

Drew schaute sich nach den Polizisten um, von denen die meisten sich jetzt aus dem Raum zurückgezogen hatten. »Das muss ein Schock für Ihre Männer sein.«

Nergui gestattete sich ein schwaches Lächeln. »Sie haben keine Vorstellung, wie groß der Schock ist.«

Drew drehte sich zu den zwei bewaffneten Männern um, dann wieder zu Nergui. Hier war offensichtlich noch etwas im Spiel, was er nicht mitbekam.

Es war Doripalam, der sich, das blanke Entsetzen in das junge Gesicht geschrieben, mit schlaff an der Seite herabhängender Waffe Drew zuwandte. »Sehen Sie«, sagte er, »das ist nicht einfach nur ein brutaler Mord. Nicht bloß einer der brutalsten Morde, die ich je gesehen habe. Es ist noch viel mehr. Wir alle kennen diesen Mann. Er ist Polizist. Ein ranghöherer Beamter.« Er hielt inne, als ränge er nach Luft. »Das ist der brutale Mord an einem unserer Kollegen. Und das alles arrangiert wie eine Sondervorstellung im Zirkus.«

Und das Schrecklichste ist, dachte Drew, dass wir anscheinend als geladenes Publikum hergekommen sind.

6. KAPITEL

»Das ist wirklich sehr gut.« Es folgte eine lange Pause, nur durch ihre Essensgeräusche unterbrochen. »Entschuldigen Sie – ich wollte nicht so überrascht klingen.«

Nergui lachte. »Nein, ich kann das verstehen. Mein Land macht nicht gerade mit der Qualität seiner Küche von sich reden. Wir sind eine Nation von Kriegern, nicht von Köchen.«

»Ja, und leitende Polizeibeamte sind normalerweise auch nicht gerade für ihre Kochkünste bekannt. Ich jedenfalls nicht, wissen Sie. Aber nein, wirklich, es schmeckt ausgezeichnet.«

»Vielen Dank«, sagte Nergui. »Ich will einmal annehmen, dass Ihre Bemerkung mehr als nur britische Höflichkeit ist. Ich koche gern. Es ist so etwas wie ein Hobby von mir, aber ich bekomme nur selten die Gelegenheit, das Ergebnis an anderen auszuprobieren.«

Drew blickte sich in Nerguis Wohnung um und fragte sich, ob er Hinweise auf den Charakter des Mannes finden würde, der ihm da gegenübersaß. Ein paar bestimmt, obwohl er Nergui nicht für einen Mann hielt, der viel Energie darauf verwendete, seiner Wohnung eine persönliche Note zu geben.

Dennoch war die Wohnung durchaus behaglich und überraschend groß. Der schmale Flur führte zu einer kleinen, aber gut ausgestatteten Küche, zwei geschlossenen Räumen, vermutlich Schlafzimmern, und dem großen Wohn-Ess-Bereich, in dem sie jetzt saßen. Auf Drews ungeübtes Auge wirkten die Möbel einigermaßen teuer, und er fragte sich, ob diese schweren dunklen Holztische und vornehmen purpurfarbenen Stühle wohl aus heimischer Produktion stammten oder aus Russland, China oder sogar von noch weiter weg hatten eingeführt werden müssen.

Anfangs war er überrascht gewesen, als Nergui ihn nach ihrem grausigen Fund auf der Rückfahrt von der Fabrik zum Abendessen eingeladen hatte. Die Spurensicherer und Kriminaltechniker waren immer noch bei der Arbeit, aber die Leiche war inzwischen zur Untersuchung weggebracht worden und Nergui hatte das Gefühl, dass sie am Tatort nicht mehr viel ausrichten konnten.

»Ich dachte«, sagte Nergui, während sie davonfuhren, »Sie und Doripalam könnten vielleicht heute Abend zu mir zum Essen kommen. Es wäre mir eine Ehre.«

»Oh, das ist sehr nett von Ihnen.« Drew warf einen Blick zurück auf die dunkle Fabriksilhouette. »Aber haben Sie sich das gut überlegt? Sie müssen sich wirklich nicht verpflichtet fühlen, mein Gastgeber zu sein. Mir ist klar, dass das ein fürchterlicher Schock war.«

»Beruflich gesehen war es ein Schock, ja«, sagte Nergui. »So etwas haben wir noch nie erlebt. Natürlich sind schon Polizisten im Dienst getötet worden. Aber noch nie so wie hier.«

Bevor Drew reagieren konnte, fuhr er fort: »Das Opfer war nicht unbedingt ein enger Freund, verstehen Sie. Ich kannte ihn, hatte in der Vergangenheit hin und wieder mit ihm zu tun.« Nergui lachte auf, nicht ohne einen Hauch von Bitterkeit. »Beim letzten Mal habe ich ihn, glaube ich, etwas zurechtgewiesen, weil er es versäumt hatte, mir ein paar Unterlagen für meine Arbeit an einem bestimmten Fall zusammenzustellen. Nach allem, was ich weiß, war er aber ein guter Polizist. Und außerdem, vermute ich, mit einigen befreundet, die heute auch dort waren.« Er machte eine Pause. »Genau das ist ja so schrecklich – dass der Täter uns in voller Stärke anrücken ließ. Er wollte sicherstellen, dass diese Leiche gefunden wird, und zwar nicht von irgendwelchen Passanten, sondern von denen, die ihn am besten kannten.«

Drew durchfuhr ein Schauer. Nergui hatte recht. Es war ein entsetzlicher Gedanke, der darauf hindeutete, dass der Mord mit außergewöhnlicher Kaltblütigkeit begangen worden war. Zudem warf er die Frage auf, was den Mörder zu einem solchen Verhalten bewogen hatte und – was noch beunruhigender war – wohin dies als Nächstes führen würde. »Aber warum?«, fragte er. »Warum macht jemand so etwas?«

»Wer weiß? Wir scheinen es zweifelsfrei mit einem Verrückten zu tun zu haben. Keine Ahnung, wie der Mann tickt. Oder ob er seine Opfer, das heutige eingeschlossen, nach dem Zufallsprinzip oder mit Bedacht auswählt. Selbst in letzterem Fall halte ich es für möglich, dass das Opfer zunächst zufällig ausgesucht wurde, der Mörder sich aber dann entschloss, die Leiche auf die grausamste und schockierendste Weise, die ihm einfiel, zu töten.«

»Aber genauso ist es doch vielleicht kein Zufall, dass das Opfer ein Polizeibeamter war?«

»Sie sagen es. In welchem Fall die vorherigen Opfer womöglich auch nicht zufällig ausgesucht wurden.«

Es ist, als schaute man in einen Tümpel mit trübem Wasser, dachte Drew. Hin und wieder sieht man einen Gegenstand vorbeischwimmen, aber kaum meint man dessen Form zu erkennen, wird das Wasser schon wieder trüb und hinterlässt nichts als Finsternis und Ungewissheit.

Es bestand kein Zweifel, dass selbst Nergui, dieser scheinbar gelassene Profi, von den Ereignissen des Tages erschüttert worden war. Dennoch beharrte er darauf, dass Drew mit ihm zu Abend essen sollte. »Es ist meine Pflicht als Ihr Gastgeber«, sagte er. »Und ich würde mich freuen, heute Abend etwas Gesellschaft zu haben. Das war, glaube ich, kein Tag zum Alleinsein.«

Drew verspürte oft Dankbarkeit dafür, dass seine Frau da war, wenn er abends nach Hause kam. Manchmal erzählte er dann von seinem Tag, häufiger versuchte er aber, ihn einfach hinter sich zu lassen. Das machte seinen Arbeitsalltag wesentlich erträglicher.

Zehn Jahre nach seiner Hochzeit konnte er sich überhaupt kein anderes Leben mehr vorstellen und fragte sich, wie es für Nergui sein musste, jeden Abend in seine komfortable, aber sterile Wohnung zurückzukommen. Außerdem fragte er sich, warum der Mongole, nachdem er ein Trauma wie das heutige erlebt hatte, niemand anderen als seinen Stellvertreter und einen völlig Fremden einladen konnte.

Wie sich herausstellte, entschloss sich Doripalam, die Einladung zum Abendessen dankend abzulehnen. Drew kam nicht dahinter, ob Doripalam sich taktvoll verhielt oder ob er einfach, was wahrscheinlicher war, lieber zu Hause bei seiner Familie war.

Trotz der Umstände war Nergui ein exzellenter Gastgeber. Er hatte angeordnet, dass ein Dienstwagen Drew zu seiner Wohnung brachte, und hieß ihn an der Tür herzlich willkommen. Er hatte etwas an, was Drew wie die Freizeitversion der

Nomadentracht vorkam, eine bunte, fließende Robe, die von einer goldenen Schärpe gehalten wurde, die Füße in fein bestickten Lederpantoffeln. Drew fragte sich, ob das die Kleidung war, die der durchschnittliche Mongole zu Hause trug, oder vielleicht nur Ausdruck von Nerguis Dandytum, das dieser im Berufsalltag im Wesentlichen auf die Wahl seiner Krawatten zu beschränken schien.

Beim Betreten der Wohnung hatte Drew mit Erstaunen festgestellt, dass Nergui das Essen selbst zubereitete. Da er ihn nicht gerade als Typ Hausmann eingeschätzt hatte, fand er es umso befremdlicher, ihn am Herd stehen, in den verschiedenen Töpfen rühren und von deren Inhalt probieren zu sehen.

»So. Ausgezeichnet. Alles unter Kontrolle«, sagte Nergui, während er Drew in den Wohnraum führte. »Noch fünfzehn, zwanzig Minuten, dann dürfte alles fertig sein.«

Nergui bot ihm ein Bier an und holte auch zwei Weinflaschen für das Essen. »Er ist nicht schlecht«, sagte er entschuldigend. »Ein bulgarischer Tropfen. Hier bekommt man nur schwer etwas Besseres.«

Nergui erwies sich als entspannter Gastgeber, und Drew verspürte keinerlei Unbehagen, auch wenn sie anfangs freundlich schweigend dasaßen. Es war klar, dass Nergui viel durch den Kopf ging, und er sagte wenig, bis er den ersten Gang serviert hatte – eine würzige Suppe mit Hühnchenfleisch und Garnelen. Drew lobte die Qualität des Essens.

»Leider ist es weit von echter mongolischer Küche entfernt«, sagte Nergui. »Aber vermutlich sollten Sie sogar dankbar sein, dass es keine echte mongolische Küche ist.«

»Ich wünschte, ich könnte überhaupt so kochen.«

»Kochen Sie zu Hause nicht?«

Drew schüttelte den Kopf. »Eigentlich nicht. Ich meine, ganz einfache Sachen schon, aber nicht so etwas. Meine Frau ist die Köchin.«

Nergui nickte. »Haben Sie Kinder?«

»Zwei«, antwortete Drew. »Jungs. Acht und zehn.«

»Das muss anstrengend sein.«

»Ja, manchmal. Vor allem für meine Frau, wenn ich abends länger arbeite, was meistens der Fall zu sein scheint. Sagt sie jedenfalls.«

Nergui lächelte. »Ist sie auch berufstätig?«

»Sie ist Lehrerin. Grundschule. Kleine Kinder.«

»Also harte Arbeit. Bestimmt ist es nicht immer ganz einfach, wenn beide in solchen Berufen arbeiten.«

Darüber musste Drew nachdenken. Von jemand anderem gestellt, hätte die Frage aufdringlich wirken können, aber Nergui schien wirklich interessiert zu sein.

»Zuweilen ist es schon heftig«, sagte Drew. »Manchmal arbeiten wir beide besonders viel. Sue muss ihren Unterricht vorbereiten. Und die Schule schlaucht sie, glaube ich, ziemlich. Aber die meiste Zeit packen wir es wohl ganz gut.«

»Das ist schön«, sagte Nergui ehrlich. »Ich lebe gern allein, aber es gibt Zeiten, da beneide ich Menschen wie Sie.«

»Und umgekehrt«, sagte Drew lachend. »Manchmal hätte ich gegen ein bisschen Einsamkeit auch nichts einzuwenden.«

»Sicher«, erwiderte Nergui mit einem Nicken. »Ich habe nie etwas anderes gekannt.«

»Waren Sie nie ...?« Verlegen hielt Drew inne, er wusste nicht mehr, wie er den Satz hatte beenden wollen. Verheiratet? In einer Beziehung? Beides klang unhöflich.

Aber Nergui schien das nichts auszumachen. »Ich war mal verheiratet«, sagte er. »Kurz. Vor langer Zeit.«

»Oh, das tut mir leid.«

»Braucht es nicht. Wie gesagt, vor langer Zeit. Es war der Grund für meine erste Reise in den Westen.«

»Tatsächlich?«

»Eine lange Geschichte. Ich lernte eine junge Frau kennen – eine Journalistin aus den USA. Das war vor – na, vielleicht fünfzehn Jahren? Ich arbeitete damals für die hiesige Regierung. Meine Aufgabe bestand darin, sie herumzuführen, mich um sie zu kümmern.«

Etwas an der Art, wie Nergui die letzten Worte aussprach, ließ Drew aufblicken. Wieder kamen ihm Fragen in Bezug auf Nerguis Hintergrund in den Sinn. Was war seine Rolle in der Regierung gewesen, damals, als die Mongolei noch ein Satellitenstaat der Sowjetunion war? Wie genau hatte man Nergui damit beauftragt, sich um die Journalistin zu »kümmern«? Und war er in ähnlicher Weise abgestellt worden, sich um Drew zu »kümmern«? Das kam ihm unwahrscheinlich vor – Nergui leitete ja offensichtlich die Ermittlungen in dem Mordfall –, aber es hatte auch den Anschein, dass Nerguis derzeitiger Einsatz von oben gesteuert war.

»Wie dem auch sei, Sie können sich sicher vorstellen, wie das Ganze ausging. Wir hatten eine Beziehung. Als ihr Auftrag hier zu Ende war, ging sie in die USA zurück und ich unternahm den Versuch, ihr zu folgen. Ich war nicht sehr zuversichtlich. Auslandsreisen wurden damals noch sehr restriktiv gehandhabt und von Reisen in die USA hörte man so gut wie nie. Ich weiß nicht, wie sich die Dinge entwickelt hätten, wenn mir die Ausreise verweigert worden wäre, ob ich es dann auf illegalem Weg versucht hätte. Wahrscheinlich nicht. Ich bin ein sehr gesetzestreuer Mensch, wie es sich für meine jetzige Rolle geziemt.«

»Aber Sie durften ausreisen?«, fragte Drew einigermaßen ungläubig.

»Ich hatte großes Glück«, antwortete Nergui. »Hier und in der UdSSR begannen die Dinge sich gerade zu verändern. Es war die Zeit Gorbatschows. Es kam viel Optimismus auf, aber gleichzeitig machte sich auch Angst breit. Wir spürten bereits den Druck von wirtschaftlichen Kräften, die nur darauf aus waren, unsere Ressourcen zu nutzen.«

Drew wusste nicht so recht, wohin das führen sollte. »Sie meinen Bodenschätze?«

»Wir sind ein potentiell reiches Land. Es haben schon Leute die Mongolei besucht, von denen wir den Verdacht hatten, dass sie – nun ja, wahrscheinlich Industriespionage betrieben. Sie wollten herausfinden, welche wirtschaftlichen Möglichkeiten wir besitzen und inwieweit wir in der Lage sind, sie selbst zu nutzen.«

»Sie sprechen von Handelsgesellschaften – multinationalen Unternehmen?«

»Zum Teil ja. Natürlich gab es auch Unterstützung von verschiedenen Regierungen – den USA, China –, die ebenfalls gerne ihre Finger im Spiel haben wollten. Auch die UdSSR erkannte wohl die Zeichen der Zeit und betrachtete Handelsallianzen als Mittel, ihre Position hier zu wahren.«

»Wie hat sich das auf Ihre Chancen ausgewirkt, das Land zu verlassen?«

Nergui lachte auf. »Es hat die Dinge wesentlich vereinfacht, wie sich herausstellte. Ich hatte hier in einem Bereich gearbeitet, den Sie wahrscheinlich industrielle Entwicklung nennen würden. Aus heutiger Sicht war das primitives Zeug, aber wir meinten damals, selbst etwas auf die Beine stellen zu müssen. Also äußerte ich den Gedanken, dass ich vielleicht zum Wirtschaftsstudium nach Harvard gehen sollte. Dort würde ich lernen, was unsere westlichen Konkurrenten machten, und dieses Wissen dann mit nach Hause bringen.«

»Und die Regierung gab Ihnen die Erlaubnis dazu?«

Für einen Moment wirkte Nergui verlegen. »Nun ja, ich möchte mich nicht – wie sagen Sie? – selbst beweihräuchern, aber während meiner Zeit als Student an der hiesigen Universität war ich ziemlich erfolgreich gewesen. In akademischer

Hinsicht ein herausragender Student, nehme ich an. Da ich angeblich für große Dinge im Staatsdienst bestimmt war, erschien dieser Gedanke, als ich ihn äußerte, gar nicht so unerhört. Ein paar Jahre früher wäre das natürlich unmöglich gewesen, ich hatte also großes Glück.«

»Und so gingen Sie nach Harvard?«

»Ja, ich studierte dort Betriebswirtschaftslehre. Meine Freundin – damals war sie, glaube ich, noch meine Freundin – wohnte in Washington. Von hier aus dachte ich, die Entfernung wäre nicht so groß. Was natürlich nicht stimmte.«

»Das tut mir leid«, sagte Drew.

»Solche Dinge passieren. Unsere Ehe war ein Versuch, das Ganze am Leben zu erhalten, aber ich glaube, uns beiden war klar, dass das zu nichts führte.« Er zuckte die Achseln. »Es war nicht das erste Mal, dass so etwas passiert. Es wird auch nicht das letzte Mal gewesen sein. Und wahrscheinlich war es letztlich nur zum Guten. Das alles, meine ich. Wenn es nicht passiert wäre, nun, dann hätte ich mein ganzes Leben hier verbracht. Was nicht an sich schlecht gewesen wäre, aber ich bin froh, dass ich ein Gefühl dafür bekommen habe, wie die Welt da draußen aussieht. Es ist ein Privileg, das nur wenige meiner Landsleute mit mir teilen.«

»Das denke ich auch«, stimmte Drew ihm zu. Verschiedene miteinander verflochtene Gedanken gingen ihm durch den Kopf. Er versuchte, Nerguis Geschichte zu verstehen, die etwas zu schön klang, etwas zu glatt in ihrem Erzählbogen von der Liebe über die Auslandsaufenthalte und die Trennung bis hin zur Selbsttröstung. Vielleicht hatte der Mongole einfach die Einzelheiten geglättet und den Schmerz und die Ungewissheit, die seine Geschichte begleitet haben mussten, übertüncht. Vielleicht war die ganze Geschichte aber auch frei erfunden, eine Tarnung, die Nerguis Aufenthalte in den Staaten und Großbritannien erklären sollte. War es in der berauschenden Zeit der Perestroika tatsächlich schon möglich gewesen, von hier aus solche Reisen zu unternehmen?

Was unausweichlich zur zweiten Frage führte. Warum erzählte Nergui ihm das nur alles? Sie hatten sich doch gerade erst kennengelernt, wussten kaum etwas voneinander, hatten nichts gemein als ihr Interesse an fünf brutalen Morden. Dabei war nicht einmal klar, ob ihr jeweiliges Interesse dasselbe war. Warum also lud Nergui diese ganzen persönlichen Dinge bei ihm ab? Lag es einfach daran, dass er keine anderen Freunde hatte, mit denen er sie hätte teilen können? Oder dass er diese erste Gelegenheit seit Jahren nutzte, um mit jemandem über sich zu sprechen, der mit diesen Informationen nichts anfangen konnte?

Das erschien ihm unwahrscheinlich. Drew schätzte Nergui nicht als einen Menschen ein, den unausgesprochene Sorgen belasteten. Er hatte seine Geschichte ganz offen und sachlich erzählt, ohne aufwallende Gefühle. So als hätte er bloß gedacht, es könnte Drew ja interessieren. Um Konversation zu machen.

Und hinter alldem lauerten natürlich noch die Abschiedsworte des Botschafters. Bleiben Sie an Nergui dran, aber seien Sie auf der Hut! Was zum Teufel sollte das bedeuten? Einen Moment lang fühlte Drew sich sehr müde und sehr weit von zu Hause weg. Er war ein einfacher Mann – intelligent genug, für seinen derzeitigen Job allemal, aber ohne wirkliches Interesse an oder Talent für Politik, egal ob im großen oder kleinen Maßstab. Er verabscheute Spielchen und hier wurden, wie es schien, Spielchen gespielt, wenn auch völlig unklar war, wer zu den Mitspielern zählte. Drew wollte Nergui liebend gerne trauen, erst recht angesichts der Gräuel, denen sie an diesem Nachmittag begegnet waren, und sein Instinkt sagte ihm, dass Nergui ein vertrauenswürdiger Mensch war. Er wusste aber auch, dass es, fernab der ihm bekannten Kultur, reiner Wahnsinn wäre, bloß auf seinen Instinkt zu hören.

»Und wie sind Sie schließlich nach Großbritannien gekommen?«, fragte Drew, der sich des langen Schweigens sehr wohl bewusst war.

»Ich habe den Magister in Betriebswirtschaftslehre gemacht und dann – tja, dann fand ich, ich sollte weitermachen. Ich sprach mit den Behörden hier und man war sich einig, dass ich so viel wie möglich aus meinem Aufenthalt im Westen herausholen sollte. Schließlich promovierte ich in Betriebswirtschaft an der London Business School. Es war ein hartes Stück Arbeit, denn ich wusste, dass ich nur noch ein Jahr würde bleiben können.«

»Sie haben innerhalb eines Jahres Ihren Doktor gemacht?«, fragte Drew. Vielleicht war die Geschichte doch erfunden.

Nergui nickte. »Wie gesagt, es war hart. Mit einem Teil der Forschungsarbeit hatte ich schon in Harvard begonnen, sodass ich auf etwas aufbauen konnte.«

»Trotzdem«, entgegnete Drew, »das ist beeindruckend.«

»Ich weiß nicht. Wissenschaftliches Arbeiten und Forschen fielen mir schon immer ziemlich leicht. Und heute profitiere ich von diesen Dingen. Das ist bei Ihnen doch sicher auch so, oder?«

Drew lachte. »Leider nicht in dem Umfang. Ich habe einen Hochschulabschluss, aber nichts Besonderes.«

»Wie gesagt, es ist ein Geschenk – ein kleines, aber manchmal brauchbares.«

Falls Nergui das erfand, tat er es auf sehr überzeugende Weise. Man hatte nicht den Eindruck, dass er arrogant war oder mit seinen Leistungen prahlte. Wenn überhaupt, schien er leicht verlegen zu sein, mit der Miene eines Golfers, der gerade ein Hole-in-One geschlagen hat, aber nicht genau weiß, wie er das gemacht hat. Und wenn es stimmte, bestand wenigstens kein Zweifel mehr an Nerguis Intelligenz.

»Was haben Sie gemacht, als Sie hierher zurückkehrten?«, fragte Drew. »Wie kamen Sie zu – Ihrer jetzigen Rolle?« Er merkte gerade noch rechtzeitig, dass er offiziell gar nicht wusste, worin genau Nerguis Rolle bestand.

»Noch eine lange Geschichte. Aber im Grunde kam ich zurück als etwas, das Sie Geheimdienstoffizier nennen würden. Ich war, wie Sie sich vorstellen können, hoch angesehen, vor allem wegen meiner neu gewonnenen Erfahrungen und Qualifikationen. Um diese Zeit begannen wir, dem etwas näherzukommen, was ihr Westler als Normalität betrachten würdet. Den Leuten wurde sogar erlaubt, Länder außerhalb des Ostblocks zu bereisen. Zum ersten Mal kamen auch Touristen zu uns. Ausländisches Kapital begann ins Land zu fließen. Wir fingen sogar an, eine Art Beziehung zu China aufzubauen. Für jemanden mit meinem Hintergrund war es also eine ideale Zeit.«

Während er sprach, räumte Nergui das Geschirr in die Küche. Kurze Zeit später kam er mit dampfenden Tellern zurück. »Hammel«, erklärte er. »Ich hoffe, Sie mögen es.«

Drew mochte es, obwohl es ihm schwergefallen wäre, den Geschmack zu beschreiben. Es war ein würziges Schmorgericht, das Drew als orientalisch bezeichnet hätte, ohne tatsächlich eine Ahnung zu haben, woraus es bestand. »Sehr gut«, sagte er wahrheitsgemäß. »Sie haben mir gerade von Ihrer Laufbahn erzählt«, soufflierte er dann.

»So interessant ist die nicht«, erwiderte Nergui. »Ich bin hier ziemlich schnell die Karriereleiter hochgestiegen, hauptsächlich, weil ich zur rechten Zeit am rechten Ort war. Ich war der Miliz angegliedert, arbeitete aber vor allem, Hand in Hand mit unserem Außenministerium, an Geheimdienstprojekten im industriellen und wirtschaftlichen Bereich.«

»Wann sind Sie zu Ihrer jetzigen Aufgabe gekommen?« Drew merkte, dass er immer noch einen Eiertanz um Nerguis Rolle bei der Polizei vollführte.

»Ich bin zur Polizei gekommen, als sie vor zehn Jahren zu einer zivilen Einrichtung umgebaut wurde. Die meisten Mitarbeiter des neuen Polizeiapparats stammten, wie nicht anders zu erwarten, aus der alten Regierungsmiliz, und auf leitenden Posten wurden Leute gebraucht, die Verbindungen zum Geheimdienst hatten. Wir waren nicht gerade mit Talenten gesegnet. Mit dem wachsenden Interesse des Auslands an der Mongolei nahm auch das Verbrechen zu – Betrug, Korruption, Erpressung, Industriespionage, aber auch konventionellere Straftaten. Die Lage in Russland wurde instabiler. China öffnete sich für neue Handelsbeziehungen. Den wachsenden Druck auf unser Land können Sie sich vorstellen.«

Das konnte Drew ohne Weiteres. Was er aber immer noch nicht recht verstand, war Nerguis Rolle in dem Ganzen. Der Zusammenhang zwischen Miliz und ausländischen Investitionen war ihm nicht klar und Nerguis Wechsel zur Polizei klang nicht gerade nach einem Aufstieg. Es sei denn, man hatte es hier letztlich mit dem Geheimdienst zu tun.

»Mit was für Fällen befasst sich das Dezernat für Schwerkriminalität normalerweise?«

»Alles Mögliche. Schwerer Raubüberfall, Mord, Korruption. Alles, was nicht zum polizeilichen Tagesgeschäft gehört.«

»Inzwischen sind Sie aber ins Ministerium zurückgekehrt«, sagte Drew halb fragend.

Nergui nickte. »Ja, vor sechs Monaten. Nicht gerade auf eigenen Wunsch. Es gab Leute, die fanden, meine Talente würden bei der Polizei zu wenig genutzt. Die Polizei hat in diesem Land keinen besonders guten Ruf – in vielen Fällen zu Recht, denke ich. Wir haben zu wenig in ihre Entwicklung investiert und sie zieht nicht unbedingt die fähigsten Leute an. Unsere Hochschulabsolventen finden heutzutage mehr Möglichkeiten im privaten Sektor. Zudem wuchs auch die Sorge um die nationale Sicherheit, sodass ich vom Ministerium quasi ›abgeworben‹ wurde. Es war eins dieser Angebote, die man nicht ablehnen kann.«

»Und welche Rolle hatten Sie im Ministerium?«

Nergui zuckte die Achseln. »Im Allgemeinen war ich mit Fällen befasst, die irgendwie als Bedrohung für die nationale Sicherheit oder Stabilität betrachtet werden. Terrorismus gehört nicht dazu – dafür haben wir eine eigene Einheit, obwohl er, selbst nach dem Zusammenbruch der UdSSR, bis jetzt gar kein größeres Problem für uns war. Aber Dinge wie schwere Wirtschaftskriminalität, Korruption – alles, was eine Gefahr für, sagen wir, unsere Wirtschaft, die Stabilität unseres Landes oder was auch immer darstellen könnte.«

Das leuchtete Drew nicht so recht ein. Es klang ganz anders als alles, was er bislang unter Polizeiarbeit verstanden hatte. »Und Mord? Gehört der dazu?«, fragte er.

»Normalerweise nicht«, sagte er. »Aber normalerweise haben wir auch nicht mit Mordfällen wie diesen zu tun.«

»Betrachten Sie diese Morde wirklich als eine Bedrohung für die nationale Sicherheit? Sind Sie deshalb wieder an Ihren alten Schreibtisch zurückgekommen?«

»Ich bin nur deshalb zurückgekommen, weil der Minister mich darum gebeten hatte. Eigentlich ist es mir unangenehm. Doripalam ist ein sehr fähiger Polizist, obwohl er noch recht jung ist. Ich glaube, es gibt nichts, was ich ihm noch beibringen kann. Aber der Minister ist beunruhigt. Er sichert sich ab. Was die nationale Sicherheit betrifft – tja, wer weiß? Wenn wir es nur mit einem Psychopathen zu tun haben, lautet die Antwort selbstverständlich nein. Falls aber hinter den Morden etwas Systematisches steckt – wie etwa eine Vendetta der Mafia oder zumindest die gezielte Auswahl mancher Opfer –, dann ist es tatsächlich möglich, dass die Sicherheit unseres Landes gefährdet ist. Und dann ist da auch noch unsere Sorge um die innere Stabilität des Landes. Verglichen mit vielen anderen Teilen des alten Ostblocks haben wir die Veränderungen erstaunlich gut überstanden. Wir haben eine sehr schwierige Zeit durchgemacht, aber unsere Gesellschaft ist bemerkenswert stabil geblieben. Die Mongolei ist ein ziemlich sicheres Land. Diese Morde werden allerdings unweigerlich Angst in der Bevölkerung auslösen. Zwar konnten wir bis jetzt verhindern, dass sämtliche Einzelheiten in die Öffentlichkeit gelangten, und wir haben auch jeden Hinweis auf einen Zusammenhang zwischen den Morden vermieden. Doch das können wir nicht mehr lange aufrechterhalten. Die Presse war es gewohnt, zu tun, was die Regierung ihr sagte, aber das ändert sich jetzt. Ich weiß zum Beispiel nicht, wie lange wir sie daran hindern können, über die Ermordung eines Polizeibeamten zu berichten.«

Drew nickte. »Und was wird Ihrer Meinung nach passieren, wenn die Leute das herausfinden?«

»Ich weiß es nicht. Es gibt einiges, wovor die Menschen hier Angst haben. Diese Mordfälle lassen viele Interpretationen zu.« Er machte eine bedeutungsschwere Pause, so als wollte er seine Sorgen nicht klar aussprechen.

»Und was ist mit dem heutigen Mord?«, fragte Drew. »Wo passt der in das ganze Gefüge?«

»Es ist verblüffend, nicht wahr? Entsetzlich, aber verblüffend. Wie bei Ihrem Mr. Ransom lautet auch hier die Frage, ob die Wahl genau dieses Opfers irgendetwas zu bedeuten hat.«

»Sie meinen, neben der schlichten Tatsache, dass er Polizist war?«

»Ganz recht.« Nergui aß zu Ende und legte Gabel und Löffel ordentlich auf den Teller. »Ich sage das nicht gern, aber der heutige Mord macht uns ein bisschen Hoffnung.«

»Hoffnung?«

»Anders gesagt, er gibt uns wenigstens einen Punkt, an dem wir mit unseren Ermittlungen ansetzen können. Bisher hatten wir gar nichts. Keine Spuren. Wir dachten, Mr. Ransom könnte uns irgendwohin führen, aber dem war nicht so. Vielleicht tut es Delgerbayar.«

»Delgerbayar?«

»Unser bedauernswerter Kollege.«

»Sie meinen also, hinter seinem Tod könnte sich mehr verbergen? Dass es einen Grund gab, warum ausgerechnet er als Opfer ausgesucht wurde?«

Nergui beugte sich über den Tisch und legte die Fingerspitzen zusammen. »Ich weiß es nicht«, sagte er. »Was ich aber weiß, nachdem ich seinen Kollegen heute ein paar kurze Fragen gestellt habe, ist, dass Delgerbayar sich in den letzten Wochen merkwürdig verhalten hatte.«

»Inwiefern merkwürdig?«

»In verschiedener Hinsicht, wie es scheint. Meinen Informationen nach war Delgerbayar kein besonders umgänglicher Mann. Nun sind die Menschen natürlich unterschiedlich. Unsere Polizisten sind eher ein geselliger Haufen. Nach der Arbeit trifft man sie meistens beim Wodka in irgendeiner Kneipe. Es gibt aber Ausnahmen, und Delgerbayar war so eine. Er setzte sich vielleicht kurz zu seinen Kollegen, ging dann aber bald wieder. Niemand konnte sich daran erinnern, ihn je bei einer Party oder einem geselligen Beisammensein gesehen zu haben. Ich hoffe, ich spreche nicht schlecht von dem Verstorbenen, aber im Allgemeinen galt er eher als – rätselhafter Mensch. Er war nicht verheiratet, hatte, soweit bekannt, keine engeren Familienangehörigen. Eigentlich wusste niemand, was er mit seiner freien Zeit machte. Meiner Ansicht nach war er in der Hierarchie aufgestiegen, weil er ein fleißiger Arbeiter war, und nicht etwa aufgrund einer großen Begabung.«

Das war eine durchaus interessante Charakterbeschreibung, aber Drew konnte sich immer noch keinen Reim darauf machen. »Inwiefern hat er sich denn nun merkwürdig verhalten?«

»Na, sagen wir, anders als sonst.« Nergui lächelte. »Ein bisschen merkwürdig war sein Verhalten wohl immer gewesen. Einmal stießen zwei seiner Kollegen in der Bar des Ulan-Bator-Hotels – einer unserer vornehmeren Adressen – auf ihn. Es war reiner Zufall, dass sie dort waren – wie Sie sich vorstellen können, trinkt die Polizei normalerweise nicht in den Touristenhotels. Aber ihr Besuch war dienstlicher Natur, da sie in ein paar kleineren Diebstählen ermittelten, die in dem Hotel vorgekommen waren. Und Delgerbayar saß mitten in einer Gruppe aus westlichen Staatsbürgern und Landsleuten und schien sich pudelwohl zu fühlen.«

»Wissen Sie, wer bei ihm war?«

Nergui schüttelte den Kopf. »Nein, die Polizisten haben keinen von ihnen erkannt. Sie fanden nur, dass diese Leute irgendwie nicht zu Delgerbayar passten – die Ausländer aus dem Westen sahen begütert aus, Typ Geschäftsleute. Auch die Einheimischen wirkten eher wohlhabend – vielleicht nicht ganz die Art Landsleute, von denen man annehmen würde, dass sie mit Polizisten verkehren.«

»Kriminelle?«

Nergui zuckte die Achseln. »Das ist ein dehnbarer Begriff«, sagte er. »Vielleicht Kriminelle. Mit größerer Wahrscheinlichkeit aber Leute, die es in unserer Wirtschaft zu etwas gebracht haben, indem sie sich am Rand der Legalität bewegen.«

»Würden Sie denn solche Typen nicht erkennen?«, fragte Drew. »Die sind doch sicher allgemein bekannt.«

»Ich vermutlich schon«, sagte Nergui. »Aber in vielen Fällen – außer bei ein paar größeren Berühmtheiten – dürften solche Leute einem einfachen Polizeibeamten nicht bekannt sein. Sehr viel vertrauter dürften unsere Polizisten dagegen mit einigen ihrer Angestellten sein.«

»Ich verstehe. Also nicht die Art von Leuten, von denen man annehmen würde, dass sie mit einem Polizeibeamten verkehren.«

»Nein, aber die beiden Kollegen haben sich gar nicht viel dabei gedacht – es ist nämlich nicht ungewöhnlich, dass Polizeibeamte zweifelhafte Kontakte pflegen, vor allem, wenn sie meinen, auf diese Weise an Informationen zu kommen.« Er lächelte. »Ich war selbst dafür bekannt. Es ist also durchaus möglich, dass Delgerbayars Kontakte, na ja, wenn nicht unschuldig, so doch immer noch im Rahmen der Legalität waren.«

»Glauben Sie das?«

»Wer weiß? Bei den meisten Polizisten würde ich das für möglich halten, wenn auch vielleicht mit einem Rest Skepsis. Nach allem, was ich über Delgerbayar gehört habe, klingt es jedoch nicht wahrscheinlich.«

»War sein Verhalten denn auch noch in anderer Hinsicht sonderbar?«

»Ja, und diesmal von größerer Tragweite. Delgerbayar gehörte zu einem Team, das in einem Fall von illegaler Goldsuche ermittelte …«

»*Goldsuche?*«

Nergui nickte. »Die Mongolei verfügt über viele Bodenschätze, Gold eingeschlossen. Offiziell wird das Gold von einer kleinen Anzahl von Gesellschaften abgebaut, die die entsprechenden Rechte erworben haben. Das ist eine der Möglichkeiten, in diesem Land schnell reich zu werden.«

Das konnte Drew sich vorstellen. Wie große Teile des ehemaligen Ostblocks schien die Mongolei jetzt ein Land zu sein, in dem bittere Armut unmittelbar neben extremem Reichtum existierte.

»Da überrascht es nicht«, fuhr Nergui fort, »dass es Menschen gibt, die mangels anderer Mittel versuchen, ein kleines Stück von diesem Kuchen abzubekommen.« Sein Gesicht verriet nicht, ob er diesen Menschen gegenüber positive oder negative Gefühle hegte. »Diese illegalen Goldsucher sind ein echtes Problem. In manchen Flüssen kann man ganz einfach Gold waschen, man muss nur die richtigen Stellen kennen. Zwar findet man auf die Weise nur kleine Mengen, aber die können immer noch von immensem Wert sein – besonders für arme Familien ohne sonstige Arbeit.«

»Können diese Leute denn dafür belangt werden?«

»Im Prinzip ja, ohne Weiteres. In der Praxis drückt die Polizei oft ein Auge zu, wenn es nicht eine direkte Beschwerde von einer der Minengesellschaften gibt oder das illegale Treiben ein beträchtliches Ausmaß annimmt.«

»Und was hat Delgerbayar untersucht?«

»Anscheinend lag uns eine Beschwerde von einer der Minengesellschaften vor. In der Nähe einer ihrer Hauptlagerstätten hatten sich illegale Goldsucher niedergelassen. Es war unklar, wie viel Gold diese Leute tatsächlich gefunden hatten, aber sie waren schon eine Weile dort und für die Minengesellschaft wahrscheinlich zu einer Art sichtbarer Herausforderung geworden. Ich denke, sie wollten, dass etwas passierte, um ein Exempel zu statuieren.«

»Was sollte Delgerbayar tun?«

»Zwei Polizeibeamte waren mit dieser Sache befasst, Delgerbayar und ein anderer. Die übliche Routine für solche Fälle sieht vor, dass sie die Goldschürfer zum Weiterziehen auffordern. Ihnen allenfalls eine polizeiliche Verwarnung erteilen. Ich glaube nicht, dass sie damit rechneten, irgendjemanden festzunehmen oder anzuklagen, solange es keinen aktiven Widerstand gab.«

»Und was passierte dann?«

Nergui lehnte sich auf seinem Stuhl zurück. »Etwas Seltsames. Am Tag, bevor sie zu dem Zeltlager hinausfahren sollten, verschwand Delgerbayar.«

Drew hob erstaunt den Blick. »Tatsächlich?«

»Er erschien kurz im Polizeipräsidium und hinterließ eine Nachricht für seinen Vorgesetzten, die besagte, er sei auf eine wichtige Spur in dem Goldsucherfall gestoßen und müsse deshalb dringend eine Reise in den Süden machen, in die Wüste Gobi.«

»In die Wüste? Warum denn das?«

»Das hat er nicht gesagt. Man kann sich auch nur schwer vorstellen, dass es dort eine Verbindung zu dem Goldsucherfall geben sollte, der ja eher nach banalem Alltagsgeschäft aussah. Er nannte den Namen eines Touristencamps in der Wüste Gobi, wo er eine Kontaktperson treffen würde.«

»Aber er durfte sich doch sicher nicht einfach so absetzen?«

»Natürlich nicht«, erwiderte Nergui. »Sein Vorgesetzter war außer sich. Wahrscheinlich hätte es irgendeine Disziplinarmaßnahme gegeben, es sei denn, er hätte eine sehr gute Erklärung für sein Verhalten beigebracht.«

»Aber ...«

Nergui kam der Frage zuvor. »Aber dazu kam es nicht. Er kehrte nicht zurück – jedenfalls nicht lebendig. Wir wissen nicht einmal mit Sicherheit, ob er in dem Touristencamp angekommen ist. Bisher hat niemand bestätigt, ihn gesehen zu haben. Er war auf einen Flug in die Wüste Gobi gebucht, und wie es aussieht, ist er – oder irgendjemand – wohl auch geflogen. Das ist alles, was wir wissen. Das nächste Mal, als er gesehen wurde ...«

Drew nickte langsam. »War heute. Aber vielleicht bringt uns diese Spur ja weiter.«

»Genau. Natürlich kann es sein, dass das alles Zufall ist und die Gobi-Sache nichts mit dem hier zu tun hat – vielleicht war er nur ein junger Polizist, der sich aufspielen wollte, der meinte, auf etwas gestoßen zu sein, und sich auf den Weg machte, ohne weiter über die Konsequenzen nachzudenken.«

»Nach meinen Erfahrungen wäre er nicht der Erste gewesen«, bemerkte Drew mit einem leichten Lächeln. »Das könnte mir sogar selbst passiert sein, wenn ich weit genug zurückdenke.«

»Nur passt es nicht recht zu Delgerbayar, nach allem, was ich über ihn so gehört habe. Er war eher übervorsichtig. Die Leute waren völlig verblüfft, als er plötzlich verschwunden war – ich glaube, die meisten vermuteten mehr dahinter. Irgendeine häusliche Krise oder so was. Manche dachten, er hätte eine Art Zusammenbruch gehabt.«

»Sie müssen also von einer Verbindung ausgehen?«

»Das tun wir.« Nergui lehnte sich langsam auf seinem Stuhl zurück. »Ich hoffe, das Essen hat Ihnen geschmeckt.«

»Es war ganz ausgezeichnet, Nergui.« Drew fiel auf, dass er soeben zum ersten Mal den Namen des Mongolen benutzt hatte. Einen Moment lang kam er sich vor, als wäre er einem Zauber verfallen, als hätte die Kombination von Essen und Alkohol mit Nerguis Offenheit ihn dazu genötigt, seine Deckung aufzugeben. Er fragte sich, ob das Nerguis Absicht gewesen war, ob er die unerwartete Offenheit über seinen Werdegang als Trick benutzt hatte, um Drews Vertrauen zu gewinnen.

Aber selbst diese Vorstellung beunruhigte ihn, wie er feststellte, nicht über Gebühr. Er war sich nicht ganz sicher, ob er Nergui trauen konnte, im Augenblick hatte er jedoch das entspannende Gefühl, dass sie am selben Strang zogen – ganz gleich, welchen Ausgang diese Angelegenheit auch immer nehmen würde.

Nergui lächelte schwach, als läse er Drews Gedanken. »Und jetzt«, begann er, »habe ich drei Fragen an Sie.«

»Schießen Sie los.« Drew konnte den Gesichtsausdruck des Mongolen nicht deuten, wusste nicht, ob er das ernst meinte.

Nergui zählte die Fragen an den Fingern ab. »Drei einfache Fragen. Erstens: Möchten Sie einen Kaffee? Zweitens: Möchten Sie zu Ihrem Kaffee ein Glas von unserem ausgezeichneten Wodka?« Er hielt inne, während er langsam auf seinen Mittelfinger tippte. »Und drittens: Möchten Sie morgen früh einen Ausflug in die Wüste Gobi machen?«

7. KAPITEL

»Wir hätten Business-Class fliegen sollen.«

»Das ist Business-Class. Sie sollten die Economy erst mal sehen.«

Drew lachte. Das war anders als alles, was er bisher erlebt hatte. Er war sich nicht sicher, ob er diese Erfahrung noch einmal machen wollte, aber bis jetzt war sie so andersartig, dass es sich lohnte, sie durchzustehen.

Ein dermaßen überfülltes Flugzeug war ihm noch nie untergekommen. Es war eine kleine Propellermaschine, die aber voller zu sein schien als alle Jumbo-Jets, die er je gesehen hatte. In Wirklichkeit musste zwar niemand stehen, aber irgendwie hatte man den Eindruck, als wäre dem doch so. Jedenfalls schienen die meisten Passagiere mehr als das erlaubte Gewicht an Handgepäck bei sich und jeden freien Winkel damit vollgestopft zu haben.

»Ich hoffe, die Maschine kommt heil runter«, sagte Drew und schaute sich um. Wie es aussah, war er der einzige westliche Ausländer an Bord.

Nergui zuckte die Achseln. »Immerhin sicherer als Aeroflot.«

»Sehr beruhigend.«

Der Flug nach Dalandsadgad dauerte nur neunzig Minuten, aber für Drew war das schon lang genug. Er bezweifelte immer noch, dass es eine kluge Entscheidung gewesen war, Nergui zu begleiten. Ihm war der Verdacht gekommen, dass der Mongole sich in erster Linie deswegen zu dieser Reise entschlossen hatte, weil er Doripalam die Gelegenheit geben wollte, mit seiner Ermittlungsarbeit fortzufahren, ohne dauernd durch ihn und Drew gestört zu werden.

Soweit Drew es beurteilen konnte, gab es wenig, was er zu den Ermittlungen würde beitragen können. Andererseits war das ein perfekter Vorwand für einen Ausflug in die Wüste Gobi und es wäre schade gewesen, wenn er sich dieses Abenteuer hätte entgehen lassen. Zwar hatte er unweigerlich ein schlechtes Gewissen, weil er etwas unternahm, was kaum mehr als eine Sightseeingtour war. Aber er hatte ja nicht darum gebeten hierherzukommen, sagte er sich. Er erfüllte eine Aufgabe, die seine Vorgesetzten für der Mühe wert gehalten hatten. Und dann war da auch noch die Kleinigkeit, dass man bereits einen Anschlag auf sein Leben verübt hatte. Vielleicht sollte er sich also einfach zurücklehnen und den kleinen Ausflug genießen.

Sich zurückzulehnen war jedoch angesichts der Konstruktion der Flugzeugsitze gar nicht so einfach. Er hatte den Eindruck, dass sein Hintermann versuchte, einen großen Schiffskoffer in die Lücke zwischen ihren beiden Reihen zu zwängen. Außerdem war ihm, als könnte man im rückwärtigen Teil der Maschine ein Huhn gackern hören.

»Was steht heute auf dem Programm?«, fragte er. Es war alles sehr schnell gegangen. Nachdem er sich am Vorabend seine Einwilligung hatte geben hören, hatte der Mongole mit ein paar offiziell klingenden Telefonanrufen die Flugtickets und eine Übernachtungsmöglichkeit für sie besorgt. Gegen elf war Drew – wieder in einem Dienstwagen – zum Hotel zurückgefahren und um sechs schon wieder aufgestanden, um ein paar Sachen zusammenzupacken. Auf Nerguis Empfehlung hin hatte er sein Zimmer im Dschingis Khan behalten und das meiste von seinem Gepäck dort gelassen. Nur seine Schultertasche mit einer Garnitur zum Wechseln hatte er mitgenommen, denn nach Dalandsadgad gab es pro Tag nur einen Hin- und Rückflug, sodass sie würden übernachten müssen. Der Plan sah vor, dass sie im selben Camp wohnten, das auch Delgerbayar hatte aufsuchen wollen.

»Gegen zehn Uhr dreißig kommen wir in Dalandsadgad an. Ich habe einen Gesprächstermin mit ein oder zwei Leuten von der Fluggesellschaft vereinbart, um zu sehen, ob irgendeine Eintragung oder Erinnerung Hinweise auf Delgerbayar gibt. Es mag weit hergeholt sein, aber irgendjemand hat diese Maschine genommen und wir werden danach vielleicht dahinterkommen, ob es Delgerbayar war oder nicht.«

Drew fragte sich, ob man Delgerbayar wohl leicht wiedererkannt hätte. Da aber das Gesicht des Mannes das eine Mal, als er es gesehen hatte, von seinem Hals getrennt gewesen war, zog er es vor, sich mit diesem Thema nicht länger zu beschäftigen.

»Und dann fahren wir weiter zu dem Camp. Es ist nicht allzu weit draußen – ich habe veranlasst, dass ein Jeep uns hinfährt. Ich habe ein Gespräch mit dem Mann arrangiert, der das Feriencamp leitet, und ihn gefragt, ob wir auch mit dem einem oder anderen seiner Angestellten sprechen können. Man weiß ja nie, vielleicht erinnert sich einer von ihnen an Delgerbayar.«

Drew lehnte sich in seinem Sitz zurück, immer noch auf der Suche nach einer bequemen Position. »Diese Frage klingt sicher dumm«, sagte er, »aber was ist ein Touristencamp?«

»Genau das, wonach es sich anhört«, antwortete Nergui. »Es gibt einige davon, über die Wüste Gobi verstreut. Feste Ansammlungen von Jurten, in denen Leute ihre Ferien verbringen.«

»Ferienlager?«, fragte Drew erstaunt. »In der Wüste?«

»Na ja, Sie müssen sich die Wüste einfach als einen riesigen Strand vorstellen.« Nergui lächelte. »Obwohl es zugegebenermaßen zum Meer ziemlich weit ist.«

»Und wer fährt dorthin?«

»Sie sind noch immer sehr beliebt«, sagte Nergui. »Manche von ihnen sind auf Touristen aus dem ehemaligen Ostblock spezialisiert – als die noch nirgendwo anders hinreisen durften, hatten wir viele Urlauber von dort. Inzwischen kommen Leute aus der ganzen Welt hierher – für sie gehört ein Abstecher in die Wüste Gobi einfach dazu. Oder es sind Mongolen, die in den Städten wohnen und ihre Ferien in der Wüste verbringen möchten. Das Camp, das wir besuchen werden, ist hauptsächlich auf ausländische Touristen eingestellt.«

»Aber – vorausgesetzt, Delgerbayars Geschichte stimmt – warum sollte sich eine Kontaktperson ausgerechnet an einem solchen Ort mit ihm treffen wollen? Warum nicht in Ulan-Bator?«

»Das ist Teil des Rätsels«, entgegnete Nergui. »Ich habe keine Antwort darauf. Es ist ein merkwürdiger Ort für eine Verabredung. Wenn Delgerbayar die Wahrheit gesagt hat, kann es natürlich sein, dass die Kontaktperson ein Ausländer war, ein Tourist vielleicht oder jemand, der sich als solcher ausgegeben hat. Das erklärt allerdings immer noch nicht, warum sie ein Treffen an einem so merkwürdigen Ort vereinbart haben sollten.«

»Vielleicht dachten sie, das wäre ein unauffälliger Treffpunkt?«

»Das ist gut möglich. Selbstverständlich gibt es auch in Ulan-Bator unauffällige Orte, wo man sich treffen kann, aber nicht viele. In Wirklichkeit ist die Stadt eher wie ein kleines Dorf. Zu viele Leute kennen sich, besuchen dieselben Bars, dieselben Restaurants. Delgerbayar hatte das Pech, im Hotel Ulan-Bator zufällig gesichtet zu werden. Egal, wo er sonst hingegangen wäre, das Risiko, von jemandem gesehen zu werden, hätte immer bestanden.«

»Was bedeutet«, folgerte Drew, »dass sein Kontaktmann – falls es einen gab – jemand war, mit dem er nicht gesehen werden wollte.«

»Genau.« Nergui nickte, und nicht zum ersten Mal hatte Drew den Eindruck, dass die Gedanken des Mongolen den seinen schon mehrere Schritte voraus waren. Nerguis Miene war jedoch so undurchdringlich wie immer. »Jetzt«, sagte er schließlich, »sollten Sie die Reise genießen. Sie haben ja nicht jeden Tag die Gelegenheit, die ungeheure Weite der Wüste Gobi zu sehen.«

Das stimmte schon, aber es war gar nicht so einfach, Nerguis Rat zu befolgen. So faszinierend das Ziel auch sein mochte, die Reise selbst war alles andere als angenehm. Der Start hatte etwas Entnervendes gehabt – zumindest einen kurzen Moment lang war Drew davon überzeugt gewesen, dass sie über das Ende der Rollbahn hinaus in eine Ansammlung von Schuppen rasen würden. Der Steigflug war kaum beruhigender, da man den Eindruck hatte, das kleine Flugzeug müsste das Leistungsvermögen des Motors bis ins Letzte ausschöpfen, um die schwere Fracht in die Luft zu hieven. Und jetzt, wo sie sich auf Reiseflughöhe befanden, ließ die kleine

Maschine sie jede Turbulenz spüren. Drew fiel es nicht schwer, die angebotene karge Mahlzeit aus Trockenfleisch und Keksen abzulehnen, aber die vertraute kleine Flasche Wodka, die dazu serviert wurde, nahm er nur zu gerne an. Auf der anderen Seite des Gangs hatte eine Gruppe junger Männer in grauen Overalls bereits eine größere Flasche Wodka hervorgezogen, die sie rasend schnell leerten.

Nergui warf einen flüchtigen Blick zu ihnen hinüber und lächelte. »Mongolen fliegen nicht gern«, sagte er. »Wir finden das unnatürlich. Also trinken wir, um unsere Nerven zu beruhigen. Was natürlich weder für die Sicherheit an Bord gut ist noch für einen klaren Kopf sorgt.«

Nergui war nicht entgangen, dass Drew nicht ganz wohl bei dem Flug war, und er erzählte zur Ablenkung fast die ganze Zeit Geschichten über die Wüste und die Hirtennomaden, die dort lebten. Drew hatte den Verdacht, dass Nergui sich vermutlich selbst von dem Fall ablenken wollte, den sie untersuchten.

So verging die Zeit doch recht schnell, auch wenn Drews Magen eine andere Sprache sprach. Bald verschwanden zuerst die Gebäude, dann die Vegetation, und endlich konnte Drew die endlose Weite der Wüste sehen, die sich vor ihnen ausbreitete. Drew war noch nie in der Wüste gewesen und kannte nur Filmaufnahmen aus der Sahara – eine leere Einöde aus Sand unter ewiger Mittagshitze, ein paar Palmen, Zelte und Kamele.

Etwas davon würde er im Laufe der folgenden vierundzwanzig Stunden ohne Zweifel sehen. Die Landschaft, über die sie anfangs hinwegflogen, war jedoch erstaunlich abwechslungsreich – sie überquerten Hügel, Waldgebiete und grüne Ebenen. Während sie südwärts flogen, wichen die welligen Hügel allmählich etwas, das Drews Vorstellung von einer Wüste näherkam. Doch selbst hier war er überrascht, wie grün das Land aussah. Es war Sand, gewiss, aber in den vergangenen Wochen hatte es anscheinend geregnet und ein feiner Schimmer aus grünem, sprießendem Gras hatte sich über die Landschaft gelegt. Obwohl es schütteres Gras war, hatte es von oben eine verblüffende Ähnlichkeit mit einem gepflegten englischen Rasen.

Während sie über das weite Land flogen, sah Drew unten nur wenige Zeichen von Leben. Hier und da eine Ansammlung von Jurten und dazu die Bewegungen von Tieren, die aus dieser Höhe betrachtet Pferde oder Kamele hätten sein können. Mitunter entdeckte er auch Sandwolken, die sich rasch vorwärtsbewegten und in denen Drew irgendein Fahrzeug vermutete. Dann endlich näherten sie sich Dalandsadgad.

Der Landeanflug war genauso nervenaufreibend wie der Start. Fast kam es Drew vor, als stürzten sie vom Himmel, obwohl er davon ausgehen musste, dass der Pilot wusste, was er tat. Drew spürte, wie es durch die Luftdruckänderung in seinen Ohren knackte, während das Flugzeug zur Landung ansetzte. Er hatte Flugzeuglandungen noch nie besonders gemocht und diese war die schlimmste, die er je erlebt hatte. Er war überzeugt, dass der Pilot die Maschine schnurstracks in den Boden rammen würde, und verspürte eine ungeheure Erleichterung, als die Reifen des Fahrwerks die Rollbahn berührten und weiterhüpften. Der Aufprall war gewaltig gewesen, aber die Reifen schienen – ebenso wie das Flugzeug – unversehrt zu sein und rasten über das Vorfeld auf das Flughafengebäude zu. Irgendwie gelang es dem Piloten, die Kontrolle über die Maschine zu behalten und sie sicher zum Stehen zu bringen.

Niemand wartete höflich, bis der Flugkapitän die Anschnalllämpchen ausgeschaltet hatte. Sobald das Flugzeug sich nicht mehr bewegte, sprangen die meisten Passagiere wie auf ein Zeichen von ihren Sitzen und fingen an, in den Gepäckfächern nach ihren Sachen zu wühlen. Irgendwo hinten hörte Drew wieder ein Huhn gackern.

Nur Nergui verharrte reglos in seinem Sitz. »Kein Grund zur Eile«, sagte er. »Wir können uns ruhig entspannen.«

Drew war froh, sich von seinem Martyrium in der Luft etwas erholen zu können. »Ist der Flug immer so?«, fragte er.

»Mehr oder weniger. Nicht immer so glatt.« Nergui lächelte freundlich und wieder einmal konnte man nicht erkennen, ob er das ernst meinte.

Mit bemerkenswerter Geschwindigkeit strömten die Passagiere zum hinteren Ausgang, und Drew und Nergui erhoben sich, um ihnen zu folgen. Die Sonne stand schon hoch am stahlblauen Himmel, aber es war spätherbstlich kühl.

Drew folgte Nergui die Treppe hinunter und über die Rollbahn zu dem kleinen Flughafengebäude aus Beton. Eine Pass- oder Zollkontrolle gab es nicht, da der Flughafen ausschließlich dem Inlandsflugverkehr diente. Sie betraten die gesichtslose Ankunftshalle, ein weiteres Beispiel für kommunistisch geprägte Funktionalität. Zwei uniformierte Polizisten standen deutlich sichtbar in einer Ecke und schauten sich interessiert die ankommenden Fluggäste an.

Nergui ging zu ihnen hinüber und sprach sie an. Als er ihnen seinen Dienstausweis vor die Nase hielt, nahmen die beiden augenblicklich Haltung an. Sie salutierten zwar nicht, erwiesen Nergui aber einen Respekt, den sie vorher in ihrem Verhalten hatten vermissen lassen.

Nergui winkte Drew zu sich und stellte ihn offensichtlich den beiden Polizisten vor, die ihm daraufhin zunickten.

»Sie bringen uns zum Flughafenleiter«, sagte Nergui. »Ich glaube zwar nicht, dass er selbst uns viel wird erzählen können, aber es ist wohl ein Gebot der Höflichkeit, dass wir mit ihm sprechen, bevor wir anfangen, seine Leute zu belästigen.«

Sie folgten den Polizisten aus der großen Halle hinaus und einen Flur entlang in ein enges, spärlich möbliertes Büro. Hinter einem Schreibtisch saß ein kleiner, gehetzt wirkender Mann, der Zahlen auf ein Aktenbündel kritzelte und ab und zu die Tasten eines großen, altmodisch aussehenden Rechners drückte. Als sie eintraten, hob er ungehalten den Blick.

Nergui stellte zuerst sich selbst vor und dann Drew, der höflich nickte. Darauf schob der Mann mit ärgerlicher Geste seinen Aktenstoß zur Seite und blaffte Nergui an. Auch ohne seine Worte zu verstehen, war Drew klar, dass er über ihre Anwesenheit nicht erfreut war. Nachdem Nergui ihm ganz ruhig geantwortet hatte, stand der Flughafenleiter auf, begleitet vom Kratzen seines Stuhls über den gebohnerten Holzfußboden. Er sagte irgendetwas in gereiztem Ton, während er zu dem Fenster hinüberstakste, das auf graue Betonwände hinausging.

Nergui warf Drew über die Schulter einen Blick zu. »Wir scheinen nicht gerade willkommen zu sein«, sagte er mit einem leisen Lächeln.

»Den Eindruck habe ich auch«, erwiderte Drew. »Wo liegt das Problem?«

»So ganz klar ist mir das nicht«, antwortete Nergui, immer noch lächelnd. »Unser Freund scheint zu befürchten, dass wir seinen geregelten Ablauf hier stören und unter den Fluggästen Angst und Schrecken verbreiten.«

»Haben Sie ihm gesagt, dass wir sehr diskret vorgehen werden?«

»Selbstverständlich. Aber das scheint ihn nicht zu beruhigen.« Das Lächeln lag noch auf Nerguis Lippen, doch als er sich erneut dem Flughafenleiter zuwandte, nahm sein Gesicht wieder den gewohnten maskenhaften Ausdruck an. Er versuchte es noch einmal mit ruhigen Worten, auf die sein Gegenüber jedoch ebenso unwirsch reagierte wie zuvor und trotzig mit dem Fuß aufstampfte.

Später konnte Drew sich nicht mehr erinnern, gesehen zu haben, wie Nergui auf den Flughafenleiter zuging. Jedenfalls stand er plötzlich mit funkelndem Blick vor ihm. Drew hörte Nergui sprechen, immer noch mit leiser Stimme. Er hatte keine Ahnung, was seine Worte bedeuteten, aber das Gefühl von Bedrohung konnte er sogar quer durch den Raum spüren. Der Flughafenleiter blinzelte nervös und Drew fiel auf, dass er hier zum ersten Mal sah, wie jemandem buchstäblich das Blut aus dem Gesicht wich. Der Mann machte den Mund auf, einmal, zweimal, aber kein Laut kam heraus. Nergui sagte noch etwas, worauf der Mann zwinkerte und eilfertig nickte.

Als Nergui sich zu Drew umdrehte, kehrte wie auf Knopfdruck das Lächeln in sein Gesicht zurück. »Alles in Ordnung«, erklärte er. »Nur ein kleines Missverständnis, denke ich. Wir können reden, mit wem wir wollen, und unser Freund hier wird uns mit Vergnügen die entsprechenden Leute zuführen.«

Drew merkte, dass er selbst kaum sprechen konnte. »Das ist sehr nett von ihm«, sagte er schließlich.

»Nicht wahr? Wir sind eben ein freundliches Volk.«

Nergui ging, den Flughafenleiter im Schlepptau, aus dem Büro hinaus und wieder in die An- und Abflughalle.

»Worum ging es denn da überhaupt?«, fragte Drew, während er hinter Nergui hereilte. »Reine Bürokratie?«

Nergui antwortete, ohne sich umzuschauen. Er ging auf eine Gruppe uniformierter Flughafenangestellter zu, die plaudernd an einem der Abfertigungsschalter standen. »Das weiß ich auch nicht«, sagte er. »Zuerst dachte ich, er stellt sich nur quer – Sie kennen das, der kleine Beamte, der sein Revier verteidigt. Dann bekam ich aber immer mehr den Eindruck, dass da noch etwas anderes ist, dass er Angst haben könnte.«

»Das wundert mich nicht bei Ihrem Auftritt«, entgegnete Drew, der fand, dass er hier ruhig offen sein konnte. »Sie haben *mich* ja schon zu Tode erschreckt. Wie mag es dann wohl erst dem armen Kerl ergangen sein!«

Nergui lachte. »Nein, vor mir hatte er keine Angst«, erklärte er. »Ich habe anfangs wie üblich den höflichen Polizeibeamten gemimt und ihm ordentlich geschmeichelt, damit er uns hilft. Sie kennen doch diese Nummer?«

Drew kannte sie nur allzu gut. Bei einfachen Beamten funktionierte sie normalerweise ganz gut.

»... und er hat trotzdem gemauert. Er war nicht nur schwierig, er hatte regelrecht Angst davor, uns zu helfen. Deshalb habe ich die Daumenschrauben etwas angezogen.«

»Glauben Sie, er hat vor etwas Angst? Oder vor jemandem?«

Nergui zuckte die Achseln. »Möglich. Wer weiß?«

Inzwischen hatte er die Gruppe am Abfertigungsschalter erreicht, die ihn für einen Rat suchenden Reisenden hielt und mit einiger Neugier beäugte. Doch bevor Nergui zu sprechen anhob, hatte der Flughafenleiter ihn eingeholt und sich dazwischengedrängt, um Nergui und die anderen unter heftigem Gestikulieren einander vorzustellen.

Drew beobachtete ihn genau. Es war frustrierend, hinter Nergui herzuzockeln, ohne Wesentliches zu den Befragungen beitragen zu können, und sich die halbe Zeit zu wundern, was hier eigentlich vor sich ging. Einen Vorteil hatte seine Situation jedoch: Er konnte wenigstens aufmerksam Mimik und Körpersprache der von Nergui Befragten studieren.

Er gab Nergui recht. Dieser Mann wirkte tatsächlich ängstlicher, als seine Lage es rechtfertigte. Selbst wenn seine Sorge, dass Fluggäste und Personal gestört werden könnten, berechtigt war, erklärte das nicht den glänzenden Schweißfilm, der sich auf der Stirn des Flughafenleiters gebildet hatte. Es konnte unmöglich das erste Mal sein, dass die Polizei mit dem Ansinnen an ihn herantrat, Ermittlungen vor Ort durchzuführen – schließlich war das ja ein Flughafen. Doch wie der Mann so von einem Fuß auf den anderen trat, den Kopf hin- und herdrehte und sich einmischte, als müsste er Nerguis Worte seinem Personal übersetzen, hatte man tatsächlich den Eindruck, dass er verängstigt war. Er bemühte sich nach Kräften, es zu verbergen, indem er übertrieben lächelte, aber sogar einige seiner Untergebenen musterten ihn eigentümlich.

Nergui ignorierte ihn einfach und setzte in gleichmäßigem, ruhigem Ton die Befragung der Leute fort. Nach einer Weile zog er ein Foto von Delgerbayar, das er aus den Polizeiakten herauskopiert hatte, aus der Tasche und zeigte es herum, wobei er allen Zeit ließ, sich das Gesicht genau anzuschauen. Drew hatte es bereits im Flugzeug betrachtet. Der Mann war darauf gut zu erkennen, aber Drew konnte ihn nicht mit dem weißen, blutverschmierten Gesicht in Verbindung bringen, das er gesehen hatte.

Während Drew die Gruppe beobachtete, begann eine der weiblichen Angestellten wie wild zu nicken und auf Nergui einzureden. Sie zeigte erst auf das Foto und deutete dann quer durch die Halle auf einen Punkt in der Nähe des Ausgangs. Fast im selben Moment entdeckte sie einen Kollegen, der langsam die Halle durchquerte, und rief ihm etwas zu. Er blickte auf und kam dann eilig zu ihnen herüber. Drew hatte keine Ahnung, was das bedeutete, aber es schien wichtig zu sein. Nergui unterhielt sich eingehend mit der Frau und, kaum dass der Neuankömmling die Gruppe erreicht hatte, auch mit ihm. Der Mann nickte und zeigte auf dieselbe Stelle.

Schließlich drehte Nergui sich zu Drew um und winkte ihn heran. Mit einem flüchtigen Lächeln in die Runde kam Drew näher, worauf die Flughafenmitarbeiter wie auf Kommando alle einen halben Schritt zurücktraten. Es war, als wüssten sie alle nicht so recht, wie sie mit einem westlichen Ausländer umgehen sollten. In ihrer Reaktion lag keine Feindseligkeit – bloß Neugier und eine gewisse Vorsicht.

»Was gibt's?«, fragte Drew. »Haben Sie etwas herausgefunden?«

»Sieht so aus. Das hatte ich im Grunde gar nicht erwartet. Man muss diese Fragen stellen, auch wenn man gar nicht davon ausgeht, dass irgendjemand sich an einen bestimmten unter den vielen hundert Passagieren letzte Woche erinnern würde.«

»Und, erinnern sie sich?«

»Durchaus. Aber nur, weil Delgerbayars Verhalten sich ziemlich von dem der meisten anderen Fluggäste an diesem Tag unterschied.«

»Inwiefern?«

»Wie es aussieht, kam er mit demselben Flug an wie wir heute. Er verließ die Maschine, kam in die Halle und ging dann hinüber zum Ausgang, wo er sich vermutlich nach jemandem umschaute, den er treffen sollte.«

»Aber wie ...?«

»Es ist nicht ganz klar, was passiert ist. Natürlich hatte bis dahin niemand Delgerbayar besondere Aufmerksamkeit geschenkt, auch im Flugzeug nicht. Wir haben gestern das Kabinenpersonal befragt, aber Sie haben ja gesehen, wie überfüllt die Flüge sein können. Jedenfalls gehen wir davon aus, dass Delgerbayar hier angekommen ist und die Person gefunden hat, mit der er sich hatte treffen sollen. Als Erstes fielen dann erregte Stimmen drüben am Ausgang auf. Die beiden Männer hatten anscheinend einen heftigen Streit. Als es zu Handgreiflichkeiten kam – ein Schubsen und Stoßen –, griffen zwei Beamte der Flughafenpolizei ein, um sie zu trennen.«

»Was geschah dann? Hat Delgerbayar ihnen gesagt, dass er auch Polizist ist?«

»Das ist nicht sicher, aber wir können uns bei der Polizei erkundigen, wer an diesem Tag Dienst hatte. Ich tippe eher auf nein. Delgerbayar und der andere Mann ließen nämlich voneinander ab und verließen überraschenderweise gemeinsam das Gebäude. Unsere zwei Freunde hier haben das beobachtet ...«, sagte Nergui mit einer Handbewegung zu den beiden Flughafenangestellten. »Wie es scheint, stiegen die Männer in denselben Geländewagen und rasten mit einem Affenzahn davon.«

»Und sie sind sicher, dass es Delgerbayar war?«

Nergui nickte. »So sicher, wie jemand in einer solchen Situation sein kann, denke ich. In diesem Punkt habe ich sie ziemlich bedrängt, worauf sie sich das Bild ganz genau angeschaut und gesagt haben, sie seien sich sicher, dass er es war. Die anderen waren dazu nicht nah genug dran, aber diese beiden gingen zufällig durch die Ausgangstür, als das passierte, sodass sie nicht weit davon entfernt waren.«

»Jetzt wissen wir also mit Bestimmtheit, dass er hier angekommen ist. Und dass er sich mit jemandem getroffen hat. Was nahelegt, dass zumindest ein Teil seiner Geschichte der Wahrheit entspricht.«

»Obwohl wir natürlich nicht wissen, ob sein Besuch hier wirklich mit dem Goldsucherfall zusammenhing oder ob es um etwas völlig anderes ging.«

Während Nergui mit ihm sprach, beobachtete Drew über dessen Schulter hinweg die Gruppe von Flughafenangestellten. Ihr Chef stand immer noch bei ihnen und flüsterte ihnen hin und wieder nervös etwas zu. Drew zog eine Augenbraue hoch, um Nerguis Aufmerksamkeit auf die Szene hinter ihm zu lenken. Der nahm den Wink sofort auf, drehte sich aber nicht um.

»Er fragt gerade, ob jemand den anderen Mann erkannt hat«, sagte Nergui leise.

»Ich glaube, Sie hören besser, als ihm bewusst ist«, murmelte Drew mit einem leisen Lächeln.

»Ich höre sehr gut«, bestätigte Nergui. »Ich kann sie den Kopf schütteln hören und glaube fast, dass ich die Erleichterung in seiner Stimme höre. Oder ist das meine Einbildung?«

»Sie schütteln tatsächlich den Kopf«, sagte Drew. »Den Rest kann ich nicht beurteilen.«

»Ich auch nicht. Aber ich glaube, auf unseren Freund hier müssen wir aufpassen.«

Nergui drehte sich um und bedankte sich bei dem Flughafenleiter und dem Personal, wobei er den Leuten freundlich zulächelte. Den meisten von ihnen sah man die Aufregung darüber an, dass sie an einer Art offizieller Ermittlung beteiligt waren, und einige hätten gerne noch Fragen dazu gestellt. Nergui gab Töne von sich, die eindeutig höflich klangen, und führte Drew dann durch die Ausgangstür ins Sonnenlicht.

»Was haben Sie zu ihnen gesagt?«, fragte Drew, als sie draußen waren.

»Nicht viel. Offizielle Ermittlungen. Durchführung von routinemäßigen Befragungen. Das Übliche.«

Mit laufendem Motor wartete ein Jeep im Parkverbot bereits auf sie. Kaum hatten sie das Gebäude verlassen, war der Fahrer schon aus dem Wagen gesprungen. Ohne zu zögern, ging Nergui hinüber und warf seine Tasche hinten in den Jeep. Drew tat es ihm gleich, dann stiegen sie ein. Nachdem Nergui ein paar Worte an den Fahrer gerichtet hatte, fuhren sie los.

Drew war erstaunt darüber, dass Nergui sogar hier, neunzig Flugminuten von Ulan-Bator entfernt, sofort erkannt wurde. Er selbst schätzte sich glücklich, wenn jemand ihn beim Verlassen seines Büros erkannte.

In Dalandsadgad gab es wenig zu sehen – ein paar Gewerbebauten aus Beton um den Flugplatz herum, einige Wohnblocks, eine wild wuchernde Ansammlung von wahllos errichteten Holzhütten und die unvermeidlichen Jurten. Die Stadt war eher ein Tor zur Wüste Gobi als ein Ort für sich.

Der Jeep ließ die Stadt rasch hinter sich, und während sie, anfangs über Schotterstraßen, dann über Dreckpisten und schließlich über den nackten Wüstenboden, dahinrasten, flogen Staub und Geröll unter ihren Reifen auf. Nergui saß neben dem Fahrer, wirkte entspannt und schien den kühlen Sonnenschein und die offene Weite zu genießen. Zum ersten Mal kam Drew der Gedanke, dass das der natürliche Lebensraum dieser Menschen zu sein schien – selbst Nergui, der Stadtbewohner und Weltenbummler, schien sich hier draußen wohler zu fühlen.

Drew war überwältigt von der Leere, dem Gefühl von Weite, der gewaltigen Ausdehnung des blauen Himmels. Hier ging jedes Gefühl von Messbarkeit verloren. Abgesehen von vereinzelten Hütten oder Jurten gab es nichts, was eine Perspektive ermöglicht hätte. Weit hinter ihnen lag Dalandsadgad und sah zugleich immer noch merkwürdig nah aus. Vor ihnen schien nichts zu sein, nur endlose, leere Kilometer bis zum Horizont.

Die Landschaft schien verlassen. Einmal sahen sie in einiger Entfernung eine Gestalt auf einem Motorrad vorbeirasen. Ansonsten gab es keine Anzeichen von Leben. Unpassenderweise hatte der Fahrer die Lautstärke des eingebauten Kassettengeräts aufgedreht, sodass während der Fahrt amerikanische Rockmusik aus dem Jeep dröhnte.

Nach einer halben Stunde gab es die ersten Hinweise auf ein Camp, das sich vor ihnen am Horizont erhob. Drew konnte nicht sagen, wie weit es entfernt war, aber er konnte einen Drahtzaun, eine Ansammlung von Jurten und um sie herum ein paar größere, aus Holz errichtete Gebäude erkennen.

Nergui deutete mit dem Finger darauf. »Da ist es.«

»Jede Menge Strand«, rief Drew zurück, den Lärm des Motors und der Musik übertönend. Das Camp wirkte völlig abgeschieden. »Wie kommen die Touristen hier raus?«

»Es gibt eine Buslinie vom Flughafen hierher. Sie werden überrascht sein, wie zivilisiert es drinnen zugeht.«

Es dauerte erstaunlich lange, bis das Camp näher rückte. Während sie darauf zufuhren, erkannte Drew in dem umzäunten Bereich tatsächlich Menschen – wenigstens ein paar. Es war ein surrealer Anblick. An diesem gottverlassenen Ort, anscheinend kilometerweit von jedem anderen Leben entfernt, räkelten sich Touristen in T-Shirts und Shorts auf Sonnenliegen, lasen Romane, tranken Bier und sahen aus wie Urlauber an jedem beliebigen Strand der Erde.

»Sieht nicht sehr voll aus«, bemerkte Drew.

»Ziemlich spät im Jahr«, sagte Nergui. »Wären Sie im Sommer gekommen, wäre es voll gewesen. Jetzt ist es zu kalt.«

Das stimmte. Die Sonne brannte immer noch von einem wolkenlosen Himmel herab, aber die Luft war kühl. Die Sonnenanbeter wollten sich den Spaß nicht verderben lassen, aber eigentlich war es kaum warm genug, um draußen zu sitzen.

Der Jeep fuhr an das Tor heran und hielt vor einem Holzhaus, in dem sich offensichtlich die Rezeption befand. Gefolgt von Drew sprang Nergui aus dem Wagen, holte seine Tasche aus dem Kofferraum und ging in das Haus.

Drinnen war es warm und dunkel. Der Raum war spärlich möbliert, nur eine Empfangstheke und ein paar niedrige Stühle. Der Mann hinter der Theke blickte auf, lächelte Nergui zu und begrüßte ihn. Nergui erwiderte den Gruß mit einem Nicken, deutete hinter sich und stellte ihm Drew vor.

»Mr. McLeish«, sagte der Mann breit lächelnd zu Drew, »seien Sie uns herzlich willkommen.«

»Sie sprechen Englisch?«, entfuhr es Drew.

Der Mann nickte bescheiden. »Ein wenig«, sagte er. »Wir haben schon lange Touristen aus Großbritannien und den Vereinigten Staaten hier – seit über zehn Jahren. In der Zeit habe ich versucht, ein bisschen deren – Ihre – Sprache zu lernen.«

»Sie sprechen gut, Mr. …?«

»Batkhuyag. Ich bitte unsere Gäste immer, mich zu korrigieren, wenn ich Fehler mache.« Er lachte. »Das tun sie mit großem Vergnügen.«

Nergui richtete noch ein paar Worte auf Mongolisch an ihn. Batkhuyag nickte und deutete hinter sich. »Ich habe eine Jurte reserviert, die Sie als Basis nutzen können«, sagte er, eindeutig Drew zuliebe, auf Englisch. »Sie liegt etwas abseits, damit Sie ungestört sprechen können, mit wem Sie wollen.« Er zuckte die Achseln. »Ich weiß wirklich nicht, ob wir Ihnen helfen können. Die örtliche Polizei war schon hier und hat ein paar Fragen gestellt, aber soweit ich weiß, konnte niemand mit irgendeiner brauchbaren Information dienen. Wir werden aber helfen, so gut wir können. Bitte sehen Sie sich einfach um und sprechen Sie mit dem Personal.« Er hielt inne, als wüsste er nicht genau, wie er den nächsten Satz formulieren sollte. »Natürlich möchte ich Sie bitten, unsere Gäste dabei so wenig wie möglich zu stören. Ich weiß, dass Sie vielleicht auch mit ihnen sprechen wollen, aber kommen Sie in dem Fall bitte erst zu mir, damit ich die Leute darauf vorbereiten kann.«

Nergui nickte. »Ich weiß nicht, ob wir mit Ihren Gästen sprechen müssen. Waren denn welche letzte Woche schon da?«

Batkhuyag nickte. »Manche schon, obwohl die meisten erst diese Woche gekommen sind.«

»Nun, wir werden sehen, wie es läuft. Es kann sein, dass

wir mit einigen der Gäste sprechen müssen, die letzte Woche hier waren, aber ich verspreche Ihnen, dass wir diskret sein werden.«

»Selbstverständlich«, sagte Batkhuyag. »Ich hätte das gar nicht erwähnen sollen. Sie machen das bestimmt richtig.«

Nergui lächelte. »Bei der örtlichen Polizei kann ich mir vorstellen, dass es mit der Diskretion manchmal nicht weit her ist?«

»Na ja, die kommen eben von hier und tun bestimmt ihr Bestes. Aber ich muss in erster Linie an das Wohl der Gäste denken: Die Touristen sind wichtig für uns.«

»Ja, und sie sollen unser Land von seiner besten Seite kennenlernen«, stimmte Nergui ihm zu. »Dafür werde ich Sorge tragen.«

Batkhuyag führte sie wieder hinaus ins Freie, dann durch die Ansammlung von Jurten auf die Rückseite des Camps. Er deutete auf ein Zelt, das, von den anderen abgesondert, in der Nähe eines Holzhauses stand, das als Restaurant und Gemeinschaftsraum diente. »Ich dachte, diese Jurte hier wäre die beste«, erklärte er. »Während der Hochsaison brauchen wir sie für das Personal, aber jetzt ist sie leer. Sie können sie für Ihre Befragungen benutzen und heute Nacht hier drin auch schlafen, wenn es Ihnen recht ist.«

Drew war klar, dass Batkhuyag alles in seiner Macht Stehende tat, um seinen Gästen die Urlaubsstimmung nicht zu vermiesen. Die Jurte der beiden Polizisten stand in größtmöglicher Entfernung von den Touristenjurten und besaß offensichtlich nicht denselben Standard wie sie. Drew konnte es dem Mann jedoch nicht verdenken, dass er Vorsicht walten ließ. Diskretion war eine unter Polizisten nicht sehr verbreitete Eigenschaft, und er konnte sich nicht vorstellen, dass die örtliche Polizei eine Ausnahme machte.

Batkhuyag öffnete die Tür der Jurte und führte sie hinein.

Das Innere war dunkel, aber zu Drews Überraschung gab es elektrisches Licht. Der Raum sah erstaunlich gemütlich aus. In der Mitte stand, von Teppichen umgeben, ein reichlich verzierter Tisch. Um ihn herum waren, nicht ganz dazu passend, drei harte Holzstühle aufgestellt worden, aber Drew vermutete, dass sie eigens für Nergui und ihn geholt worden waren. An der Wand gegenüber sah er zwei ebenfalls reichlich bemalte Betten. Hier zu schlafen würde sicherlich eine Erfahrung, aber nicht unbedingt eine unangenehme, dachte er.

Nergui schaute sich um und nickte mit einem leichten Lächeln. »Schön hier«, sagte er. »Ausgesprochen gemütlich.« Es war schwer zu sagen, ob in seinem Ton eine Spur von Ironie mitschwang. Er deutete auf einen der Stühle. »Setzen Sie sich zu uns, Mr. Batkhuyag?«

Batkhuyag blickte überrascht drein. »Ich? Eigentlich hatte ich nicht vor …«

Nergui verneigte sich leicht. »Aber Mr. Batkhuyag, Sie sind natürlich der Erste, den wir gerne hierhätten. Ich gehe doch zu Recht davon aus, dass in diesem Camp nichts ohne ihr Wissen passiert, oder?«

Batkhuyag sah verwirrt aus. Das war aber auch eine raffinierte Frage, musste Drew zugeben, eine geschickte Gratwanderung zwischen Schmeichelei und Drohung. »Nun«, sagte Batkhuyag, »ich weiß nicht, ob ich sagen würde, dass …«

»Jetzt kommen Sie aber, Mr. Batkhuyag, nur keine falsche Bescheidenheit! Ich sehe doch, wie gut dieses Camp geführt ist.« Nergui ließ sich lässig auf einem der Holzstühle nieder. Batkhuyag blieb nichts anderes übrig, als es ihm nachzutun. Drew zog den übrig gebliebenen Stuhl zurück, drehte ihn um, sodass er sich rittlings daraufsetzen konnte, und stellte ihn mit Bedacht ein Stückchen von Nergui und Batkhuyag entfernt ab. Er fand, dass das jetzt Nerguis Befragung war, in die er sich nur einschalten würde, wenn er das Gefühl hätte, etwas hinzufügen zu können.

Nergui beugte sich mit gefalteten Händen auf seinem Stuhl vor. »Nun, Mr. Batkhuyag, wie viel wissen Sie über den Grund unserer Anwesenheit?«

Batkhuyag zuckte die Schultern. »Nicht viel. Nur was der hiesige Polizeichef mir erzählt hat, als er mit seinen Leuten kam.«

»Und das wäre?«

»Dass Sie in einem Fall ermitteln, in den einer Ihrer Polizeibeamten verwickelt ist. Und dass der Mann sich vor ein oder zwei Wochen hier aufgehalten hat. Sie wollten eigentlich nur wissen, ob er hier gewesen ist, und zeigten mir sein Foto.«

»Und – ist er hier gewesen?«, fragte Nergui.

Batkhuyag schüttelte den Kopf. »Soweit ich weiß, nicht. Ich habe den Mann auf dem Foto nicht wiedererkannt.«

»Ist es möglich, dass er ohne Ihr Wissen hier war?«

Batkhuyag zuckte die Schultern. »Natürlich ist das möglich. Am fraglichen Tag hatten wir einen Wechsel – eine Gruppe von Touristen kam, eine andere ging, manche blieben da. An solchen Tagen haben wir viel zu tun. Da kommen auch die meisten Lieferungen. Schmutzige Wäsche wird zum Waschen abgeholt, frische dagelassen. Lebensmittel werden angeliefert. All so was. Ich würde nicht meine Hand dafür ins Feuer legen, dass Ihr …«

»Delgerbayar«, half Nergui.

»Ich würde nicht meine Hand dafür ins Feuer legen, dass er sich nicht eine Zeitlang in all dem Gewusel aufgehalten hat. Als Gast war er aber mit ziemlicher Sicherheit nicht hier. Auf unserer Gästeliste stand der Name offensichtlich nicht, und sein Foto kam mir nicht bekannt vor. Außerdem bleiben unsere Gäste normalerweise wenigstens einige Tage – wie ich es sehe, wäre Ihr Mr. … Delgerbayar erst am Vortag eingetroffen. Das wäre ungewöhnlich gewesen, und wir hätten uns an so was erinnert.«

»Haben Sie sonst jemanden vom Personal gefragt? Erkennt ihn jemand wieder?«

»Ein paar habe ich darauf angesprochen«, antwortete Batkhuyag. »Ich meine, wir sind nicht systematisch vorgegangen oder so. Dafür war die Polizei nicht lange genug hier – ich hatte den Eindruck, dass sie das nur pro forma durchexerziert haben. Routinefragen.«

»Da dürften Sie recht haben«, sagte Nergui. Drew betrachtete die beiden Männer erstaunt. Er wusste nicht, wie viel der örtlichen Polizei erzählt worden war, konnte aber kaum glauben, dass die Beamten hier nichts von dem brutalen Mord an einem Polizeikollegen mitbekommen haben sollten. Und warum sollten sie nicht offiziell darüber informiert worden sein? Drew hatte immer noch den Eindruck, sich in einer ihm völlig fremden Umgebung zu bewegen – oberflächlich ähnelte sie der Welt, die er kannte, aber er hatte dauernd das Gefühl, auf dem falschen Fuß erwischt zu werden. Für ihn war der Mord an einem Kollegen immer noch eins der schwersten und grausigsten Verbrechen. Das lag zum Teil an der unvermeidbaren Angst, dass es beim nächsten Mal um sein eigenes Leben gehen könnte. Zum Teil war es aber auch die Erkenntnis, dass man die letzte Stellung aufgab, wenn man derartige Angriffe auf die Hüter von Recht und Ordnung hinnahm. Es war schwer zu glauben, dass die hiesigen Kollegen Delgerbayars Ermordung als Nebensache behandelt hatten, sofern sie über die Details überhaupt so genau unterrichtet waren.

»Und niemand hat ihn wiedererkannt?«

»Nein, aber das will nicht unbedingt viel heißen. Wir haben nur ein paar Angestellte gefragt, im Restaurant und so. Sie servieren zwar den Leuten das Essen, lernen die Touristen aber nicht zwangsläufig besonders gut kennen. Zumal sie nicht ihre Sprache sprechen. Mit den mongolischen Gästen ist es etwas anders. Mit denen können sie sich immerhin unterhalten.«

Nergui nickte langsam. »Offenbar können wir also davon ausgehen, dass Delgerbayar sich nicht als Gast hier aufgehalten hat, sonst hätte sich jemand an ihn erinnert. Aber es ist gut möglich, dass er hierherkam, ohne dass Sie es wussten.«

Batkhuyag zuckte die Achseln. »Das ist richtig. Wenn er nur für ein paar Stunden hier war, etwa um sich mit einem anderen Gast zu treffen, kann es durchaus sein, dass er gekommen und gegangen ist, ohne dass es irgendjemandem besonders aufgefallen wäre.«

Nergui stand auf und begann, langsam im Zelt auf und ab zu gehen. »Ich fürchte, wir werden ein paar weitere Befragungen unter Ihren Angestellten durchführen müssen. Und vielleicht auch unter Ihren Gästen.«

Batkhuyag hob den Kopf. »Daran werde ich Sie nicht hindern können«, sagte er. »Aber darf ich Sie fragen, worum es hier eigentlich geht?«

Nergui blieb stehen und wandte sich ihm zu. Drew zeigte keinerlei Regung.

Batkhuyag beobachtete Nergui jetzt scharf. »Ich verstehe, dass Sie mir das womöglich nicht sagen wollen. Dennoch frage ich, denn ich finde, dass ich das Recht habe, den Grund dafür zu erfahren.«

Nergui schwieg. Es war klar, dass er nicht die Absicht hatte, Batkhuyag in seiner Argumentation zu bestärken. Drew war gespannt, wie Nergui dieses Problem lösen würde.

»Ich möchte Sie nur bitten, mich nicht für dumm zu verkaufen«, fuhr Batkhuyag langsam fort. »Ich habe in Ulan-Bator gelebt. Ich kenne Leute bei der Polizei, und ich kenne auch Ihren Ruf. Ich weiß auch, dass die Polizei normalerweise niemanden Ihres ... Ranges schicken würde, um eine interne Disziplinarangelegenheit zu regeln. Oder gar«, fügte er mit einer Körperdrehung zu Drew hinzu, »einen Polizeibeamten aus Großbritannien.«

Nergui fing plötzlich an zu lachen. »Ich fühle mich sehr geschmeichelt, dass Sie so viel von mir halten, Batkhuyag. Und Sie verlangen völlig zu Recht, dass ich Sie nicht für dumm verkaufe. Es tut mir leid, wenn mein Vorgehen unhöflich gewirkt hat.« Drew musste daran denken, wie Nergui mit ihm gesprochen hatte, als sie am Abend seiner Ankunft vom Flughaufen in die Stadt gefahren waren. Das war Nergui, der Diplomat. Man konnte sich leicht vorstellen, dass er auch mit dem britischen Botschafter so umging – höflich, aber ohne irgendetwas preiszugeben.

»Wir haben nicht vor, Sie zu täuschen. Wir sind lediglich um Diskretion bemüht.« Er machte eine Pause. Drew fragte sich, ob Nergui einen Weg suchte, sich aus dieser Situation hinauszulavieren, aber der Mongole fuhr ganz ruhig fort: »Wie Sie zu Recht vermuten, haben wir es hier mit einem ausgesprochen schweren Verbrechen zu tun – das ist eine heikle Angelegenheit und es gibt gute Grunde dafür, dass ich Ihnen im Moment keine weiteren Informationen geben kann. Aber glauben Sie mir, der Fall ist so schwerwiegend, dass er sowohl meine Mitwirkung als auch – aufgrund der Beteiligung westlicher Interessen – die meines Kollegen, Chief Inspector McLeish, erforderlich macht.« Mit einer Handbewegung deutete er auf Drew, der die Nennung seines Dienstgrades mit einem inneren Schmunzeln registrierte. So ein Schwachsinn, dachte er, aber es schien seinen Zweck zu erfüllen. »Wir halten es für möglich, dass auch unser Kollege Delgerbayar mit diesem Verbrechen etwas zu tun hatte, wissen aber nicht genau, inwiefern. Deshalb wollen wir unbedingt herausfinden, was er hier gemacht hat.«

»Nach meinen Informationen«, sagte Batkhuyag leise, »ist Ihr Delgerbayar tot.«

Drew blickte erstaunt auf. Aus Batkhuyags früheren Worten hatte er geschlossen, dass er keine Ahnung hatte, warum sie hier waren.

Nerguis Gesicht blieb ausdruckslos. »Und was für Informationen sollen das sein?«

Batkhuyag zuckte die Achseln. »Die Leute reden mit mir.«

Nergui lehnte sich zurück, was die vorderen Stuhlbeine leicht anhob. »Tatsächlich? Das ist sehr interessant. Sie müssen ja ein kontaktfreudiger Mensch sein. Warum haben Sie das nicht früher erwähnt?«

»Ich wüsste nicht, weshalb ich das sollte. Sie haben mir Märchen erzählt. Aber ich glaube, wir sollten lieber offen miteinander reden. Ich werde Ihnen nur dann behilflich sein können, wenn ich genau weiß, was Sie wollen.«

Batkhuyag war eindeutig schlauer, als er aussah, fand Drew. Aber ohne ein gewisses Quäntchen Gewieftheit konnte man ein Feriencamp wie dieses vermutlich gar nicht leiten.

Nergui nickte. »Sie haben ohne Zweifel recht, Batkhuyag. Andererseits werden Sie einsehen, dass wir auf Diskretion bestehen müssen. Ich kann allerdings bestätigen, dass Delgerbayar tot ist.«

»Ermordet«, sagte Batkhuyag. Eine Frage war das nicht.

Nergui faltete die Hände hinter dem Kopf, was ihn entspannt wirken ließ. »Die Tatsache, dass Sie zu dieser Information gelangt sind, wirft für mich einige interessante Fragen auf, das ist Ihnen doch klar?«

Batkhuyag schwieg. Der gibt nichts preis, dachte Drew, wenn er nicht davon ausgehen kann, im Gegenzug auch etwas zu bekommen. Seltsam, diese Typen sind doch überall auf der Welt gleich.

Nergui runzelte die Stirn, als dächte er über ein besonders verworrenes Rätsel nach. »Die Situation ist folgende«, sagte er schließlich. »Die Nachricht vom Ableben unseres Kollegen ist nicht öffentlich gemacht worden. Nicht einmal die Polizei hier unten weiß es – jedenfalls nicht offiziell. Aber irgendwie scheint die Information zu Ihnen gelangt zu sein. Ich bin neugierig, wie das vor sich gegangen sein könnte.«

»Wie schon gesagt, die Leute reden.«

»Das reicht mir leider nicht, Batkhuyag. Sehen Sie, wenn ich einer von der ganz misstrauischen Sorte wäre, könnte ich jetzt zu dem Schluss kommen, dass Sie nur deshalb von Delgerbayars Tod wissen können, weil Sie irgendwie in die Sache verwickelt sind.«

»Warum würde ich es Ihnen denn dann erzählen und mich verdächtig machen?«

»Das weiß ich genauso wenig wie Sie!«, erwiderte Nergui mit einem kühlen Lächeln. »Ich sähe mich höchst ungern gezwungen, sie festzunehmen, während wir dieses Rätsel zu lösen versuchen.«

Batkhuyag schien das nicht sonderlich zu beeindrucken. »Ich weiß nicht, was die Polizei hier unten offiziell wissen darf«, sagte er, wobei er den letzten drei Wörtern einen ironischen Unterton verlieh. »Aber ich höre mir an, was sie sagen. Sie wissen über Ihren Delgerbayar Bescheid.«

Nergui zog eine Augenbraue hoch. »Tatsächlich?«, fragte er nach. »Und was wissen sie?«

»Sie kommen hier raus, um was zu trinken, ziemlich oft sogar«, erklärte Batkhuyag. »Hier in der Wüste ist die Auswahl an Kneipen nicht besonders groß und wir bekommen ganz ordentliches Bier für die Touristen. Ich sehe es zwar nicht so gern, wenn die Leute zum Trinken hierherkommen, aber bei der Polizei drücke ich ein Auge zu.«

»Natürlich.«

»Letzte Nacht waren ein paar von ihnen da. Abends haben wir meistens Musik – das übliche traditionelle Zeug für die Touristen. Dann wird es voll hier. Die Polizisten und ein paar andere waren fast den ganzen Abend hier und haben sich Bier und Wodka hinter die Binde gegossen.«

»Mongolen?«, fragte Nergui. »Die anderen, meine ich.«

Batkhuyag runzelte die Stirn. »Ich bin mir nicht sicher. Eine Gruppe tauchte schon früh auf – ein paar Männer von der Polizei, die ich erkannte, und einer oder zwei, die ich nicht kannte. Im Laufe des Abends gesellten sich noch andere zu ihnen. Und ein paar von den Touristen, die meisten aus dem Westen – wir haben im Moment ziemlich viele Briten und ein paar Amerikaner hier.«

»Ist es üblich, dass die Touristen mit den Einheimischen zusammen trinken?«, fragte Drew.

»Es ist nicht unüblich«, entgegnete Batkhuyag. »Die Sprache kann eine Barriere sein, aber es ist verblüffend, wie schnell man sich nach ein paar Wodka verständlich machen kann. Daran war also nichts besonders Merkwürdiges.«

»Und was haben sie gesagt?«, fragte Nergui.

»Also, ich kann nicht behaupten, dass ich genau hingehört hätte«, antwortete Batkhuyag. »Ich habe bloß im Vorbeigehen Gesprächsfetzen aufgeschnappt.«

»Natürlich«, bemerkte Nergui mit versteinerter Miene. »Sie haben in der Bar mitgeholfen?«

»Das mache ich, wenn viel los ist. Jedenfalls habe ich mitbekommen, dass sie etwas über Dinge oben im Norden, in der Stadt sagten. Es war das übliche Zeug – dass das Ministerium nicht weiß, was es tut, wenn es die Leute im Ungewissen lässt. Sie kennen das.«

»Ich kenne das«, bestätigte Nergui. »Und haben diese Leute Delgerbayar erwähnt?«

»Nicht namentlich. Aber ich habe zwei und zwei zusammengezählt. Was ich gehört – zu hören geglaubt – habe, war etwas über einen Polizisten, der hier runtergekommen war und Streit angefangen hatte. Sie sagten – es tut mir leid, aber das ist nun mal das, was ich gehört habe –, sie sagten, er hätte bekommen, was er verdiente.«

»Und haben sie angedeutet, warum sie das fanden?«

»Nein. Um ehrlich zu sein, ich war auch ein bisschen schockiert. Ich meine, wir beschweren uns dauernd über die Polizei, aber irgendwie erwarten wir ja doch, dass sie zusammenhält. Da hab ich mich dann schon gefragt, was da los ist. Mir aber gleichzeitig gesagt, dass es sicher besser wäre, nicht allzu genau nachzuforschen.«

Nergui nickte, noch immer mit undurchdringlicher Miene. »Sie sind ein kluger Mann, Batkhuyag. Gibt es noch etwas, das Sie uns sagen möchten?«

Batkhuyag schüttelte den Kopf. Inzwischen wirkte er nicht mehr so gelassen wie zu Beginn der Befragung, so als hätte Nerguis Auskunft – oder das Ausbleiben derselben – ihm erst richtig klargemacht, dass es hier um etwas Schwerwiegendes gehen könnte. »Wen möchten Sie sonst noch sprechen?«

Nergui schaute zu Drew hinüber, der darin jedoch vor allem eine Höflichkeitsgeste sah. »Ich glaube, wir müssen mit allen Ihren Angestellten sprechen, die gestern Abend in der Bar gearbeitet haben oder an dem Tag Dienst hatten, als Delgerbayar hier gewesen sein soll.« Er reichte Batkhuyag seinen geöffneten Notizblock und einen Stift. »Vielleicht könnten Sie die Namen aufschreiben, wir werden die Leute dann nacheinander befragen.«

Nach kurzer Überlegung machte Batkhuyag sich daran, Namen aufzulisten. »Ich glaube, das sind sie alle, und wenn ich jemanden vergessen habe, füge ich ihn nachträglich hinzu.« Er stand auf, um zu gehen, aber Nergui bedeutete ihm, sich noch einmal hinzusetzen.

»Noch zwei kurze Fragen«, sagte er. »Erstens, kennen Sie den Namen von irgendeinem der Gäste, die gestern Abend mit den Polizisten zusammengesessen haben?«

Batkhuyag machte den Mund auf, um zu antworten, klappte ihn aber wieder zu. »Nein«, sagte er einen Moment später. »Es waren etliche, aber ich weiß nicht, wer …«

»Nur ein paar Namen«, sagte Nergui. »Und zweitens …«

Die Frage hatte Batkhuyag offenbar schon vorausgeahnt. »Ich habe die Polizisten wiedererkannt, aber wie sie heißen, weiß ich nicht.«

Nergui hob den Kopf und betrachtete Batkhuyag mit einem kalten Lächeln. »Wirklich?«, fragte er. »Nun, ich könnte Sie ohne Weiteres zu einer Gegenüberstellung mit ins Polizeipräsidium nehmen.«

»Sehen Sie, in einem Job wie meinem kommt es auf Diskretion an. Wenn sich herumspricht, dass ich mit Ihnen geredet habe …«

»Ich sehe ein, dass das ein Problem für Sie wäre«, räumte Nergui ein. »Schreiben Sie die Namen einfach auf. Von mir erfährt niemand etwas.«

Batkhuyag schaute wieder von einem zum anderen, jetzt deutlich verängstigt. Dann schüttelte er den Kopf und beugte sich vor, um die Namen auf den Block zu schreiben.

8. KAPITEL

Den Rest des Nachmittags verbrachten sie damit, die Leute auf der Liste einen nach dem anderen zu befragen. Es war eine lästige Pflicht – die Art von sterbenslangweiliger Routine, die Drews Erfahrung nach den Hauptteil jeder größeren Ermittlung ausmachte. Dabei war klar, dass sie kaum einen Schritt vorankommen würden.

Das übrige Personal des Camps war entweder viel schlauer oder viel dümmer als Batkhuyag – womöglich aber auch beides, überlegte Drew. So oder so, sie gaben nichts zu. Nein, sie erinnerten sich nicht, Delgerbayar im Camp gesehen zu haben. Nein, ihnen waren an diesem Tag keine Fremden auf dem Gelände aufgefallen, obwohl es bei all dem Kommen und Gehen schwer zu sagen war. Nein, sie hatten gestern Abend keine Gespräche mitbekommen. Vielleicht waren tatsächlich ein paar Polizisten in der Bar – das kam oft vor –, aber, nein, ganz ehrlich, sie konnten sich bestimmt nicht erinnern. Und im Übrigen hielt man sich von der Polizei sowieso fern.

»Es ist Zeitverschwendung«, meinte Drew, als der letzte Angestellte aus der Jurte geführt worden war. Das galt besonders für ihn, da nur wenige der Befragten Englisch gesprochen hatten.

»Es ist immer Zeitverschwendung«, stimmte Nergui ihm zu, »aber wir müssen es machen. Man weiß nie, wann irgendjemand etwas fallen lässt. Nehmen wir Batkhuyag.«

»Er war clever«, sagte Drew.

Nergui nickte. »Ich mag es, wenn Leute clever sind. Dann machen sie nämlich Fehler.«

»Er hat einfach ein riesengroßes Ego. Erzählt einem gerne, was er weiß.«

»Das wird ihn an einem Ort wie diesem in Schwierigkeiten bringen«, bemerkte Nergui.

»Hat es vielleicht schon.«

Nergui runzelte die Stirn. »Einen kleinen Schritt sind wir wohl weiter«, sagte er langsam, »aber ich habe keine Ahnung, was wir damit anfangen können. Was denken Sie denn?«

Er klang aufrichtig interessiert, wenngleich Drew den Verdacht hatte, dass Nergui ihm eigentlich nur einen Gefallen tun wollte. »Ich habe keine Ahnung«, antwortete er. »Was haben wir denn? Delgerbayar unternimmt ganz spontan eine Reise in die Wüste, trifft sich, vermutlich nach vorheriger Vereinbarung, mit einer Person, mit er dann in Streit gerät, macht sich aus dem Staub, als die Polizei auftaucht, und kommt hierher, wofür wir allerdings noch keine definitive Zeugenaussage haben. Die Person, mit der er sich getroffen hat, könnte hier Gast gewesen sein oder auch nicht.« Es klang nicht nach besonders viel, jetzt, wo Drew es zusammenfasste. »Und dann wird er irgendwie und irgendwo ermordet und landet schließlich ohne Kopf in der Fabrik, in der wir ihn gefunden haben.« Er beeilte sich weiterzusprechen, um sich den Anblick nicht noch einmal vorstellen zu müssen. »Und obwohl die Nachricht unter Verschluss gehalten wurde, tratscht die hiesige Polizei schon nach wenigen Stunden über seinen Tod und behauptet, er habe sich das selbst zuzuschreiben. Viel ist das nicht gerade.«

»Nein«, fand auch Nergui. »Doch die hiesige Polizei sollten wir nicht unbedingt so wichtig nehmen. So etwas kann man wahrscheinlich nicht völlig geheim halten, vor allem wenn so viele Polizisten dabei waren, als die Leiche gefunden wurde.« Er machte eine Pause. »Was natürlich ein weiterer Grund dafür sein kann, dass der Mörder das Ganze so arrangiert hat.«

»Aber warum sollten sie der Meinung sein, dass er es nicht anders verdient hat?«

Nergui zuckte die Achseln. »Vielleicht nur die übliche Kleinstadt-Missgunst gegenüber dem Polizeipräsidium. Vielleicht mochten sie auch nicht, dass er in ihr Territorium eingedrungen war.«

»Vielleicht wissen sie aber auch etwas.«

»Vielleicht. Was uns zu den Touristen bringt – denjenigen, die gestern Abend mit den Polizisten in der Bar geplaudert haben. Mit ihnen sollten wir als Nächstes sprechen.«

»Das wird keine leichte Unterredung«, meinte Drew. »Vor

allem, wenn Sie versuchen, Delgerbayars Tod geheim zu halten.«

»Ich denke, wir sollten ihn nach wie vor geheim halten. Wenn die Nachricht schon da draußen herumgeht, möchte ich wissen, wer sie verbreitet. Von mir jedenfalls werden sie nichts erfahren.« Nergui hielt inne. »Wir müssen uns nur ein bisschen nett mit ihnen unterhalten, das ist alles.«

Nergui hatte Batkhuyag gebeten, einige der Urlauber ausfindig zu machen. Sie waren jetzt von ihrem Ausflug zurück und ruhten sich vor dem Abendessen in ihren Jurten oder draußen in der untergehenden Sonne aus. Kurze Zeit später kam Batkhuyag zurück, gefolgt von zwei eigenartig aussehenden Männern. Beide waren mittleren Alters, der eine klein und übergewichtig, der andere groß und braun gebrannt. Letzterer trug eine Sonnenbrille und machte keine Anstalten, sie abzusetzen, als sie das düstere Innere der Jurte betraten.

Nergui schaute Batkhuyag nach, bis er rückwärts hinausgegangen war, und forderte die beiden Männer mit einer Geste auf, Platz zu nehmen. »Guten Tag, meine Herren. Ich bin Ihnen sehr dankbar, dass Sie zu uns kommen konnten.«

Der übergewichtige Mann blickte einigermaßen finster drein. »Worum geht es denn hier? Eigentlich sollen wir doch im Urlaub sein.« Er war Amerikaner.

»Ich verstehe Sie und möchte mich für die kurze Unterredung entschuldigen. Ich werde mich möglichst kurz fassen.«

»Das käme mir sehr gelegen.«

»Sie sind seit ein paar Tagen hier, ist das richtig?«

»Seit vier Tagen. Morgen fliegen wir nach Ulan-Bator zurück. Es ist eine organisierte Reise.«

»Ich hoffe, Sie genießen den Aufenthalt in unserem Land.«

»Es ist sehr interessant. Aber ich wäre Ihnen dankbar, wenn

Sie jetzt zur Sache kämen.« Drew beobachtete die beiden genau. Der übergewichtige Mann hatte offensichtlich wenig Lust auf Smalltalk, aber es war nicht klar, ob hinter dem Wunsch, diese Unterhaltung möglichst bald zu beenden, irgendeine Absicht steckte. Der andere Mann hatte immer noch nichts gesagt, wie Drew mit einigem Interesse zur Kenntnis nahm, verfolgte aber das Gespräch mit einem leichten Lächeln, das seine Lippen umspielte, als wäre er nichts als ein unbeteiligter Beobachter.

»Selbstverständlich«, entgegnete Nergui lächelnd. »Wie Ihnen wahrscheinlich gesagt worden ist, bin ich leitender Beamter im hiesigen Ministerium für innere Sicherheit.«

»Mir hat man gesagt, Sie wären Polizist.«

»Das bin ich in der Tat. Ich bin augenblicklich ins Dezernat Schwerkriminalität abgeordnet worden. Mein Kollege hier …«, Nergui deutete auf Drew, »– ist ganz bestimmt Polizist. Nämlich Chief Inspector bei der englischen Polizei.«

Der Übergewichtige schaute, jetzt ziemlich verdutzt, zu Drew hinüber. Sämtliche Mutmaßungen, die er vorher über dieses Treffen angestellt hatte, waren offensichtlich über den Haufen geworfen worden. »Worum geht es eigentlich? Was tut ein Engländer hier?«

»Das ist eine lange Geschichte, Mr. …?«

»Collins.«

»Mr. Collins. Ich will Sie nicht mit den Einzelheiten langweilen, da ich merke, wie kostbar Ihre Zeit ist. Wir ermitteln in einem sehr schweren Verbrechen in Ulan-Bator, das auch englische Interessen dort berührt hat, daher Chief Inspector McLeishs Anwesenheit. Leider scheint auch einer unserer eigenen Beamten, der vor einer Woche verschwunden ist, in den Fall verwickelt zu sein.«

»Was hat das mit uns zu tun?«

»Unmittelbar nichts«, antwortete Nergui. »Außer dass wir

vermuten, dass der betreffende Polizist hierherkam, nachdem er Ulan-Bator verlassen hatte.«

»Hierher? Warum hätte er hierherkommen sollen?«

»Das wissen wir nicht. Noch nicht. Er wurde am Flughafen gesehen und es gibt auch Hinweise darauf, dass er hierhergekommen ist. Wir wissen aber nicht, was er gemacht oder wen er getroffen hat. Deswegen befragen wir eine Reihe von Leuten – hauptsächlich Personal, aber auch ein paar Gäste –, die sich vielleicht an ihn erinnern und klären helfen können, was er hier gemacht hat.«

»Und warum meinen Sie, dass wir Ihnen behilflich sein können?«

Nergui zuckte die Achseln. »Ich habe keine Ahnung, ob Sie das können oder nicht. Wie gesagt, wir sprechen einfach mit ein paar Leuten. Sind Sie abends in die Bar gegangen?«

»Das ist doch nicht verboten, oder? Wir hatten in den USA ja mal so ein Gesetz, das Alkoholtrinken unter Strafe gestellt hat. Würde ich aber nicht empfehlen.«

»Ganz im Gegenteil«, sagte Nergui, »das wird sogar unterstützt. Wenngleich manche meiner Landsleute vielleicht mit etwas zu viel Begeisterung bei der Sache sind. Nein, ich habe mich nur gefragt, ob Sie wohl den betreffenden Polizeibeamten in der Bar gesehen haben?« Er reichte Collins das Foto.

Collins betrachtete es eingehend, dann drehte er sich um und gab es dem anderen Mann, der, ohne seine Sonnenbrille abzunehmen, einen kurzen Blick darauf warf und den Kopf schüttelte. »Leider können wir Ihnen nicht helfen«, sagte Collins.

»Nein? Na, da müssen wir wohl weiterfragen. Danke, dass Sie sich Zeit für uns genommen haben, Mr. Collins und …?« Er sah den anderen Mann an, der lächelte und zurücknickte, aber immer noch nichts sagte. »Wir sind Ihnen sehr dankbar. Ich hoffe, Sie genießen die restliche Zeit Ihres Aufenthalts.

Haben Sie schon die Gelegenheit gehabt, Einheimische kennenzulernen?« Diese Frage fügte er als scheinbar nachträglichen Gedanken hinzu.

»Einheimische? Einen oder zwei – ich verstehe, was Sie meinen – von wegen, dass sie sich gerne einen hinter die Binde kippen. Wir hatten ein paar recht lustige Abende in der Bar.« Nachdem die Befragung zu Ende war, klang Collins entspannter.

»Die hiesige Polizei ist oft hier zu finden«, erklärte Nergui. »Wir dachten, unser Kollege wäre vielleicht aus diesem Grund hergekommen. Sie scheinen jedoch nichts darüber zu wissen.«

»Sie …«, hob Collins an, bevor er innehielt. »Ich weiß nicht, wen wir kennengelernt haben. Wir konnten uns nicht so richtig verständlich machen. Außer durch die internationale Sprache der Flasche.« Er wandte sich zu dem anderen Mann um und Drew fragte sich, ob irgendein Zeichen zwischen ihnen hin- und herging. Aber Collins hatte den Kopf weggedreht und der andere Mann immer noch seine Sonnenbrille auf, sodass es schwer zu sagen war. »Wenn Sie mit uns fertig sind, meine Herren, dann würden wir jetzt gehen und uns für einen weiteren feuchtfröhlichen Abend fertigmachen.«

»Nur zu«, sagte Nergui. »Aber alles in Maßen, wie man zu sagen pflegt.«

»Keine Regel ohne Ausnahme«, waren Collins' Abschiedsworte, bevor die Tür der Jurte sich sanft hinter ihm schloss.

Nergui wartete einen Augenblick, während er leicht auf seinem Stuhl schaukelte, und sagte dann: »Was meinen Sie?«

»Ich glaube, der hat ganz schön Dreck am Stecken«, antwortete Drew.

Nergui nickte langsam, als dächte er über diese Aussage nach, und stimmte dem widerwillig zu. »Aber was für Dreck?«

»Keine Ahnung. Hat aber wahrscheinlich nichts mit diesem Fall zu tun.«

Nergui lachte und erhob sich langsam von seinem Stuhl. »Kommen Sie«, sagte er, »wir haben genug Zeit damit verbracht, uns hier im Dunkeln fortwährend im Kreis zu drehen. Wenn wir schon damit weitermachen, sollten wir wenigstens in die Sonne gehen.«

Drew folgte Nergui aus dem Zelt hinaus. Nach der Düsternis in der Jurte wurden sie anfangs vom Licht geblendet. Obwohl es erst Nachmittag war, stand die Sonne schon tief über dem Horizont und warf lange Schatten über die Wüste. Die Luft wurde merklich kühler.

»Heute Nacht wird es kalt«, bemerkte Nergui. »Null Grad oder vielleicht noch weniger.«

Sie traten langsam durch das Tor des Camps und schlenderten, Nergui voraus, ohne offensichtliches Ziel dahin. Der leere Sand erstreckte sich in Wellen vor ihnen. Links von ihnen in der Ferne – unmöglich zu schätzen, wie weit – lag eine kleine Jurtensiedlung, aber sonst gab es kaum etwas zu sehen.

Sie gingen weiter, bis Nergui nach ein paar hundert Metern stehen blieb und zurückschaute. »Es wirkt sehr friedlich, nicht wahr?«

»Meilenweit von allem entfernt«, pflichtete Drew ihm bei.

»Meilenweit von allem entfernt«, wiederholte Nergui. »Jedenfalls meilenweit von der Zivilisation.« Er trat mit dem Fuß gegen den Sand. »Wüste«, sagte er. »Leere.« Er setzte sich wieder in Bewegung, weiter von dem Camp weg, so als bewegte er sich mit großen Schritten auf den einsamen Horizont zu. Drew folgte ihm, froh, an der frischen Luft zu sein, aber ohne eine Ahnung, wohin das führte.

Als läse er Drews Gedanken, blieb der Mongole erneut stehen und drehte sich zu Drew um. »Mir gefällt das nicht«, sagte er schließlich. »Mir gefällt das Muster nicht.« Das klang, als spräche er über ein Kleidungs- oder Möbelstück, und einen Moment lang wusste Drew nicht, was er meinte.

»Der Fall?«

»Der Fall«, bestätigte Nergui. »Mir gefällt die Tatsache nicht, dass wir hier in der Wüste Gobi sind. Mir gefällt es nicht, dass die Polizei da hineinverwickelt ist. Mir gefällt die systematische Art dieser Morde nicht. Mir gefällt die Tatsache nicht, dass wir es anscheinend doch mit einem Psychopathen zu tun haben.«

»Sicher ist das immer noch nicht.«

»Nein, ist es nicht. Obwohl ich nicht weiß, wie Sie diese Morde sonst erklären würden. Aber es ist nicht nur das. Ich finde das Ganze beunruhigend. Es – wie soll ich sagen? – es passt nicht zusammen. Und vor allem gefällt mir die Tatsache nicht, dass wir hier unten sind, in diesem Teil meines Landes.«

Jetzt war Drew ganz verwirrt. Er betrachtete Nergui, der im Sand auf und ab schritt, als wäre er unfähig, auch nur einen Augenblick stillzustehen.

»Ich verstehe Sie nicht. Was finden Sie denn so beunruhigend an diesem Ort? Ich meine, es ist ein ziemlich trostloser Flecken Erde, aber ...«

»Trostlos«, wiederholte Nergui. »Ja, sicherlich. Aber es ist die Leere, die mich beunruhigt.«

Drew wurde das alles etwas zu bunt. Einen solchen Fantasiereichtum hätte er Nergui gar nicht zugetraut, aber er verstand diese ganze Kultur ja sowieso nicht.

Nergui lächelte. »Sie halten mich für wohl für einen abergläubischen Trottel?«

»Nein«, protestierte Drew. »Es ist nur ...«

»Ich drücke mich nicht richtig aus, versuche, ein Gefühl, das ich habe, in Worte zu fassen.« Er zuckte die Achseln. »Die berühmte Intuition des Kriminalbeamten. Die haben Sie doch auch?«

Drew lächelte. »Ich glaube, normalerweise ist das nur eine höfliche Umschreibung für blindes Spekulieren, wenn ich keinen Schimmer habe, was los ist.«

»Das könnte gut der Fall sein«, stimmte Nergui ihm zu. »Aber ich glaube nicht, das es reine Fantasie ist, in diesem Fall nicht. Wir Mongolen sind mit dem weiten Land, mit der Leere vertraut. Das ist unser Erbe. Aber heute kommt es mir so vor, als wären wir von Mächten umgeben, die dieses Geburtsrecht bedrohen. Wissen Sie, was sich da hinten befindet?« Er deutete auf den südlichen Horizont.

Für einen Moment war Drew durch diese scheinbar unlogische Schlussfolgerung verwirrt. Dann wandte er sich in die Richtung, in die Nergui zeigte. Die Sonne verschwand allmählich hinter dem Horizont und das Camp zu ihrer Rechten warf gewaltige Schatten auf die Landschaft um sie herum. Bald würde es dunkel sein.

Drew spähte in die Schatten. Der Horizont zeichnete sich scharf gegen das dunkler werdende Blau des Himmels ab, aber sonst konnte er nichts erkennen.

»Von hier aus können Sie es nicht sehen, obwohl es gar nicht so weit entfernt ist«, erklärte Nergui. »Da hinten, in der Nähe der chinesischen Grenze, befindet sich eins der größten Gold- und Kupfervorkommen unseres Landes, bereit zum Abbau.«

»Wird es noch nicht ausgebeutet?«

Nergui schüttelte den Kopf. »Die Vorkommen wurden vor ein paar Jahren entdeckt. Inzwischen gibt es mehrere Explorationsstätten, und verschiedene Konsortien – unter anderem aus Russland, Kanada und den USA – haben erste Probearbeiten durchgeführt. Das Interesse wuchs, als nach und nach klar wurde, wie bedeutend die Vorkommen sind. Wie viel

Geld dort potentiell zu verdienen ist. Die Chinesen sind interessiert, ebenso die Südkoreaner. Dass die Chinesen uns nervös machen, können Sie sich vorstellen.«

»Wenn damit so viel Geld zu verdienen ist, warum hat man dann nicht schon längst mit dem Abbau begonnen?«

»Der Bergbau ist ein riskantes und teures Unternehmen – wir sprechen hier über Investitionen, die in die Billionen gehen. Ich glaube, bevor das Ausmaß der Vorkommen bekannt wurde, hatte man eher Angst, sich auf die Sache einzulassen. Die hat man vielleicht immer noch, aber jetzt beginnt auch das Gerangel um die beste Position. Alle wollen mitmischen. Ohne Geologe zu sein, bin ich der festen Überzeugung, dass es da draußen noch viel mehr gibt.« Er machte eine Pause. »Das könnte unser Land verändern. Auch das ist ein Grund für unsere Nervosität. Das Investitionsvolumen, um das es hier geht, übersteigt bei Weitem unser Bruttosozialprodukt – vielleicht sogar um ein Vielfaches. Wenn China oder Russland einen solchen Betrag investieren würde ...«

Nergui trat nun den Rückweg zum Camp an. Die Sonne war untergegangen und mit verblüffender Geschwindigkeit hatte sich Dunkelheit über die Wüste gelegt. Der Himmel über ihnen füllte sich bereits mit Sternen.

»Was würden Russland und China denn Ihrer Meinung nach tun?«, fragte Drew, während er hinter Nergui dreinlief.

»Vielleicht gar nichts. Aber keiner von beiden ist ein altruistischer Staat. Jahrzehntelang waren wir eine Marionette der Sowjetunion und davor jahrhundertelang ein Satellit Chinas. Diese Zeit wünsche ich mir nicht zurück.«

Drew dachte an Nerguis Hintergrund im Industriesektor, seine Erfahrungen in den USA und Europa, seine immer noch nicht näher spezifizierte Rolle im Ministerium für innere Sicherheit. Es war nicht schwer, die Verbindungen in einer solchen Gesellschaft zu sehen. »Und Sie meinen, das hat etwas mit unserem Fall zu tun?«

Nergui blieb stehen und drehte sich um. Hinter ihm leuchteten die verstreuten Lichter des Camps. »Ich weiß es nicht«, antwortete er. »Aber wir sind hier, in der Wüste Gobi, in unmittelbarer Nähe der Erkundungsstätte. Wir sind hier, weil wir der Spur eines ermordeten Polizisten folgen, der in einem banalen Fall von illegaler Goldwäsche ermittelt haben soll. Sie sind hier, weil Sie die Ermordung eines britischen Geologen untersuchen.« Er zuckte die Achseln. »Natürlich kann es auch alles Zufall sein. Aber ich habe so ein Gefühl.«

Für Drew, der sich mit so etwas wie der Intuition des Kriminalbeamten nie lange abgegeben hatte, klang das alles etwas weit hergeholt. Er vertraute nur selten seinen Instinkten. Und wo er es doch getan hatte, hatte es sich in der Regel als Fehler herausgestellt. Gewiss, manche der Leute, mit denen sie heute gesprochen hatten, wie etwa der Flughafenleiter, waren ihm ausweichend erschienen. Aber die Leute hatten oft etwas zu verbergen, was in der Regel nichts mit dem gerade vorliegenden Fall zu tun hatte. Batkhuyag bekam vermutlich für die eine oder andere Gaunerei Schmiergeld von Lieferanten, vielleicht sogar von der Polizei. Er gehörte zu den Leuten, denen es lieber war, wenn die Polizei ihre Nase nicht allzu tief in ihre Angelegenheiten steckte. Aber es war ziemlich wahrscheinlich, dass seine Befürchtungen nicht viel mit dem Fall zu tun hatten, den sie untersuchten.

»Und wie könnte die Verbindung aussehen?«, fragte Drew. »Ich meine, wir haben es hier mit brutalen Morden zu tun. Vermutlich mit dem Werk eines Psychopathen. Internationale Minengesellschaften mögen bisweilen skrupellos sein, aber dass sie sich auf solche Dinge verlegen, wäre mir neu.«

Kurz vor dem Tor des Camps blieb Nergui stehen. »Sie

haben natürlich recht. Wahrscheinlich rede ich Unsinn. Es ist schwer, sich von dieser Art von Verbrechen nicht beeinflussen zu lassen. Es ist schwer, darin nicht den Anfang vom Ende der Welt zu sehen. Den Anfang vom Ende unserer Welt, meine ich. Unser Land wandelt sich. Ich weiß nicht, was daraus entstehen wird.«

Er verstummte und warf einen Blick zurück über die offene Wüste. Weit in der Ferne konnte man ein oder zwei Lichter erkennen, aber ansonsten, jenseits des Lagers, herrschte tiefe Dunkelheit. Der Himmel war jetzt voller Sterne, schärfer und heller, als Drew sie je gesehen hatte. Das Fehlen von Licht aus der Umgebung und die Klarheit der Luft gaben Drew das Gefühl, dass sie wirklich am Rand der Milchstraße balancierten, am Rand des Universums. Und dass sie jederzeit in den freien Fall geraten konnten.

9. KAPITEL

»Endlich«, bemerkte Nergui, »haben Sie die Gelegenheit, echte mongolische Küche zu kosten.« Er hielt inne. »Ich entschuldige mich schon im Voraus.«

Drew lachte. »Ich bin sicher, Wein und Wodka werden mich entschädigen.«

»Beim Wein bin ich mir nicht so sicher, aber ich will sehen, ob ich unseren Gastgeber ein wenig beeinflussen kann. Der Wodka ist sicher in Ordnung. Hüten Sie sich jedoch vor dem Airag.«

»Airag?«

»Vergorene Stutenmilch. Sie ist was für Kenner. Aber vielleicht wollen Sie ja lieber kein Kenner werden.«

»Klingt – interessant.«

»Schmeckt interessant. Aber hier bekommen wir sie wahrscheinlich nicht serviert. Sie könnte Ihnen kredenzt werden, wenn Sie bei einer Familie in einer Jurte zu Gast wären, und ich bin sicher, dass sie für die Touristen irgendwo eine Verkostung organisieren. Die Leute destillieren sogar Airag-Wodka, bei dem der Rausch wenigstens für den Geschmack entschädigt.«

»Mögen Sie Airag nicht?«

»Ich liebe ihn, aber ich glaube, Sie würden ihn nicht mögen. Vielleicht unterschätze ich aber auch Ihren westlichen Geschmack. Jedenfalls werden wir ihn, wie gesagt, heute Abend nicht serviert bekommen.«

Sie saßen am Ende eines Biertischs in dem geräumigen Holzhaus, das als Restaurant und Bar für das Camp diente. Der Raum füllte sich bereits mit Scharen von Touristen – von denen die meisten anscheinend Englisch sprachen, den Akzenten nach zu urteilen, eine Mischung aus Amerikanern, Kanadiern und Briten.

»Ich finde es immer noch außergewöhnlich, dass Leute hier Urlaub machen«, bemerkte Drew. »Darauf kommt man ja, bei allem Respekt, nicht so ohne Weiteres.«

Nergui lächelte. »Nein, aber wir arbeiten intensiv am Aufbau unserer Tourismusindustrie – das ist eine der Möglichkeiten, dem Land zu Wohlstand zu verhelfen. Und das hier ist eine Wildnis, wie es sie auf der Erde nur noch selten gibt. Schließlich hatten wir vor etwas mehr als einem Jahrzehnt noch gar keine Besucher aus dem Westen hier. Die Mongolei hat sich bis heute noch nicht so geöffnet wie Russland oder Osteuropa oder selbst China.«

»Es ist ein außergewöhnliches Land«, stimmte Drew zu.

»Seit die Einflüsse des Westens sich zunehmend bemerkbar machen, wird es auf sonderbare Weise noch außergewöhnlicher«, sagte Nergui. »Wir wissen nicht mehr, wer wir sind. Wir waren Kommunisten, haben uns diesem Glauben aber nie ganz verschrieben. Die Buddhisten wurden unterdrückt, verschwanden aber nie ganz und sind jetzt stärker denn je. Viele sind immer noch Nomaden und Hirten. Und viele Stadtbewohner wären es gerne auch. Aber die Einflüsse aus dem Westen werden stärker. Wir bauen ausgefallene Businesshotels. Die großen multinationalen Konzerne investieren in unsere Entwicklung. Wir sitzen auf riesigen Rohstoffvorkommen, die wir und andere gerne ausbeuten würden. Aber wir trinken immer noch Airag. Und essen immer noch dieses Zeug.«

Während er sprach, wurde der erste Gang des Menüs aufgetragen und ein Kellner in der traditionellen purpurroten Robe stand wartend neben ihnen. Nergui gab ihm ein Zeichen weiterzumachen.

Wie sich herausstellte, war das Essen durchaus genießbar, wenn auch nicht besonders üppig. Als Vorspeise gab es einen Salat, der im Wesentlichen aus Tomaten und Gurke bestand. Dann kam ein Teller mit einfachem gegrilltem Fleisch – der allgegenwärtige Hammel, dachte Drew, war sich aber nicht ganz sicher. Zum Schluss gab es einen schlichten, aber durchaus schmackhaften Kuchen. Als der Salat serviert wurde, stand Nergui auf und ging hinüber zur Bar, wo Batkhuyag stand und sich mit einem anderen Angestellten des Camps unterhielt. Kurze Zeit später kam er lächelnd und mit einer Flasche Rotwein in der Hand zurück. »Es ist das übliche osteuropäische Zeug«, erklärte er mit einem Blick auf das Etikett. »Rumänisch. Aber damit lässt sich das Essen auf alle Fälle hinunterspülen.«

Auf dem Tisch standen ein Krug Wasser und Gläser. Nergui füllte zwei davon mit Wein und prostete Drew zu. »Auf den Frieden«, sagte er.

Drew hob ebenfalls sein Glas. »Und auf unseren – Ihren – Erfolg bei der Lösung dieses Falles.«

Nergui nippte an seinem Wein. »Ich glaube, die beiden passen gut zusammen«, erwiderte er.

»Hätte gedacht, die beiden Herren würden einen besseren Ort zum Essen finden als den hier!«

Collins stand über sie gebeugt da, ein Glas Bier fest in der Hand. Es war noch früh am Abend, obwohl sie schon fertig gegessen hatten, aber er kam ihnen bereits vor wie ein etwas unzufriedener Trinker.

»Die Auswahl ist begrenzt«, bemerkte Nergui lächelnd.

»Übernachtet ihr etwa hier?« Er schwankte leicht, bevor er sich langsam auf einem Stuhl niederließ. Von dem Mann mit der dunklen Sonnenbrille war nichts zu sehen.

»Nur eine Nacht«, antwortete Drew. »Morgen früh fliegen wir zurück nach Ulan-Bator.«

»Jammerschade!«, sagte Collins und klang dabei fast aufrichtig. »Wir amüsieren uns hier ganz gut, trotz des miserablen Essens.« Er gestikulierte mit dem Bierglas, dessen Inhalt er um ein Haar über Nergui ausgegossen hätte. »Das Bier ist auch Scheiße, aber wenigstens gibt's genug davon. Und Wodka.«

»Wodka gibt es immer genug«, bestätigte Nergui. »Ein echter Segen.«

»Das können Sie aber laut sagen, mein Lieber.« Collins strahlte sie beide an, als wären sie seine neuen besten Freunde. »Astreiner Stoff, der alte Wodka.«

»Haben Sie Airag probiert?«, fragte Nergui und nahm einen Schluck aus seinem Weinglas.

»Irak?«, fragte Collins zurück. »Bei dem Scheißkerl sind wir einmarschiert.«

»Nein, Airag. Das ist unser Nationalgetränk.«

»Ich dachte, das wäre der Wodka.« Collins, der das Interesse am Gespräch zu verlieren schien, ließ seinen Blick auf der Suche nach anregenderer Gesellschaft im Raum umherwandern.

»Das ist unser anderes Nationalgetränk«, erklärte Nergui. »Auf einem Ihrer Ausflüge wird man Ihnen Airag anbieten. Sie müssen viel davon trinken. Sie werden ihn mögen und er wird Ihnen guttun.«

»Wird man davon besoffen?«, wollte Collins wissen.

»Er ist vergoren«, war Nerguis einfache Antwort. »Wenn Sie wollen, können Sie auch Airag-Wodka bekommen.«

»Wunderbar. Ich werde welchen als Mitbringsel kaufen.«

»Sehr schlau. Er wird sicher sehr beliebt in – woher kommen Sie, Mr. Collins? Ich meine, woher in den Vereinigten Staaten?«

»Texas«, erwiderte Collins. »Dallas. Woher sonst?«

»Allerdings, woher sonst? Entschuldigen Sie, Mr. Collins, dass hätte mir klar sein müssen.«

Collins stand wankend auf. »Nett, Sie wiedergesehen zu haben.« Er torkelte leicht, gewann aber sein Gleichgewicht zurück. »Ich bin dann wieder an der Bar. Soll ich Ihnen einen Drink besorgen?«

»Das ist sehr nett, Mr. Collins«, sagte Nergui. »Im Moment nicht, vielen Dank. Aber wenn's recht ist, kommen wir später zu Ihnen an die Bar.«

»Das ist ein freies Land«, entgegnete Collins. »Hey, ist das ein freies Land?«

»Nichts ist frei und umsonst, Mr. Collins«, sagte Nergui. »Alles hat seinen Preis.«

Collins schaute ihn verdutzt an, dann tat er Nerguis Worte offensichtlich als eine Art obskuren mongolischen Scherz ab. »Wir sehen uns an der Bar, meine Herrschaften«, sagte er, während er rückwärtstaumelte.

»Wollen wir wirklich den Abend mit ihm verbringen?«, sagte Drew.

»Ich kann mir auch erbaulichere Arten der Entspannung vorstellen«, erwiderte Nergui. »Aber es gibt zwei Gründe, warum wir unsere Zeit auf diese Weise nutzen könnten.«

»Und die wären?«

»Er ist dabei, sich ziemlich zu betrinken. Und er hat seinen Aufpasser nicht dabei.«

»Aufpasser?«

»Unseren anonymen Freund mit der dunklen Sonnenbrille. Natürlich weiß ich nicht, ob das wirklich seine Rolle ist. Er kam heute aus irgendeinem Grund mit zu unserer Befragung, schien jedoch ausgesprochen unwillig, irgendetwas von sich zu geben.«

»Vermutlich nur verlegen. Fand unsere Anwesenheit einschüchternd.«

»Natürlich, so wird es sein. Jedenfalls scheint Mr. Collins in seiner Abwesenheit wesentlich gesprächiger zu sein. Ich denke, es lohnt sich, ihm zuzuhören.«

»Dann sollten wir nicht allzu lange damit warten. Er sah aus, als brauchte er keine Stunde mehr bis zum Koma.«

»Also los«, sagte Nergui. »Ich gebe Ihnen ein Bier aus.«

Die meisten der Touristen saßen immer noch an den Tischen, und je weiter der Abend fortschritt, desto lauter wurde das Stimmengewirr. Drew folgte Nergui quer durch den Raum zur Bar, wo Collins und eine kleine Gruppe anderer Touristen sich drängten. Batkhuyag sah sie kommen und ging hinüber, um sie zu bedienen.

»Bier für uns«, orderte Nergui, »und vielleicht können wir Mr. Collins und seinen Freunden einen ausgeben.«

Collins wandte sich ihnen zu, das Gesicht vom Alkohol gerötet. »Meine Herren«, sagte er laut, »ich möchte Ihnen die Polizisten vorstellen. Der Typ hier ist sogar aus England gekommen. Sie sind auf der Suche nach einem ihrer Freunde, der verschwunden ist. Hat ihn jemand gesehen?« Collins warf einen Blick in die Runde, als erwartete er tatsächlich eine Antwort. Die anderen wirkten leicht verlegen und Drew vermutete, dass sie wahrscheinlich einen Vorwand suchten, um Collins seiner Trinkerei zu überlassen.

»Wir sind jetzt außer Dienst, Mr. Collins«, sagte Nergui und hielt sein Bierglas hoch. »Wie man daran unschwer erkennen kann.« Nergui hatte immer noch einen seiner dunklen Anzüge an, trug aber wenigstens sein hellblaues Hemd oben aufgeknöpft. Die grellbunte Krawatte hatte er abgelegt. Drew fand, dass er fast entspannt aussah.

»Seid ihr Jungs wirklich Polizisten?«, fragte einer der anderen. Sein Akzent verriet den Amerikaner aus den Südstaaten. »Erzählt Collins keine Scheiße?«

»Diesmal nicht.« Nergui lächelte. »Aber jetzt wollen wir uns nur ein bisschen unterhalten, sonst nichts.«

»Bullen sind Bullen«, sagte Collins. »Ihr Scheißkerle seid nie außer Dienst.«

»Was bringt Sie zu dieser Aussage, Mr. Collins?«, fragte Drew mit einem Lächeln, wie er es höflicher nicht zustande brachte. Ihm fiel auf, dass ein Mann sich bereits diskret aus der Gruppe zurückgezogen hatte und wieder auf dem Weg zu den Esstischen war. »Haben Sie viel mit der Polizei zu tun gehabt?«

Collins trank einen großen Schluck von seinem Bier. »Mensch, ich bin Geschäftsmann. Ich kriege euch Scheißkerle nicht vom Hals. Euch und das verdammte Finanzamt.«

»In welcher Branche arbeiten Sie denn, Mr. Collins?«, sagte Drew. Er versuchte, es nach höflichem Interesse klingen zu lassen, so als wollte er lediglich Konversation machen, aber ihm war bewusst, dass er seine echte Neugier nur schwer verbergen konnte.

»Seht ihr, was ich meine?«, brüllte Collins und wandte sich mit einer Geste an die beiden noch verbliebenen Touristen. »Lassen nie nach, die Scheißkerle.«

»Alles halb so wild«, mischte Nergui sich in ruhigem Ton ein. »Erzählen Sie uns, wie unser Land Ihnen gefällt.« In dem Bemühen, das Gespräch von Collins wegzulenken, wandte er sich an die beiden anderen Männer. »Ist das Ihr erster Aufenthalt hier?«

»Allerdings.« Das war der Mann, der vorher schon gesprochen hatte. »Es ist ein faszinierendes Land.«

»Es ist ein Scheißland«, entgegnete Collins, aber mit einer Stimme, die nicht mehr ganz so übellaunig klang.

Nergui drehte sich um. »Schade, dass Sie so denken, Mr. Collins. Es ist leider das einzige Land, das wir haben.«

Die beiden anderen Männer lachten schallend und Drew beobachtete, wie sie sich heimlich ein Zeichen gaben, Collins allein weiterreden zu lassen, und sich dann wieder zu einer Gruppe hauptsächlich älterer Männer und Frauen an einem der Esstische gesellten. Er hatte nicht den Eindruck, dass Collins sich bei den übrigen Gästen besonderer Beliebtheit erfreute.

Collins schüttelte den Kopf und lachte. »Sie haben recht«, sagte er. »Ich bin ein unhöfliches Arschloch. Dieses Land ist in Ordnung. Nicht direkt Dallas, aber in Ordnung.«

»Was hat Sie dazu gebracht, die Mongolei zu besuchen, Mr. Collins?«

Er zuckte die Achseln. »Ich reise viel. Europa. Naher Osten. Fernost. Was auch immer. Mir macht das Reisen Spaß. Geschäftlich oder zum Vergnügen. Ich besuche gern interessante Orte. Das hier ist ein interessanter Ort.«

»Für ein Scheißland, meinen Sie?«, sagte Drew.

»Hey, Kumpel, da habe ich danebengegriffen. Ich habe mich aber schon entschuldigt. Zur Genüge.«

»Natürlich«, beschwichtigte Nergui. »Ich nehme es Ihnen nicht übel. Sie reisen morgen ab?«

Collins nickte. »Wieder nach Ulan-Bator rauf und dann für ein paar Tage in den Norden.«

»Nun, ich hoffe, es wird Ihnen gefallen. Seien Sie mir nicht böse, aber Sie wirken auf mich nicht wie jemand, der normalerweise organisierte Reisen wie diese mitmacht?«

Collins signalisierte dem Barkeeper, dass er noch ein Bier haben wollte. »Hundert Punkte, Kumpel«, sagte er. »Aber ich wollte das Land sehen, und das war die einzige Möglichkeit, es zu tun.«

Nergui nickte. »Individualreisende haben es hier immer noch nicht leicht.«

»Nein. Normalerweise bin ich lieber auf eigene Faust unterwegs, aber hier wurde mir davon abgeraten.« Collins erschien jetzt etwas nüchterner, obwohl er das Bier immer noch in einem ziemlichen Tempo hinunterkippte. »Man hat mir gesagt, eine Tour durchs Hinterland würde schwieriger.«

»Das ist vermutlich richtig. Es ist zwar nicht mehr ganz so schwierig wie früher, aber wir machen es Alleinreisenden immer noch nicht gerade leicht.«

»Wann machen Sie Polizisten es einem überhaupt mal leicht?«

»Tja, das ist nicht unsere Aufgabe, Mr. Collins.« Nergui lächelte. »Ihr Begleiter von heute Nachmittag. Ist er heute Abend nicht hier?«

Collins schien, wenn auch nur für einen Moment, zu zögern. »Nee, er hat sich früh schlafen gelegt. Hatte Kopfschmerzen. Wahrscheinlich die intensive Befragung, der Sie uns unterzogen haben.«

»Ihrem Begleiter konnten wir allerdings nicht allzu viel entlocken«, sagte Nergui. »Ist er ein Freund von Ihnen?«

»Nein, ich habe ihn auf der Reise kennengelernt. Wir kommen aber ganz gut miteinander aus. Zechkumpane. Keine Ahnung, warum er mitgekommen ist, aber er war zufällig bei mir, als Ihr Freund« – er deutete auf Batkhuyag hinter der Bar – »mich bat, Sie aufzusuchen.«

»Sie haben uns immer noch nicht erzählt, in welcher Branche Sie tätig sind, Mr. Collins«, sagte Nergui.

»Nein, hab ich nicht, oder?«, erwiderte Collins. »Und ich frage mich, warum Sie das interessiert.«

»Nur ein bisschen Smalltalk, Mr. Collins.«

»Meiner Erfahrung nach machen Polizisten nie Smalltalk.«

»Sie scheinen eine Menge Erfahrung zu haben«, sagte Drew.

Collins lachte. »Ja, so viel, dass ich lieber vorsichtig bin, was ich Ihresgleichen erzähle.«

»Sie sind sehr clever, Mr. Collins«, gab Nergui zu. »Wahrscheinlich muss man das im Rohstoffgewerbe auch sein.«

Drew gab sich große Mühe, seine Überraschung zu verbergen. Collins' Erstaunen dagegen war nicht zu übersehen. »Herrgott, wer hat Ihnen denn das erzählt?« Die Streitlust war immer noch da, jetzt allerdings durch eine Zögerlichkeit gebremst, die er bisher nicht gezeigt hatte. Zum ersten Mal glaubte Drew bei Collins eine gewisse Verunsicherung zu spüren.

Nergui zuckte die Achseln. »Es ist mein Beruf, solche Dinge zu wissen, Mr. Collins.«

»Ich dachte, ihr Scheißkerle hättet die Tage des KGB hinter euch gelassen. Was haben Sie gemacht, vielleicht meine Jurte verwanzt?«

»Nichts derart Plumpes. Ihr Beruf war auf Ihrem Visumsantrag vermerkt. Ich hielt es für klug, ein paar Routineüberprüfungen durchzuführen.«

»Ach ja?«, sagte Collins. »Und was ist bei Ihren – Routineüberprüfungen sonst noch rausgekommen?«

»Nichts, was Sie beunruhigen müsste, Mr. Collins.«

Collins lehnte sich mit dem Rücken an die Bar und nahm noch einen großen Schluck Bier. Seine Augen huschten jetzt durch den Raum, als hielte er nach jemandem Ausschau, der ihm zu Hilfe kommen könnte. Hinter ihnen wurde das Stimmengewirr lauter.

Nergui trank sein Bier sehr langsam. Er lächelte erst Collins zu und dann Drew, der das alles mit einer gewissen Faszination beobachtete. Der Engländer wusste nicht genau, ob er sich auf den Schlips getreten fühlen sollte, weil Nergui ihm diese Information vorenthalten hatte. »Ich hoffe, ich bin Ihnen nicht zu nahe getreten, Mr. Collins. Ich habe die Überprüfung sehr kurz gehalten und mich dabei auf öffentlich zugängliches Material beschränkt. Aber so etwas ist immer interessant.«

Collins sagte nichts. Er hatte sein Glas leergetrunken und hielt es wie eine Rettungsleine umklammert. Drew fragte sich, ob Nergui wohl etwas Belastendes über den Amerikaner herausgefunden hatte. Er vermutete es eher nicht, andererseits sprach die Art, wie Collins reagierte, Bände.

»Zum Beispiel«, fuhr Nergui fort, »wissen wir auch, dass Ihr Freund von heute Nachmittag – Mr. Maxon, glaube ich – ebenfalls im Rohstoffgewerbe arbeitet. Und ebenfalls in Texas lebt, wenn auch in Houston. Kein Wunder, dass Sie so gut miteinander auskommen. Sie müssen viel gemein haben.«

Nergui immer noch fest im Blick, zuckte Collins die Achseln. »Über die Arbeit haben wir so gut wie gar nicht gesprochen«, entgegnete er. »Ich glaube nicht, dass wir wirklich auf demselben Gebiet tätig sind. Im Übrigen geht Sie das nichts an.«

»Nein, da haben Sie recht. Das tut es nicht.« Nergui machte eine Pause, als würde er seine Worte mit Bedacht wählen. »Es ist aber, zumindest teilweise, für mich beruflich von Interesse, wer in unser Land einreist und warum diese Leute da sind.«

»Ich bin ein einfacher Tourist, verdammt noch mal!«, schimpfte Collins. »Ich mache hier Urlaub. Sonst noch was?«

»Nicht dass ich wüsste«, erwiderte Nergui. »Es sei denn, Sie wollen mir noch etwas erzählen.«

»Herrgott noch mal!« Collins taumelte rückwärts, als hätte die Wirkung des Alkohols ihn plötzlich wieder überwältigt. »Ihr werdet euch nie ändern.«

»Wie meinen Sie das, Mr. Collins?« Nergui lächelte und trank weiter in kleinen Schlucken sein Bier.

Collins ließ sich gegen die Bar fallen. Er hob den Blick zu dem Barkeeper, der ungefragt ein weiteres Glas Bier neben ihn stellte. Drew fragte sich, an welchem Punkt sie andeuten sollten, dass Collins jetzt wohl genug habe. Es war schwer zu sagen – sobald er sich wieder beruhigt hatte, schien es nicht mehr ganz so schlimm um ihn bestellt zu sein. Doch er lallte immer mehr. »Scheiße, ich weiß nicht, was mit euch los ist«, fuhr er fort. »Ihr habt die Chance, aus dieser Müllkippe etwas zu machen, wollt aber die Zügel in der Hand behalten. Ihr wollt, dass alles nach euren Wünschen läuft. Ihr werdet alles Erdenkliche tun, damit bloß keiner richtig Geld verdient. Insgeheim seid ihr immer noch Scheißkommunisten.«

»Ich glaube, ich kann Ihnen nicht ganz folgen, Mr. Collins«, sagte Nergui ruhig.

»Oh, Sie verstehen mich sehr wohl«, gab Collins zurück. »Scheißkommunist.«

Nergui machte den Mund auf, um zu reagieren, doch eine Stimme von hinten kam ihm zuvor. »Herrgott, Jack, hast du schon wieder zu viel?«

Maxon war unbemerkt hinter ihnen aufgetaucht. Sogar jetzt hatte er die Sonnenbrille auf. Ohne seine Augen zu sehen, war es unmöglich, seinen Gesichtsausdruck zu deuten. Aber auf den Lippen hatte er wieder dieses dünne Lächeln. »Entschuldigen Sie bitte, meine Herren. Jack kann ein bisschen – aggressiv werden, wenn er etwas zu viel getrunken hat.«

Drew fiel auf, dass sie ihn zum ersten Mal sprechen hörten. Seine Stimme war sanft, geschmeidig, mit dem Tonfall eines Verkäufers, der den Umgang mit schwierigen Kunden gewohnt ist.

»Keine Sorge«, sagte Nergui. »Nur ein kleiner Meinungsaustausch.«

Maxons Lächeln wich nicht von seinen Lippen. »Ich habe es Jack schon gesagt. Man sollte nie allzu viel plaudern.« Er hielt inne. »Vor allem nicht mit der Polizei.«

»Kluger Rat«, erwiderte Nergui.

»Ich glaube, jetzt sollte ich lieber Jack helfen, ins Bett zu kommen«, sagte Maxon.

»Herrgott, mir geht's prima«, blaffte Collins und winkte Maxon fort, wobei er jedoch merklich wankte. »Ich könnte noch ein paar vertragen.«

»Das glaube ich nicht, Jack«, sagte Maxon. In ihrer Bestimmtheit klangen die Worte eher wie ein Befehl als eine beiläufige Bemerkung.

Collins starrte Maxon an und einen Moment lang dachte Drew, Collins würde wieder anfangen zu toben. Doch er zuckte nur die Achseln. »Ach, vielleicht hast du recht. Es war ein langer Tag.«

Er knallte sein inzwischen leeres Glas auf den Tresen und machte sich mit unsicheren Schritten auf den Weg zum Ausgang. Maxon schickte sich an, ihm zu folgen.

»Gute Nacht, Mr. Maxon«, sagte Nergui. Beim Klang seines Namens drehte Maxon sich um und Drew glaubte für den Bruchteil einer Sekunde, einen Ausdruck der Überraschung bei ihm wahrzunehmen, bevor sein Gesicht wieder zur nichtssagenden Maske wurde.

»Übrigens, Mr. Maxon«, fuhr Nergui fort, »wie geht es Ihnen eigentlich?«

»Wie es mir geht?« Maxon hielt inne. Seine Stimme hatte jetzt einen leichten, aber nicht zu überhörenden Hauch von

Verwirrung. Er warf einen Blick zu Collins hinüber, doch der stand mit dem Rücken zu ihm an der Tür und machte sich an den Griffen zu schaffen. »Mir geht's gut. Besser denn je.«

Nergui nickte langsam, als dächte er ernsthaft über diese Aussage nach. »Ich bin erfreut, das zu hören, Mr. Maxon. Wirklich sehr erfreut.«

10. KAPITEL

Nachdem Collins und Maxon gegangen waren, hatten Nergui und Drew beschlossen, sich zeitig zurückzuziehen. Eine kurze, freundliche Unterhaltung mit einigen der anderen Gäste – zumeist Amerikaner, vereinzelt aber auch Europäer – hatte sie zu der Überzeugung gebracht, dass sie der Gruppe kaum weitere nützliche Informationen würden entlocken können. Also gingen sie durch die kalte Nachtluft zu ihrer Jurte zurück. Drew hob an, etwas über Collins zu sagen, doch Nergui legte den Finger an die Lippen. »Wir wissen nicht, wo Collins und Maxon schlafen«, flüsterte er. »Warten Sie, bis wir in unserer Jurte sind.«

Drews letzte Übernachtung in einem Zelt war lange her. Er erinnerte sich ungern an ein paar Ferienaufenthalte am Meer in Nordwales, wo er als Kind Tage damit zugebracht hatte, dem endlosen Trommeln des Regens auf das Zeltdach zu lauschen, und immer zu sehr gefroren hatte, um es gemütlich zu finden. Drew musste aber zugeben, dass dieses spezielle Zelt mit seinem hölzernen Rahmen und den dick gepolsterten Filzwänden weit von den flatternden Leinwandmonstrositäten entfernt war, in denen er als Kind hatte ausharren müssen.

Die Filzmatten, das hatte er von Nergui erfahren, wurden in Handarbeit hergestellt und in zusammengerolltem Zustand von Pferden durch die Wüste gezogen. Im Zentrum der Jurte stand ein eiserner Ofen, dessen Schornstein durch ein Loch in der Mitte des spitz zulaufenden Daches ragte. Der Ofen war schon früher am Abend für sie angemacht worden und die Wärme im Zelt schien vollkommen auszureichen, um die Kühle der Wüstennacht abzuhalten. Im tiefsten mongolischen Winter jedoch, das hatte Nergui ihm erzählt, konnten die Jurten nur durch die kollektive Wärme vieler Familienmitglieder bewohnbar gemacht werden.

Im Inneren war die Jurte behaglich, wenn auch nicht luxuriös ausgestattet. Die Stühle, die sie bei den Befragungen benutzt hatten, waren im Raum verteilt. An den Wänden standen zwei schmale, aber gemütlich aussehende, mit Decken beladene Betten.

Als sie schließlich sicher in ihrem Zelt waren und die Tür hinter sich verschlossen hatten, sagte Nergui: »Bitte entschuldigen Sie, dass ich Ihnen die Informationen über Collins und Maxon nicht früher mitgeteilt habe. Es war nicht meine Absicht, sie Ihnen vorzuenthalten. Ich hatte nachmittags im Polizeipräsidium angerufen und die Kollegen gebeten, einen Blick in die Visumsunterlagen zu werfen. Ihre Nachricht war erst kurz, bevor wir ins Restaurant gingen, auf meinem Handy.«

»Keine Sorge. So konnte ich viel leichter das Spiel mitmachen. Genau wie Collins war mir nicht klar, wie viel Sie wirklich wussten.«

Nergui lachte. »Leider nicht viel mehr, als ich gesagt habe. Ich hatte die Berufsangaben überprüft, die sie in ihren Visumsanträgen gemacht haben. Maxons Namen hatte ich vorher von Batkhuyag erfahren.«

»Gibt es irgendeinen Hinweis darauf, was genau sie im Rohstoffgewerbe tun?«

Nergui schüttelte den Kopf. »Eigentlich nicht. In beiden Fällen weist das Formular sie lediglich als ›leitender Angestellter‹ aus und liefert den Namen ihres jeweiligen Arbeitgebers. Ich habe das Polizeipräsidium gebeten, Hintergrundinformationen über die Firmen zu sammeln, und festgestellt, dass sie beide zu einem Mischkonzern gehören, der in der Erforschung und Ausbeutung von Bodenschätzen tätig ist.« Er hielt inne. »Im Bergbau, mit anderen Worten.«

»Sie arbeiten beide für dieselbe Firma?«

»Im Grunde ja. Verschiedene Betriebsgesellschaften. Es bedurfte einiger Nachforschungen eines meiner Mitarbeiter, um herauszufinden, dass sie eine gemeinsame Muttergesellschaft haben. Es ist ein Konzern mit Sitz in den USA, der in ganz verschiedenen Bereichen tätig ist – vor allem bei der Gewinnung von Bodenschätzen wie Gold, Kupfer, sogar Uran, was wir hier alles haben. Ein weiteres Standbein ist der Energiesektor – Öl, Atomkraft.«

»Und sie behaupten, sich nicht gekannt zu haben, bevor sie sich hier trafen?«

»Collins behauptete, Maxon läge mit Kopfschmerzen im Bett«, hob Nergui hervor. »Dafür schien er sich rasch erholt zu haben.«

»Wenn sie aber aus einem bestimmten Grund hier sind, warum reisen sie dann als Touristen?«

»Vermutlich, weil das die einfachste Art ist, hier draußen herumzukommen, ohne allzu viel Aufmerksamkeit zu erregen. Heutzutage halten wir Individualreisende nicht mehr von ihrem Vorhaben ab, wir machen es ihnen aber auch nicht gerade leicht. Der Regierung liegt zwar viel an ausländischen Investitionen und Geschäftsbeziehungen nach außen, aber wir möchten auch gerne wissen, was vor sich geht. Wenn also jemand auf eigene Faust herumreist, beobachten wir ihn normalerweise ziemlich genau. Falls er hier legalen Geschäften nachgeht, wissen wir in der Regel sowieso alles darüber. Sind die Hintergründe für eine Reise eher wissenschaftlicher oder sozialer Natur, bieten wir gerne unsere Unterstützung an, solange wir genau wissen, was die Leute vorhaben. Es kommen eine Menge Besucher, die sich speziell für Archäologie oder Geologie interessieren bis hin zu mongolischer Musik und Folklore, aber in der Regel richten wir es so ein, dass wir eng mit ihnen zusammenarbeiten.«

Drew fragte sich wieder, von wem Nergui hier eigentlich sprach. War es die Polizei, die die Leute im Auge behielt, oder eine eher undurchsichtige Regierungsstelle? Was das bedeutete, war allerdings klar. »Jemand, der hier herauskäme und auf eigene Faust umherreiste, würde also Verdacht erregen?«

»Nun ja, sagen wir, zumindest Interesse wecken. Selbst wenn er legitime Absichten hätte, würden wir sie gerne erfahren.«

»Und wenn sie nicht legitim wären?«

»Käme er wahrscheinlich nicht sehr weit, nehme ich an.«

Drew nickte. »Wenn ich also vorhätte, zu einem rechtswidrigen Zweck hierherzukommen, wäre ich als Teil einer Touristenreisegruppe ganz gut getarnt.«

»Absolut. Natürlich würde es Ihre Bewegungsfreiheit einschränken, aber wenn Ihr Ziel hauptsächlich darin bestünde, zum Beispiel mit jemandem Kontakt aufzunehmen oder ein paar Gespräche zu führen, hätten Sie dafür genügend Spielraum.«

»Was erklären könnte, warum Delgerbayar an diesen Ort kam?«

»Falls sie ihn getroffen haben. Oder vielmehr, falls er wusste, dass hier ein Treffen stattfinden sollte. Ja, vielleicht.«

Drew sank auf einen der harten Stühle. »Also dieser kleine Ausbruch von Collins am Schluss deutet sicher darauf hin, dass er etwas im Schilde führte.«

»Ich war richtig erleichtert«, stimmte Nergui zu. »Ich hatte schon fast die Hoffnung aufgegeben, seinen betrunkenen Zustand ausnutzen zu können.«

»Aber das ergibt alles keinen Sinn«, sagte Drew. »Ich meine, selbst wenn Collins und Maxon in irgendetwas verwickelt sind, kann es nur ein dubioses Geschäft sein. Warum sollte das zu einer Serie brutaler Morde führen?«

»Solche Dinge sind nicht unbekannt. Wir sprechen hier über einige richtig große Deals. Da ist eine Menge Geld drin. Diejenigen, die zuerst hier waren, haben sich potentiell bessere Ausgangspositionen verschafft. Andere – von denen manche nicht die geringsten Skrupel haben – versuchen nun, bei der einen oder anderen Gelegenheit kräftig mitzumischen.«

»Aber Mehrfachmord …«

»Stimmt. Das kommt einem unwahrscheinlich vor. Wir kennen sehr wohl Fälle von – na, sagen wir ›Zwistigkeiten‹ zwischen verschiedenen Parteien. Und manche davon haben, glaube ich, zuweilen auch zur Anwendung von Gewalt geführt, allerdings meistens im Verborgenen. Aber so etwas, nein, das gab's noch nicht.«

Drew fragte sich, in was für eine Welt er hier hineingeriet. Seiner Erfahrung nach konnten seriöse Geschäftsleute durchaus unmoralisch, ja sogar kriminell sein, aber gewalttätig waren sie nur selten, und sei es auch nur, weil Gewalt nicht kontrollierbar war, zu viel Unerledigtes hinterließ. Die echten Schurken schreckten davor nicht zurück, wie zum Beispiel die Dealerbanden, die sich in den Innenstädten von Manchester oder Merseyside gegenseitig bekriegten. Die meisten davon waren aber kleine Fische – unbedeutende Figuren mit völlig unrealistischen Vorstellungen.

Gleichzeitig konnte er nicht darüber hinwegsehen, dass die organisierte Schwerkriminalität tatsächlich existierte und nicht nur ein Fantasieprodukt verklärender Hollywood-Filme war. Und jenseits der Grenzen, in Russland wie in China, waren durch andere Formen des ökonomischen und sozialen Übergangs Gesellschaften entstanden, in denen solche Interessen gedeihen konnten. Die Annahme, dass manche dieser Kräfte jetzt auch in der Mongolei ihren Einfluss geltend machen könnten, war gar nicht so weit hergeholt.

Wenn das der Fall war, wusste Drew nicht so genau, ob er damit etwas zu tun haben wollte. Das war in jeder Hinsicht unbekanntes Terrain. Er war sich nicht einmal sicher, ob es in dieser Welt zwischen Kriminalität, Politik und Geschäftswelt überhaupt Grenzen gab. Klar war jedenfalls, dass Nergui ein Polizist war, wie Drew noch nie einen kennengelernt hatte. Bleiben Sie an ihm dran und seien Sie auf der Hut. Aber vor wem?

»Halten Sie das denn für möglich?«, fragte Drew. »Dass das alles miteinander verbunden ist?«

»Ich weiß es nicht«, erwiderte Nergui. »Wir können nur versuchen, die Muster nachzuzeichnen und zu sehen, wo sie verknüpft sein könnten. Wir kommen immer wieder zum Bergbau, zu den Bodenschätzen zurück. Aber dieser Wirtschaftszweig ist eben auch die Zukunft unseres Landes. Schon jetzt macht er über die Hälfte unseres Exports aus und besitzt das Potential, unsere Gesellschaft von Grund auf zu verändern. Deshalb ist es gar nicht so verwunderlich, dass er auf allen Ebenen unser Denken beherrscht und dass er auch fragwürdige Interessen anzieht. Ob das aber als Rechtfertigung für alles Geschehene ausreicht? Ich weiß es nicht.« Er machte eine Pause. »Ich lasse wieder meine Fantasie spielen. Aber ich habe das Gefühl, dass der große Knall nicht mehr lange auf sich warten lässt. Die ganze Situation ist nicht so recht überschaubar. Das bereitet mir Unbehagen. Ich weiß nicht, wohin das führt.«

Das klang für Drew wie das größte Understatement überhaupt, aber gleichzeitig spürte er etwas Unausgesprochenes, eine Erkenntnis, zu der Nergui gelangt war, die er selbst aber noch nicht nachvollziehen konnte oder wollte. Nergui starrte mit ausdruckslosem Blick den Boden an.

»Wir sollten ein bisschen schlafen«, meinte Drew schließlich.

»Sie haben recht«, sagte Nergui. Er hob den Blick und lächelte schwach. »Wir wissen nicht, was der morgige Tag bringt. Wir sollten schlafen.«

Drew rechnete damit, dass der Schlaf auf sich warten lassen würde, aber er täuschte sich. Die Nachwirkungen von Bier und Wein taten das Ihre, und nachdem er in das schmale Bett gestiegen war, schlief er sehr schnell ein. Er hatte einen alten Trainingsanzug an, den er anstelle eines Schlafanzugs eingepackt hatte. Nergui trug etwas Ähnliches, das aussah, als könnte es aus seiner Armeezeit stammen. Im Zelt war es trotz der Kühle der Wüstennacht warm und behaglich. Nachdem Nergui das elektrische Licht ausgeschaltet hatte, war die Dunkelheit nahezu vollkommen, bis auf einen ganz schwachen Schein aus dem Ofen.

Als Drew aufwachte, hatte er keine Ahnung, wie lang er geschlafen hatte. Obwohl das Zelt noch immer in tiefer Dunkelheit lag, befiel ihn augenblicklich das Gefühl, dass irgendetwas sich verändert hatte. Er erstarrte in seinem Bett und versuchte, das Unbehagen zu unterdrücken, das sich in ihm ausbreitete. Befand sich noch jemand anderes im Zelt? Er lag ganz still und lauschte, konnte aber nichts hören. Nicht einmal das Geräusch von Nerguis Atem, fiel ihm auf.

Er schlüpfte aus dem Bett und tastete sich vorsichtig über den Boden, bis seine Finger die weiche Wand der Jurte berührten. Obwohl seine Augen sich allmählich ans Dunkel gewöhnten, konnte er buchstäblich gar nichts sehen. Das Feuer im Ofen schien erloschen zu sein. Dann glaubte er, einen schwachen Schatten zu erkennen, aber das war vermutlich der niedrige Tisch. Er blieb für einen Moment stehen, um festzustellen, ob er etwas hören konnte, aber da war nichts außer dem irritierend lauten Geräusch seines eigenen Atems.

Die Hand immer an der Zeltwand, bewegte Drew sich Schritt für Schritt vorwärts, bis er den Türrahmen fühlte. Er fuhr mit der Hand über das Holz und ertastete schließlich den Lichtschalter. Nachdem er ihn betätigt hatte, durchflutete helles Licht die Jurte. Sie war leer. Es gab keinen Eindringling, keinen Hinweis auf irgendeine Störung. Und keine Spur von Nergui.

Dessen Bett war zerwühlt, aber leer. Die Laken waren zurückgeschlagen, als wäre Nergui in großer Eile aufgestanden.

Drew hielt inne. Warum steigerte er sich so hinein? Aller Wahrscheinlichkeit nach war Nergui nur zum Gemeinschaftsklo gegangen, um seine Blase um das abendliche Bier zu erleichtern.

Aber irgendwie spürte Drew, dass das nicht der Fall war. Irgendetwas stimmte nicht. Auf der Suche nach etwas, das sich nicht mehr am selben Platz befand, etwas, das sein Gefühl des Unbehagens rechtfertigte, ließ er den Blick in der spärlich möblierten Jurte umherwandern. Aber außer dass Nerguis Mantel fehlte, bemerkte er nichts.

Der Engländer drehte sich um und schob die Tür auf. Die kalte Nachtluft schlug ihm ins Gesicht. Er ging zurück in die Jurte, griff nach seinem eigenen Mantel und schlüpfte in seine Schuhe. Dann öffnete er abermals die Tür und trat hinaus in die Nacht.

Das Camp lag ruhig da. Zum ersten Mal fiel es Drew ein, auf seine Uhr zu schauen. Kurz nach drei.

Kleine Strahler an der Umzäunung beleuchteten die Fußwege, aber ansonsten herrschte Dunkelheit. Am mondlosen Himmel funkelten Sterne, mitten in der Nacht ein noch großartigerer Anblick; das breite Band der Milchstraße erstreckte sich direkt über ihm.

Drew setzte vorsichtig einen Fuß vor den anderen, während er auf jedes Geräusch lauschte. Es war nichts zu hören. Alle Jurten lagen, ebenso wie die größeren Verwaltungs- und Empfangsgebäude, dunkel und still da.

Er machte noch ein paar Schritte, bevor er auf den Fußweg abbog, der zu dem Verwaltungsgebäude führte. Ganz am Ende dieses Weges, in einer der Jurten unmittelbar neben dem Empfangsgebäude, sah er Licht, das durch die offene Tür auf den Fußweg fiel.

Ohne ein Geräusch zu verursachen, ging Drew auf dem sandigen Fußweg bis zum Eingang der Jurte und beugte sich vor, um hineinzuspähen.

Nergui stand mit dem Rücken zu ihm unmittelbar an der Tür, reglos.

»Nergui?«

Der Mongole drehte sich ohne ein sichtbares Zeichen des Erstaunens um. »Drew«, antwortete er.

Drew trat vor und schaute an Nergui vorbei ins Innere des Zeltes. Was er da sah, überraschte ihn, wie er selbst feststellte, nicht. Das Bett gleich neben der Tür war blutgetränkt. Darauf lag mit dem Gesicht nach unten ein massiger Körper, der zur Hälfte auch noch auf dem Boden ausgestreckt war.

Neben einem der anderen Betten entdeckte er eine weitere Gestalt mit verdrehtem Körper und seltsam abgeknicktem Kopf. Hier war kein Blut zu sehen, aber dieser Mensch war ganz offensichtlich auch tot.

»Ich habe es kommen sehen«, sagte Nergui leise. »Aber ich war zu langsam. Ich habe es nicht ernst genug genommen.«

Drew betrat die Jurte, um sich umzusehen. »Wer …?« Er

schaute sich die blutbefleckte Leiche näher an. »Collins«, sagte er.

Nergui nickte.

»Und der andere? Maxon?«

Nergui schüttelte langsam den Kopf. »Batkhuyag.«

»Batkhuyag? Aber warum?«

Nergui schüttelte den Kopf. »Ich weiß es nicht. Vielleicht haben die beiden zu viel geredet. Das ist alles sehr merkwürdig.«

»Glauben Sie, dass es Maxon war?«

»Das ist die offensichtliche Erklärung. Wirklich merkwürdig ist das.«

Drew wusste nicht, was Nergui meinte. »Wie haben Sie sie gefunden?«

Nergui schaute Drew an, als hätte er soeben eine unerwartete Frage gestellt. »Wissen Sie was«, antwortete er, »ich kann es Ihnen gar nicht genau sagen. Ich bin aufgewacht – keine Ahnung, warum. Ich habe immer einen leichten Schlaf und bin mit dem Gefühl wach geworden, dass irgendetwas nicht stimmt. Dass ich früher hätte handeln sollen. Dass es zu spät ist.«

Drew dachte an sein eigenes Unbehagen beim Erwachen. »Und was ist dann passiert?«

»Ich habe mir Schuhe und Mantel angezogen und bin rausgegangen. Genau wie Sie. Ich habe das Licht hier drin gesehen. Die Tür stand weit offen. Ich bin hergekommen und habe die Leichen gefunden.«

Nergui hatte dieselbe ausdruckslose Miene wie immer, doch Drew hatte das Gefühl, dass er richtig bestürzt war.

»Sonst haben Sie niemanden gesehen?«

»Nein. Ich glaube, ich habe ein Motorengeräusch gehört, als ich hierherkam. Vielleicht ein Motorrad. Aber es war weit weg, und ich habe mir nicht viel dabei gedacht.«

»Glauben Sie, dass es Maxon war?«

»Kann sein. Vielleicht treibt er sich auch noch irgendwo im Camp herum.«

Bei dem Gedanken schauderte es Drew. Falls Maxon der Mörder war, hatte er wahrscheinlich auch die anderen Morde auf dem Gewissen. Die Vorstellung, dass er noch irgendwo im Camp sein könnte, war nicht gerade angenehm. Drew schaute sich in der Dunkelheit nach irgendeiner Bewegung um.

»Wir sollten Verstärkung rufen«, sagte Drew.

Nergui holte sein Handy heraus. »Das habe ich schon getan«, sagte er. »Aber sie werden eine Weile brauchen. Ich denke, wir können nichts anderes tun, als hier zu warten. Falls Maxon noch hier ist, darf er uns nicht entkommen.«

Insgeheim dachte Drew, dass er vielleicht gar nicht allzu traurig wäre, wenn Maxon ihnen durch die Lappen ginge. Er war sich jedenfalls nicht sicher, dass ihm danach zumute wäre, ihn aufzuhalten.

»Sie sagten, es sei merkwürdig. Was haben Sie damit gemeint?«

Nergui schaute sich um. »Warum sollte er das tun?«

»Vielleicht hatten die beiden wirklich zu viel geplaudert.«

»Aber warum dann das? Warum hier? Warum jetzt? Die beiden konnten doch schlimmstenfalls einen gewissen Argwohn geweckt haben. Wir sollten morgen zurückfliegen, sie wären auch bald abgereist. Wir hatten keine Beweise, um sie festzuhalten. Maxon wollte den Ball flach halten, das war offensichtlich. Warum sollte er also vor unserer Nase einen brutalen Mord begehen? Warum sollte er sich zum einzigen Mordverdächtigen machen?«

Der Mongole hatte recht. Es ergab wenig Sinn. »Vielleicht haben sie sich gestritten. Vielleicht ist Maxon tatsächlich ein Psychopath. Und vielleicht hat es nur einer Kleinigkeit bedurft, um ihn zum Ausrasten zu bringen.«

»Das ist gut möglich. Aber hier geht noch etwas anderes vor sich. Ich spüre es.«

Drew spürte es auch. Er spürte, wie die kalte Wüstenluft ins Innere der Jurte strömte, wie sie seine Knochen durchdrang. Er konnte den kalten Glanz der leeren Galaxien über ihm spüren. Er konnte die Ausdruckslosigkeit von Nerguis Blick spüren, der diese beiden Leichen anstarrte, als wäre er schuld am Tod dieser Männer.

Dieser letzte Gedanke kam unerwartet und traf ihn fast mit der Wucht eines Schlages. Natürlich war es lächerlich. Der wahre Mörder war irgendwo da draußen, vielleicht ganz in der Nähe, vielleicht weit weg. Doch während Drew Nerguis Gesicht betrachtete, fiel ihm wieder auf, wie fremd diese Welt war, wie wenig er davon verstand. Und ihm wurde klar, dass hier draußen alles möglich war.

11. KAPITEL

»Ich bin sehr enttäuscht, Nergui.«

»Verständlich. Ich ebenso. Ich übernehme die volle Verantwortung.«

Besorgnis stand dem Minister im Gesicht geschrieben, während er langsam im Raum auf und ab ging. Er war ein kräftig gebauter Mann mit schütter werdendem Haar. In seinem teuer aussehenden Anzug westlicher Herkunft schien er sich nicht recht wohlzufühlen, so als trüge er eigentlich lieber traditionelle Kleidung. »Natürlich«, sagte er. Er lächelte, wenn auch ohne sichtbaren Humor in seinem Gesichtsausdruck.

»Ich werde selbstverständlich meine Kündigung einreichen, falls Sie das für angemessen erachten. Und ich möchte darauf hinweisen, dass Doripalam für diese Sache nicht verantwortlich ist.«

Der Minister lachte. »Machen Sie sich nicht lächerlich, Nergui. Ich weiß nicht, was Sie sonst hätten tun können. Und selbst wenn es etwas gäbe, was *Sie* hätten besser machen können, hätte das garantiert niemand sonst gekonnt. Sehen wir es doch so, Sie waren wenigstens zur richtigen Zeit am richtigen Ort.«

»Leider nicht ganz zur richtigen Zeit«, bemerkte Nergui. »Und es war reines Glück, dass ich überhaupt da war.«

»Dennoch ist es doch so: Wenn jemand dem Ganzen ein Ende setzen kann, dann Sie.«

Nergui nickte zustimmend. Er kannte den Minister zu gut, um in falsche Bescheidenheit auszubrechen. »Vielleicht haben Sie recht«, sagte er. »Die Frage ist nur, ob es mir wirklich gelingt.«

»Und was meinen Sie?«

»Ich weiß es wirklich nicht.«

»Aber Sie haben die eine oder andere Idee?«

Nergui zuckte die Achseln. »Ich weiß nicht einmal, ob ich sie als solche bezeichnen würde. Es gibt ein paar Muster. Ein paar Spuren, die wir verfolgen können. Das ist alles.«

»Das ist nicht viel.«

»Es ist alles, was wir haben.«

»Was ist mit Maxon?«

»Noch ein Rätsel. Er ist westlicher Staatsbürger, auf der Flucht in unserem Land, mutmaßlich einer Reihe brutaler Morde verdächtig. Allerdings ist er wie vom Erdboden verschwunden.«

»Das ist nicht möglich. Hier nicht.«

»Eigentlich nicht. Aber es ist trotzdem so.«

»Die US-Regierung hat noch keine Anstalten gemacht, sich einzuschalten?« Die Antwort darauf wusste der Minister wahrscheinlich schon, wartete aber auf Nerguis Reaktion.

»Nein. Ich vermute, sie genieren sich ein bisschen.« Nergui

gestattete sich ein schwaches Lächeln. »Wie es scheint, war Mr. Collins eine dubiose Gestalt. Das FBI hatte eine dicke Akte über ihn, in der er mit einem ganzen Haufen betrügerischer Geschäfte in Verbindung gebracht wurde. Im Zusammenhang mit verschiedenen verdächtigen Geschäften war die amerikanische Regulierungsbehörde bereits gegen ihn vorgegangen, aber bislang hatte er es geschafft, der Strafverfolgung zu entgehen. Er scheint auch Verbindungen zum organisierten Verbrechen zu haben. Wenn wir irgendetwas davon vorher gewusst hätten, hätte er erst gar nicht ins Land einreisen dürfen. Ich glaube nicht, dass die USA herbeieilen werden, um noch weitere schmutzige Wäsche zutage zu fördern.«

»Na, das ist ja immerhin ein Trost«, erwiderte der Minister. Er ließ sich hinter seinem großen, praktisch leeren Schreibtisch nieder. »Und Sie sind sicher, dass wir das Ganze in den Medien gut verpackt haben?«

»So gut es geht. Angesichts der Tatsache, dass es mitten in einem Camp voller Touristen passiert ist, bestand keine Möglichkeit, es völlig geheim zu halten. Und ehrlich gesagt, wollten wir ja auch Maxons Bild so schnell wie möglich in den Medien haben, damit er erkannt werden kann. Deshalb haben wir das Ganze als eine Art Auseinandersetzung zwischen amerikanischen Geschäftspartnern verkauft, in die der arme alte Batkhuyag unglücklicherweise hineingeraten ist.«

»Ohne Zusammenhang mit den Morden hier?«

»Die wurden nicht erwähnt. Manche Leute mögen die Verbindung herstellen, aber bei so wenig Informationen rechne ich eigentlich nicht damit.«

Der Minister nickte. »Gut, das ist ja schon mal was. Und was ist mit Ihrem Engländer?«

»Ich weiß es nicht genau. Seine Anwesenheit hier ist so etwas wie eine symbolische Geste. Er hatte nicht vor, mehr als ein paar Tage zu bleiben. Aber ich bin sehr daran interessiert, dass er noch etwas länger bleibt, falls seine Vorgesetzten dazu überredet werden können.«

»Warum?« Der Minister runzelte die Stirn. »Wollen wir denn wirklich, dass ein ausländischer Polizist uns über die Schulter guckt, uns eventuell sogar in Verlegenheit bringt?«

»Die Gefahr besteht, glaube ich, nicht. Er ist zwar ein engagierter Polizist, aber – bei allem gebotenen Respekt, Herr Minister – kein Politiker.«

Der Minister lachte. »Steht er in Kontakt mit der britischen Botschaft?«

»Der Botschafter steht in Kontakt mit ihm. Was nicht weiter verwundert. Ich glaube aber nicht, dass das einen Grund zur Sorge darstellt. In Wahrheit können wir McLeishs Erfahrung und Sachverstand in diesem Fall gut gebrauchen. Unsere jungen Kollegen können damit nicht unbedingt aufwarten.«

»Das stimmt allerdings. Also gut. Hier vertraue ich Ihrem Urteil, Nergui, jedenfalls für den Moment.« Der Minister beugte sich über den Tisch. »Aber, Nergui«, sagte er nach einer kurzen Pause, »vergessen Sie nicht – keine Enttäuschungen mehr. Das können wir uns nicht leisten. Nicht noch einmal.«

»Was *glauben* Sie denn, was da vor sich geht?«

»Wie schon gesagt, ich habe wirklich keine Ahnung«, antwortete Drew. »Nergui spricht dauernd von Mustern, aber es gibt weit und breit keine.«

»Soweit Sie sehen können.«

»Soweit ich sehen kann«, bestätigte Drew, leicht irritiert durch die angedeutete Überlegenheit des Botschafters. Allerdings vermutete er, dass der Botschafter selten etwas anderes andeutete.

»Aber was ist mit der Bergbauverbindung? Die scheint doch einen Zusammenhang nahezulegen.«

»Ja schon, aber ich habe keine Ahnung, welchen. Wenn man versucht, alles Stück für Stück zusammenzusetzen, kommt nicht viel dabei heraus. Okay, Ransom war Geologe. Delgerbayar, der ermordete Polizist, hatte mit einem angeblich banalen Fall illegaler Goldsuche zu tun. Collins und Maxon arbeiteten beide im Rohstoffgewerbe. Das war's aber auch schon.«

»Plus dieser merkwürdige Ort in der Wüste Gobi, an dem sich alle trafen.«

»Ja, der auch noch.« Bestenfalls, dachte Drew, war es, als wären sie auf ein paar Teile eines viel größeren Puzzles gestoßen. Ein paar Stücke Rand, ein bisschen Himmel, ein Teil eines Gesichts. Aber nichts, was ein richtiges Bild ergeben könnte.

»Und dieser Maxon ist wirklich verschwunden?«

»Anscheinend.«

»Das ist kaum zu glauben.«

»Das findet Nergui auch. Er meint, es sei praktisch unmöglich.«

Sie saßen im Besprechungszimmer des Botschafters, einem gemütlichen Raum mit niedrigen Sesseln, dickem Florteppich und glänzenden Mahagonitischen. Es war später Vormittag und draußen schien die Herbstsonne irgendwie unpassend hell. Der Botschafter schlürfte seinen Kaffee. »Und glauben Sie ihm?«

Drew zögerte vielleicht einen Sekundenbruchteil zu lang. »Ich denke schon«, sagte er. »Ich weiß zwar nicht, was ich von alldem halten soll, aber bis jetzt sehe ich keinen Grund, Nergui nicht zu trauen.« Das stimmte. Andererseits wusste er auch nicht, ob es irgendeinen Grund gab, warum er Nergui trauen *sollte*.

Der Botschafter sah nicht überzeugt aus. »Nun«, sagte er schließlich, »kann man mit Sicherheit davon ausgehen, dass Maxon hinter alldem steckt?«

Drew schüttelte den Kopf. »Nein. Nicht unbedingt. Ich

meine, natürlich ist es möglich. Er hält sich schon länger im Land auf als Collins – seit fast drei Wochen. Und interessanterweise ist es nicht sein erster Mongolei-Besuch, obwohl er diesmal als Tourist hier ist. Er war vorher schon ein paarmal hier, angeblich geschäftlich – besuchte einige der Minen im Norden des Landes. Wir stehen in Kontakt mit dem FBI, aber sie erzählen uns nicht viel. Soweit wir das beurteilen können, gibt es nichts, was ihn mit den anderen Morden in Zusammenhang bringt.«

»Aber wenn er es nicht ist, dann laufen offenbar zwei Psychopathen frei herum. Das dürfte hier zum ersten Mal der Fall sein.«

»Nehmen wir an«, sagte Drew, »dass Maxon für die Morde an Collins und Batkhuyag verantwortlich ist.«

»Halten Sie es denn für möglich, dass er es nicht ist?«

»Ich weiß es wirklich nicht«, erwiderte Drew. »Ich meine, wenn nur diese beiden Morde begangen worden wären, wäre er natürlich der naheliegende Kandidat in dem Ganzen. Dann wäre aber immer noch schwer zu verstehen, warum er die beiden zu diesem Zeitpunkt getötet hätte. Und es ist schwierig, irgendetwas davon mit den früheren Morden in Verbindung zu bringen.«

»Vielleicht besteht gar kein Zusammenhang.«

Drew zuckte die Achseln. »Vielleicht nicht. Dann haben wir, wie Sie sagen, zwei irre Psychopathen und einen teuflischen Zufall.«

Der Botschafter nickte, rührte mit großer Geste seinen Kaffee noch einmal um und suchte sich einen der erlesenen Kekse auf dem Teller vor ihnen aus. »Und was wissen sie Ihrer Meinung nach?«

»Wer?«

»Nerguis Leute. Das Ministerium. Der Geheimdienst. Sie müssen mehr wissen, als sie durchblicken lassen.«

»Den Eindruck habe ich nicht. Aber wahrscheinlich hätte ich auch sonst so meine Probleme.« Er zögerte. »Um ganz ehrlich zu sein, ich fühle mich in dieser Sache überfordert.«

»Überfordert?« Der Botschafter zog die Augenbrauen hoch. »Ein erfahrener Polizeibeamter wie Sie? Sie haben es hier mit einem Haufen von Amateuren zu tun. Das heißt, abgesehen von Nergui.«

»Das ist es nicht«, erwiderte Drew. »Dieser Fall ist anders als alles, womit ich mich bisher befassen musste. Es geht um Politik. Es ist das Gefühl, dass hier noch etwas anderes vor sich geht, verschlüsselte Signale, die ich nicht ausmachen kann.«

»Ah, die *Politik* ...« Der Botschafter lehnte sich in seinem Sessel zurück und lächelte. »Nun, da stimme ich Ihnen zu. Auch wenn es mein Beruf ist.«

Drew machte sich nicht die Mühe hinzuzufügen, dass er den Botschafter als Teil des Problems betrachtete, sondern zog es vor, fortzufahren. »Um aber auf Ihre Frage zurückzukommen, nein, ich habe nicht den Eindruck, dass sie mehr wissen, als sie durchblicken lassen. Jedenfalls nicht auf Ermittlungsebene. Wie Sie sicher selbst schon festgestellt haben, ist es schwer zu sagen, was Nergui wissen könnte. Ich glaube aber, dass das Ganze ihm schwer zusetzt. Sogar mehr als den meisten in so einer Situation. Und das liegt wohl daran, dass er in der Regel nicht mit Dingen konfrontiert ist, die er nicht versteht.«

»Das klingt durchaus plausibel. Ich glaube, Nergui ist es gewohnt, die Dinge unter Kontrolle zu haben. Außerdem vermute ich, dass er unter starkem Druck steht, obwohl wir das letztlich nie erfahren werden.«

»Druck?«

»Von seinem Minister. Wenn das alles nur das Werk eines einzelnen Psychopathen ist, wäre das ja schon schlimm genug.

Wenn es aber etwas Komplizierteres ist, wie es den Anschein hat, dann wird der Minister sich allmählich große Sorgen machen.«

Erst jetzt kam es Drew in den Sinn, einen Schluck von seinem Kaffee zu nehmen, der schon kalt wurde. »Warum?«

»Nun, man hört ja eine Menge wohlgesetzte Worte über den Schutz des sozialen Gefüges und so was – und ich bin sicher, dass Nergui manches davon auch wirklich glaubt –, aber für den Minister ist das alles nur wieder die altbekannte Taktik des Westens.« Der Botschafter hielt inne, als fragte er sich, wie offen er sprechen sollte. Drew war für sich aber schon zu dem Schluss gekommen, dass die scheinbare Bereitwilligkeit des Botschafters, ihn ins Vertrauen zu ziehen, nichts als ein weiteres Spielchen war. In der Hoffnung, von ihm etwas zurückzubekommen, würde er ihm nur das Nötigste mitteilen. »Mit der Demokratie ist es hier nämlich so eine Sache«, fuhr der Botschafter fort. »Seit Einführung der Demokratie Anfang der neunziger Jahre hat es in diesem Land viele Veränderungen gegeben, aber die Kommunistische Partei ist weitgehend an der Macht geblieben.«

»Wo liegt dann das Problem? Sind die Kommunisten nicht inzwischen fest etabliert?«

»Bis zu einem gewissen Grad schon, aber die Menschen sind verunsichert. Viele glauben, das Land sei dabei, vor die Hunde zu gehen. Wer weiß, was einen um die Ecke erwartet? Ein Psychopath, der allzu lange frei herumläuft, wäre der Karriere des Ministers für innere Sicherheit nicht besonders zuträglich. Wenn es aber noch mehr als das ist – vor allem, wenn auf irgendeine Weise Wirtschaftsinteressen berührt sind –, nun, dann könnte das wirklich ein K.-o.-Schlag sein.«

»Also will der Minister das geregelt haben?«

»Ja, auf die eine oder andere Weise. Und zwar schnell.«

»Wie meinen Sie das – auf die eine oder andere Weise?«

Der Botschafter zuckte die Achseln. »Ich bin sicher, dass Sie solchen Problemen auch von Zeit zu Zeit begegnen. Politiker wollen Lösungen. Ihnen ist es letztlich egal, ob der eingeschlagene Weg das Problem wirklich löst, solange sie den Eindruck erwecken, etwas getan zu haben.«

»So etwas kommt Gott sei Dank in der Regel nicht bis zu mir herunter.«

Der Botschafter lächelte kühl. »Dann sollten Sie sich glücklich schätzen, junger Mann. Genießen Sie es, solange es geht.« Er sprach, als könnte Drews privilegierter Status sich jeden Moment ändern.

Nach der Unterredung mit dem Botschafter fiel Drew plötzlich wieder ein, dass er und Nergui am selben Abend in der Botschaft zum Essen eingeladen waren. So schnell entkam er dem Botschafter also nicht, was ihn nicht gerade erheiterte. Was er gesagt hatte, entsprach der Wahrheit. Er fühlte sich in dieser Umgebung zunehmend überfordert und wusste nicht, wem er trauen oder was er denken sollte. Die Aussicht auf einen Abend zwischen dem Botschafter und Nergui war nicht gerade verlockend.

Wie lang sollte er überhaupt noch hierbleiben? Ursprünglich hätte er Ende der Woche nach Hause fliegen sollen. Dann hatte er jedoch über Handy eine Nachricht aus dem Büro des Chief Constable bekommen, der zufolge Nergui darum gebeten hatte, dass er noch ein paar Tage länger bliebe; für die Kosten käme das Ministerium auf. Man hatte Drew eindeutig zu verstehen gegeben, dass er im Interesse der internationalen Beziehungen – und nicht zuletzt auch der Öffentlichkeitsarbeit zu Hause – der Bitte nachkommen sollte.

Es gab auch eine Nachricht von Nergui, der vorschlug, sich vor dem Abendessen beim Botschafter in der Bar des Dschingis Khan zu treffen. Seit dem Rückflug aus der Wüste

Gobi hatte Drew nichts mehr von ihm gehört. Drew hatte sich nach der unterbrochenen Nacht wie zerschlagen gefühlt, und auch Nergui war am nächsten Morgen die Sorge um die schrecklichen Ereignisse anzusehen gewesen, obwohl er sich wie immer heiter und entschlossen gab.

Auf dem Rückflug hatten sie nur wenig miteinander gesprochen, teils wegen Drews Müdigkeit und teils, weil kaum etwas der Rede wert zu sein schien und der Fall theoretisch vom örtlichen Polizeichef bearbeitet wurde, der in der Praxis aber ganz sicher Nergui unterstellt war. Dass Nergui das Sagen hatte, war Drew klar geworden, als er die beiden am Tatort im Gespräch beobachtet hatte, auch wenn er nicht hatte verstehen können, was gesagt wurde.

Verglichen mit den vorherigen Morden war der Täter diesmal recht schnell vorgegangen. Collins war mehrmals in Brust und Rücken gestochen worden und schien an Blutverlust gestorben zu sein. Bakthuyag war erdrosselt worden, vermutlich mit einem Gürtel. Der genaue Todeszeitpunkt stand zwar noch nicht fest, aber sie waren wohl beide schon eine Weile tot gewesen, als Nergui sie fand, was erklärte, wie es Maxon gelungen war zu fliehen. Die Polizei ging davon aus, dass Maxon der Mörder war, mit Ausnahme von Nergui, der der Einzige zu sein schien, für den das nicht von vornherein feststand.

Noch bevor sie morgens ihr Flugzeug zurück nach Ulan-Bator bestiegen hatten, war eine Großfahndung ausgelöst worden. Der örtliche Polizeichef hatte seiner Zuversicht Ausdruck verliehen, dass man Maxon bis zum Abend aufgespürt haben würde. Wie sollte sich denn bitte auch ein westlicher Staatsbürger in der Wüste Gobi versteckt halten?, hatte er bemerkt.

Sofort nach der Landung hatte Nergui bei ihm angerufen, um zu sehen, ob es irgendwelche Anzeichen für die Erfüllung dieser Voraussage gab. Die Antwort lautete nein. Niemand hatte Maxon gesehen. Polizeibeamte auf Motorrädern klapperten alle Jurten in der Umgebung ab, bisher jedoch ohne Erfolg. Aber, wie der Polizeichef immer wieder beteuerte, es sei ja noch früh am Tag.

Inzwischen war es Abend, und Drew nahm an, dass Nergui zwischenzeitlich etwas Konkreteres würde berichten können. Wie beim letzten Mal saß Nergui allein in einer Ecke der Bar, als Drew aus seinem Hotelzimmer herunterkam. Er stellte erfreut fest, dass der Mongole bereits ein Bier für ihn mitbestellt hatte.

Bevor der Engländer die auf der Hand liegende Frage stellen konnte, schüttelte Nergui schon den Kopf. »Nichts«, sagte er. »Überhaupt nichts Neues.«

Drew setzte sich Nergui gegenüber und trank einen großen Schluck von seinem Bier. »Wann haben Sie zuletzt nachgefragt?«

»Vor zwanzig Minuten. Sie haben mir versprochen, mich anzurufen, sobald es irgendetwas Neues gibt.« Er lächelte. »Ich bin mir aber nicht sicher, ob ich mich darauf verlassen kann, und werde sie wahrscheinlich später noch einmal anrufen. Nur für den Fall.«

»Jemand muss ihn gesehen haben.«

»Das würden Sie auch meinen, oder? Ich verstehe nicht, wie ein westlicher Ausländer auf der Flucht mitten in der Wüste Gobi für längere Zeit unbemerkt bleiben kann.«

»Kann es sein, dass jemand ihm Unterschlupf gewährt?«

»Das nehme ich an. Es ist gut möglich, dass da draußen irgendein Hirte – obwohl viele von ihnen heutzutage Kurzwellenradios haben – die Nachrichten nicht gehört und Mitleid mit ihm bekommen hat. Dennoch hätte man erwarten können, dass wir irgendetwas finden.«

»Vielleicht versucht er ja gar nicht, sich zu verstecken. Vielleicht hat er Selbstmord begangen oder ist einfach weiter in die Wüste gelaufen.«

Nergui nickte. »Das liegt durchaus im Rahmen des Möglichen, falls es stimmt, dass er für diese Morde verantwortlich ist.«

»Glauben Sie immer noch, dass er es womöglich nicht ist?«

»Ich weiß es wirklich nicht. Es ist die logische Vermutung. Obwohl wir dann überlegen müssen, was die Verbindung zu den früheren Morden sein könnte. Es sei denn, wir haben zwei Mörder. Es ist einfach wieder dieser alte Instinkt, sonst nichts. Ich glaube, so einfach ist die Sache nicht.«

»Sie glauben, ein und dieselbe Person ist für all diese Morde verantwortlich?« Es klang lächerlich, fand Drew. Aber die Alternative kam ihm noch absurder vor.

Nergui zuckte die Achseln. »Es hat keinen Zweck, zu spekulieren. Aber mein Instinkt sagt nein, Maxon kann eigentlich nicht der Mörder sein. Was eine wirklich entsetzliche Vorstellung ist.«

»Ich höre, Sie haben meine Chefs gefragt, ob ich noch etwas länger hierbleiben kann.« Drew merkte zu spät, dass seine Worte wie eine Anklage klangen. Das hatte er nicht beabsichtigt, vielleicht war es allerdings gar nicht so falsch, verärgert zu sein.

Nergui nickte. »Es tut mir leid«, sagte er. »Ich war gedankenlos. Ich hätte Sie zuerst fragen sollen. Aber ich hatte den Eindruck, Sie hätten nichts dagegen. Und ich würde gerne von Ihrer Erfahrung profitieren.« Er hielt inne. »Dabei habe ich jedoch nicht an Ihre Frau und Ihre Familie gedacht. Das war leichtfertig. Es tut mir leid.«

Drew fragte sich, ob er versuchen sollte, aus Nerguis augenscheinlicher Verlegenheit ein moralisches Druckmittel zu machen. Im Grunde wusste er aber gar nicht, wie echt diese Verlegenheit war. Nergui wirkte auf ihn wie jemand, der immer wusste, was er tat. Wenn er es unterlassen hatte, ihn als Erstes zu fragen, dann vermutlich, weil er nicht das Risiko eingehen wollte, dass Drew ablehnte. Es war viel einfacher, über ihn hinwegzugehen und die Sache so zu regeln. Vielleicht hätte er es an Nerguis Stelle genauso gemacht. Vielleicht.

»Na, Letzteres konnte ich hinbiegen. Sue war zwar nicht gerade begeistert, aber ich glaube, sie hat eingesehen, dass ich keine andere Wahl habe. Was ich allerdings gar nicht verstehe, ist, warum *Sie* unbedingt möchten, dass ich noch hierbleibe. Ich weiß nicht, ob ich wirklich von großem Nutzen sein kann.«

»Sie sind zu bescheiden«, sagte Nergui in einem Ton, der zumindest in diesem Punkt Aufrichtigkeit vermuten ließ. »Außer Doripalam sind die meisten unserer Leute Dilettanten. Wir hatten noch nie auch nur entfernt mit einem Fall wie diesem zu tun.«

»Wer hatte das schon?«

»Sie haben sicher viel mehr Erfahrung als irgendeiner von uns.«

Davon war Drew nicht überzeugt. Sein Verdacht war eher, dass Nergui ihn noch dahaben wollte, weil er ein neutraler Dritter war. Er vermutete, dass Nerguis berufliches Leben beinahe ebenso einsam war wie sein Privatleben. Bei der Polizei war ihm offensichtlich niemand ebenbürtig, abgesehen von Doripalam, bei dem er jedoch hin und wieder auch aneckte. Sein Verhältnis zum Rest des Teams schien distanziert und wenig vertrauensvoll zu sein. Und mit dem Minister und anderen politischen Größen war die Beziehung alles andere als offen. Wahrscheinlich war es erholsam, einmal mit jemandem zusammenzuarbeiten, der nicht sein eigenes Süppchen kochte.

»Ich nehme das Kompliment an«, sagte Drew. »Um ehrlich zu sein, es hätte mir leidgetan, jetzt zurückzufliegen, zum einen, weil es nichts Frustrierenderes gibt, als aus einem ungelösten Fall auszusteigen, und zum anderen, weil ich noch etwas von Ihrem Land sehen möchte, bevor ich abreise.«

»Ich frage mich, ob Sie daran überhaupt noch etwas Schönes finden können«, erwiderte Nergui. »Leichen sind nicht gerade ein Touristenmagnet.«

»Ist das die Meinung Ihres Ministers?«

»Natürlich ist das eine seiner Sorgen. Das Fremdenverkehrsgewerbe wächst, teils, weil die Mongolei zu den letzten unerforschten Gebieten der Welt gezählt wird, teils aber auch, weil wir ein relativ sicheres Land sind.«

»Und ein Serienmörder – oder, noch schlimmer, zwei – ist nicht eben gut fürs Image.«

»Stimmt. Ich glaube, seine – *unsere* – größere Sorge ist aber, dass noch etwas anderes dahinterstecken könnte.«

Drew trank einen großen Schluck von seinem Bier. Es schien wenig Sinn zu haben, seine Gedanken zurückzuhalten. Er wusste nicht, was für Spielchen alle anderen spielten, er setzte lieber auf Direktheit. »Mein Freund, der Botschafter, glaubt, dass Sie Dinge wissen, die Sie uns nicht mitteilen. Ist das wahr?«

»Ich selbst oder das Ministerium im Allgemeinen?«, fragte Nergui ohne Zögern zurück.

»Beide. Ich meine, besondere Gedanken macht der Botschafter sich über das Ministerium. Aber vermutlich wissen auch Sie etwas, das Sie niemandem sagen wollen. Weder Ihrer Seite noch meiner.«

»Stehen wir denn auf verschiedenen Seiten?« Nergui betrachtete Drew fast belustigt.

»Das möchte ich von Ihnen wissen. Der Botschafter sieht es eindeutig so. Ich hoffe, dass es nicht so ist. Aber das ist alles neu für mich.«

»Für mich ist vieles davon auch neu, Drew. Ich glaube nicht, dass wir hier auf entgegengesetzten Seiten stehen. Ich weiß nicht mal, wie diese Seiten aussehen.«

Erst später, als sie durch die klare Nachtluft zur Botschaft gingen, wurde Drew klar, dass Nergui seine anfängliche Frage nicht beantwortet hatte.

Die Abendluft war eisig und Drew zog seinen Mantel fester um sich. Nergui hatte ihm erzählt, dass jetzt, wo der Winter nahte, die Nächte in der Stadt sehr kalt würden – minus fünfzehn Grad und kälter. Über den Lichtern und Neonreklamen der Stadt blinkten zahllose Sterne am leicht bewölkten Himmel. Die Hauptstraßen waren gut beleuchtet und so früh am Abend auch noch mit Fußgängern belebt. Um das Hotel herum waren viele Autos und Busse unterwegs.

Abseits der belebteren Verkehrsachsen sah es jedoch völlig anders aus. Die Seitenstraßen waren schlecht beleuchtet und lagen in vielen Fällen schon wenige Meter weiter im Dunklen. Während sie schnell in Richtung Botschaft gingen, dachte Drew an das erste Opfer zurück, dessen Leiche in einer dieser dunklen, stillen Straßen gefunden worden war. Unwillkürlich warf er einen Blick über die Schulter und sah ein paar andere Fußgänger, die meisten von ihnen in schwere Mäntel und Hüte gepackt und angesichts der Kälte dicht zusammengedrängt. Einen Moment lang hatte er das Gefühl, beobachtet, vielleicht sogar verfolgt zu werden, obwohl keiner von den Leuten ihm oder Nergui besondere Aufmerksamkeit zu schenken schien.

Dennoch war er froh, als sie das hell erleuchtete Tor der Botschaft erreichten. Als Nergui auf die Klingel drückte, schaute Drew sich noch einmal um. An der gegenüberliegenden Straßenecke stand halb im Schatten eine männliche Gestalt. Es war nur eine Silhouette, sodass man nicht sagen konnte, ob sie zu ihnen herschaute. Einen Augenblick später drehte sie sich um und verschwand in einer dunklen Seitenstraße. Drew fragte sich, ob sein leichtes Zittern wohl von der Kälte kam.

»Willkommen, meine Herren. Kommen Sie doch herein. Draußen muss es eiskalt sein.«

Drew wandte sich um und stellte mit Erstaunen fest, dass der Botschafter selbst sie an der Tür begrüßte. Er wusste gar nicht genau, was er erwartet hatte. Tagsüber hatten sich eine Empfangsdame und anderes Personal um die Besucher gekümmert. Am Abend hatte Drew insgeheim mit einem Butler gerechnet.

Er folgte Nergui in die hell erleuchtete Diele und bemerkte erstaunt, wie erleichtert er war, als die schwere Eingangstür schließlich hinter ihnen geschlossen wurde.

»Hier entlang«, sagte der Botschafter. »Wir gehen zu meinen Privaträumen. Viel gemütlicher als die offiziellen Räumlichkeiten.«

Der Botschafter führte sie einen Korridor entlang und dann eine Treppe hinauf, an deren Ende sich eine Tür auf einen kleinen Flur öffnete, der schließlich in ein gemütlich eingerichtetes Wohnzimmer mündete. In zwei Sesseln hatte bereits ein Paar mittleren Alters Platz genommen und trank Sherry.

»Hereinspaziert, meine Herren. Geben Sie mir Ihre Mäntel.«

Auch in Bezug auf das Abendessen hatte Drew keine konkreten Erwartungen gehabt. Er hatte sich vage ein eher steifes Arrangement vorgestellt – vielleicht mit Kellnern, die an einem polierten Eichentisch servierten. Allerdings hatte der Botschafter auf legerer Kleidung bestanden, sodass ein eher informelles Beisammensein wahrscheinlicher erschien.

»Darf ich Sie bekannt machen«, sagte der Botschafter, während er ihre schweren Mäntel entgegennahm. »Professor Alan und Dr. Helena Wilson.« Er deutete auf das Paar, das aufgestanden war, als Drew und Nergui den Raum betraten.

»Chief Inspector Drew McLeish und, aus unserem Gastgeberland, Mr. Nergui vom Ministerium für innere Sicherheit. Ich lasse Sie einen Moment allein, sodass sie sich ein bisschen kennenlernen können, während ich die hier ablege und Ihnen beiden einen Drink hole. Ist Sherry genehm?«

Er verschwand im Flur. Den Blick auf Drew und Nergui gerichtet, blieben die Wilsons einen Moment lang stehen. Drew hatte die Erfahrung gemacht, dass die Erwähnung seines Polizeiranges die Leute in der Regel nicht gerade gesprächig machte. Nergui dagegen rettete wie immer die Situation. »Guten Abend«, sagte er ruhig und bat sie mit einer Geste, wieder Platz zu nehmen. »Arbeiten Sie beide im akademischen Bereich?«

Professor Wilson schüttelte den Kopf. »Helena ja. Ich früher auch, aber seit einigen Jahren bin ich in den Staatsdienst abgeordnet. Ich arbeite für die Regierung«, fügte er, vermutlich an Nerguis Adresse, hinzu.

Nergui lächelte. »Aha, dann sind wir also beide Regierungsbeamte«, sagte er. »Auf welchem Gebiet sind Sie tätig?«

»Von Haus aus bin ich Chemiker«, antwortete Professor Wilson.

»Ah. Sehr interessant.« Nergui nickte, als dächte er über diese Auskunft ernsthaft nach. »Ich nehme an, es gibt nicht viele Chemiker im Staatsdienst?«

»Nein, außer in den regierungseigenen Labors. Ich bin wohl ein ziemlicher Exot. Nach meiner Promotion habe ich ein wenig Erfahrung im industriellen Sektor gesammelt und parallel dazu eine akademische Laufbahn eingeschlagen, sodass ich sowohl ökonomischen Sachverstand als auch technisches Fachwissen in die Politik mitbringe.«

»Ich verstehe«, sagte Nergui. »Bei mir ist es durchaus ähnlich.« Die Bemerkung ließ er so im Raum stehen. »Und Sie, Dr. Wilson, sind Sie auch Chemikerin?«

»Nennen Sie mich doch Helena«, sagte sie lächelnd. »Nein, ich bin leider keine Naturwissenschaftlerin. Ich bin von Haus aus Anthropologin, habe aber die letzten Jahre auf dem Gebiet der Folklore und des Brauchtums geforscht. Ich fürchte, es ist meine Schuld, dass wir hier sind. Alan ist nur mitgekommen.«

»Das ist ja wohl keine Last«, warf er ein. »Es ist faszinierend. Die Mongolei ist ein außergewöhnliches Land.«

»Sie sind sehr freundlich. Sind Sie hier, um unsere Folklore zu studieren?«, fragte Nergui.

Dr. Wilson nickte. »Hauptsächlich die Musik. Nun ja, eigentlich alles. Ich bin keine Expertin auf diesem Gebiet – ich habe mich auf englische Folklore und das englische Volkslied spezialisiert –, aber es hat mich gereizt, auch noch anderes kennenzulernen. Also habe ich für mein Sabbatjahr einen Austausch mit der hiesigen Universität organisiert.«

»Und Sie haben Material gefunden, das Sie interessiert?«

»Sehr viel sogar. Ich war völlig begeistert, als ich den *Khoomi*-Gesang hörte – live, meine ich. Bis dahin kannte ich ihn nur von der Schallplatte. Und Sie haben ein unglaublich reiches Volksgut – Lieder, Geschichten.«

»Das höre ich gern«, sagte Nergui. »Leider bin ich nicht gerade ein Fachmann auf diesem Gebiet, aber natürlich kenne ich aus meiner Kindheit noch Lieder und Geschichten. Unterscheiden sie sich von denen in England?«

»Es gibt Parallelen und es ist erstaunlich, wie oft sich auf der ganzen Welt Varianten ein und derselben Geschichte finden. Aber die hier sind doch anders. In ihnen spiegeln sich Geografie, Geschichte und Lebensstil der Mongolei wider.«

»Alles hier ist anders«, sagte der Botschafter, der mit zwei weiteren Sherrygläsern den Raum betrat. »Es ist wie kein anderes Land.«

»Sind Sie schon lange hier?«, fragte Drew.

»Inzwischen drei Jahre. Sie haben vor, mich wieder zu versetzen, aber ich bin so nah an der Pensionierung, dass sie mich von mir aus ruhig erst einmal vergessen könnten. Hier lässt es sich wunderbar aushalten.«

»Es muss aber doch bequemere Posten geben?«, meinte Nergui. »Bei aller Loyalität zu meinem Land würde ich nicht behaupten, dass es sich hier besonders angenehm lebt.«

»Sie haben recht, aber in vielen anderen Ländern ist das Leben bedeutend schwieriger. Die hiesige Gesellschaft ist stabil. Die Menschen sind gastfreundlich. Das Land hat eine lange Geschichte und eine reiche Tradition, wodurch sie sich vom Rest der Welt unterscheidet. Die meisten meiner leiblichen Bedürfnisse werden befriedigt.« Dabei hielt der Botschafter demonstrativ sein Sherryglas hoch. »Mir geht es sehr gut.«

»Dann können Sie sich wirklich glücklich schätzen«, sagte Professor Wilson. »Ich glaube, das können nicht viele von ihrer Arbeit behaupten.«

Wie auf ein Stichwort wandte seine Frau sich an Drew. »Und Sie, Chief Inspector ...«

»Drew, bitte.«

»Geht es Ihnen gut mit Ihrer Arbeit?« Obwohl sie lächelte, schwang ein ernster Unterton mit, den Drew nicht so recht einordnen konnte.

»Ich weiß gar nicht, ob ich mir je Gedanken darüber gemacht habe. Allerdings habe ich auch nie darüber nachgedacht, etwas völlig anderes zu machen.«

»Der Botschafter hat uns erzählt, warum Sie hier sind. Das ist ein schrecklicher Fall.«

Drew tauschte einen Blick mit Nergui. Er fragte sich, wie viel der Botschafter den Wilsons erzählt haben mochte. Hatte er ihnen nur Ransoms Tod erläutert – über den die englische Presse in reißerischer Manier berichtet hatte – oder waren sie über die ganze Mordserie aufgeklärt?

»Nun, ich würde die Presseberichterstattung nicht allzu wörtlich nehmen.« Drew hatte nicht die Absicht, irgendetwas preiszugeben. »Aber ein brutaler Mord war es tatsächlich. Und irgendwie kommt er einem noch schlimmer vor, wenn er so in der Fremde passiert.«

Professor Wilson machte den Mund auf, als wollte er etwas sagen, hielt dann aber inne und warf seiner Frau einen Blick zu. »Wir sollten nicht so neugierig sein«, sagte er. »Ich sehe ein, dass es Dinge geben muss, die Sie geheim halten.«

Nergui lächelte, das Gesicht so undurchdringlich wie immer. »Sie haben recht«, sagte er. »Es gibt Dinge, die wir vertraulich behandeln müssen, selbst in so illustrer Gesellschaft wie dieser.« Man konnte unmöglich sagen, ob die letzte Bemerkung ironisch gemeint war.

»Und Sie haben keine Vorstellung von einem Motiv?«

Drew schüttelte den Kopf. »Nergui hat es schon gesagt, es wäre unangebracht, sich weiter dazu zu äußern. Nur so viel: Wir machen Fortschritte in unseren Ermittlungen.«

»Ja, natürlich. Das verstehen wir. Es ist nur ein ziemlicher Schock, wenn so etwas einem britischen Landsmann passiert, und man fängt dann schon an, sich verstohlen umzublicken, vor allem an einem Ort, der so – na ja, so fremdartig ist wie dieser.« Professor Wilson warf Nergui einen kurzen Blick zu. »Es tut mir leid, aber Sie verstehen, was ich meine?«

Drew verstand nur zu gut, was er meinte. Nergui nickte. »Sicher. Unser Land unterscheidet sich sehr vom Westen. Ich kann verstehen, warum Sie sich sehr weit weg von zu Hause fühlen.« Er lehnte sich in seinem Sessel zurück, als dächte er über diesen Gedanken nach. »Mr. Ransoms Tod war entsetzlich und für alle ein richtiger Schock. Ich kann nur sagen, dass dieses Land trotzdem ein sehr sicheres und stabiles Land ist. Unsere Kriminalitätsrate ist vergleichsweise niedrig und es gibt kaum größere Gewaltverbrechen.«

»Aber es hat doch noch andere Morde gegeben?«, sagte Professor Wilson. »Vor kurzem, meine ich.«

Nergui sah ihn ausdruckslos an. »Das ist eine Stadt. Die Leute betrinken sich, zetteln Schlägereien an. Wir haben immer wieder mal einen Straßenraub, hier und da einen Überfall. Und gelegentlich auch mal einen Mord.«

»Und sehen Sie einen Zusammenhang zwischen ihnen?«, fragte Professor Wilson weiter. »Zwischen diesen gelegentlichen Morden?« Jetzt hatte seine Stimme eine deutliche Schärfe angenommen. Drew schätzte Wilson als einen jener »besorgten Bürger« ein, die sich auf jeden Fall immer persönlich an den Polizeipräsidenten wandten.

»Ich halte es wirklich nicht für angebracht, weiter darüber zu diskutieren«, sagte Drew. »Entschuldigen Sie, aber Sie bringen uns in eine schwierige Situation.« Noch während er sprach, wurde ihm klar, dass ihm das wahrscheinlich als stillschweigendes Eingeständnis einer Verbindung zwischen den Morden ausgelegt würde.

»Es tut mir leid, Chief Inspector, ich hatte nicht die Absicht, Sie in eine schwierige Situation zu bringen. Ich wollte nur gerne wissen, ob wir nachts sicher durch die Straßen gehen können.«

Nergui nickte, ohne den sarkastischen Unterton zu beachten. »Ich verstehe Ihre Sorge. Aber diese Stadt ist sicherer als die meisten anderen Orte auf der Welt, glauben Sie mir.«

Die Worte waren beruhigend und Nerguis besonnene Art noch viel mehr. Dennoch fragte sich Drew, ob die Behauptung des Mongolen stimmte. Und, was noch wichtiger war, ob Nergui selbst davon überzeugt war.

12. KAPITEL

»Was ist mit Ihnen, Drew, glauben Sie daran?«

»Nein. Also, ich meine, ich akzeptiere ja gern, dass es im Himmel und auf der Erde noch andere Dinge geben könnte, und bin im Prinzip auch bereit, Neuem gegenüber aufgeschlossen zu sein. Aber ich muss sagen, dass ich es noch nie in der Praxis habe funktionieren sehen.«

»Haben Sie es denn nie benutzt?«, fragte Professor Wilson. »In Ihrer Ermittlungsarbeit, meine ich?«

Es war fast Mitternacht und sie waren in eine jener Unterhaltungen geraten, die zwischen Fremden nur aufkommen, wenn zu viel Alkohol im Spiel ist. Drew hatte bemerkt, dass der Botschafter ein gewisses Talent besaß, andere zum Trinken zu nötigen, während er selbst sich mit dem Alkohol eher zurückhielt. Zweifellos ein wertvolles Handwerkszeug.

»Nein, ich selbst nicht. Ich war aber an Fällen beteiligt, in denen man es versucht hat.«

»Was für Fälle?«

»Na ja, normalerweise vermisste Personen – vor allem Kinder. Wenn ein Kind vermisst wird, klammern die Eltern sich nach einer Weile an jeden Strohhalm – alles, was ihnen irgendwelche Neuigkeiten bringt, und seien es auch schlechte. Sie wollen sie lieber erfahren.«

»Aber Sie haben nie erlebt, dass es funktioniert?«

»Nein, nie. Ich hatte immer gemischte Gefühle dabei. Wir regen es normalerweise nicht selbst an – obwohl ich weiß, dass manche ranghöhere Beamte es durchaus ernst nehmen –, würden uns dem aber auch nicht entgegenstellen, wenn zum Beispiel die Eltern es ausprobieren wollten. Ich habe allerdings immer die Befürchtung, dass sie verschaukelt werden.

Es gibt genug skrupellose Menschen, die selbst aus einer solchen Situation noch Profit schlagen.«

»Sie glauben also, dass diese Leute – Medien oder wie immer Sie sie nennen wollen – alle Scharlatane sind?« Professor Wilson hatte jetzt etwas von einem Staatsanwalt, der einen Zeugen der Verteidigung in die Mangel nimmt.

»So würde ich das nicht sagen«, antwortete Drew, obwohl er im Grunde genau das dachte. »Ich meine, manche der Leute, die ich kennengelernt habe, erschienen mir durchaus aufrichtig. Jedenfalls insofern, als sie von dem überzeugt waren, was sie da taten.«

»Sie haben aber nie erlebt, dass es funktioniert?«

»Nein, nie. Wir sind immer wieder einmal alle losmarschiert, obwohl wir uns dabei ein wenig lächerlich vorkamen, weil einer dieser Leute behauptet hatte, an einem bestimmten Ort – auf einem Feld oder einem Waldstreifen – würden wir etwas finden. Wir haben nie etwas gefunden.«

»Es gab aber doch Fälle, in denen die Polizei von Medien richtig geführt wurde, oder?«, schaltete sich Helena Wilson ein.

»Ich glaube ja«, erwiderte Drew. »Ich habe Zeitungsartikel darüber gelesen und weiß von ein paar erfahrenen älteren Polizisten, die dem Glauben schenken. Ich selbst habe keine solche Erfahrung gemacht.«

Er wusste nicht mehr so recht, wie sie auf dieses Thema gekommen waren. Angefangen hatte es mit ein paar – scheinbar witzigen – Bemerkungen von Helena Wilson über ihr »zweites Gesicht«. Sie hatte erklärt, bereits als Kind habe sie die Fähigkeit verspürt, Ereignisse vorherzusagen oder dann und wann auch von Ereignissen zu wissen, die ganz woanders eintraten.

»Es ist eins von Helenas Steckenpferden«, sagte ihr Mann. »Als Wissenschaftler tue ich mich etwas schwer damit.«

»Unsinn. Ich behaupte ja nichts Unwissenschaftliches. Ich behaupte nicht einmal, dass es zwangsläufig wahr ist. Es ist nichts, was ich willentlich an- oder abstellen kann.« Das war offensichtlich eine Auseinandersetzung, die sie bei vielen Gelegenheiten geprobt hatten, und in ihrer Stimme schwang kein Groll mit. »Ich habe aber gewisse Erfahrungen gemacht, die ich nur schwer erklären kann.«

»Was für Erfahrungen?«, fragte Nergui und beugte sich in seinem Sessel leicht nach vorne.

»Na ja, wie soll ich sagen, eben das Gefühl, dass etwas passiert, bevor es passiert.«

»Wie zum Beispiel die Vorhersage des 11. September? Es konnte gar nicht ausbleiben, dass Leute behaupteten, sie hätten das getan«, sagte der Botschafter.

Sie schüttelte heftig den Kopf. »Nein, meine Erfahrung ist viel persönlicher, viel bodenständiger. Es ist das Gefühl – ach, ich weiß nicht, so etwas wie jemanden zu treffen und zu spüren, dass ihm etwas Schlimmes zustoßen wird. Und dann tritt das ein – er hat einen Unfall oder was auch immer.«

»Und das ist Ihnen passiert?«, fragte Nergui.

»Ja, genau das. Ich wusste auch schon mehrmals von einem Unfall oder einer Krankheit mir nahestehender Menschen, bevor ich de facto davon erfuhr.«

»Das hätten auch Zufälle sein können«, hielt ihr Mann dagegen. »Das ist doch die übliche Geschichte. Du klammerst all die Male aus, wo du dieses Gefühl hattest, aber nichts passiert war.«

»Dagegen kann ich nichts vorbringen. Ich kann mich aber ganz ehrlich nicht erinnern, dieses Gefühl je gehabt zu haben, ohne dass tatsächlich ein Ereignis darauf folgte. Was allerdings nicht bedeutet, dass es nicht zahllose Begegnungen gegeben hätte, bei denen ich dieses Gefühl nicht hatte, der betreffende Mensch aber trotzdem später einen Unfall hatte.« Sie lachte.

»Ich will überhaupt keinen Anspruch auf Seriosität geltend machen, sondern nur erklären, was ich gefühlt habe.«

»Und was ist mit Ihnen, Nergui? Haben Sie schon einmal mit Medien gearbeitet?«, fragte Dr. Wilson und wandte sich Nergui zu.

Der Mongole schüttelte den Kopf. Drew war aufgefallen, dass Nergui nicht weniger Wein und Port getrunken hatte als die anderen, aber dennoch keine Anzeichen von Trunkenheit zeigte. Drew wünschte, er könnte dasselbe auch von sich behaupten. Stattdessen fand er es zunehmend schwierig, zusammenhängende Sätze zu bilden. »Leider nicht«, sagte Nergui. »Obwohl es vielleicht manchmal besser wäre, wir täten es. Es könnte unsere Erfolgsquote heben. Auf der anderen Seite ist die Einstellung hier etwas anders. Wir würden ein Medium nicht in dem von Ihnen beschriebenen Sinn einsetzen; viele meiner Kollegen würden ihre Rolle jedoch um eine spirituelle Dimension erweitert sehen.«

»Was für eine Art spiritueller Dimension?«, fragte Professor Wilson.

»Das ist ganz unterschiedlich. Religion und Spiritualität haben hier eine verworrene Vergangenheit, was hauptsächlich auf die Unterdrückung der Religion durch die Stalinisten zurückzuführen ist. So gibt es in der Mongolei heute Menschen, die echte Buddhisten sind, andere, die buddhistische oder taoistische Prinzipien übernommen haben, wieder andere, die nach älteren Traditionen des Schamanismus leben, und so weiter. Ganz zu schweigen von der steigenden Zahl von Protestanten – auch das eine Folge des zunehmenden westlichen Einflusses. Ich glaube aber, dass man durchaus Polizisten finden dürfte, die sich bei ihrer Arbeit spiritueller Methoden wie der Meditation bedienen. Und manches davon dürfte wohl nicht allzu weit von dem entfernt sein, worüber wir eben gesprochen haben.«

Er warf einen Blick auf die Uhr, inzwischen war es nach Mitternacht. »Es ist spät«, sagte er. »Wir sollten vielleicht langsam daran denken, nach Hause zu gehen.«

Der Gedanke, nach Hause zu gehen, erschien Drew außerordentlich verlockend; der, ins Dschingis Khan zurückzukehren, behagte ihm deutlich weniger, aber er war müde und spürte den Alkohol. »Ich glaube, das wäre eine gute Idee. Wenn Sie uns bitte entschuldigen würden.«

Der Botschafter tat, als wollte er sie zum Bleiben bewegen, aber das war wohl kaum mehr als pure Höflichkeit. Es war wirklich ein sehr angenehmer Abend gewesen – ganz und gar nicht das, was er erwartet hatte, dachte Drew. Die Wilsons gehörten zwar nicht zu den Leuten, mit denen er normalerweise einen Abend verbringen würde, aber ihre Gesellschaft hatte er doch als anregend empfunden.

Der Botschafter begleitete sie wieder zur Haustür. Draußen war die Luft eisig und auf der Straße bildete sich schon eine dicke Reifschicht. Nergui hatte einen Dienstwagen herbestellt, um ihn nach Hause zu bringen. Sie standen oben an der Eingangstreppe und schauten auf das Auto hinunter, dessen Motorenlärm in der leeren Straße widerhallte.

»Kann ich Sie mitnehmen?«, fragte Nergui. Die Wilsons wohnten ebenso wie Drew im Dschingis Khan. »Die Nacht ist kalt.«

Als die eisige Luft ihm entgegenschlug, begann Drew die Wirkung des Alkohols zu spüren. »Falls es Ihnen nichts ausmacht«, antwortete er, »würde ich gerne zu Fuß gehen. Es sind ja nur fünf Minuten.«

Die Wilsons schauten einander an. »Und ich würde gerne mitfahren«, sagte Helena Wilson. »Diese Absätze sind nichts für eine vereiste Straße, erst recht nicht nach ein paar Drinks.«

»Sind Sie sicher, dass Sie nicht mitfahren wollen, Drew?« Nergui blickte ihn forschend an. »Alles in Ordnung?«

»Alles okay«, antwortete Drew. »Hätte etwas mehr Wasser dazu trinken sollen, das ist alles. Die frische Luft wird mir guttun.«

Er folgte den anderen die Stufen hinunter zum Auto. Nergui bat die Wilsons, hinten einzusteigen, und setzte sich vorne neben den Fahrer. Helena Wilson war schon im Begriff, die hintere Autotür zuzumachen, als sie, den Blick auf Drew gerichtet, innehielt. »Chief Inspector, Drew«, sagte sie. »Sind Sie sicher, dass Sie nicht mit uns kommen wollen? Es ist genug Platz.«

»Nein, wirklich, es ist in Ordnung.« Er war schon losgegangen, wirkte aber unsicher.

»Drew«, sagte sie wieder. »Ich ...« Sie brach ab, als wüsste sie nicht genau, wie sie fortfahren sollte.

»Bitte. Passen Sie auf sich auf, ja?«

Erstaunt über die plötzliche Eindringlichkeit in ihrem Ton drehte er sich um. Sie schloss die Autotür, als der Fahrer den Gang einlegte, betrachtete ihn aber immer noch mit ernster Miene durch das Fenster. Bevor der Wagen anrollte, hatte er für einen Moment den Eindruck, in ihren Augen so etwas wie Furcht zu sehen.

Das Auto wendete und fuhr davon. Durch das Beifahrerfenster sah er Nergui zum Abschied winken. Helena Wilson hatte sich umgedreht und schaute ihm durchs Heckfenster immer noch nach. Dann bog der Wagen um die Ecke und verschwand.

Bemüht, das Gleichgewicht zu halten, richtete Drew sich auf. Er hatte wirklich viel mehr getrunken, als ihm klar gewesen war. Das war das Problem mit dem Whisky: Die Wirkung traf einen mit Verspätung, dann aber plötzlich. Er taumelte leicht und begann, langsam die Straße hinunterzugehen, die riesige, eckige Silhouette des Hotels, die sich vor dem klaren Nachthimmel abzeichnete, bereits in Sicht. Die Straße mit ihrer dicker werdenden Frostschicht lag verlassen und still da.

Er war erst ein paar Meter gegangen, als er auf einmal hinter sich Fußgetrappel hörte. Von dem unerwarteten Geräusch aufgeschreckt, drehte er sich um. Für einen Moment konnte er einen Schatten ausmachen, das Glitzern von irgendetwas im blassen Licht der Straßenlaterne. Und dann wurde er so kräftig geschubst, dass die Wucht des Stoßes ihn über den vereisten Gehweg schlittern ließ. Er stolperte und wankte, und als er versuchte, das Gleichgewicht wiederzuerlangen, traf ihn ein Schlag. Er ging zu Boden, sah zuerst das Licht der Straßenlaterne, dann ein Gewirr aus Sternen und einem heraufziehenden Schatten. Und dann nur noch Dunkelheit.

TEIL ZWEI

13. KAPITEL

»Nergui?«

Nergui hob den Blick. Durch das schmale Fenster konnte er sehen, wie der Himmel heller wurde. Er wusste nicht, wie lange er schon hier saß und die Fallakten studierte.

»Hab Ihnen was mitgebracht.« Es war Doripalam mit zwei Kaffeebechern in der Hand.

»Danke«, sagte er. »Den kann ich gebrauchen.«

»Ich hab gerade welchen gemacht«, erklärte der junge Mann. »Und dann habe ich gesehen, dass Sie auch schon hier sind.« Er stellte den Becher vorsichtig auf Nerguis Schreibtisch. »Wie war die Party beim Botschafter?«

Nergui bat ihn mit einer Handbewegung, Platz zu nehmen. »Alkoholisch«, antwortete er. »Aber ansonsten besser als befürchtet. Wir haben ein ziemlich eigenartiges englisches Ehepaar kennengelernt. Er ist Chemiker, aber im öffentlichen Dienst. Sie ist Anthropologin und mit irgendwelchen Forschungsarbeiten über unser Brauchtum beschäftigt. Oder so was Ähnlichem.«

»Da lobe ich mir doch mein trautes Heim.«

»Behalten Sie das nur im Hinterkopf, wenn man Ihnen einen Job im Ministerium anbietet«, sagte Nergui.

»Das dürfte noch ein Weilchen dauern.«

»Na, so wie dieser Fall läuft, könnte es in Kürze eine Vakanz geben. Wobei ich Ihnen nicht unbedingt empfehlen würde, den Job anzunehmen.«

»Sind Sie deshalb schon so früh hier?«

Nergui blickte zu Doripalam auf und fragte sich, was dem jüngeren Mann wohl gerade durch den Kopf ging. Wahrscheinlich verspürte er eine gewisse Erleichterung darüber, dass es in diesem Fall Nerguis Ruf war, der auf dem Spiel stand. Doch vermutlich beschäftigte den jungen Mann noch weit mehr.

»Eigentlich nicht. Ich bin erst spät nach Hause gekommen. Als ich dann nicht schlafen konnte, fand ich, dass ich genauso gut ins Büro gehen könnte. Seitdem habe ich aber nichts anderes getan, als die Akten noch einmal zu lesen. Ich hoffe immer noch, dass irgendetwas Neues mir entgegenspringt, aber dem ist natürlich nicht so.«

»Nichts Neues von unserem vermissten Amerikaner?«

»Maxon? Nein, er ist einfach verschwunden. So unglaublich das scheinen mag. Man sollte doch meinen, dass ein Mann aus dem Westen in der Wüste Gobi keine fünf Minuten unentdeckt bleiben könnte, aber ihm scheint das zu gelingen.«

»Vielleicht ist er auch tot?«

Nergui nickte. Das war ihm natürlich auch schon durch den Kopf gegangen. Er hatte angenommen, dass Maxon der Fahrer des Motorrads gewesen war, das er von dem Camp hatte fortrasen hören, bevor er die beiden Leichen fand. Aber vielleicht war es auch jemand anders gewesen. Vielleicht war Maxon ein weiteres Opfer und nicht der Täter. Sicher wäre es viel einfacher, eine Leiche zu verstecken. Eine ganz und gar überzeugende Erklärung war das allerdings auch nicht. Falls Maxon tot war, wie hatte der Mörder es dann geschafft, seine Leiche zu beseitigen? Sie hatten das Camp sehr sorgfältig abgesucht und Nergui war sich beinahe hundertprozentig sicher, dass Maxon nicht dort war, weder lebend noch tot.

Aber Doripalam hatte recht. Das war eine Möglichkeit, die sie nicht außer Acht lassen durften. Obwohl das Auffinden einer Leiche in der Wüste Gobi nicht gerade zu den leichtesten Aufgaben zählte.

»Ich hoffe, er ist noch am Leben«, sagte Nergui grimmig, »schließlich ist es eine der wenigen Spuren, die wir in dieser Sache überhaupt haben. Falls er tot ist – also auch ein Opfer –, sind wir kein Stückchen weiter.« Er zuckte die Achseln. »Ich habe allerdings das schreckliche Gefühl, dass Sie recht haben könnten. Hier ergibt nichts irgendeinen Sinn.«

»Ich glaube, dieser Fall bringt jeden durcheinander. Alle möglichen Geschichten machen die Runde.«

»Zwangsläufig«, sagte Nergui. Sie hatten sich nach Kräften bemüht, die Sache vor der Öffentlichkeit geheim zu halten, was heutzutage nicht leicht war. Die Presse war immer darauf erpicht, ihre Unabhängigkeit unter Beweis zu stellen, und es würde ihr gar nicht gefallen, wenn man ihr eine große Story vorenthielt. Über die ersten Morde war noch recht zurückhaltend berichtet worden, ohne Anspielung auf irgendeine Verbindung zueinander, und das Ministerium hatte zu verhindern gewusst, dass Details darüber an die Öffentlichkeit gelangten. Die Berichterstattung über den Mord an Delgerbayar hatte ähnlich ausgesehen. Die Gobi-Morde herunterzuspielen war dagegen schon schwieriger gewesen, vor allem angesichts der Notwendigkeit, Maxon ausfindig zu machen, aber sie waren nicht mit den Morden in der Hauptstadt in Zusammenhang gebracht worden.

Nergui wusste nicht, wie lange diese relative Ruhe noch anhalten würde. Es gab zwar eine streng geregelte polizeiliche Geheimhaltungspflicht, doch irgendwo würde schließlich jemand mit Freunden oder Angehörigen über diesen Fall reden. Zu viele Leute bei der Polizei, im Ministerium und in anderen Dienststellen der Regierung wussten, was vor sich ging. Und all diese Leute waren selbst beunruhigt, hatten vielleicht das Bedürfnis, ihre Sorgen mit jemandem zu teilen. Nach und nach würde die Geschichte durchsickern, unter Umständen in noch entsetzlicherer Form als die Wirklichkeit, falls das überhaupt möglich war. Und dann würde Panik ausbrechen.

Nergui wusste, dass sie bei der Aufklärung vorankommen mussten, und zwar in schneller Gangart. Doch gerade das war bisher ausgeblieben.

»Wir sind immer noch bei den Routinemaßnahmen«, sagte Doripalam. »Haustürbefragungen, Durchgehen aller Vermisstenakten, Abkämmen der Gebiete, wo die Leichen gefunden wurden – was auch immer. Aber es sieht nicht Erfolg versprechend aus.«

»Nein. Allerdings kann man es auch nie wissen. Wir müssen einfach weiter hoffen.«

»Hat Ihnen schon mal jemand gesagt, dass Sie für einen Kriminalbeamten zu optimistisch sind?«, bemerkte Doripalam.

»Merkwürdigerweise nicht. Obwohl man viele andere Gründe gefunden hat, die mich für diesen Job disqualifizieren.« Nergui lächelte schwach. »Aber wir haben keine andere Wahl, oder? Wir können doch nicht aufgeben.«

Nachdem der junge Mann gegangen war, nahm Nergui die Lektüre der Unterlagen wieder auf. Obwohl er mit großer Akribie zu Werke ging, gab es wirklich nichts Neues, nichts, was er nicht schon gesehen hatte. Er hatte jede Einzelheit, jede Nuance der Fallakten genau untersucht. Vielleicht würde ein anderes Auge etwas anderes sehen, aber auch da hatte er seine Zweifel. Nergui war ratlos.

Er sah auf die Uhr. Es war schon acht. Er fühlte sich, als wäre er die ganze Nacht auf gewesen, was ja auch mehr oder minder zutraf. Es war keine körperliche Müdigkeit, eher ein Gefühl der geistigen, ja sogar seelischen Erschöpfung, als befände er sich tatsächlich am Rand seiner Belastungsfähigkeit.

Hier konnte er mit niemandem sprechen, nicht einmal mit

Doripalam. Sie kamen zwar miteinander klar, aber jetzt war nicht der richtige Zeitpunkt, um dem jungen Mann sein Herz auszuschütten. Doripalam hatte genug mit sich selbst zu tun. War es zu früh, um Drew anzurufen? Er glaubte nicht. Der Engländer hatte auf ihn wie ein Frühaufsteher gewirkt, sodass er selbst nach dieser langen Nacht höchstwahrscheinlich jetzt schon auf den Beinen war. Er griff zum Telefon, rief im Dschingis Khan an und ließ sich mit Drews Zimmer verbinden. Es klingelte, doch niemand hob ab. Wieder schaute er auf die Uhr. Vermutlich war Drew beim Frühstück.

Schließlich war der Telefonist wieder dran. »Tut mir leid. Es meldet sich niemand. Möchten Sie eine Nachricht hinterlassen?«

»Sagen Sie ihm nur, Nergui habe angerufen«, antwortete er. »Die Nummer hat er.«

Mit einem unerklärlichen Gefühl der Sorge legte er auf. Es gab keinen Grund, besorgt zu sein. Drew würde frühstücken oder einen kurzen Spaziergang machen. Es war sogar möglich, dass er noch schlief und das Klingeln nicht gehört hatte.

Eine gewisse Unruhe wurde Nergui jedoch nicht los. Es war diese alberne Mrs. Wilson. Für mongolische Verhältnisse war Nergui kein abergläubischer Mensch. Aber ihr Gerede von Vorahnungen und Medien hatte bei ihm ein Gefühl des Unbehagens hinterlassen. Es war etwas an der Art, wie sie Drew angeschaut hatte, als das Auto losfuhr.

Rückblickend fand Nergui, er hätte darauf bestehen sollen, dass Drew mit ihnen mitfuhr. Das sollte nicht heißen, so beruhigte er sich selbst, dass es zu dieser nächtlichen Zeit in der Stadt gefährlich war. Schließlich waren es nur ein paar hundert Meter bis zum Hotel.

Dennoch nagte der Gedanke weiterhin an ihm. Vielleicht waren seine Befürchtungen doch nicht ganz irrational. Immerhin lief ein Mörder – wenn nicht sogar mehr als einer – frei in der Stadt herum. Es hatte bereits einen offenkundigen Anschlag auf sein oder Drews Leben gegeben. Und ein Polizist war auch schon tot. Unter diesen Umständen war seine Entscheidung, Drew zu Fuß nach Hause gehen zu lassen, vielleicht nicht die schlaueste gewesen.

Zudem gab es noch rationalere Sorgen. Drew hatte ziemlich viel getrunken. Es war eine kalte Nacht mit Bodenfrost gewesen. Vielleicht war Drew ausgerutscht, mit dem Kopf aufgeschlagen. Jetzt fing so langsam die Zeit an, in der Obdachlose nur allzu oft frühmorgens tot in den Straßen gefunden wurden.

Nergui stand auf und begann, in seinem Büro auf und ab zu gehen. Das war lächerlich. Er benahm sich wie eine Mutter, deren Sohn nach einer Sauftour spät nach Hause kam.

Er konnte es sich nicht verkneifen, zum Telefon zu greifen und die Nummer von Drews Handy zu wählen, die er auf einen Notizblock auf seinem Schreibtisch gekritzelt hatte. Es folgte eine lange tiefe Stille, während er auf das Roaming-Zeichen zur Bestätigung der Einbuchung wartete. Endlich hörte er ein Klicken und den Auslandsklingelton. Plötzlich verstummte das Klingeln und einen Moment lang, während die vertraute Stimme an sein Ohr drang, dachte Nergui, Drew habe abgehoben. Doch dann wurde ihm klar, dass es, aus scheinbar endloser Entfernung, nur Drews Mailbox-Ansage war. »Leider bin ich zurzeit nicht erreichbar, aber wenn Sie eine Nachricht hinterlassen möchten …«

Nergui hinterließ eine Nachricht, doch ohne große Zuversicht, dass sie abgehört werden würde. Seine Müdigkeit war von ihm abgefallen, hatte aber einer bohrenden Unruhe Platz gemacht, einem nicht zu unterdrückenden Gefühl, dass hier etwas ganz und gar nicht in Ordnung war.

Schwärze. Stille. Nichts.

So musste der Tod sein. Vielleicht war er ja auch tot. Oder bei lebendigem Leib begraben. Sein Körper fühlte sich taub an, und er konnte nicht sagen, ob die Taubheit von innen kam oder ihm von außen zugefügt worden war.

Aber er musste am Leben sein. Er konnte ja denken. Sein Verstand war verwirrt, unsicher, fügte aber langsam, Schritt für Schritt, einen Gedankengang zusammen. Bilder. Menschen. Stimmen. Eine kalte, harte, weiße Unterlage. Ein grelles orangefarbenes Licht. Etwas Unerwartetes. Etwas Erschreckendes.

In ihm stieg Panik auf, andererseits sicher auch ein weiterer Hinweis darauf, dass er lebte. Tote gerieten nicht in Panik, oder? Ihm stockte der Atem. Das hieß zumindest, dass er atmete; wie lange noch, war eine andere Frage.

Er versuchte, die Luft anzuhalten und zu lauschen. Konnte er irgendetwas hören? Nein. Nichts. Nicht einmal sein eigenes Herzklopfen. Vielleicht fühlte sich so der Tod an.

Er wusste nicht, wie lange er schon in diesem halbkomatösen Zustand dalag. Vielleicht Stunden, vielleicht auch nur Minuten. Nach und nach wurde er jedoch gewahr, dass sich etwas veränderte. Das Gefühl kam langsam in seinen Körper zurück, während die Taubheit schwand. Er konnte die Augen bewegen, allmählich auch die Finger. Schließlich begann er, sich wieder wie ein Mensch zu fühlen. Er war nicht tot. Oder falls doch, war der Tod dem Leben viel näher, als er je gedacht hatte.

Die allmähliche Rückkehr seines Empfindungsvermögens war jedoch weder angenehm noch beruhigend. Als langsam wieder Gefühl in seine Glieder strömte, verspürte er immer deutlicher den Schmerz. Ein dumpfes, quälendes Pochen erfüllte Arme, Beine und Kopf, die Art schmerzhafter Lethargie, die mit einem schweren Grippeanfall einhergeht. Und lokal begrenztere Schmerzen – Prellungen und Quetschungen am Rücken und am Kopf. Dazu kam noch eine gewisse Mattigkeit. Selbst unter anderen Umständen hätte er alles versucht, um sich aus seiner liegenden Position hochzurappeln.

Je mehr Gefühl in seinen Körper zurückfloss, desto klarer wurde ihm, dass er sich nicht freiwillig in dieser Rückenlage befand. Irgendetwas hielt seine Arme und Fußgelenke gefesselt. Als er unter Schmerzen versuchte, den Kopf zu heben, bemerkte er eine Schnur um seinen Hals. Sie war festgezurrt und würde ihn erdrosseln, falls er versuchen sollte, sich mehr als ein, zwei Zentimeter zu bewegen.

Er begriff – wie ein Außenstehender, der seine Zwangslage beobachtete –, dass er entsetzt sein sollte. Er hatte keine Ahnung, wo er war oder was hier vor sich ging, sein Gehirn verarbeitete das alles gar nicht. Aber eins erkannte er doch: Was hier ablief, war eindeutig nicht gut.

Dann kam ganz allmählich das Bewusstsein zurück. Warum war er hier? Was war los? Wo war er? Die Fragen stellten sich nicht in einer vernünftigen Reihenfolge ein, aber immerhin fing er überhaupt an, sich Fragen zu stellen.

Mit einem Mal, als wäre er aus einem tiefen Schlaf erwacht, fiel es ihm wie Schuppen von den Augen. Während er vorher in einem Nebel von Sinneseindrücken gesteckt hatte, konnte er sich jetzt an alles bis zu einem bestimmten Punkt erinnern. Er erinnerte sich an das Abendessen in der Botschaft. An die Wilsons und die sonderbare Wendung, die ihre Unterhaltung genommen hatte. An das seltsame Benehmen von Helena Wilson. An das Auto, das in die eiskalte Nacht davonfuhr. Und dann …

Dann was? Er erinnerte sich, wie er betrunken dahintaumelte. Wie etwas, jemand gegen ihn prallte. Und dann nichts. Und dann das hier.

Mit dem vollen Bewusstsein kam auch ein Gespür für das

ganze Ausmaß des Grauens. Er wusste nicht, wo er war oder warum er hier war. Aber er lag im Dunkel, ohne eine Spur von Licht oder Leben, an den Gliedmaßen festgeschnallt. Und jemand hatte ihn aus irgendeinem Grund hierhergebracht.

14. KAPITEL

»Es tut mir leid. Sie können ihm eine Nachricht hinterlassen, aber das ist alles, was wir tun können. Sie werden sicher verstehen …«

Nergui seufzte und lehnte sich über den Empfangstresen. »Nein«, sagte er. »Ich verstehe ja, dass Sie Vorschriften haben, an die Sie sich halten müssen. Wenn Sie selbst nicht die nötige Befugnis besitzen, kann ich dann bitte mit der zuständigen Person sprechen?«

»Es tut mir leid. Ich meine, ich weiß, Sie sind in offizieller Funktion hier, aber ich habe die strikte Anweisung …«

So etwas wäre früher unmöglich gewesen, dachte Nergui. Es gab eine Zeit, da hatte ein kurzes Vorzeigen des Dienstausweises genügt, um jeden Funktionär, der sich einem in den Weg stellte, zu Tode zu erschrecken. Damals wussten sie, wozu das Ministerium imstande war. Grundsätzlich war es immer noch unklug, das Ministerium zu verärgern, aber heutzutage war man doch eher bereit, ein gewisses Risiko in Kauf zu nehmen, vor allem, wenn westliche Devisen im Spiel waren.

Nergui richtete sich lächelnd auf. Dann machte er auf dem Absatz kehrt. Einen Moment lang sah die Empfangsdame erleichtert aus. Offensichtlich nahm sie an, diesen lästigen Gast erfolgreich abgefertigt zu haben. Der Ausdruck der Erleichterung verwandelte sich jedoch in einen Ausdruck der Panik, als Nergui ruhig die Tür aufstieß, die hinter den Empfangstresen führte. »Also, wenn Sie mir jetzt einfach den Kartenschlüssel zu Zimmer 204 geben, muss ich nichts unternehmen, was Ihre Gäste stören könnte.«

»Sie können nicht …«, sagte sie. »Ich rufe die Polizei!«

Immer noch lächelnd zuckte Nergui die Achseln. »Ich habe es Ihnen doch gesagt. Ich bin die Polizei. Sie können gerne mit dem Geschäftsführer sprechen, wenn Sie wollen. Er kann in Zimmer 204 zu mir stoßen. Jetzt geben Sie mir bitte einen Schlüssel.«

Einen Moment lang starrte sie ihn an, dann nahm sie widerstrebend eine Karte aus der Schublade neben ihr und ließ sie durch den Computer freischalten. »Damit kommen Sie hinein«, sagte sie.

»Und falls Sie oder der Geschäftsführer beschließen sollten, die Polizei zu rufen, sollten Sie erwähnen, dass Nergui den Schlüssel geholt hat.« Er hielt ihr noch einmal kurz den Dienstausweis hin. »Hier, sehen Sie. Wenn Sie ihnen das sagen, werden die Kollegen ihre Zeit nicht damit verschwenden, herzukommen.«

Er verließ den Bereich hinter dem Empfangstresen und ging durch die Halle zu den Aufzügen. Aus den Augenwinkeln konnte er sehen, wie die Empfangsdame zögerte und dann den Hörer abnahm. Er hoffte, dass sie nur den Geschäftsführer anrief.

Er wusste, dass er ein Narr war. Es gab nichts, worüber er sich Sorgen machen musste, und er hätte abwarten und das Ganze nach Vorschrift machen können. Aber diese Unruhe hatte ihn nicht losgelassen. Es war jetzt elf Uhr. Er hatte mehrmals Drews Zimmertelefon angerufen, aber niemand hatte abgehoben. Drews Handy schien immer noch ausgeschaltet oder in einem Funkloch zu sein. Es hatte keine Nachricht von ihm gegeben. Nergui hatte sogar versucht, den britischen Botschafter zu erreichen, für den Fall, dass Drew am Abend zuvor aus irgendeinem Grund noch einmal in die Botschaft gegangen war. Der Botschafter hatte heute früh in einer Sitzung gesteckt und Nergui bis jetzt nicht zurückgerufen.

Als er keine andere Möglichkeit mehr gesehen hatte, war er schließlich zum Dschingis Khan gefahren. Die Empfangsdame hatte in Drews Zimmer angerufen, aber wie schon zuvor hatte sich niemand gemeldet.

Es konnte durchaus sein, dass Drew noch fest schlief oder beschlossen hatte, ein bisschen frische Luft zu schnappen. Vielleicht erkundete er auch die Stadt und schaute sich ein paar touristische Sehenswürdigkeiten an, solange er die Gelegenheit dazu hatte. Vielleicht hatte Nergui ihn auch einfach verpasst und er war schon auf dem Weg ins Polizeipräsidium.

Vielleicht, dachte Nergui, war er aber auch gar nicht zurückgekommen.

Die Aufzugtür öffnete sich im zweiten Stock und Nergui ging den Flur entlang zu Drews Zimmer. Er steckte die Karte in das elektronische Schloss und stieß die Tür auf.

Das Zimmer war leer. Obwohl das Bett unberührt war, bestand die Möglichkeit, dass Drew, falls die Zimmermädchen den Raum schon fertiggemacht hatten, dennoch morgens da gewesen war. Es war ein sehr ordentliches Zimmer, in dem nur wenige persönliche Gegenstände – eine Haarbürste, ein Taschenbuchkrimi, ein noch nicht ausgepackter Koffer auf dem Gestell – darauf hindeuteten, dass es bewohnt war.

Nergui zog die Schranktüren auf. Darin hingen zwei Anzüge und mehrere Hemden. Sonst nichts. Auf dem Boden stand ein Paar blank polierter Schuhe. Polizistenschuhe, dachte Nergui.

»Entschuldigen Sie, ich muss Sie fragen …«

Nergui drehte sich um. Ein kleiner, übergewichtiger Mann stand im Türrahmen. Seine angehende Glatze versuchte er durch darübergekämmte Haare zu verbergen. Er trug einen teuer aussehenden Anzug westlicher Machart. Vermutlich der Geschäftsführer.

Nergui nickte höflich. »Kann ich Ihnen behilflich sein?«, fragte er.

Der Geschäftsführer reagierte völlig perplex auf Nerguis Frage und brauchte einen Moment, um seine Gedanken zu ordnen. »Es tut mir leid, aber das ist wirklich …«

»Ist dieses Zimmer schon gemacht?«, fragte Nergui. »Waren die Zimmermädchen hier schon drin?«

Der Geschäftsführer machte den Mund auf, offensichtlich im Begriff, seine Einwände gegen Nerguis Anwesenheit zu wiederholen, hielt dann aber inne. »Das kann ich für Sie herausfinden«, sagte er schließlich. »Kann ich bitte trotzdem vorher Ihren Dienstausweis sehen?«

Nergui nickte. »Selbstverständlich.« Er lächelte und zog seinen Ausweis wieder hervor. »Hier«, sagte er.

»In Ordnung. Kein Problem. Sie werden verstehen, dass wir vorsichtig sein müssen.«

»Natürlich.«

Er folgte dem Geschäftsführer wieder hinaus in den Flur. Ein paar Zimmermädchen standen schwatzend bei den Aufzügen. Der Geschäftsführer ging auf sie zu und sprach kurz mit ihnen, bevor er sich wieder an Nergui wandte. »Sie sagen, dass das Zimmer schon saubergemacht worden ist.«

Nergui lächelte die Frauen an, die ihn mit einer gewissen Neugier musterten. »Polizei«, sagte er. »Zimmer 204. Wer von Ihnen hat diesen Raum fertiggemacht?«

Eine der Frauen, jung und hübsch mit dunklem Haar, hob schüchtern den Arm. Nergui sah sie an. »War das Bett benutzt?«, fragte er. »Hatte jemand darin geschlafen?«

Sie schüttelte nervös den Kopf. »Nein«, sagte sie. »In dem Bett hatte niemand geschlafen. Ich fand das etwas merkwürdig, weil das Zimmer doch bewohnt war ... aber man weiß ja nicht ...« Sie kicherte leise und wandte sich ab.

»Vielen Dank«, sagte Nergui.

Die Zimmermädchen kicherten wieder, drehten sich noch einmal zu ihm um und gingen dann zusammen fort. Nergui wandte sich dem Geschäftsführer zu. »Wissen Sie, wer letzte Nacht Dienst hatte? An der Rezeption, meine ich. Nach Mitternacht.«

Der Geschäftsführer nickte. »Wir schließen den Haupteingang um Mitternacht zu, sodass die Gäste die Türsprechanlage benutzen müssen. Ich muss nachsehen, welcher Nachtportier Dienst hatte.«

»Danke. Und können Sie dafür sorgen, dass niemand Nummer 204 betritt? Wohlgemerkt, niemand. Kein Zimmermädchen. Niemand.«

Mit besorgtem Gesicht nickte der Geschäftsführer. »Bitte entschuldigen Sie«, sagte er, »aber was glauben Sie denn, was passiert ist? Ich meine, nach dem letzten Vorfall sind wir alle ein bisschen nervös.«

»Vertrauen Sie mir«, sagte Nergui, »ich bin genauso nervös wie Sie alle. Was das Geschehene angeht, da habe ich im Moment keine Ahnung. Ich hoffe, dass nichts passiert ist. Aber ich fürchte – nun, ich weiß nicht einmal, was ich fürchte, außer dass es nichts Gutes ist.«

Zurück in der Hotelhalle, nahm Nergui das Büro des Geschäftsführers als provisorische Dienststelle in Beschlag. Der Geschäftsführer selbst schien nur zu gerne jemand anderem die Verantwortung zu überlassen.

Während er nachschaute, welcher Nachtportier Dienst gehabt hatte, versuchte Nergui es noch einmal in der Botschaft. Wie er erwartet hatte, war der Botschafter immer noch beschäftigt, sodass Nergui ihm ausrichten ließ, er möge dringend zurückrufen. Falls Drew irgendetwas zugestoßen war, würde es sich sehr negativ auswirken, wenn der Botschafter nicht umgehend über die Situation informiert würde. Auch seinem Minister hatte er eine Nachricht hinterlassen, in der er kurz die gegenwärtige Lage umriss. Unter den gegebenen Umständen musste er zugeben, dass das die unangenehmste Nachricht war, die der Minister hatte bekommen können. Ein verschwundener Ausländer könnte ja noch ein Unfall sein. Zwei – von denen der eine auch noch ein leitender Polizeibeamter war – könnten gut als strafbare Fahrlässigkeit ausgelegt werden. Nerguis Karriere war nicht die einzige, die hier vermutlich auf dem Spiel stand.

Merkwürdigerweise war Nergui die Ruhe selbst. Kaum hatte er erkannt, dass Drew am Vorabend nicht in sein Zimmer zurückgekehrt war, hatte seine Unruhe einer fast eiskalten Detailgenauigkeit Platz gemacht. Das war eine seiner Stärken – die Fähigkeit, sich von eigenen Emotionen freizumachen und sich ganz auf seine Ermittlungen zu konzentrieren. Er vermutete zwar, dass das keine besonders anziehende persönliche Qualität war, aber sie war eines der Dinge, die ihn beruflich vorangebracht hatten. In diesem Fall war ihm jedoch bewusst, dass seine eigenen Gefühle schnell wieder die Oberhand gewinnen könnten.

Wenig später kam der Geschäftsführer mit dem Nachtportier zurück. Er war groß und hatte einen blauen Overall an. Als der Mann sich am Schreibtisch des Geschäftsführers niederließ, konnte Nergui den Alkohol bereits riechen. Es war nicht klar, ob der Nachtportier seit dem Ende seiner Schicht am frühen Morgen überhaupt geschlafen hatte.

Nergui nickte ihm zu. »Ich will Sie nicht lange aufhalten«, sagte er. »Nur ein paar einfache Fragen.«

Der Mann wirkte angespannt. Nergui nahm an, dass man in diesem Berufszweig immer der Versuchung ausgesetzt war, gegen die Vorschriften, ja, im Kleinen auch gegen das Gesetz zu verstoßen – Alkoholmissbrauch, Bagatelldiebstahl. Wahrscheinlich fürchtete der Nachtportier, man habe ihn bei einer solchen Übertretung erwischt und er würde jetzt gefeuert, wenn nicht sogar verhaftet. Unter anderen Umständen wäre Nergui vielleicht versucht gewesen, einen Vorteil daraus zu ziehen, aber das erschien ihm im Moment nicht angemessen.

»Sie hatten letzte Nacht Dienst?«, fragte er.

Der Mann nickte. »Bin um halb zwölf gekommen und hab bis sieben Uhr gearbeitet.«

Nergui machte eine Pause, als nähme er diese Information auf. »Gab es irgendwelche Störungen? Irgendetwas Ungewöhnliches?«

Der Nachtportier schüttelte den Kopf. »Nichts. Es war eine ziemlich ruhige Nacht.« Nervös schaute er zu dem Geschäftsführer hinüber. Nergui hatte den Verdacht, dass der Mann einen Großteil der Nacht geschlafen hatte.

»Ich habe nach Mitternacht ein englisches Ehepaar abgesetzt. Sind danach noch andere Gäste zurückgekommen?«

»Letzte Nacht nicht. Das passiert überhaupt selten. Wenn Touristen zum Essen ausgehen, kommen sie meistens früher zurück. Ein Nachtleben gibt's ja kaum. Wer was trinken will, bleibt normalerweise hier, die Hotelbar hat bis eins geöffnet.«

»Sonst kam also niemand?«

»Nein, niemand.«

Nergui beugte sich über den Tisch, während er den Nachtportier forschend ansah. »Sind Sie sich dessen absolut sicher?«, fragte er. »Das ist sehr wichtig. Ich versuche nicht, Sie zu überrumpeln. Ich muss nur sicher sein können.«

Der Mann nickte; er war jetzt noch nervöser, schien aber die Wahrheit zu sagen. »Ich bin mir sicher«, antwortete er.

»Niemand kommt rein, ohne die Türsprechanlage zu benutzen. Selbst wenn ich …« Einen Augenblick lang dachte Nergui, er würde jetzt »geschlafen hätte« sagen, aber er fuhr fort: »Selbst wenn ich aus irgendeinem Grund mal nicht am Platz gewesen wäre, hätten Gäste warten müssen, bis ich wieder da gewesen wäre.«

»Und es ist nicht möglich, dass jemand anders während Ihrer Abwesenheit einen Gast hereingelassen hätte?«

»Letzte Nacht nicht. Es war niemand hier. Ich war der Einzige, der Dienst hatte. Die Bar hat früh zugemacht – schon vor Mitternacht –, weil niemand mehr da war. Deshalb bin ich sicher, dass nach Mitternacht niemand mehr reingekommen ist.«

»Gut, das war's auch schon. Vielen Dank für Ihre Hilfe.«

Der Nachtportier sah überrascht und erleichtert aus, als wäre er von einer schweren Schuld freigesprochen worden. Er lächelte und nickte und warf dem Geschäftsführer einen Blick zu. »Kein Problem«, sagte er. »Ich bin hier, wenn Sie noch irgendetwas brauchen.« Er stand auf und eilte aus dem Raum, bevor jemand auch nur den Mund aufmachen konnte.

»Gewissenhafter Bursche«, bemerkte Nergui.

»Er wird die halbe Nacht geschlafen haben«, entgegnete der Geschäftsführer. »Wahrscheinlich halb betrunken. Oder schlimmer. Trotzdem bin ich überzeugt, dass seine Aussage stimmt. Selbst wenn er tief und fest geschlafen hätte, würde das nur heißen, dass alle Türen zugeblieben sind. Wir haben Videokameras über dem Eingang, können also sicherheitshalber auch die Bänder noch durchsehen, aber meiner Ansicht nach können Sie davon ausgehen, dass nach Mitternacht niemand mehr reingekommen ist.«

Nergui erhob sich. »Vielleicht müssen wir zu gegebener Zeit auch mit anderen Angestellten reden. Wenn er aber als

Einziger Dienst hatte, nehme ich nicht an, dass irgendjemand anders uns viel erzählen kann.«

Der Geschäftsführer schüttelte den Kopf. »Das glaube ich auch nicht. Ich meine, wir werden Ihnen natürlich helfen, so gut wir können. Worum geht es denn überhaupt?«

Nergui zögerte einen Moment. Der Geschäftsführer konnte problemlos Drews Namen nachschauen oder herausfinden, dass er westlicher Staatsbürger war. Womöglich wusste er sogar, wer Drew war. »Schauen Sie«, sagte er, »das alles ist streng vertraulich. Es darf nichts durchsickern. Wenn irgendetwas davon in der Presse erscheint, bin ich schneller wieder hier, als Sie den Mund aufmachen können, das ist mein voller Ernst. Und Sie werden wahrscheinlich eins unserer wunderbaren Gefängnisse von innen zu sehen bekommen. Sagen Sie also zu niemandem ein Wort darüber. Auch nicht im Vertrauen.«

Der Geschäftsführer starrte ihn mit aufgerissenen Augen an. »Ich würde nie …«

»Natürlich nicht. Ich darf hier aber nicht das geringste Risiko eingehen.«

»Glauben Sie, dass dieser Gast – dieser Mr. McLeish – verschwunden ist?«

Es überraschte Nergui nicht, dass der Geschäftsführer Drews Namen bereits überprüft hatte. »Das wissen wir nicht«, sagte er. »Wir wissen nur, dass er letzte Nacht nicht hierher zurückgekommen ist.«

»Und besteht da eine Verbindung zu dem vorherigen – Vorfall?«

Nergui wurde es leid, Erklärungen zu liefern, aber er erkannte, wie wichtig es war, diesem Mann mit einer gewissen Höflichkeit zu begegnen. »Vermutlich nicht. Wie gesagt, es kann sich durchaus alles in Luft auflösen. Aber gerade in Anbetracht des vorherigen Vorfalls können wir gar nicht vorsichtig genug sein.«

Der Geschäftsführer nickte beflissen. »Natürlich, selbstverständlich. Ich verstehe. Wie ich schon sagte, falls ich noch irgendetwas für Sie tun kann …«

»Wir bleiben in Kontakt. Ich bin Ihnen sehr dankbar für Ihre Unterstützung heute. Es tut mir leid, dass ich so rüde mit Ihrer Empfangsdame umgegangen bin, aber Sie werden verstehen, dass ich es sehr eilig hatte. Bitte sagen Sie ihr, dass ich mich dafür entschuldigen möchte.«

Nergui fand, dass damit der Höflichkeit Genüge getan war. »Aber denken Sie daran«, sagte er und drehte sich, die Hand an der Türklinke, noch einmal um, »kein Wort. Zu niemandem.«

Es war ein strahlender, aber kalter Tag. Während Nergui über den Süchbaataar-Platz eilte, zog er seinen Mantel fester um sich. Im Gehen überprüfte er sein Handy, das er vor der Vernehmung des Nachtportiers ausgeschaltet hatte. Es gab zwei Nachrichten – eine von der Sekretärin des Botschafters, die besagte, dass er jetzt wieder zu erreichen sei und auf Nerguis Rückruf warte. Und unweigerlich eine Nachricht vom Minister. Da er dem Gespräch mit ihm nicht eben freudig entgegensah, schob er es noch auf, indem er erst einmal den Botschafter anrief.

Es dauerte eine Weile, bis er durchgestellt wurde. »Was ist los, Nergui? Die Nachricht klang dringend.«

»Das mag sein. Sie haben Chief Inspector McLeish vermutlich nicht mehr gesehen, seit wir uns gestern Abend verabschiedet haben?«

»Nein. Ich habe ihn in Richtung Hotel losgehen sehen. Das ist alles. Warum? Ist etwas passiert?«

»So wie es aussieht, ist er gar nicht im Hotel angekommen.«

Darauf folgte eine lange Pause am Ende der Leitung. Nergui hörte das leichte Rascheln der statischen Störungen und den Atem des Botschafters. »Woher wissen Sie das?«, fragte er schließlich.

»Ich habe den ganzen Morgen versucht, ihn zu erreichen. Habe im Hotel Nachrichten hinterlassen. Aus irgendeinem Grund habe ich angefangen, mir Sorgen zu machen, und bin ins Dschingis Khan rübergegangen. Sein Bett war unberührt. Der zuständige Nachtportier konnte sich nicht erinnern, ihn nach Mitternacht hereingelassen zu haben.«

»Es war – na was, ungefähr Viertel nach zwölf, als Sie aufbrachen? Aber wohin kann er gegangen sein? Bis zum Hotel sind es doch nur fünf Minuten.«

»Ich weiß«, sagte Nergui, der sich unweigerlich verantwortlich fühlte. »Deshalb haben wir ihn ja auch zu Fuß gehen lassen. Ich meine, es gibt sicher eine ganz einfache Erklärung ...«

»Ich habe aber keine Vorstellung, was es sein könnte«, sagte der Botschafter freiheraus, als ließe er Nerguis Gedanken widerhallen. »Ich meine, er kennt hier niemanden, was bedeutet, dass es außer der Botschaft keinen anderen Ort gibt, wohin er hätte gehen können. Er hatte etwas getrunken – kann es sein, dass er am Ende ins falsche Hotel gegangen ist oder so was Ähnliches?«

Nergui schaute zu der imposanten Silhouette des Dschingis Khan auf, die sich schwarz vom klaren Blau des Himmels abhob und die Skyline des Stadtzentrums beherrschte. »Das kommt mir eher unwahrscheinlich vor.«

»Er könnte zusammengebrochen sein oder so was.«

»Oder ausgerutscht und mit dem Kopf aufgeschlagen. Ich hoffe, dass das angesichts der nächtlichen Temperaturen nicht der Fall ist.«

»Herrgott, wenn wir ihn nicht finden, wird das zu einem schweren Zwischenfall führen«, sagte der Botschafter. »Wie kann denn ein ranghoher Polizeibeamter einfach so verschwinden?«

Darauf hatte Nergui keine Antwort. Es war eine ausgezeichnete Frage, eine, von der er annahm, dass der Minister sie ihm innerhalb der nächsten paar Minuten ebenfalls stellen würde. Er war sich der politischen Auswirkungen dieser Situation vollkommen bewusst, fühlte sich jetzt aber auch persönlich betroffen. In der kurzen Zeit, die sie miteinander verbracht hatten, hatte er begonnen, Drew zu mögen. Obwohl er voll und ganz in der Lage war, seine Gefühle außen vor zu lassen, erkannte er, dass er sich insgeheim zum ersten Mal seit vielen Jahren aufrichtige Sorgen um einen anderen Menschen machte.

»Ich melde mich bei Ihnen, sobald es etwas Neues gibt«, sagte er. »Mehr kann ich nicht tun.«

Den Anruf beim Minister schob er auf, bis er wieder im Büro war, teils um noch etwas Zeit zu gewinnen, teils aber auch, um so weit wie möglich Herr der Lage zu sein. Wie sich herausstellte, war das Gespräch weniger problematisch, als er befürchtet hatte. Die berühmten Panikkontrollmechanismen des Ministers schienen ihre Wirkung zu tun und sein Ton war ruhig, ja sogar freundlich.

»Wenn die Nachricht nicht von Ihnen käme, Nergui, hätte ich sie für übertrieben gehalten.«

»Das war sie leider nicht, Herr Minister. Ich habe sie so klar formuliert wie möglich.«

»Das haben Sie in der Tat. Alles, was Sie wissen, ist also, dass er letzte Nacht nicht ins Hotel zurückgekehrt ist?«

»Nun, das wissen wir mit nahezu hundertprozentiger Sicherheit«, sagte Nergui und bemühte sich, so sachlich zu bleiben, wie er konnte. »Wir wissen, dass er nicht in seinem Hotelzimmer geschlafen hat. Der zuständige Nachtportier kann sich nicht erinnern, dass er nach Mitternacht hereingekommen ist. Und dass er das Hotel auf irgendeinem anderen Weg betreten hätte, ist eher unwahrscheinlich.«

»Wann haben Sie ihn also zum letzten Mal gesehen?«

»Kurz nach Mitternacht. Ich habe die anderen im Auto mitgenommen, während Drew – das heißt, Chief Inspector McLeish – darauf bestand, zu Fuß zum Hotel zurückzugehen.«

»Schade, dass Sie nicht darauf bestanden haben, ihn mitzunehmen.«

Das brauchte man Nergui nicht zu sagen. Andererseits hatte Drew darauf beharrt, zu Fuß zu gehen. Niemand hätte voraussagen können, dass irgendetwas passieren würde. Aber Nergui wusste, dass es keinen Zweck hatte, das alles mit dem Minister durchzugehen.

»Das stimmt, Herr Minister.«

»Was kann ihm denn Ihrer Meinung nach zugestoßen sein? Ich nehme an, dass Sie darin eine Verbindung zu den anderen Vorfällen sehen?«

Das schien im Moment der allgemeine Lieblingseuphemismus zu sein, dachte Nergui. »Nun, ein Zusammenhang mit den Morden ist natürlich nicht auszuschließen.« Er hielt inne. »Und wer weiß, welche Folgen das haben könnte? Darüber möchte man lieber gar nicht nachdenken. Es könnte aber auch eine Menge wesentlich einfacherer Erklärungen geben. Leute verschwinden nun mal, und zuweilen aus den merkwürdigsten Gründen.«

»Aber normalerweise sind es nicht ranghohe Kriminalbeamte auf Dienstreise im Ausland.«

»Das stimmt allerdings.«

»Und wenn ich nicht irgendetwas übersehen habe, hat jede Erklärung, die man sich vorstellen kann, einen negativen Ausgang, oder?«

»Nun …« Nergui zögerte. Aber der Minister hatte recht.

Selbst die einfachsten Erklärungen – dass der Engländer hingefallen war und sich den Kopf angeschlagen hatte, dass er zusammengebrochen oder auf offener Straße überfallen worden war – verhießen nichts Gutes. »Ich fürchte, Sie haben recht«, sagte er.

»Was wiederum keinen besonders positiven Ausgang für Sie oder mich erwarten lässt, Nergui. Haben Sie denn überhaupt irgendeine Spur?«

»In Bezug auf sein Verschwinden?«

»In Bezug auf alles. Auf diesen ganzen traurigen Schlamassel.« Nergui fiel auf, dass der Minister sofort alles zu einem einzigen Fall zusammengezogen hatte.

»Ein paar, aber nichts Substantielles. Alles, was passiert, scheint uns weiter zu verwirren.«

»Wir müssen hier zu einem Ergebnis kommen, Nergui. Und zwar schnell. Jetzt erst recht. Das Ganze entwickelt sich nämlich zu einem schweren Zwischenfall. Die britische Regierung wird sich auf uns stürzen. Und die westlichen Medien ebenso.«

»Ich weiß.«

Der Minister, der sich nicht gerne mit Feinheiten aufhielt, beendete das Gespräch ohne eine weitere Bemerkung. Nergui schaute das Telefon an und nickte. »Zögern Sie nicht, mir Ihre Ideen mitzuteilen, wenn Sie welche haben«, sagte er zu dem inzwischen toten Hörer.

»Nergui?«

Er hob den Kopf. Doripalam stand im Türrahmen.

»Ich habe es gerade erfahren. Ist das wahr?«

Nergui zuckte die Achseln. »Es stimmt, dass er verschwunden ist. Was das bedeutet – das können Sie sicher viel besser beurteilen als ich.«

»Ich hätte Sie nicht gestört, wenn nicht – nun, es ist vielleicht nicht der richtige Moment, aber ich habe eine vage Idee.

Sie ist wahrscheinlich dumm, aber ich wollte sie trotzdem mit Ihnen besprechen.«

»Wie sieht sie denn aus?«, fragte Nergui. Er wusste, dass die Zeit, die man mit Doripalams Ideen verbrachte, selten verschwendet war.

»Sie hat mit Delgerbayar zu tun. Sie erinnern sich, dass er mit einem Fall von illegaler Goldsuche befasst war?«

Nergui nickte, neugierig, wohin das wohl führen mochte. »Nichts Besonderes, nach allem, was ich weiß. Die Auflösung eines dieser illegalen Goldschürfercamps. Er hätte mit einem Kollegen rauffahren sollen, wenn er nicht tags davor verschwunden wäre.«

»Das stimmt. Nun habe ich die Akten noch einmal durchgesehen. Ich nehme nicht an, dass es jemandem aufgefallen ist, aber ich glaube, dass Delgerbayar schon mal in dem Camp gewesen war.«

Nergui hob den Kopf und starrte Doripalam an. »Was meinen Sie damit?«

»Genau das. Er war vorher schon mal in dem Camp gewesen.«

Jetzt richtete Nergui sich auf und wurde ganz Ohr. Zudem verfluchte er sich selbst dafür, dass er anscheinend etwas übersehen hatte, was womöglich von Bedeutung war. »Hat er einen Bericht darüber geschrieben?«

Doripalam schüttelte den Kopf, wobei er leicht verlegen aussah. »Nein, aber das ist es gerade. Es gab keinen Bericht. Niemand wusste, dass er dort gewesen war.«

»Und warum denken Sie dann, dass er es doch war?«

»Ich habe einen Blick auf das Zeug geworfen, das aus Delgerbayars Schreibtisch ausgeräumt wurde. Ich weiß nicht, warum. Wahrscheinlich habe ich einfach nach einem Strohhalm gesucht, an den ich mich klammern konnte. Wir waren die Sachen bereits durchgegangen, um zu sehen, ob etwas Wichtiges dabei war. Als ich es mir dann noch einmal anschaute, war außer Büroklammern und alten Gummis kaum noch etwas übrig.«

»Und?«

»Nun, sein Tischkalender war noch da. Jemand hatte ihn bereits durchgeblättert, aber Delgerbayar war kein Freund detaillierter Einträge, sodass nicht viel Nützliches darin zu finden war. Hauptsächlich Namen oder Abkürzungen. Besprechungstermine, solche Sachen. Normalerweise reingekritzelt. Er selbst hatte offensichtlich etwas damit anfangen können, jemand anderes dagegen nicht. Trotzdem bin ich es noch einmal durchgegangen, nur für den Fall, dass ich etwas Neues entdeckte. Dabei fiel mir auf, dass das Stichwort, das er am Tag der geplanten Fahrt zu dem Camp in den Kalender geschrieben hatte, genauso aussah wie etwas, das er ungefähr einen Monat zuvor hineingekritzelt hatte. Ich konnte es nicht lesen, war aber schließlich davon überzeugt, dass die beiden Wörter identisch waren.«

»Nach einem richtigen Anhaltspunkt klingt das nicht.«

»Das stimmt. Ich habe aber noch einmal die Akten gewälzt – wie es aussieht, hatte Delgerbayar offiziell für diesen Tag verschiedene Dinge geplant, aber nichts davon tatsächlich erledigt. Das ist niemandem aufgefallen, weil es zum größten Teil Routinetätigkeiten waren, aber es steht außer Frage, dass er nicht da war, wo er hätte sein sollen.«

Nergui schaute den jungen Mann mit einer gewissen Bewunderung an. »Und Sie haben mir vorgeworfen, ich sei übertrieben optimistisch. Ich weiß nicht, was dahintersteckt, aber es sieht aus, als sollten wir es weiterverfolgen, zumal wir nichts anderes haben, worauf wir uns stützen können. Wer hat mit den Goldschürfern gesprochen? Ich meine, nachdem wir Delgerbayars Leiche gefunden hatten.«

Doripalam trat verlegen von einem Fuß auf den anderen. »Tja, das ist die andere Sache.«

Langsam bekam Nergui ein flaues Gefühl im Magen. »Was für eine andere Sache?«

»Na ja, ich habe mir noch einmal die Akten vorgenommen und festgestellt, dass wohl niemand zu dem Camp rausgefahren ist.«

»Sie machen Witze.«

»So erstaunlich ist das gar nicht«, sagte Doripalam mit einem Ausdruck des Unbehagens. »Die ursprüngliche Aufgabe war eher ein Stück Routinearbeit.«

»Polizisten als Lakaien der Bergwerksgesellschaften?«

»Wenn Sie meinen«, erwiderte Doripalam. »Nachdem Delgerbayars Leiche in der Stadt gefunden worden war und wir von seiner Reise in die Wüste Gobi erfahren hatten, kam uns nicht in den Sinn, dass es mit der illegalen Goldsuche noch irgendetwas auf sich haben könnte.«

Nergui schüttelte den Kopf. »Wir lernen es einfach nie, stimmt's? Wir sagen uns, dass gute Polizeiarbeit darin besteht, jeder möglichen Spur nachzugehen, sei sie auch noch so banal oder möglicherweise unwichtig. Und trotzdem schaffen wir es alle, das Augenscheinliche zu übersehen.« Er fing Doripalams Blick auf. »Ich meine, wir alle. Ich bin auch nicht auf den Gedanken gekommen, mich um die Goldsucherangelegenheit zu kümmern.«

»Ein schwacher Trost ist vielleicht, dass das Camp anscheinend schon vor Delgerbayars Tod aufgelöst worden ist. Der Besuch, der am Tag nach seinem Verschwinden geplant war, hat nie stattgefunden. Es gab also für niemanden einen Grund, diese Sache weiterzuverfolgen.«

»Außer für Sie«, erwiderte Nergui.

Doripalam nickte. »Wie sollen wir denn Ihrer Meinung nach hier weiter vorgehen?«

Nergui zuckte die Achseln. »Ich glaube, ich muss mal hier raus. Vielleicht sollten wir auf Erkundungsfahrt gehen.«

15. KAPITEL

»Das müsste verboten sein«, sagte Nergui. »Diese Leute sollten wir eigentlich wie Kriminelle behandeln.«

Nicht zum ersten Mal auf dieser Fahrt betrachtete Doripalam Nergui mit einer gewissen Belustigung. Es wäre sicher interessant, seine Dialoge mit dem Minister zu verfolgen, dachte der junge Mann. Die beiden haben bestimmt lebhafte politische Diskussionen.

»Schauen Sie sich das mal an«, fuhr Nergui fort. »Das reinste Schlachtfeld. Und ausgerechnet hier.«

Vor ihnen schwang sich die grasbewachsene Steppe zur sanften Erhabenheit der nördlichen Berge auf. Die abgerundeten Konturen dieser Berge waren anders als alles, was er im Westen gesehen hatte, fand Nergui. Er erinnerte sich daran, wie er in den vergangenen Sommern hier gewandert war, die grasbewachsenen Hügel voller Wildblumen und schwirrender Schmetterlinge, die Schönheit der Natur in ihrer verschwenderischen Fülle.

Aber jetzt war Herbst und zudem später Nachmittag, und die bereits tief über den Bergen stehende Sonne färbte die Hänge rot. Es war eine lange Fahrt gewesen und sie dachten mit Unbehagen an die ebenso lange Rückfahrt im Dunkeln.

Ihr Ziel lag ummittelbar vor ihnen. Das Tal war, wie Nergui richtig bemerkt hatte, völlig verschandelt worden. Es war durch endlose, willkürlich in die Landschaft gezogene Gräben verschrammt und zerfurcht. Der Sommerregen hatte die Erde in Schlamm verwandelt, der jetzt, da der Winter nahte, festgefroren war. An einem der Hänge machte sich ein ganzes Bataillon von Planierraupen und Traktoren über das Land her und ließ tiefe Löcher zurück. Weiter hinten war eine behelfsmäßige Barackensiedlung aus Jurten und

Holzhütten zu erkennen, die als Lagerschuppen und Unterkünfte dienten.

Mitten durchs Tal verlief ein Fluss, auf dem ausgelaufenes Öl und andere Chemikalien einen schlickigen Film gebildet hatten. Ohne irgendein System waren Dämme und Böschungen gebaut worden, um den Flusslauf an verschiedenen Stellen zu verändern und auf diese Weise Gebiete zugänglich zu machen, die bis dahin unter Wasser gelegen hatten. Aus der aufgeweichten und zerstörten Talsohle konnte man schließen, dass das Flussbett oft verändert worden war.

»Schön ist das nicht«, pflichtete Doripalam ihm bei.

Das war eine Seite der wachsenden Bergbauindustrie des Landes. Nicht alle Abbaustätten waren so hässlich wie diese. Manche der Bergbaugesellschaften gingen sogar relativ verantwortungsbewusst vor, indem sie, wenn möglich, Rücksicht auf die vorhandene Flora und Fauna nahmen und nach Beendigung ihrer Arbeiten die Landschaft weitgehend in ihren ursprünglichen Zustand zurückversetzten. Andere jedoch – und das war ein beträchtlicher Teil – scherten sich wenig um solche Belange. Sie kamen, nahmen, was sie wollten, und hinterließen ein heilloses Durcheinander. Das hier, vermutete Nergui, war eine solche.

Zu allem Überfluss war das auch noch legal. Diese Konzerne hatten ihre Lizenzen mehr oder minder rechtmäßig erhalten. Die Regierung war an jedem Geschäft interessiert, solange nur Investitionen ins Land flossen und sie selbst ihren Teil davon abbekam. Die meisten Minen waren Joint Ventures, an denen Unternehmen aus Kanada, den USA, China, Südkorea, Russland und anderen Ländern beteiligt waren. Der Tagebau war die günstigste Variante, da das Gold einfach aus dem Boden herausgewaschen wurde. Im Laufe des vergangenen Jahrzehnts hatte ein großer Teil des Abbaus hier im Norden der Mongolei in Gegenden wie dieser stattgefunden.

Die Vorkommen würden unweigerlich irgendwann erschöpft sein, aber im Moment gab es noch Bodenschätze im Überfluss, und das Land hatte einen außergewöhnlichen Goldrausch erlebt, als alle plötzlich ein Stück vom Kuchen abbekommen wollten.

Theoretisch unterlag die Lizenzvergabe gewissen Umweltschutz-, Gesundheits- und Sicherheitsauflagen. Praktisch waren weder der Wille noch die Fähigkeit vorhanden, diesen Auflagen Geltung zu verschaffen. Bürokratie, so das Credo der Produzenten, war der Feind des Unternehmertums. Und Unternehmertum, das hatte die Regierung sehr wohl verstanden, war die Grundlage für Investitionen und Wachstum. Wen kümmerte es schon, wenn ein paar Landstriche – ja selbst ein paar Menschen – dabei zu Schaden kamen?

Und einer nur allzu vertrauten Ironie folgend richteten die Hüter von Gesetz und Ordnung ihr Augenmerk nicht etwa auf diese Umweltplünderer, sondern auf jene, die versuchten, ein paar Krümel von deren Tisch zu ergattern. Die von Delgerbayar angeblich schon einmal aufgesuchte illegale Goldschürfersiedlung hatte noch ein Stück weiter flussabwärts gelegen. Ihre Bewohner, ehemalige Hirten, deren Lebensgrundlage durch jahrelanges wirtschaftliches Chaos und mehrere harte Winter beeinträchtigt oder zerstört worden war, versuchten nun, nicht ohne Erfolg, mit dem Goldwaschen im Flussbett ihr Leben zu fristen. Nachts, wenn die Flutlichtanlage ausgeschaltet war, tauchten sie auf und leuchteten das Tal mit ihren schwachen Taschenlampen ab. Sie nannten sich »Ninjas«, nach den billigen importierten grünen Plastikschüsseln, die sie zur Goldwäsche benutzten. Und die sie sich auf den Rücken schnallten, in ironischer Anspielung auf die Ninja Turtles aus der Comic-Serie.

Niemand, der auch nur ein bisschen Herz besaß, konnte ihnen das zum Vorwurf machen, und trotzdem waren ihre

Aktionen illegal. Das Gold, das sie fanden, gehörte den skrupellosen Räubern, die vor ihnen das Tal umgruben. Und die Polizei wurde herbeizitiert, um für die Bergwerksbetreiber die Drecksarbeit zu machen.

Nergui fragte sich flüchtig, warum die illegalen Goldsucher ihr Lager aufgelöst hatten und weitergezogen waren, bevor die Polizei da gewesen war. Es konnte gut sein, dass eine der Bergwerksgesellschaften das Gesetz selbst in die Hand genommen hatte, nachdem sie sich darüber geärgert hatte, dass die Polizei auf Einhaltung der Vorschriften beharrt hatte. Das wäre nicht das erste Mal gewesen. Vermutlich würde man es aber nie herausfinden.

Was sie jedoch im Moment interessierte, war nicht die verwüstete Landschaft unmittelbar vor ihnen, sondern die Ansammlung von Jurten, die ungefähr anderthalb Kilometer jenseits davon lag. Hierhin hatten sich den Akten zufolge einige der Bewohner des ursprünglichen Lagers in der Hoffnung zurückgezogen, im Umfeld der Minen irgendwie ihr Auskommen zu finden. Nergui lenkte ihren Hyundai-Geländewagen vorsichtig an den hämmernden Planierraupen vorbei und quer über das Grasland auf das Camp zu.

Um die Jurten hatte sich eine Gruppe von Männern geschart, die Bier tranken und Karten spielten. Als der Geländewagen näher kam, blickten sie ihm mit einer gewissen Feindseligkeit entgegen.

Nergui wusste nicht genau, wie er sich verhalten sollte. Polizeibeamte waren bei diesen Leuten wahrscheinlich nicht besonders beliebt, da sie ja hauptsächlich für die Bergbaukonzerne arbeiteten. Dabei standen sie nicht einmal in deren Sold, überlegte Nergui. Sie machten diese schmutzige Arbeit ganz umsonst.

Es hatte allerdings auch keinen Sinn, zu verschweigen, dass sie Polizisten waren. Sie mussten einen Grund dafür angeben, dass sie hier waren, und wenn es hart auf hart käme, hätten sie immer noch die Möglichkeit, zu einer kleinen offiziellen Einschüchterungsmaßnahme zu greifen. Vielleicht war vollkommene Offenheit wie so oft der einfachste Weg.

Nergui hielt den Geländewagen an und sprang hinaus. Doripalam folgte wenige Schritte hinter ihm. Der junge Mann ließ sich seine Nervosität nicht anmerken. Vielleicht war er aber auch nur selbstsicherer als Nergui.

Die Männer schauten sie an, schweigend und ausdruckslos. Sie waren unterschiedlich alt – der jüngste vielleicht Mitte dreißig, der älteste Ende sechzig. Alle trugen sie die traditionelle Tracht, die sie gegen die Kälte schützte.

»Guten Tag«, sagte Nergui und brach das drückende Schweigen.

Keiner sprach. Nergui seufzte innerlich. Das sah nicht nach Zuckerschlecken aus.

»Wir sind Polizeibeamte«, sagte Nergui. »Wir müssen mit Ihnen reden.«

Der jüngste der Männer lächelte dünn. »Gut, gut. Darauf wäre ich gar nicht gekommen. Ich wundere mich nur, dass ihr so lang gebraucht habt.«

Nergui zuckte die Achseln. »Mir ist völlig egal, was ihr hier macht. Es mögen welche kommen, die euch daran hindern, aber ich werde das nicht sein.«

»Ganz sicher wird jemand kommen, um uns daran zu hindern. Und zwar bald. Und mir ist völlig egal, ob Sie das sind oder irgendjemand anderes. Aber das habe ich gar nicht gemeint.«

Nergui betrachtete den jungen Mann genauer. Er klang wohlerzogen, viel redegewandter als die meisten der Nomaden, denen er hier draußen begegnet war. Nergui fiel auf, dass er sich als Sprecher dieser Gruppe hervorgetan hatte, obwohl er der Jüngste von allen war. Die anderen schienen seine Führerschaft bereitwillig zu akzeptieren.

»Was haben Sie denn gemeint?«

»Wir haben schon eine ganze Weile mit einem Besuch der Polizei gerechnet. Sie haben länger hier raus gebraucht, als ich dachte. Wahrscheinlich liegt es zu weit ab vom Puls der Hauptstadt.«

Nergui nickte bedächtig. »Sie klingen, als wären Sie selbst ziemlich weit ab vom Puls der Hauptstadt.«

Der Mann lachte. »Ist es noch so offensichtlich? Nach all der Zeit. Ich dachte, ich hätte das Ganze hinter mir gelassen.«

Nergui wurde das alles langsam zu undurchsichtig. Er hatte den Eindruck, dass er die Kontrolle über das Gespräch verlor, was ihm eher selten passierte. In solch einer Situation reagierte er normalerweise mit Einschüchterung. Hier hatte er allerdings das Gefühl, dass das nichts bringen würde.

»Können wir uns setzen?«, fragte er in ruhigem Ton. »Ich muss Ihnen ein paar Fragen stellen.«

»Ich sollte vielleicht vorsichtig sein«, erwiderte der Mann. »Wenn Sie in dienstlicher Funktion hier sind, könnte ich mich selbst belasten.«

»Gäbe es denn einen Grund dafür?«

Der Mann lächelte. »Da müssen Sie schon etwas subtiler vorgehen, fürchte ich.« Er deutete auf eine Jurte hinter ihnen. »Kommen Sie herein. Hier drin können wir reden.«

Nergui und Doripalam folgten ihm ins dunkle Innere des Zeltes. Drinnen standen mit Decken überzogene Sitzbänke. Der junge Mann bat sie mit einer Handbewegung, Platz zu nehmen, und hockte sich dann ihnen gegenüber auf den Fußboden.

»Ich heiße Cholon«, begann er. »Sagen Sie mir, was ich für Sie tun kann. Wenngleich ich schon eine Ahnung habe.«

Nergui zögerte einen Augenblick. »Wir ermitteln in einer

Reihe von Morden. Auch ein Polizeibeamter ist unter den Opfern. Er heißt Delgerbayar.«

Cholon schien diese Information nicht zu überraschen. Er nickte, als nähme er Nerguis Worte auf, antwortete aber nicht.

»Wir haben Grund zu der Annahme, dass dieser Polizist kurz vor seinem Tod ein Lager illegaler Goldwäscher besucht hat.«

»Dieses Lager?«

»Nein, nicht das hier. Eins weiter flussabwärts. Manche von den Leuten sollen aber jetzt hier leben. Stimmt das?«

Cholon wirkte einen Moment lang, als wäre er im Begriff, mit Nein zu antworten, nickte aber dann. »Das trifft zu«, sagte er. »Eine ganze Reihe von uns, ich eingeschlossen.«

»Wie lange ist es her, dass Sie sich hier niedergelassen haben?«

»Ich kam vor ungefähr sechs Wochen her. Das ganze Lager hat sich aber erst vor etwa drei Wochen aufgelöst.«

Mit leicht zerstreuter Miene rutschte Nergui auf seiner Bank hin und her. »Warum hat das Camp sich aufgelöst?«, fragte er schließlich.

Cholon lachte. »Der übliche Grund. Einschüchterung. Gewalt. Drohungen.«

»Von den Bergbaugesellschaften?«

»Von den Umweltschützern bestimmt nicht.« Cholon lachte. »Ja, natürlich von den Bergbaugesellschaften.«

»Hat das Lager einmal Besuch von der Polizei bekommen?«

Cholon lehnte sich zurück und streckte die Beine auf dem Fußboden aus. »Nicht, solange ich da war. Ich habe aber gehört, dass jemand – ein ranghöherer Polizeibeamter – kam, nachdem ich schon weitergezogen war. Um die Drecksarbeit für die Konzerne zu erledigen, wie immer.«

»Delgerbayar?«

Cholon zuckte die Achseln. »Ich glaube nicht, dass er sonderlich scharf darauf war, sich mit Namen vorzustellen. Soweit ich weiß, gab es die üblichen Drohungen.«

»War es ein offizieller Besuch?«

»Das wissen Sie doch am besten«, entgegnete Cholon. »Sie erfahren doch garantiert, mit welchen Aufträgen Ihre Polizisten losgeschickt werden.«

»Nehmen wir mal an, ich würde Ihnen sagen«, bemerkte Nergui betont langsam, »dass Delgerbayar gewissermaßen als Freiberufler arbeitete. Würde Sie das überraschen?«

Cholon lächelte. »Was die Polizei betrifft, überrascht mich gar nichts mehr«, sagte er. »Und dasselbe gilt für die Bergbaukonzerne. Ihr seid beide zu allem fähig.«

»Ich bin sicher, dass wir – und sie – zu vielem in der Lage sind. Aber die Frage ist ernst gemeint. Natürlich gibt es korrupte Polizisten. Der Versuchungen sind viele. Dennoch wird es Sie vielleicht erstaunen, zu hören, dass die Mehrheit, die überwiegende Mehrheit ehrlich ist.«

Cholon zog eine Augenbraue hoch und lächelte belustigt. »Wenn Sie meinen.«

»Das meine ich wirklich so. Manche sind natürlich durch und durch korrupt. Vielleicht stehen einige sogar auf der Gehaltsliste der Bergbauunternehmen.«

»Ich dachte, ihr stündet alle auf der Gehaltsliste der Bergbauunternehmen.«

Nergui zuckte die Achseln. »Wir sind verpflichtet, Befehle auszuführen. Wir sind verpflichtet, für die Einhaltung der Gesetze zu sorgen. Auch wenn manche von ihnen nichts taugen.«

Cholon schnaubte verächtlich. »Es tut mir leid«, sagte er, »aber ich weiß nicht, was das alles soll.«

»Haben Sie nicht gesagt, Sie hätten vielleicht eine Ahnung, warum wir mit Ihnen sprechen wollten?«

»Ich …« Cholon hielt inne, dann lachte er los. »Sie haben also doch subtilere Methoden auf Lager.«

»Sie würden sich wundern«, erwiderte Nergui, »wie subtil ich sein kann. Aber kommen wir zu Delgerbayar zurück. Ich will offen zu Ihnen sein. Als er in Ihr Lager kam, tat er das nicht in dienstlicher Funktion. In welcher Funktion sonst, wissen wir nicht. Hatten Sie davor schon ähnliche Besuche von der Polizei?«

Cholon nickte. »Von Zeit zu Zeit. Nicht nur da, sondern überall, wo wir zu schürfen versucht haben. Offizielle Besuche – die hatten wir auch, aber die waren anders. Da tauchte einfach ein Trupp Polizisten auf, mit einer richterlichen Anordnung und dem direkten Befehl weiterzuziehen. Man wusste, dass man verhaftet würde, falls man nicht innerhalb der angegebenen Zeit weiterzog. Also hielt man sich daran. Die inoffiziellen Besuche dagegen verliefen anders. Da kam ein einzelner Polizeibeamter – in der Regel bewaffnet. Er kam mit Drohungen und versteckten Andeutungen und behauptete, er sei nur da, um uns vorzuwarnen. Versuche uns zu helfen – aber die Botschaft war immer klar.«

»War es immer derselbe Polizist?«, warf Doripalam dazwischen.

Cholon schüttelte den Kopf. »Nein, ich spreche über einen Zeitraum von mehreren Jahren. Es waren zwei, drei verschiedene – manchmal tauchten sie auch zu zweit auf. Beim ersten Mal haben wir es noch für einen Scherz gehalten – so als hätten sie es versäumt, sich eine richterliche Anordnung zu besorgen, und versuchten jetzt, sich so durchzuschlagen.«

»Und was passierte, wenn Sie dem nicht nachkamen?«

Cholon wurde plötzlich ernst. »Zum ersten Mal passierte so was vor zwei Jahren«, sagte er. »Wir arbeiteten damals von einem Lager weiter flussabwärts aus – ein ganzes Stück von hier entfernt. Da tauchten zwei Polizisten auf – ohne offizielle Papiere, aber mit der Warnung, dass es, falls wir nicht weiterzögen, unangenehm für uns werden würde. Wie gesagt, wir hielten es für einen Bluff. Wir haben gelernt, uns nicht so leicht einschüchtern zu lassen. Wir geben nicht klein bei, nur weil jemand in Uniform aufkreuzt.«

»Das kann ich mir vorstellen«, sagte Nergui.

»Deshalb haben wir sie einfach fortgeschickt und darauf gewartet, dass sie mit einer richterlichen Anordnung zurückkämen.«

»Und was ist dann passiert?«

»Sie – die beiden Polizisten – kamen nicht wieder. Aber ein paar Nächte später wurde das Lager in den frühen Morgenstunden überfallen.«

»Von wem?«

»Sie trugen Kapuzen und waren schwarz gekleidet. Es war unmöglich, ihre Gesichter zu sehen. Sie waren bewaffnet – mit Flinten, Messern, was auch immer. Griffen Einzelne an, schlugen manche zusammen, verletzten andere ...« Er hielt inne.

Nergui beobachtete ihn scharf, sagte aber nichts.

»... und brachten zwei von uns um. Einer davon war mein Vater.«

»Das tut mir leid«, sagte Nergui.

Cholon zuckte die Achseln. »Es ist schwer, ihnen zu verzeihen.«

»Haben Sie das gemeldet?«

Cholon lächelte. »In Anbetracht der Umstände erschien es uns nicht ratsam. Wir wussten nicht genau, wer uns angegriffen hatte – natürlich steckte die Bergbaugesellschaft dahinter, aber wir wussten nicht, wer den Überfall letztlich ausgeführt hatte. Wir dachten – und manche von uns denken das immer noch –, dass die Konzerne die Polizei in der Hand haben.«

»Wir sind keine gedungenen Schläger«, sagte Doripalam.

»Wirklich? Ich war Zeuge, wie Polizeimannschaften Goldschürfer aus ihren Camps vertrieben, für die Einhaltung der Gesetze sorgten, wie Sie es nannten. Sicher, der andere Angriff war brutaler gewesen als dieser, aber an Brutalität mangelt es der Polizei auch bei ihren offiziellen Einsätzen nicht.« Den letzten drei Worten haftete eine bittere Ironie an.

»Und hatten Sie weitere – inoffizielle Besuche?«, fragte Nergui.

Cholon nickte. »Von Zeit zu Zeit, wie gesagt. Wir nahmen sie auch ernst. Die Polizei kam bewaffnet, aber das war vermutlich gar nicht nötig. Wir wussten, was mit uns geschehen würde, wenn wir Widerstand leisteten.«

Nergui zog das mittlerweile mit Eselsohren versehene Foto von Delgerbayar aus der Tasche. »Ist das einer von ihnen?«

»Ist das Ihr Delgerbayar?«, fragte Cholon dagegen. Er betrachtete das Foto eingehend. »Ja, ich glaube, er kann gut einer von denen gewesen sein.«

Nergui nickte bedächtig und steckte das Foto wieder in die Tasche. »Tja, das habe ich befürchtet«, sagte er. Er machte eine Pause, während der er sich auf der harten Holzbank zurechtsetzte. »Und was ist mit Ihrem Bruder passiert?«

Cholon starrte Nergui an. »Mein Bruder?«

»Ihr Bruder. Badzar. Was ist mit ihm passiert?«

»Woher …?« Cholon beugte sich vor und schlang die Arme fest um seine Beine. »Ich sehe, ich habe Sie unterschätzt.«

Nergui lächelte. »Da sind Sie nicht der Erste. Aber erzählen Sie mir von Ihrem Bruder.«

»Ich glaube nicht, dass ich Ihnen etwas erzählen muss, wo Sie doch anscheinend allwissend sind.«

»Tun Sie einfach so, als wäre ich völlig ahnungslos, Cholon.«

»So, wie Sie vorhin schon den Ahnungslosen gespielt haben?«

»Das stimmt nicht. Sie haben mir viel erzählt, was ich noch

nicht wusste. Manches, was ich nicht hören wollte. Aber Ihr Bruder. Was ist mit ihm passiert?«

Cholon zögerte eine ganze Weile, als hätte er beschlossen, nicht weiterzureden. »Also gut«, sagte er schließlich, »dann will ich mal so tun, als wären Sie ahnungslos. Ich nehme an, Sie kennen den Hintergrund?«

»Ich weiß einige Details. Ich kann Ihnen ja das wenige erzählen, woran ich mich erinnere, und Sie schließen dann die Lücken. Das erste Mal bin ich Ihnen, Cholon, oder zumindest Ihrem Namen Ende der Achtziger begegnet. Sie waren so etwas wie ein Revolutionär, wenn ich mich recht entsinne.«

»Kaum«, erwiderte Cholon. »Obwohl, doch, nach Ihren Maßstäben war ich vielleicht ein Revolutionär. Ich selbst habe mich als Demokraten gesehen.«

Nergui nickte. »Agitation gegen die Regierung, gegen die Vorherrschaft der UdSSR. Für manche waren Sie vielleicht ein Freiheitskämpfer. Oder ein Terrorist.«

Cholon schnaubte. »Eine klägliche Nummer.«

»Immerhin gab es Sabotageakte. Und eine Bombe.«

»Was beides nicht funktioniert hat. Wir waren Dilettanten. Studenten, die Revolution spielten. Die nachahmten, was sie in China und Osteuropa gesehen hatten.«

»Dennoch sind Sie – und Ihr Bruder – damals zu einer gewissen traurigen Berühmtheit gelangt.«

»Mein Bruder mehr als ich. Er war derjenige mit den großen Ambitionen.«

»Daran erinnere ich mich. Er wurde doch verhaftet?«

»Kurz bevor alles anders wurde. Vor den großen Flutwellen der Demokratisierung. Dem Untergang der UdSSR. Ich weiß immer noch nicht, was aus ihm geworden wäre, wenn all das nicht passiert wäre. Ich vermute, er säße immer noch im Gefängnis.«

»Und was ist tatsächlich aus ihm geworden? Und aus

Ihnen?« Nergui lächelte. »Sie waren einer der Wortführer Ihrer Generation. Jetzt sind Sie ein illegaler Goldsucher.«

»Vielleicht gar kein so großer Unterschied«, bemerkte Cholon. »Ich trage mein Scherflein zur Freiheit und zur echten Umverteilung des Wohlstands bei.«

»Kein Zweifel. Aber eine Veränderung ist es schon.«

Cholon zuckte die Achseln. »Das sagen Sie. Um ehrlich zu sein, viel hat sich nicht verändert. Mein Vater war ein Hirte gewesen, ein Nomade. Er hatte schwer gearbeitet und war in die Stadt gezogen, wo er eine Stelle in einem der volkseigenen Betriebe bekam. Wir hatten das Glück, dass wir studieren durften.«

»Die Vorteile des alten Staates, gegen den Sie sich auflehnten?«

»Vielleicht, aber wie ich hörte, ist Bildung sogar in Demokratien möglich? Jedenfalls lief alles gut bis zum Zusammenbruch der Wirtschaft.«

»Herbeigeführt durch das Ende der Sowjetunion.«

»Die Ironie ist mir nicht entgangen. Obwohl das bekanntermaßen nur ein Teil der Geschichte ist.«

»Und was passierte dann?«

»Mein Vater verlor seinen Job und versuchte es wieder als Hirte, aber die Winter waren sehr hart und er schaffte es nicht. Mein Bruder und ich mussten unser Studium abbrechen und beschlossen beide, dass wir am besten unserem Vater hier hinaus folgten. Seitdem haben wir nach Kräften versucht, irgendwie unseren Lebensunterhalt zu bestreiten.«

»Bis Ihr Vater getötet wurde.«

»Sie sagen es.«

»Ist Ihr Bruder auch noch hier draußen?«

Cholon musterte ihn genau. »Sie sind also doch nicht ganz so allwissend?«

»Wie meinen Sie das?«

»Ich dachte, deswegen wären Sie hier. Ich dachte, Sie wären auf der Suche nach Badzar.«

Nergui bemerkte, dass Doripalam näher zu ihnen gerückt war und aufmerksam lauschte.

»Warum sollten wir Badzar suchen?«, sagte Nergui.

Cholon schüttelte den Kopf. »Ich sagte doch, dass ich mich nicht selbst belasten sollte. Sollte ich meinen Bruder belasten?«

»Hängt davon ab«, antwortete Nergui bedächtig, »was Ihr Bruder getan hat.«

Cholon ließ seinen Blick von Nergui zu Doripalam und wieder zurück wandern. »Sind Sie wirklich nicht deswegen hier?«, fragte er. »Sie halten nicht nach Badzar Ausschau?«

»Wir sind nicht hergekommen, um Badzar zu suchen. Wir haben nicht einmal Sie gesucht.«

»Aber Sie wussten, dass ich hier war?«

»Nein. Wie Sie schon sagten, ich bin nicht allwissend. Ich habe Sie erst erkannt, als Sie mir Ihren Namen nannten. Allerdings habe ich ein gutes Gedächtnis für Fälle, mit denen ich einmal zu tun hatte.« Nergui verstummte, als wäre er fertig. Dann sagte er: »Aber Sie müssen mir von Ihrem Bruder erzählen. Was hat er getan?«

Cholon machte den Mund auf, um zu sprechen, klappte ihn aber wieder zu. In seinen Augen lag jetzt echte Sorge. »Ich weiß es nicht«, sagte er dann. »Ich weiß es nicht mit Sicherheit.«

Nergui begann es zu schaudern. Wieder hatte er das Gefühl, dass irgendetwas sich bewegte, spiralförmig, immer näher auf eine Lösung zu. Hinter Cholon sah er Doripalam auf seiner Bank hin und her rutschen. In dessen Augen lag ein Ausdruck, den Nergui nicht deuten konnte.

»Was ist es«, fragte Nergui, »was Sie nicht mit Sicherheit wissen?«

Cholon stand auf, langsam, als täten ihm die Glieder weh. Er begann, in der Jurte auf und ab zu gehen. »Ich dachte, Sie wären deswegen gekommen«, sagte er noch einmal. »Mir – mir graute vor Ihrer Ankunft, aber andererseits habe ich auch darauf gewartet. Ich wollte wenigstens Klarheit bekommen.«

Nergui saß schweigend da und hoffte, dass Doripalam nicht mit einer Frage dazwischenfuhr. Cholon brauchte Zeit, um seine Gedanken in Worte zu fassen, was auch immer in seinem Kopf herumschwirrte. Nergui kannte diesen Moment gut aus Verhören. Eine unangemessene Frage würde Cholon einen Fluchtweg bieten, ihm erlauben, aufzuschieben, was immer er sagen musste. Schweigen würde ihm keine Chance lassen.

»Ich muss es wissen«, sagte er schließlich. »Ich muss wissen, wozu mein Bruder fähig ist. Ich muss wissen, ob – ob er wirklich derjenige sein kann.«

»Der hinter den Morden steckt?«, fragte Nergui mit ruhiger Stimme.

Cholon blickte zu ihm auf. »Spielen Sie mit mir? Das ist es. Sie wissen es doch.«

Nergui schüttelte den Kopf. »Wir wissen nichts, Cholon. Aber Sie müssen uns sagen, was Sie denken.«

»Der Tod meines Vaters war ganz entsetzlich«, fuhr Cholon fort. »Nicht nur, dass er getötet wurde. Auch wie. Er wurde – abgeschlachtet. Das einzig Gute war, dass er sehr schnell gestorben sein muss. Aber es war ein schrecklicher Tod …«

»War Ihr Bruder Zeuge davon?«

»Ich glaube ja. Er hat nie darüber gesprochen. Aber, ja, ich bin sicher, dass er alles mit angesehen hat.«

»Und was ist dann passiert?«

»Der Tod – der ganze Vorfall, aber vor allem der Tod unseres Vaters – hat uns alle schwer getroffen. Ich fiel in eine – nun, Sie würden es wahrscheinlich eine Depression nennen.

Ich fand es schwer, weiterzumachen wie gehabt. Ich wollte nicht arbeiten. Alles kam mir sinnlos vor.«

»Das ist nicht so sehr verwunderlich. Unter diesen Umständen.«

»Nein. Aber es dauerte lange, monatelang, bevor ich mein Leben wieder im Griff hatte. Und selbst dann war es nicht mehr wie vorher. Aber Badzar traf es noch viel schlimmer.«

»Schlimmer?«

»Ganz anders. Ich selbst war unfähig zu arbeiten, unfähig weiterzumachen. Badzar dagegen wurde wütend. Rasend. Angesichts der Ungerechtigkeit. Der Unmenschlichkeit. Er wollte Rache.«

Jetzt war Nergui richtig kalt. Der Tag neigte sich dem Ende zu und draußen ging bestimmt gerade die Sonne unter. Es würde eine eiskalte Nacht werden, aber die Kälte, die Nerguis Körper durchlief, kam von innen. Ein Schauer der Angst durchfuhr ihn. »Was für eine Art Rache?«

»Am Anfang drehte er regelrecht durch. Er ging zu den Bergbaugesellschaften hier unten ...«, Cholon deutete durch die Wände der Jurte hindurch auf die Talsohle. »Er war davon überzeugt – zu Recht, dessen bin ich mir sicher –, dass sie hinter dem steckten, was geschehen war. Er stürmte in ihr Lager, machte das Büro des Leiters der Abbaustätte ausfindig und griff ihn an. Mit bloßen Händen zwar, aber er richtete den Kerl übel zu, bevor sie ihn wegzerrten. Er hatte ein Messer bei sich, das er jedoch nicht benutzt hat.«

»Wurde er verhaftet?«

»Nein. Der Mann sah schlimm aus, war aber nicht ernstlich verletzt. Ich vermute, sie wollten nicht, dass die Polizei Badzars Anschuldigungen allzu gründlich nachging. Er sollte sich nicht mehr dort blicken lassen, das war alles. Aber vermutlich hatten sie im Sinn, auf andere Art Rache zu nehmen.«

»Und haben sie es getan?«

»Badzar war zu schlau. Er zog von hier fort, blieb nie lange an einem Ort. Ich wusste nicht, wo er war, obwohl ich immer mal wieder hörte, er habe sich anderen Lagern angeschlossen, anderen Nomadengruppen in der Gegend. Er besaß ein Motorrad und etwas Geld aus unserer Goldwäscherei.« Cholon machte eine Pause, als hoffte er, Nergui würde ihn unterbrechen. »Und es gab weitere Überfälle. Auf Angestellte – hauptsächlich Führungskräfte – der Bergbaugesellschaften. Oft bei Nacht. Manche wurden verletzt, in einem Fall sehr schwer. Einer wurde getötet.«

»Sie glauben, das war Ihr Bruder?«

Cholon nickte. »Sicher bin ich mir nicht. Das Unternehmen machte uns dafür verantwortlich und wir mussten weitere Überfälle von ihnen erdulden. Soweit ich weiß, wurde aber keiner der Überfälle der Polizei gemeldet.«

»Nicht einmal der Mord?«, fragte Doripalam.

»Nicht einmal der Mord.«

»Wo ist Ihr Bruder denn jetzt?«, fragte Nergui, den Blick unverwandt auf Cholon gerichtet.

»Noch einmal, ich weiß es nicht sicher. Aber ich glaube, er ist in der Stadt.«

»Warum glauben Sie das?«

»Das letzte Mal habe ich ihn vor ungefähr einem Monat gesehen. Auf seinem Motorrad kreuzte er eines Tages hier auf. Er sah ... wild aus, verwirrt. Und sprach ganz anders, langsam, wie unter Drogen, und faselte etwas von Schicksal und von Handlungsbedarf. Er sagte zu mir, er werde fortgehen und ich solle nicht darauf warten, dass er zurückkäme.«

»Wollte er nach Ulan-Bator?«

»Keine Ahnung. Aber er hat sich noch mehr Geld geliehen. In der Gegend ist er nicht geblieben. Ich weiß nicht, wohin er gegangen ist.«

»Und Sie glauben, er ist für die Morde verantwortlich?«

Jedes Wort glich einem Kieselstein, der in einen eiskalten Teich geworfen wurde.

»Ich weiß es nicht«, sagte Cholon. »Ehrlich, ich weiß es nicht. Ich kann nicht glauben, dass er zu so etwas fähig wäre.«

»Aber dass er für die Überfälle hier draußen verantwortlich war, das können Sie schon glauben?«

»Er ist ein verwirrter Mann. Ich habe den Ausdruck in seinen Augen gesehen. Ich habe gehört, wie er geredet hat. Ich weiß nicht, wozu er fähig ist.« Cholon hielt inne, als wären ihm schließlich die Wörter ausgegangen. Das Schweigen zog sich in die Länge. Am Ende sagte er: »Im Grunde meines Herzens glaube ich, dass er es getan haben könnte. Möglich ist es.«

16. KAPITEL

Als sie die Jurte verließen, war die Sonne bereits untergegangen. Der Himmel war tief malvenfarben und wurde rasch dunkler. Grelle Scheinwerfer leuchteten die Ödnis des Tales aus und die Planierraupen patrouillierten immer noch, Erde und Gras aufreißend, durch die Landschaft. Selbst in der Nacht war es erstaunlich laut, ein unaufhörliches Dröhnen, das von den umliegenden Hügeln widerhallte.

»Sie werden mit uns kommen müssen«, sagte Nergui. »Das können Sie doch einrichten?« Das war keine Frage.

Cholon nickte. »Wenn Sie meinen, dass es was nützt.«

»Ich habe keine Ahnung. Wir wissen nicht, ob Ihr Verdacht zutrifft. Aber sonst haben wir nichts, wovon wir ausgehen können. Keine anderen Spuren. Und die Zeit wird langsam knapp.« Drew hatte er Cholon gegenüber nicht erwähnt und jetzt spürte er, wie die Angst, die er den Tag über zu unterdrücken versucht hatte, wieder in ihm aufstieg. »Zumindest müssen wir Ihren Bruder finden, falls er in der Stadt ist. Und dabei können Sie uns vielleicht helfen.«

»Vielleicht. Es gibt Leute, mit denen ich sprechen kann, die ihn womöglich gesehen oder zumindest eine Idee haben, wo er sein könnte.«

Nergui überlegte, ob er telefonisch die Anweisung geben sollte, einige dieser Kontaktmänner pünktlich zu ihrer Rückkehr ins Polizeipräsidium vorzuladen. Dagegen sprach jedoch, dass jede plötzliche Hektik Badzar lange vor ihrer Ankunft zum Abtauchen veranlassen könnte. Die möglichen Folgen einer weiteren Verzögerung mochte er sich allerdings auch nicht ausmalen. Unter diesen Umständen war die Aussicht auf eine vierstündige Fahrt durch die Nacht nicht gerade verlockend.

Am Ende war die Fahrt noch schlimmer, als er sie sich vorgestellt hatte. Nur ein einziger Weg führte in die Stadt, und der war kaum als Straße zu bezeichnen: Pferde und Fahrzeuge hatten ihn im Laufe der Jahre in die harte Erde gestampft. An vielen Stellen waren die Spurrillen so tief, dass Doripalam ganz vorsichtig fahren musste, um nicht in einer der Vertiefungen oder in den Schlaglöchern stecken zu bleiben. Starr blickte er in den Lichtkegel der Scheinwerfer. Im Dunkeln war es unmöglich, Geschwindigkeit aufzunehmen, und Nergui fand ihr zähes Fortkommen immer frustrierender.

Er saß auf dem Rücksitz neben Cholon, der mit ängstlicher Miene an seinen Fingernägeln kaute; von der oberflächlichen Selbstsicherheit, mit der er sie anfangs empfangen hatte, war nichts mehr übrig.

»Was wissen Sie über die Morde?«, fragte Nergui. Er versuchte immer noch, sich in Gedanken die Geschichte zusammenzureimen, denn er wollte verstehen, warum Cholon diesen Verdacht gehegt hatte. Das konnte alles Unsinn sein, dachte er – vielleicht eher ein Hinweis auf Cholons gestörten Geisteszustand als auf den seines Bruders. Vielleicht jagten sie nur Phantomen hinterher, auf dieser endlosen, traumgleichen Fahrt durch die leere Nacht.

»Nur das, was ich in den Zeitungen darüber gelesen habe. Wir bekommen sie hinausgebracht, wenn auch in der Regel ein paar Tage später. Ich habe den Artikel über den Ausländer gelesen, der in dem Hotel ermordet wurde, mir aber nichts weiter dabei gedacht. Das schien Welten entfernt zu sein. Ich habe gesehen, dass er für die Bergbaugesellschaften arbeitete, was mich nicht verwundert hat. Es ist eine korrupte Welt.«

Nergui hörte ihm zu, während er jede Unebenheit in der endlosen Piste spürte. »Und von dem Mord an Delgerbayar haben Sie auch aus der Zeitung erfahren?«

»Als ich vor kurzem das Bild von dem Polizisten in der Zeitung sah, habe ich mir zum ersten Mal Gedanken gemacht. Ich war mir nicht sicher – das war ich ja auch noch nicht, als Sie mir das Foto zeigten –, aber ich dachte, dass er einer von denen hätte sein können, die in unsere Lager gekommen waren. Dann habe ich angefangen nachzudenken, sah Badzars Gesichtsausdruck bei unserer letzten Begegnung wieder deutlich vor Augen. So hat es mich nicht gewundert, als Sie auftauchten.«

»Sie haben aber keine Beweise, dass Ihr Bruder damit ... etwas zu tun hat?«

Cholon zuckte die Achseln. »Nein, natürlich nicht. Aber ich kenne meinen Bruder. Wir standen uns nahe. Ich wäre nicht hier – ich würde meinen Bruder nicht verraten –, wenn ich nicht spürte, dass da irgendetwas ganz und gar nicht in Ordnung ist.«

Nergui lehnte sich in seinem Sitz zurück. »Wissen Sie, dass es noch weitere Morde gegeben hat?«

Cholon drehte sich mit offenem Mund zu Nergui um. »Weitere Morde? Und der Täter ist derselbe?«

»Das wissen wir nicht. Manche von ihnen weisen ähnliche Merkmale auf.«

»Merkmale? Wie meinen Sie das?«

Nergui zögerte, unschlüssig, wie er weiter vorgehen sollte. Falls Cholon ehrlich war – und es bestand kein Grund, vom Gegenteil auszugehen –, ließ sich schwer einschätzen, wie viel Wahrheit er ertragen konnte. »Die Einzelheiten spielen keine Rolle«, sagte er. »Nur so viel, es waren nicht einfach nur Morde.«

Cholon schaute ihn an, als läge ihm eine Frage auf der Zunge. »Das brauche ich gar nicht zu wissen«, sagte er. »Ich weiß nicht mehr, wozu Badzar in der Lage sein könnte. Ich will es gar nicht wissen.«

»Es gab eine ganze Reihe von Morden«, erklärte Nergui. »Drei weitere in der Stadt, dazu Delgerbayar und ein Engländer, ein gewisser Mr. Ransom. Womöglich miteinander verknüpft. Das wissen wir nicht sicher. Dann gab es noch zwei Morde im Süden, in einem Camp in der Nähe von Dalandsadgad. Die letzten beiden waren anders, und wir haben einen Verdächtigen, der nicht Ihr Bruder ist. Wir glauben allerdings, dass es eine Verbindung geben könnte.«

»Das verstehe ich nicht.«

Nergui lachte freudlos. »Wir auch nicht. Kein bisschen. Den einzigen gemeinsamen Nenner bilden Bergbau, Bodenschätze, vermutlich Gold. Das sind die einzigen Dinge, die die Morde verbinden könnten, wenn es überhaupt eine Verbindung gibt. Ich weiß nicht, ob Ihr Bruder etwas damit zu tun hat. Und falls ja, weiß ich nicht, ob er allein gehandelt hat oder nicht.«

»Und ich habe Sie für allwissend gehalten.«

»Im Augenblick wäre ich schon zufrieden, wenn ich nur

eine, irgendeine Sache in Bezug auf diesen Fall mit Sicherheit wüsste.«

Der Geländewagen rumpelte dahin, während Doripalam sich, immer noch schweigend, über das Steuerrad beugte, in das spärliche Scheinwerferlicht starrte und hin und wieder das Steuer ruckartig herumriss, um einem Schlagloch auszuweichen. Es war, als stünde die Zeit still, als gäbe es die schreckliche Realität außerhalb des Wagens gar nicht.

»Da ist noch etwas«, sagte Nergui schließlich.

»Was?«

»Ein Polizist, ein Kriminalbeamter, der aus England hierhergeschickt wurde, um in dem Mord an Ransom, seinem Landsmann, zu ermitteln.« Nergui hielt inne, denn er spürte plötzlich die Last der Angst, die auf seinem Herzen lag. »Er ist verschwunden.«

»Verschwunden? Wie kann ein Polizist verschwinden? Zumal einer, der in offizieller Mission hier ist?«

»Wie konnte einer unserer ranghöheren Polizeibeamten brutal ermordet werden? Das ergibt einfach alles keinen Sinn. Wir wissen lediglich, dass der Engländer letzte Nacht sehr spät zu Fuß von der britischen Botschaft zu seinem Hotel unterwegs war. Und dass er dort nicht angekommen ist.«

»Und Sie glauben ...?«

»Es ist wie alles in diesem Fall. Wir wissen nicht, was wir glauben sollen. Aber wir müssen das Schlimmste befürchten.«

»Ich kann nicht – ich weiß nicht, was ich sagen soll.«

»Sie werden verstehen«, erklärte Nergui, »dass das kein einfacher Fall mehr ist, wenn er das überhaupt je war. Das wird zu einer größeren diplomatischen Angelegenheit. Ich habe keine Ahnung, wie es ausgehen wird. Aber was immer es ist, wir müssen es schleunigst lösen. Glauben Sie, dass Sie Ihren Bruder ausfindig machen können?«

»Keine Ahnung. Es gibt Leute, zu denen er vielleicht gegangen ist. Orte, an denen er sich aufhalten könnte. Aber das sind reine Mutmaßungen. Ich bin mir nicht einmal sicher, dass er in der Stadt ist.«

Langsam wurde es hoffnungslos, fand Nergui. Jegliche Fährte erwies sich als falsch, sofern es überhaupt einmal eine gegeben hatte. Die schwerfällige systematische Polizeiarbeit lief im Hintergrund weiter, führte aber anscheinend nirgendwohin, und die wenigen Dinge, die vielleicht von Bedeutung waren, wurden trotzdem noch übersehen. Und er selbst hatte nichts Besseres zu tun, als sich auf fruchtlose Unterfangen einzulassen, sich auf der verzweifelten Suche nach irgendeinem Hinweis an jeden Strohhalm zu klammern. Aber er war ja erfahren genug, um zu wissen, dass solche Hinweise so gut wie nie etwas brachten. Er konnte fast spüren, wie der Strohhalm, nach dem er gerade griff, weggezogen wurde. Und er schien dazu noch die falschen Entscheidungen zu treffen. Vielleicht hätte er oben bei der Abbaustätte bleiben, mit weiteren Leuten sprechen und den Versuch unternehmen sollen, herauszufinden, was genau Delgerbayar vorgehabt hatte. Stattdessen hatte er unverzüglich den Rückweg in die Stadt angetreten, aber wozu? Wegen jemandem, der vielleicht gar nichts mit alldem zu tun hatte und der überall sein konnte. Es war völlig verrückt.

Und dazu kam, wie ihm bewusst wurde, während der Geländewagen durch die Nacht holperte, noch etwas anderes, etwas, das ihn weiter in diesen Wahnsinn hineintrieb. Es war das Gefühl tief in seinem Inneren, dass Drew zwar noch am Leben war, aber nicht mehr sehr lange durchhalten würde. Es sei denn, es gelang Nergui endlich, ins Spiel zu finden.

Schwärze. Leere.

Er hatte keine Ahnung, wie lange er schon hier war. Selbst

als er wieder klar denken konnte, kam es ihm so vor, als wäre die Zeit stehen geblieben. Die Empfindungen, die ihm ein Gefühl von zeitlichem Verlauf hätten vermitteln müssen – Hunger, Durst, körperliche Schmerzen –, schienen aufgehoben zu sein. Er spürte die harte Fläche unter sich und die Fesseln um Handgelenke, Knöchel und Hals, doch es war, als wäre er von dieser Realität irgendwie losgelöst.

Selbst das Entsetzen, das ihn überwältigt hatte, als er sich seiner Lage bewusst wurde, war, für den Moment jedenfalls, schwächer geworden. Irgendetwas hatte ihn beruhigt und befähigt, rational zu denken.

Es war verrückt. Das Ganze war verrückt. Warum sollte jemand ihn überfallen? Warum war er hierhergebracht worden, wo immer das auch sein mochte? Warum sollte jemand ihn gefangen halten wollen?

War das eine Entführung? Wenn das eine echte, vielleicht politisch motivierte Entführung war, standen seine Chancen, zu überleben und freigelassen zu werden, gar nicht schlecht. Es würde irgendeine Forderung geben, der die Behörden würden nachkommen können – oder auch nicht. Darauf würde eine Form von Verhandlung folgen. Für eine Weile zumindest wäre sein Überleben gesichert, da die Kidnapper nicht leichtfertig ihren einzigen Trumpf aus der Hand geben würden. Widersinnigerweise war es vielversprechend, dass man ihn bisher buchstäblich im Dunkel gelassen hatte. Wenn seine Entführer ihm nicht gestatteten, ihre Gesichter zu sehen oder sonstige Informationen über sie zu bekommen, hätten sie von seiner späteren Freilassung nichts zu befürchten. Profis, ermahnte er sich selbst, töteten nicht gerne unnötig, ganz unabhängig von ihren Motiven.

Waren seine Entführer allerdings nur kleine Ganoven, die zu hoch hinauswollten, dann war seine Zukunft höchst ungewiss. Wenn die Dinge zu schwierig würden, hätten sie nur noch den Impuls, den Schaden zu begrenzen und sich aus dem Staub zu machen. Und ein zentraler Aspekt der Schadensbegrenzung, so viel war ihm klar, bestünde in seiner Beseitigung.

Plötzlich befiel ihn echte Panik, Schauder durchliefen seinen Körper wie eisige Winde. Er wölbte den Rücken, zog und zerrte an den Fesseln, die seine Gliedmaßen festhielten, kämpfte und kämpfte, ohne auch nur das Geringste auszurichten. Und dann brach seine ganze Distanz in sich zusammen und er war nur noch ein hirnloser Taumel aus sich windenden Knochen und Blut, verloren in der Dunkelheit, im schlimmsten Alptraum gefangen, den er je erlebt hatte.

Das Ende kam ebenso plötzlich. Grelles, gleißendes Licht stach ihm ins Gehirn. Er machte die Augen fest zu und das Licht war rot, heiß wie die Sonne, quälend in seiner Helligkeit, wie glühende Drähte an seinen Augäpfeln. Er hatte nicht mehr genug Luft zum Schreien in der Lunge, und alles, was er fühlte, war eine verzweifelte Sehnsucht nach der vorherigen kühlen Dunkelheit. Wenn das sein Tod gewesen war, betrat er jetzt bestimmt den Vorhof zur Hölle.

Doch dann beruhigte sich sein rasender Herzschlag und der Schmerz in seinen Augen und seinem Kopf ließ nach. Er konnte immer noch nicht sehen, bemerkte aber, dass diese Helligkeit nichts anderes war als Licht, normales Licht. Schwarze Punkte und Formen tanzten in der dunkelroten Helligkeit, bevor sie allmählich zur Ruhe kamen.

Schließlich, es hätte Stunden später sein können, stellte er fest, dass er die Augen wieder bewegen konnte. Seine Lider blieben geschlossen und er merkte, dass Angst sie unbeweglich gemacht hatte. Zum Teil war es Angst vor der Helligkeit des Lichts, hauptsächlich aber vor dem Anblick, der sich ihm bieten würde, wenn er wieder sehen konnte.

Er versuchte ganz bewusst, sich zu entspannen, gleichmäßiger zu atmen, das Gefühl von Panik zu unterdrücken. Und schließlich gelang es ihm, ganz langsam die Augen zu öffnen.

Der Anblick, der sich ihm bot, war überraschend banal. Über ihm hing die Quelle des gleißenden Lichts in Form von vier Leuchtstoffröhren, die an Holzbalken festgeschraubt waren. Als er den Kopf so weit drehte, wie er konnte, sah er Betonwände mit Metallregalen davor. Pappkartons mit unverständlich beschrifteten Aufklebern. Ein paar nicht näher identifizierbare industrielle Gerätschaften, mit einer Staubschicht überzogen. Irgendein Lagerraum.

Er lag auf einer Holzbank, vielleicht einer Werkbank. Er drehte den Kopf noch etwas mehr und dehnte die Muskeln bis an ihre Grenze, um seine Arme sehen zu können. Seine Handgelenke waren mit Plastikschnur festgebunden, die mehrfach um sie herumgewickelt und unter der Bank verknotet worden war. Fußgelenke und Hals waren vermutlich auf dieselbe Weise gefesselt. Er drehte den Kopf, so weit er konnte. Eine Wasserflasche – die Art, wie Radfahrer und Jogger sie benutzten – war mit Klebeband so an der Bank befestigt worden, dass er mit dem Mund die Trinköffnung erreichen konnte. Er verdrehte den Kopf und schaffte es unter erheblichem Unbehagen, etwas Wasser aus dem Mundstück zu saugen.

Der Raum war still. Er hörte auf, sich zu bewegen, und versuchte zu horchen. Zuerst konnte er außer dem scheinbar ohrenbetäubenden Pochen seines Herzens und dem Rasseln seines eigenen Atems kein Geräusch ausmachen.

Er zwang sich, für einen Augenblick die Luft anzuhalten, während er angestrengt lauschte. Und schließlich glaubte er es zu hören, wie ein unregelmäßiges Echo seines eigenen Herzschlags. Es war das leise, aber beharrliche Atemgeräusch von jemand anderem. Er versuchte, den Kopf zu heben, aber das war unmöglich. Alles, was er sehen konnte, waren die Balken, die Lichter, die Betonwände.

Doch irgendwo außerhalb seines eingeschränkten Gesichtsfeldes beobachtete ihn jemand.

17. KAPITEL

Als sie die Ausläufer der Stadt erreichten, hatte es angefangen zu schneien, dicke Flocken, die im blendenden Licht der Straßenlaternen umherwirbelten. Im Laufe der Woche hatte es schon vereinzelte Schneeschauer gegeben, aber das war der erste ernst zu nehmende Schnee dieses Winters. Vielleicht war es doch eine gute Entscheidung gewesen, sofort zurückzufahren. Bei diesem Wetter in der Steppe stecken zu bleiben wäre sicher nicht angenehm gewesen.

Es war kurz vor eins und die Straßen lagen verlassen da. Zum ersten Mal fand Nergui diese Leere irritierend. Gegen die Helligkeit des fallenden Schnees kam ihm die Düsterkeit der unbeleuchteten Seitenstraßen bedrohlich vor. Nergui verspürte dieses Unbehagen die ganze Zeit, bis sie schließlich auf den umzäunten Parkplatz hinter dem Polizeipräsidium fuhren. Und sogar dort blickte er sich noch unruhig um, während sie eilig aus dem Auto ausstiegen und durch den Schnee zum Eingang liefen.

Drinnen war es warm und auf beruhigende Weise nüchtern. Ein oder zwei Polizisten waren im Dienst, die anderen hingen im Aufenthaltsraum herum und tranken Kaffee. Nergui ging mit seinen beiden Begleitern an den Wachhabenden vorbei, die Treppe hinauf in sein Büro. Erst als er sich gegenüber von Doripalam und Cholon an seinen Schreibtisch gesetzt hatte, fühlte er sich endlich vollkommen sicher.

Was war los mit ihm? Dieser oder einer ähnlichen Arbeit

war er für den größten Teil seines Erwachsenenlebens nachgegangen. Er genoss den Ruf, furchtlos zu sein. Er befand sich im Polizeigebäude, umgeben von ausgefeilten Sicherheitsvorkehrungen und einem Personal, das zur Stelle wäre, sobald er nur mit der Wimper zuckte. Und er führte sich auf wie ein feiger Grünschnabel, der vor seinem eigenen Schatten erschrak.

Unterwegs hatte sein Handy über weite Strecken keinen Empfang gehabt. In den Städten und größeren Ortschaften war das Mobilfunknetz gut ausgebaut, auf dem flachen Land dagegen noch ziemlich lückenhaft. Nach dem Passieren der Stadtgrenze hatte sein Handy pflichtgemäß gepiept und ihm gemeldet, dass es Nachrichten für ihn gab. Jetzt hörte er sie ab.

Die erste stammte unweigerlich von seinem Minister. »Nergui, ich weiß nicht, wo Sie sind«, sagte er mit drohender Stimme. »Ich hoffe nur, Sie wissen, was Sie tun. Hier geraten die Dinge langsam ernsthaft außer Kontrolle. Ich halte die britische Regierung hin, so gut es geht, aber lange schaffe ich das nicht mehr. Wir brauchen ein paar Antworten, und zwar schnell. Rufen Sie mich an, wenn Sie zurückkommen. Egal wie spät es ist.«

Nergui sah auf die Uhr. Ein Uhr fünfzehn. Er wusste aus Erfahrung, dass der Minister die späte Stunde nicht als Entschuldigung für einen versäumten Anruf würde gelten lassen. Er war sich aber gar nicht sicher, dass er überhaupt etwas zu berichten hatte.

Die zweite Nachricht kam, ebenso vorhersehbar, vom britischen Botschafter. »Nergui«, sagte er auf Englisch, »ich habe versucht, Ihren verflixten Minister zu fassen zu kriegen. Scheint pausenlos in Besprechungen zu sein.« Offensichtlich folgte der Minister dem Beispiel des Botschafters, dachte Nergui. »Ich weiß, dass unser Außenministerium jetzt direkt mit ihm in Kontakt steht, aber ich möchte gerne auf dem Laufenden gehalten werden. Niemand informiert mich ...« Sogar unter den gegebenen Umständen war es schwer, sich nicht über den klagenden Ton zu amüsieren. »Rufen Sie mich morgen früh an, Nergui. Ich möchte endlich wissen, was los ist.«

Das war wenigstens eine Nachricht, die man beruhigt zurückstellen konnte. Nergui wartete und lauschte der dritten Nachricht. Es war eine vertraute Stimme. Batzorig. »Vermutlich stecken Sie gerade in einem Funkloch – ich weiß nicht genau, wo Sie sind. Können Sie mich anrufen, sobald Sie diese Nachricht abhören? Ich bin mir nicht sicher, aber es könnte dringend sein. Wir haben hier etwas, von dem ich meine, Sie sollten es ...«

Nergui stellte die Mailbox aus und sprang auf. Innerhalb von Sekunden war er zur Tür hinaus und raste, immer drei Stufen auf einmal nehmend, die Treppe zum Aufenthaltsraum hinunter. Er stieß die Tür auf. Die drei Polizisten, die dort mit ihren Kaffeetassen saßen, blickten erstaunt auf.

»Wo ist Batzorig?«, fragte Nergui.

»Ich glaube oben, in seinem Büro. Er bat uns, Ihnen zu sagen ...«

»Und warum haben Sie das nicht getan?«

Die Polizisten sahen verwirrt aus. »Na ja, er hat nicht genau gesagt ...«

»Vergessen Sie's.«

Nergui machte auf dem Absatz kehrt und stürmte wieder die Treppe hinauf. Batzorigs Büro lag im rückwärtigen Teil des Gebäudes, von Nerguis eigenem aus den Gang hinunter. Es war ein großer Raum, den er sich normalerweise mit drei anderen Kollegen teilte; jetzt hatte jedoch nur er Dienst.

Er schaute von seinem Schreibtisch auf, als Nergui die Tür aufstieß, und sprang auf. »Guten Abend«, sagte er. »Haben Sie meine Nachricht bekommen?«

»Gerade eben.« Nergui ließ sich schwerfällig gegenüber von Batzorig nieder. »Was gibt's?«

»Vielleicht gar nichts. Aber wir haben heute Abend einen Anruf erhalten. Er kam auf der Leitung rein, die außerhalb der Dienstzeiten geschaltet ist, und ich habe zufällig abgenommen.«

»Was für einen Anruf?«

»Nun, den größten Teil davon konnte ich aufnehmen.« Es gab eine Möglichkeit, alle eingehenden Anrufe aufzuzeichnen, sicher eine Hinterlassenschaft aus Zeiten, als Überwachung noch gang und gäbe war, aber nichtsdestoweniger auch heute noch nützlich. »Sobald mir klar war, dass es wichtig sein könnte. Danach habe ich das Band ausgewechselt, damit der Anruf nicht überspielt wurde.«

»Sehr gut.« Nergui nickte. Warum hatten diese jungen Polizisten nur alle den Drang, ihn zu beeindrucken? War er in seiner Jugend auch so gewesen? Wahrscheinlich schon, fürchtete er.

Batzorig nahm das Band und steckte es in einen Kassettenrekorder, den er auf den Schreibtisch gestellt hatte. Offensichtlich hatte er sich gründlich auf Nerguis Rückkehr vorbereitet.

Die ersten paar Sekunden, nachdem er auf Wiedergabe gedrückt hatte, war nichts zu hören, nur das schwache Krächzen des Bands. Dann plötzlich eine Stimme, leise und zischend: »... habe etwas, das Sie interessieren könnte. Vielleicht ließe sich dessen unversehrte Rückgabe arrangieren. Das würde jedoch Kooperation erfordern. Ich rufe morgen um neun Uhr wieder an.« Man hörte noch, wie Batzorig versuchte, dem Anrufer etwas mehr Informationen zu entlocken, aber der hatte offensichtlich schon aufgelegt.

»Um wie viel Uhr kam der Anruf?«, fragte Nergui.

Dienstbeflissen schaute Batzorig in seine Aufzeichnungen.

»Kurz nach zehn«, sagte er. »Sieben Minuten nach, um genau zu sein.«

Nergui nickte. Er fragte sich, ob der Anrufer gewusst hatte, dass er außer Haus war, ihn mit Doripalam hatte fortfahren – und womöglich auch zurückkommen sehen.

Er blickte zu Batzorig auf. »Holen Sie den Mann, den ich mitgebracht habe. Er ist bei Doripalam in meinem Büro.«

Batzorig eilte davon, um Nerguis Bitte nachzukommen. Nergui saß still da und starrte den Kassettenrekorder an. Dann beugte er sich vor und drückte erneut die Wiedergabetaste. Er hörte dieselben Worte: »... habe etwas, das Sie interessieren könnte. Vielleicht ließe sich dessen unversehrte Rückgabe arrangieren. Das würde jedoch Kooperation erfordern. Ich rufe morgen um neun Uhr wieder an.«

Das konnte natürlich ein Scherz sein. Es war sogar sehr wahrscheinlich einer. Inzwischen war in der Presse über Drews Verschwinden berichtet worden, sodass sie damit rechnen mussten, im Laufe der nächsten Tage eine ganze Reihe Anrufe von Verrückten zu bekommen. Irgendetwas sagte Nergui jedoch, dass er ihn ernst nehmen sollte. Er klang nicht nach dem Anruf eines Spinners – zu kurz, zu gut durchdacht, zu wenig Imponiergehabe. Irgendetwas an dem Ton irritierte ihn, ein Eindruck von Leere, von Gefühllosigkeit.

Die Tür ging auf und Batzorig kam mit Doripalam und Cholon zurück. Nergui bat Cholon mit einer Handbewegung, Platz zu nehmen. Die anderen blieben an der Tür stehen, unsicher, ob er sie dabeihaben wollte oder nicht, kamen aber dann herein und schlossen die Tür hinter sich.

»Hören Sie sich das an«, sagte Nergui. »Erkennen Sie die Stimme wieder?« Er wollte Cholon nicht beeinflussen, aber seine Frage konnte nur eins bedeuten.

Er spielte das Band noch einmal ab und lauschte dabei selbst angespannt den schon mehrfach gehörten Worten.

»… habe etwas, das Sie interessieren könnte. Vielleicht ließe sich dessen unversehrte Rückgabe arrangieren. Das würde jedoch Kooperation erfordern. Ich rufe morgen um neun Uhr wieder an.«

Cholon schaute den Kassettenrekorder an. »Sie meinen, das ist Badzar?«

Nergui nickte, den Blick unverwandt auf Cholon gerichtet. Er wusste immer noch nicht, wie weit man darauf vertrauen konnte, dass Cholon ehrlich antwortete, wenn es um seinen Bruder ging.

»Können Sie es noch einmal abspielen?«

Nergui drückte erneut die Wiedergabetaste. Mittlerweile konnte er die Sätze auswendig, wusste aber immer noch nichts damit anzufangen.

Cholon schüttelte den Kopf. »Ich weiß es nicht. Es könnte sein. Es könnte gut sein. Aber sicher bin ich mir nicht.«

Nergui ließ das Band noch einmal laufen. Die Stimme war offensichtlich irgendwie verstellt – die dunkle Klangfarbe, das merkwürdige Zischen. Aber sie klang nicht so, als wäre sie außer durch das Telefon selbst künstlich verfremdet worden.

»Es gibt nicht viel, woran man sich halten kann«, räumte Nergui ein.

Cholon starrte den Rekorder an, als würde die Antwort aus der Maschine selbst herauskommen. »Es hat keinen Sinn«, sagte er. »Ich weiß es wirklich nicht. Es klingt nicht wie er, aber irgendwas macht mich stutzig. Vielleicht will ich nur nicht glauben, dass er es ist.«

»Tja, wir können nichts anderes tun als bis morgen warten. Sehen, ob er wieder anruft.« Nergui hob den Blick zu Doripalam und Batzorig. »Wir sollten das nicht zu hoch hängen. Es könnte einfach nur ein dummer Scherz sein.«

Er wandte sich wieder Cholon zu. »Falls Ihr Bruder in der

Stadt ist, müssen wir ihn finden. Haben Sie irgendeine Idee, wo er sein könnte?«

»Es gibt schon ein paar Leute, bei denen er unterschlüpfen könnte, zumindest zum Schlafen. Alte Freunde aus Studienzeiten.«

»Sind sie telefonisch erreichbar?«

»Die meisten von ihnen ja, obwohl ich nur von wenigen die Nummern habe. Heutzutage arbeiten sie in der Regel für die Regierung.« Er lächelte ironisch. »Ich bin mir nicht sicher, ob das Verrat ist oder nicht.«

Nergui schaute auf die Uhr. »Es ist spät, aber wir dürfen keine Zeit verlieren. Können Sie anfangen herumzutelefonieren? Wir bekommen sicher positivere Reaktionen, wenn Sie das machen, als wenn die Leute einen offiziellen Anruf von der Polizei bekommen.«

»Ich weiß nicht, ob Sie um diese nachtschlafende Zeit auf irgendeinen Anruf eine sonderlich positive Reaktion bekommen werden.«

»Bis morgen zu warten können wir uns aber nicht leisten. Vielleicht sagen Sie einfach, dass Ihr Bruder verschwunden ist, dass Sie Angst haben, er könnte krank sein.«

»Er ist krank. Und Angst habe ich auch um ihn«, sagte Cholon. »Sonst wäre ich ja nicht hier.«

Doripalam führte Cholon in ein anderes Büro, wo er mit der Telefonaktion beginnen konnte. Nergui machte sich keine großen Hoffnungen, dass dabei etwas herauskam, aber es war der einzige Punkt, an dem sie ansetzen konnten. Batzorig bot derweil an, Kaffee für alle zu holen.

Nergui schaute auf die Uhr. Fast zwei. Den Anruf beim Minister konnte er jetzt nicht mehr länger aufschieben. Er hatte den Verdacht, dass der Minister eigentlich nie schlief. Egal wann man anrief, er schien nie geweckt oder gestört zu werden.

Während Nergui die Nummer wählte, fragte er sich, wie er es formulieren sollte, dass es immer noch nichts Wesentliches zu berichten gab. Am anderen Ende der Leitung klingelte es, doch niemand hob ab. Nerguis Erfahrung nach war das nahezu ohne Beispiel. In Gegenwart des Präsidenten schaltete der Minister sein Telefon normalerweise aus, aber ansonsten gab es so gut wie keine Ausnahme von dieser persönlichen Regel ständiger Erreichbarkeit. Nach wenigen Sekunden ging die Mailbox an und er hörte, wie der Minister ihn aufforderte, nach dem Piepton eine Nachricht zu hinterlassen. Nergui nannte nur seinen Namen, merkte die Zeit an und bat den Minister zurückzurufen. Als er auflegte, verspürte er eine gewisse Erleichterung darüber, dass ihm die inhaltsleere Diskussion mit dem Minister erspart geblieben war, gepaart mit der Sorge darüber, was der Minister wohl gerade tat.

Bevor Nergui sich den Luxus weiteren Grübelns erlauben konnte, steckte Doripalam den Kopf zur Tür herein. »Wir haben schon was«, sagte er.

»Wirklich?« Nergui hatte nicht mit ernst zu nehmenden Ergebnissen der Anrufe gerechnet, und schon gar nicht so schnell.

Doripalam nickte. »Cholon hat mit den aussichtsreichsten Kandidaten angefangen. Den echten alten Freunden. Und hatte fast auf Anhieb Glück.«

»Was sind das für Leute?«

»Ein Paar, das mit Cholon und Badzar an der Uni war. Selber Jahrgang wie Badzar. Er ist im Staatsdienst, sie arbeitet in einem Reisebüro. Sie haben eine kleine Wohnung in Zentrumsnähe. Badzar ist tatsächlich bei ihnen aufgetaucht, anscheinend erst vor ein paar Tagen, wie aus heiterem Himmel, sagte, er bräuchte ein Dach über dem Kopf, bis er irgendwo was zur Miete gefunden habe. Sie hatten ihn seit Jahren nicht gesehen, nahmen ihn aber auf. Er blieb ein paar Nächte, dann verschwand er.«

»Ich nehme an, mit ihrer Nachtruhe ist es jetzt ohnehin vorbei«, sagte Nergui. »Dann können wir auch zu ihnen fahren und sehen, ob sie uns noch mehr zu erzählen haben.«

»Soll Cholon mitkommen?«

Nergui zögerte. »Vielleicht schon«, sagte er. »Kann sein, dass sie offener sind, wenn er dabei ist.«

Nergui packte seinen Mantel und eilte die Treppe wieder hinunter. Doripalam ging Cholon holen und die drei trafen sich am Eingang zum Parkplatz. Der Schnee fiel jetzt dichter als zuvor, der Himmel war im Wirbel der Flocken verschwunden. Seit ihrer Rückkehr hatte sich eine ungefähr fünf Zentimeter dicke Schneeschicht auf den Geländewagen gelegt.

»Ich habe noch weitertelefoniert«, berichtete Cholon. »Hab vermutlich ein paar Freunde damit vergrault. Aber sonst hatte ihn niemand gesehen. Die meisten hatten vor Jahren zum letzten Mal Kontakt mit ihm.«

»Aber wir wissen, dass er jetzt hier ist«, bemerkte Doripalam. »Wir wissen, dass er in der Stadt ist.«

Nergui fröstelte es, aber er sagte sich, das komme nur von dem kalten Wind, der ihm entgegengeschlagen war, als er in die Nacht hinaustrat. Es schneite jetzt heftig und die Straße wurde bereits gefährlich glatt.

Sie stiegen in den Geländewagen, Doripalam hinters Steuer, und machten sich auf den Weg.

»Seien Sie vorsichtig«, sagte Nergui. »Ein zu Schrott gefahrenes Polizeiauto fehlt uns gerade noch zu unserem Glück.«

Auch auf den vereisten Straßen erwies Doripalam sich als geschickter Fahrer. Schnee war ein wohlbekanntes Problem und es waren schon Schneepflüge und Streuwagen unterwegs, sodass die Hauptstraßen relativ gut befahrbar waren. Bis zum Morgen würden die Schneemassen weitgehend geräumt sein. Das größte Problem bestand in der schlechten Sicht. Doripalam spähte durch die Windschutzscheibe in das Schneegestöber und hielt angestrengt Ausschau nach anderen Autos, die womöglich vor ihm fuhren. Doch abgesehen von einzelnen Schneeräumfahrzeugen waren die Straßen verlassen.

Die Wohnung befand sich nur eine kurze Autofahrt entfernt in einem langgestreckten, nicht sehr hohen Gebäude aus düsterem grauem Beton mit Blick auf einen kleinen Park. Bis auf zwei oder drei erleuchtete Fenster, von denen eins, wie Nergui vermutete, wahrscheinlich ihr Ziel war, lag das Haus im Dunkeln.

Sie parkten am Straßenrand und Nergui ging voraus in die schwach beleuchtete Eingangshalle, die zu seinem Erstaunen unverschlossen war. Auch von einem Wachmann oder Portier war nichts zu sehen.

»Wohnung 23«, sagte Cholon von hinten.

Sie stiegen die Treppe hinauf in den ersten Stock und gingen den dunklen Flur entlang, bis sie Wohnung 23 fanden. Nergui klopfte laut an. Nach einer Weile ging die Tür auf und ein kleiner, erschöpft wirkender Mann spähte heraus. Er schaute sie eine Zeitlang aufmerksam an, als könne er sich nicht entscheiden, ob er sie hereinlassen wollte. Dann erkannte er Cholon und nickte verhalten lächelnd.

»Kommen Sie herein«, sagte er. »Aber seien Sie bitte leise. Das Baby schläft. Sie wacht leicht auf.«

Sie folgten dem Mann in ein kleines, hübsch eingerichtetes Wohnzimmer. Auf dem Sofa saß eine nervös wirkende Frau, vermutlich seine Ehefrau. Als Nergui vortrat, schien seine Anwesenheit den kleinen Raum zu füllen. »Danke, Herr …«

»Oyon«, sagte der Mann. »Und das ist meine Frau, Odyal.«

»Es tut mir leid, dass wir Sie stören müssen. Seien Sie versichert, dass wir das nicht täten, wenn es nicht so wichtig wäre.«

»Ich verstehe das nicht«, sagte Oyon. »Ich dachte, Cholon würde seinen Bruder suchen.«

»Das stimmt auch«, antwortete Nergui.

»Aber ich verstehe nicht, warum die Polizei ...«

Nergui hob die Hand. »Das ist eine lange Geschichte, mit der wir Sie nicht weiter zu belästigen brauchen. Aber Badzar ist verschwunden und wir haben Grund zu der Annahme, dass er sehr krank sein könnte. Wir müssen ihn dringend finden.«

Oyon runzelte die Stirn, als versuchte er, aus dieser Information schlau zu werden. Ihm war offensichtlich klar, dass noch mehr hinter dieser einfachen Aussage steckte, doch er erkannte wohl auch, dass es wenig Sinn hatte, nachzubohren. »Ich weiß nicht, ob ich Ihnen eine große Hilfe sein kann«, sagte er schließlich.

»Wann haben Sie Badzar zuletzt gesehen?«

Oyon warf seiner Frau einen Blick zu. »Erst neulich. Er tauchte ganz unerwartet auf. Wie aus heiterem Himmel.«

»Hatten Sie ihn davor auch mal gesehen? Vor kurzem, meine ich?«

Oyon schüttelte den Kopf. »Seit Jahren nicht mehr. Nach dem Studium waren wir noch eine Zeitlang mit Badzar und Cholon zusammen gewesen, damals haben wir alle hier gearbeitet. Wir haben aber den Kontakt verloren, als ...« Plötzlich verlegen geworden, hob er den Blick zu Cholon.

Der lächelte. »Damals haben wir zu allen den Kontakt verloren. Euch standen wir näher als den meisten anderen. Immerhin haben wir uns gelegentlich geschrieben. Ich hatte auch immer vor, euch zu besuchen, bin aber gar nicht mehr in die Stadt zurückgekommen.«

»So war es also eine Überraschung, als er auftauchte?«, fragte Nergui.

»Eine völlige Überraschung. Ein kleiner Schock, geradezu. Ich meine, es war schön, ihn zu sehen. Oder besser, es wäre schön gewesen …«

»Er kam uns vor wie ein anderer Mensch«, schaltete Odyal sich ein. »Ich konnte kaum glauben, dass es der Badzar sein sollte, den wir von früher kannten.«

»Inwiefern anders?«

»Also …« Betreten schaute sie Cholon an. »Ich weiß nicht, wann du deinen Bruder zuletzt gesehen hast, Cholon.«

»Vor ein paar Wochen.«

»Vielleicht hatte er sich im Laufe der Jahre verändert. Vielleicht wäre es dir gar nicht aufgefallen?«

Cholon schüttelte den Kopf. »Nein. Ich habe es auch bemerkt. Diese Veränderungen waren erst in den letzten Monaten aufgetreten. Als ich ihn wiedersah, war er … sehr verändert.«

»Anfangs war ich mir nicht einmal sicher, dass er es überhaupt war«, sagte Oyon. »Er war gealtert – ich meine, wir sind alle gealtert, aber er sah viel älter aus, als man erwartet hätte. Irgendwie wirkte er verwirrt. Ich dachte, er würde Drogen nehmen. Es wundert mich nicht, wenn du sagst, dass er krank ist.«

»Seine Krankheit ist, glaube ich, nicht körperlicher Natur«, sagte Cholon leise.

»Du meinst, er ist …« Oyon warf einen flüchtigen Blick zu seiner Frau, dann zur Tür des Babyschlafzimmers. Offensichtlich fragte er sich gerade, was für einen Menschen sie da beherbergt hatten und warum die Polizei sich wohl für Badzars Verbleib interessierte.

»Wir glauben, dass Badzar eine Art Zusammenbruch erlitten haben könnte«, sagte Nergui ruhig. »Wir machen uns Sorgen um sein Wohlbefinden. Es würde uns helfen, wenn Sie uns so viel wie möglich über seinen Aufenthalt hier erzählen könnten. Alles, was er gesagt hat. Jeden Hinweis, wohin er gegangen sein könnte.«

Oyon lehnte sich auf seinem Stuhl zurück. »Lassen Sie mich überlegen. Neulich nachts tauchte er auf, es muss am Dienstag gewesen sein. Ziemlich spät, gegen neun. Wie gesagt, wie aus heiterem Himmel. Es klingelte an der Tür, und als ich aufmachte, stand er da. Er hatte Kleider an, die ... nun ja, nicht gerade der Jahreszeit entsprachen. Ein dünnes Hemd, eine Jacke, keinen Mantel. Er hatte eine kleine Tasche dabei, eine Reisetasche. Das war alles. Am Anfang muss ich ihn wohl ziemlich ratlos angestarrt haben, denn er sagte: ›Ich bin's, Badzar. Erinnerst du dich nicht mehr an mich?‹ Da wusste ich natürlich, wer er war, aber wiedererkannt habe ich ihn immer noch nicht so richtig. Er sah so anders aus als der Badzar von früher.«

»Und was sagte er?«, half Nergui nach.

»Er sagte, er sei wegen einer geschäftlichen Angelegenheit in die Stadt zurückgekommen. Ich meine, wir kannten ja die Geschichte, wie ihr ...«, dabei deutete er mit dem Kopf auf Cholon, »... mit eurem Vater in die Steppe zurückgekehrt seid. Ansonsten wussten wir aber kaum etwas. Er hat uns nicht erklärt, um was für ein Geschäft es ging, und ich habe auch nicht weiter nachfragen wollen.«

»Dachten Sie, es wäre etwas Kriminelles?«

»Nein, richtig kriminell nicht. Aber ich wusste, dass er nur mit Mühe über die Runden gekommen war. Es hätte mich also nicht gewundert, wenn er in, sagen wir, zweifelhafte Dinge verwickelt gewesen wäre. Als Regierungsangestellter hielt ich es für das Beste, gar nichts davon zu wissen.«

»Was hat er noch gesagt?«

»Nicht viel. Er sagte, er habe es so eingerichtet, dass er für ein paar Wochen in der Stadt bleiben könne, und sich verschiedene Unterkünfte organisiert. Wegen einer Verwechslung in der Verwaltung sei die erste Wohnung jedoch erst in ein paar Tagen frei. So liefere er sich uns gewissermaßen auf Gedeih und Verderb aus.«

»Haben Sie ihm geglaubt?«

Oyon runzelte die Stirn. »Ich weiß es nicht genau. Ich meine, so weit war es ja eine durchaus plausible Geschichte. Ein bisschen merkwürdig fand ich nur, dass er diese Arrangements getroffen, dann aber nirgendwo anders eine Bleibe gefunden hatte als bei Leuten, die er zehn Jahre lang nicht gesehen hatte. Zu den konventionellen Menschen hatte Badzar aber nie gehört.«

»Sie nahmen ihn also bei sich auf?«

»Selbstverständlich. Was hätten wir denn sonst tun sollen? Wie Sie sehen, haben wir nur wenig Platz, sodass wir ihm nichts anderes anbieten konnten als das Sofa, aber für ein paar Tage war das in Ordnung. Wir baten ihn herein – gaben ihm etwas zu essen, tranken ein paar Gläser Wodka mit ihm. Danach entspannte er sich etwas, schien seinem alten Ich wieder näherzukommen. Wir redeten eine Weile über alte Zeiten. Er sprach gerne über die Universität, aber ich hatte den Eindruck, dass er über das, was danach passiert war, nicht reden wollte.«

»Und er machte keine Andeutung über seine Geschäfte hier in der Stadt?«

»Nicht die geringste. Ich meine, er tat nicht besonders geheimnisvoll damit, aber die Sprache kam einfach nie darauf und, wie gesagt, ich wollte nicht nachfragen.«

»Und wie lang blieb er hier?«

»Nur zwei Nächte. Um ehrlich zu sein, wir bekamen gar nicht viel von ihm mit. Wir sahen ihn am Mittwochmorgen, bevor wir zur Arbeit gingen. Wenn Odyal Dienst hat, bringen wir das Baby zu ihrer Mutter. Wir gaben ihm einen Schlüssel und ich hatte den Eindruck, dass er fast den ganzen Tag außer Haus war. Gegen sechs waren wir wieder hier. Er kam etwas später. Wir aßen wieder zusammen. Er hatte eine Flasche Wodka mitgebracht, also tranken wir noch ein paar Gläser, aber das war es dann auch. Er vermittelte uns nicht den Eindruck, als würde er am nächsten Tag gehen; wieder war er morgens, bis wir zur Arbeit gingen, noch da. Als wir nach Hause kamen, war er verschwunden und der Schlüssel lag da auf dem Tisch. Wir wussten nicht, ob wir ihn zurückerwarten sollten, aber er tauchte nicht mehr auf. Ehrlich gesagt waren wir etwas verärgert darüber, dass er es nicht einmal für nötig befunden hatte, noch mal zu kommen und sich zu verabschieden. Aber wie schon gesagt, Badzar war immer unberechenbar gewesen.«

Nergui nickte. »Und er hat gar keine Andeutung gemacht, wohin er gehen würde?«

Oyon zog die Augenbrauen hoch. »Nichts Eindeutiges. Ich hatte den Eindruck, dass es irgendwas in der Nähe war.«

Nergui beugte sich vor. »Warum sagen Sie das?«

»Ich weiß es nicht.« Oyon schaute Hilfe suchend zu seiner Frau hinüber. »Es war irgendwas an der Art, wie er an diesem zweiten Abend sprach. Wir hatten ein paar Gläser getrunken. Alles war etwas lockerer als zuvor, wenngleich Badzar immer noch ziemlich angespannt wirkte. Er sagte irgendetwas über seine Reise hierher. Einen Teil des Weges war er per Anhalter mit einem Lastwagen gefahren. Er hatte hier alles arrangiert, aber dann – wie waren seine Worte? – dann hatte es gewisse neue Entwicklungen gegeben. Ich glaube, so hat er es beschrieben. Deshalb konnte er nicht sofort in die vorgesehene Unterkunft einziehen. Und fand sich auf unserer Türschwelle wieder ...«

»Das war es«, nahm Odyal den Faden auf. »Es war die Art, wie er es formulierte. Fast, ich möchte sagen, beleidigend. Er vermittelte uns den Eindruck, dass er nicht unbedingt daran interessiert gewesen war, uns nach zehn Jahren wiederzusehen, sondern dass er nicht wusste, wohin er sonst gehen sollte, und wir die Nächsten waren, die er kannte. Wir hatten ein bisschen getrunken, sodass ich es gar nicht richtig auf mich habe wirken lassen, aber ich kann mich erinnern, dass ich mich über die Art, wie er sprach, geärgert habe.«

»Er merkte, glaube ich, schon, was er gesagt hatte«, meinte Oyon. »Er hatte mehr getrunken als wir – ja, er war regelrecht betrunken. Er entschuldigte sich halbherzig, sagte, er habe es nicht so gemeint – in Wirklichkeit habe er extra einen Umweg gemacht, um uns zu sehen. Aber letztlich habe ich ihm wohl nicht geglaubt.«

Das war eine interessante Frage, dachte Nergui. Hatte Badzar angefangen, sich zu entschuldigen, weil er Sorge hatte, alte Freunde beleidigt zu haben, oder war der Grund eher, dass er befürchtete, etwas über seine geplanten Aufenthaltsorte preisgegeben zu haben?

»Fällt Ihnen noch irgendetwas ein?«, sagte Nergui. »Irgendetwas, das er gesagt haben könnte? Andere Eindrücke, die bei Ihnen entstanden sind? Selbst die flüchtigsten Gedanken oder Ideen können hilfreich für uns sein.«

»Ich glaube nicht«, sagte Oyon. »Wie ich schon sagte, er redete überhaupt nicht darüber, warum oder zu welchem geschäftlichen Zweck er hier war. Es handelte sich offensichtlich um etwas, das ihm ... irgendwie dringend, wichtig war. Während der ganzen Zeit bei uns machte er einen angespannten Eindruck. Als wäre er scharf darauf gewesen, mit dem weiterzumachen, was er hatte aufschieben müssen.«

»Kam er Ihnen bedroht vor?«, fragte Doripalam. »Ich meine, war ihm irgendwie anzumerken, dass er verfolgt wurde oder dass jemand ihn suchte?«

Oyon starrte Doripalam ausdruckslos an. »Ich weiß es nicht. Suchen Sie deshalb nach ihm?«

Nergui schüttelte den Kopf. »Wir haben keinen Grund,

anzunehmen, dass er etwas verbrochen hat. Aber wir wissen nicht, warum er in die Stadt gekommen ist. Wir wissen nicht, in was er verwickelt sein könnte. Wir versuchen einfach, das Puzzle zusammenzusetzen.«

Als Oyon und Odyal sich daraufhin anschauten, stand ihnen die Frage ins Gesicht geschrieben, in was sie da hineingeraten waren. »Wir wissen es nicht«, sagte Oyon. »Ich meine, er sah angespannt aus, wie gesagt, und nicht gesund. Aber den Eindruck, dass er Angst hatte, habe ich eigentlich nicht gewonnen. Es war eher, dass er – keine Ahnung – mit einer Aufgabe betraut war, die sich als herausfordernd und anspruchsvoll entpuppte, vielleicht mehr, als er erwartet hatte. Besser kann ich es nicht ausdrücken.«

»Sie waren uns eine große Hilfe«, sagte Nergui. »Es tut mir leid, wenn das eine Tortur für Sie war. Und ich möchte mich noch einmal dafür entschuldigen, dass wir Sie zu dieser Zeit gestört haben. Wir hätten das nicht getan, wenn es nicht so wichtig gewesen wäre. Das werden Sie sicher verstehen.«

»Aber natürlich. Ich hoffe, wir konnten Ihnen helfen.« Wahrscheinlich konnte Oyon die Bedeutung Ihres Besuches durchaus ermessen, aber offensichtlich war er auch sehr daran interessiert, sie wieder loszuwerden. Ihm war deutlich anzumerken, dass das ein Besuch war, den er schnell hinter sich bringen wollte.

»Es tut mir leid, dass wir euch das zumuten mussten«, fügte Cholon hinzu. »Und es tut mir leid, wenn Badzar euch Probleme bereitet hat. Es wäre schön, unter anderen Umständen noch einmal herzukommen.«

Oyon geleitete sie freundlich, aber bestimmt zur Tür. »Es ist immer schön, dich zu sehen, Cholon. Ich bedaure, dass wir so lange keinen Kontakt hatten. Du bist uns jederzeit hier willkommen.«

Sehr aufrichtig klang das allerdings nicht, dachte Nergui.

18. KAPITEL

Der Schnee fiel jetzt so dicht, dass man kaum die andere Straßenseite sehen konnte, und an den Häuserwänden hinter ihnen hatten sich schon hohe Schneewehen gebildet. Nergui warf einen Blick auf die Uhr. Drei Uhr fünfzehn. Während ihres Besuchs in der Wohnung hatte er sein Handy angeschaltet gelassen, falls der Minister zurückrief, aber bisher hatte es keine Anrufe gegeben.

Nachdem die drei Männer rasch in den Geländewagen eingestiegen waren, ließ Doripalam den Motor an und wendete. Die Reifen griffen so eben noch. Wenn es weiterschneite, brauchten sie Schneeketten, bis die Straßen freigeräumt waren.

»Zurück zum Polizeipräsidium?«, wollte Doripalam wissen.

Nergui zögerte einen Moment und nickte dann. In seinem Kopf begann eine Idee Form anzunehmen, die mit Oyons letzter Bemerkung über Badzars möglichen Verbleib zu tun hatte. Vielleicht war es möglich, dass Badzar sich tatsächlich ganz in der Nähe aufhielt. Nergui drehte sich um und schaute die schneebedeckte Straße hinunter, während sich in seinem Kopf die Gedanken überschlugen.

»Ja. Fürs Erste.«

Doripalam machte sich vorsichtig auf den Rückweg zum Polizeipräsidium. In jeder Kurve spürte Nergui, wie die Reifen wegrutschten, während Doripalam sich bemühte, nicht die Kontrolle über den Wagen zu verlieren. Das war eine Nacht, in der man eigentlich nicht aus dem Haus gehen sollte. Nergui hatte jedoch das Gefühl, dass es gerade erst so richtig losging.

Als sie langsam wieder in den Parkplatz des Polizeipräsidiums einbogen, klingelte Nerguis Handy. Er drückte die Verbindungstaste.

»Nergui. Ich bin's.« Der Minister, natürlich.

»Herr Minister. Ich glaube, Sie haben früher schon einmal angerufen.«

»Wo sind Sie, Nergui?«

»Gerade zum Polizeipräsidium zurückgekommen. Es ist noch früh am Morgen, aber wir haben möglicherweise eine Spur.«

»Ausgezeichnet.« Der Minister klang unerwartet zerstreut, als wären seine Gedanken schon gar nicht mehr bei den Morden. »Nergui, ich muss Sie sehen. Dringend.«

»Jetzt, Herr Minister? Aber ...« Aber was? Erst in dem Moment wurde Nergui klar, dass er in einer dunklen Ecke seines Verstandes schon begonnen hatte, für den Rest der Nacht andere Pläne zu machen. Er wollte einer noch unausgegorenen Idee nachgehen.

»Jetzt, Nergui. So schnell Sie können. Es gibt ein paar Dinge, die ich mit Ihnen besprechen muss.«

Das klang nicht gut, aber Nergui kümmerte sich nicht mehr um die politische Positionierung des Ministers, selbst wenn das hieß, dass er bei dieser Gelegenheit das fällige Opfer sein könnte. Er schaute auf die Uhr. Drei Uhr dreißig.

»Wie schnell können Sie hierherkommen, Nergui? Ich bin im Büro.«

»Ich komme sofort. Es schneit fürchterlich. Vielleicht in zehn, fünfzehn Minuten.«

»Kommen Sie in zehn.« Wie immer nahm das Telefonat ein abruptes Ende.

Nergui drehte sich zu Doripalam um. »Ich muss zum Minister. Das wird eine Stunde dauern, länger nicht. Ich habe eine Idee, der ich nachgehen möchte. Vielleicht verschwende ich dabei jedermanns Zeit, aber einen Aufschub können wir uns nicht leisten. Wir sollten den Geländewagen mit Schneeketten ausrüsten lassen, falls wir noch mal losfahren.«

Doripalam nickte. »Und ich nehme an, wir fahren noch mal los?« In seiner Stimme klang eine leichte Gereiztheit mit.

»Vertrauen Sie mir, Doripalam. Ich verschweige Ihnen nichts. Ich habe nur so eine Ahnung, und die erkläre ich Ihnen, wenn ich zurückkomme, obwohl sie vermutlich viel zu unausgegoren ist, als dass irgendjemand außer mir seine Zeit damit verschwenden sollte. Aber ich wäre Ihnen dankbar, wenn Sie mich unterstützen würden.«

Doripalam schaute den Älteren eine Sekunde lang an, dann nickte er. Er drehte sich auf seinem Sitz um und wandte sich Cholon zu. »Für Sie sollte ich eine Unterkunft besorgen.«

»Was haben Sie vor?«, fragte Cholon Nergui. »Hat das mit meinem Bruder zu tun?«

»Möglicherweise.«

»Kann ich unter diesen Umständen dabei sein?«

Nergui schaute Doripalam an, der die Achseln zuckte. Darauf sagte Nergui: »Ich weiß nicht, worum es hier geht und welches Risiko wir womöglich eingehen. Es wäre also irrsinnig, Sie mitkommen zu lassen.«

»Verstehe.«

»Ich glaube aber, dass wir in diesem Fall die Grenze zum Irrsinn bereits überschritten haben. Ich weiß nicht mehr, was wir tun. Phantome jagen. Wenn Sie also mit uns Phantome jagen wollen, ja, dann können Sie mitkommen. Tun Sie aber genau, was ich Ihnen sage. Ich mache vielleicht etwas Verrücktes, aber völlig unverantwortlich bin ich dabei nicht.«

Nergui kletterte aus dem Geländewagen und schlug die Tür hinter sich zu. Er schaute Doripalam und Cholon hinterher, wie sie langsam in das Gebäude trotteten. Dann zog er seinen Mantel enger um sich und machte sich auf den Weg durch den wirbelnden Schnee zum Ministerium.

Nach der undurchdringlichen Dunkelheit jetzt unaufhörliches Licht.

Während er dalag, hatte er allmählich begonnen, wieder ein Gefühl für seinen Körper zu bekommen, die Überzeugung, dass Bewegung noch möglich und er noch am Leben war.

Zuerst kämpfte er, indem er an den Fesseln zog, die seine Handgelenke und Knöchel festhielten. Aber die Schnüre gaben nicht nach, verschoben sich kein bisschen, er spürte nur, wie seine Haut darunter brannte. Er war festgebunden, mit professionellem Geschick an die Holzbank gefesselt.

Die blinde Panik, die ihn in der Dunkelheit übermannt hatte, war jetzt vorbei, aber der Schrecken blieb. Jemand hatte ihm das zugefügt. Jemand wartete, vielleicht irgendwo in diesem Raum. Irgendetwas würde am Ende passieren.

Seine Zwangslage mutete surreal an. In einem hell erleuchteten Fabrikgebäude gefangen, festgehalten von einem unsichtbaren, unbekannten Angreifer. Es gab Momente, da konnte er es einfach nicht glauben und erwartete fast, aus einem Traum zu erwachen oder irgendwie festzustellen, dass alles nur ein raffinierter böser Scherz war. Dann holte ihn die Realität wieder ein und die Angst ließ sein Herz gefrieren. Und an dem Punkt wurde die Stille zur allergrößten Bedrohung, indem sie sich wie ein greifbares Objekt um ihn herum aufbaute und ihm den Atem nahm. Und er lauschte, aufs Äußerste gespannt, was als Nächstes passieren würde.

Es war ein langer Fußmarsch über den Süchbaataar-Platz, bei dem er gegen heftige Windstöße und das eisige Schneetreiben ankämpfen musste. Der Platz war still und schneebedeckt, die Statuen unförmig unter den sich ansammelnden Schneewehen. Ununterbrochen und dicht fiel der Schnee inzwischen vom Himmel und selbst die Schneepflüge und Räumfahrzeuge schienen aufgegeben zu haben.

Das Ministerium lag auf der anderen Seite des Platzes, unter normalen Bedingungen fünf Minuten zu Fuß. Jetzt war er bereits zehn Minuten gelaufen und hatte immer noch ein Stück Weg vor sich. Er zog sich den unförmigen alten Filzhut tief ins Gesicht und seinen dicken Wintermantel noch fester um sich und trottete weiter durch den tiefer werdenden Schnee.

Im Gehen rang er mit dem Gedanken, der ihm im Gespräch mit Oyon gekommen war, versuchte, sich die nächsten Schritte auf ihrer Suche nach Badzar zu überlegen, und schob die anstehenden Probleme zumindest bis zu seiner Ankunft im Ministerium beiseite.

Oyon hatte, aus welchem Grund auch immer, den Eindruck gehabt, dass Badzars Ziel gar nicht weit von Oyons Wohnung entfernt lag. Nergui war geneigt, dieser Einschätzung Glauben zu schenken. Ihm war aufgefallen, dass Oyon richtig verärgert darüber zu sein schien, dass Badzar nur deshalb bei ihnen aufgetaucht war, weil er sich ohnehin schon in der Nachbarschaft aufgehalten hatte.

Selbst wenn das stimmte, gab es immer noch viele Orte, an denen Badzar sich versteckt halten konnte. In der Umgebung standen zahlreiche Wohnhäuser, weitere Betonhinterlassenschaften des alten kommunistischen Funktionalismus. Badzar konnte bei einem anderen Bekannten Unterschlupf gefunden oder selbst eine Wohnung gemietet haben, vorausgesetzt, er hatte das Geld dazu. Eine noch einfachere Möglichkeit boten leerstehende Wohnungen, von denen es wahrscheinlich einige gab – solche, die noch nicht neu vermietet waren, oder ganze Häuserblocks, die unter dem Erneuerungsdrang der Regierung renoviert oder abgerissen werden sollten. Badzar konnte in einen davon eingebrochen sein.

Es gab allerdings noch eine weitere Möglichkeit. Oyons Wohnblock grenzte an einen Industriebezirk. In diesem Gebiet gab es einige florierende Betriebe, von denen manche immer noch staatseigen, andere die ersten Früchte expandierender Privatunternehmer waren. Doch wie überall in der Stadt standen auch hier viele stillgelegte Industrieanlagen, übrig geblieben aus der Zeit des ökonomischen Wahnsinns, als das Land von der freien Marktwirtschaft nicht nur Gutes übernommen hatte.

Und eine dieser stillgelegten Fabriken, nur etwa einen Kilometer von Oyons Wohnung entfernt, war die, in der sie Delgerbayars Leiche gefunden hatten.

War das reiner Zufall? Schließlich gab es im Stadtgebiet Dutzende stillgelegter Fabrikgebäude und Lagerhäuser. Selbst wenn Badzar sich in einem davon versteckt hielt, warum sollte es genau das sein? Sicher würde er nicht riskieren, sich in einer Gegend aufzuhalten, in der die Polizei eine großangelegte Ermittlung durchgeführt hatte.

Nur konnte das natürlich auch genau der Punkt sein. Während ihrer ganzen bisherigen Arbeit an dem Fall hatten sie dazu geneigt, das Offenkundige zu vernachlässigen, weil es ihnen unbedeutend erschien. Bei Delgerbayars beabsichtigtem Besuch in dem Goldwäscherlager hatten sie sich nichts gedacht, weil sie geglaubt hatten, es sei ein reiner Routineauftrag gewesen und bringe sie nur vom Wesentlichen ab. Vielleicht verhielt es sich hier ähnlich. Sie waren davon ausgegangen, dass die Fabrik, in der Delgerbayars Leiche gefunden wurde, lediglich eine geeignete Umgebung für solch eine Tat gewesen war. Sie war eins von vielen großen leerstehenden Gebäuden, etwas abseits der Wohnbebauung. Nergui zweifelte nicht daran, dass der Mörder den Ort mit Bedacht gewählt hatte.

Sie hatten das Gebäude zwischenzeitlich auf den Kopf gestellt und alles, was unter Umständen Hinweise auf den Mörder geben konnte, einer kriminaltechnischen Untersuchung unterzogen, aber nichts gefunden. Keinerlei Anzeichen dafür, dass jemand sich in dem Gebäude aufgehalten hatte, abgesehen von Delgerbayars wirkungsvoll platzierter Leiche.

Nergui war die zeitlichen Abläufe noch einmal im Geist durchgegangen. Der Tag, an dem sie Delgerbayars Leiche gefunden hatten, war auch der Tag, an dem Badzar unerwartet auf Oyons Türschwelle gestanden hatte. War es möglich, dass er, nachdem er den Mord begangen und die Leiche so arrangiert hatte, wie sie sie später fanden, zu seinen alten Bekannten gegangen war, um sich dort ein paar Tage versteckt zu halten?

Nergui schüttelte den Kopf, während er sich leicht vorgebeugt gegen Wind und Schnee stemmte und vorsichtig auftrat, um das Gleichgewicht nicht zu verlieren. Es war eine alberne Idee. Warum kreuzte Badzar einfach unangekündigt auf? Hatte er nicht im Voraus schon einiges geregelt, sich eine sichere Bleibe besorgt? Aber gerade das konnte der Grund sein, weshalb er so überraschend aufgetaucht war. Falls Badzar in die Morde verwickelt war, wollte er keine Spur hinterlassen. Er konnte nicht mehr in die Wohnung gehen, die er angemietet hatte. Oyon und Odyal hatten zwar angegeben, dass sie überrascht gewesen wären, aber andererseits hatten sie ihn auch als unberechenbar beschrieben. Unter dem Druck des Ministeriums war die Nachricht von Delgerbayars Ermordung unter Verschluss gehalten und nicht in den Medien veröffentlicht worden, genau wie Badzar es vielleicht vorausgesehen hatte. Es gab keinen Grund, warum Oyon und Odyal eine Verbindung zwischen Badzars Auftauchen und dem Mord hätten herstellen sollen.

Immer noch in Gedanken über die Bedeutung all dessen vertieft, erreichte Nergui schließlich den gesichtslosen Betonklotz, in dem sich das Ministerium für innere Sicherheit befand. Zu dieser nachtschlafenden Zeit lag das Gebäude nahezu ganz im Dunkeln, nur in ein paar Fenstern brannte Licht. Die

Eingangstür war verriegelt, aber Nergui hatte einen Schlüssel. Er schloss auf, was mit seinen behandschuhten Händen gar nicht so einfach war, trat ein und ließ die Tür hinter sich ins Schloss fallen.

Nach der Eiseskälte der Nacht fiel die Wärme in dem Gebäude ihm sofort auf. Eine Verschwendung der Mittel des Ministeriums, dachte er. Langsam erklomm er die Treppen zum Büro des Ministers im zweiten Stock.

Die meisten der Büros hier, einschließlich Nerguis eigenem, waren auf trostlose Weise funktional – blanke gekachelte Fußböden, grau gestrichene Wände, Metallschreibtische und -aktenschränke, Stühle, bei denen Stabilität mehr zählte als Bequemlichkeit. Das Büro des Ministers war zwangsläufig anders. Nergui wusste nicht, woher der Minister seine Möbel hatte, da sie an Qualität sogar die der hochrangigen Apparatschiks alter Zeiten übertrafen.

Durch den Spalt unter der Tür des Ministers fiel Licht. Nergui klopfte an und wartete, denn er wusste aus Erfahrung, dass der Minister Besucher gerne warten ließ, und wenn es auch nur ein paar Augenblicke waren.

Nach der erwarteten Pause hörte er die Stimme des Ministers. »Herein.«

Langsam schob er die Tür auf und ging hinein. Zu seinem Erstaunen war der Minister nicht allein. Ihm gegenüber saß mit dem Rücken zu Nergui ein grauhaariger Mann.

Als Nergui eintrat, drehte er sich in seinem Sessel um.

Nergui zog die Augenbrauen hoch. »Professor Wilson«, sagte er. »Das ist eine Überraschung.«

Wilson nickte. »Was ich über Chief Inspector McLeish gehört habe, tut mir sehr leid«, sagte er. »Gibt es keine Neuigkeiten?«

Nergui warf dem Minister einen kurzen Blick zu. Er hatte keine Ahnung, warum Wilson hier war. Bisher war er der

Meinung, dass der Professor nicht in offizieller Funktion im Land war, sondern lediglich seine Frau bei ihrer Forschungsarbeit begleitete. Vielleicht war er jetzt hier, um sich noch einmal darüber zu beschweren, dass sie keine Fortschritte machten, vor allem angesichts des Verschwindens von Drew. Allerdings kam es ihm unwahrscheinlich vor, dass er eine offizielle Beschwerde in den frühen Morgenstunden vorbrachte.

Im Gesicht des Ministers fand sich kein hilfreicher Hinweis. »Nichts, was schon an die Öffentlichkeit gelangen dürfte. Wir haben ein paar Spuren, aber für etwas Genaueres ist es noch zu früh.«

»Nehmen Sie an, dass Chief Inspector McLeish …?« Wilson vollendete den Satz nicht.

»Wir nehmen nichts an«, entgegnete Nergui. »Ich bleibe einstweilen optimistisch.«

Wilson nickte, wenngleich skeptisch, erwiderte aber nichts. Nergui schaute zu dem Minister hinüber und fragte sich, ob er wohl irgendeine Erklärung für Wilsons Anwesenheit geben würde.

»Sie wollten mich sprechen, Herr Minister?« Nergui fand die Situation allmählich irritierend. Natürlich stellte er die Autorität des Ministers nicht infrage, aber er konnte nicht einsehen, warum er hier Zeit verschwendete, wo er eigentlich mit der Suche nach Badzar vorwärtskommen musste.

»Sie scheinen immer noch keine großen Fortschritte zu machen, Nergui«, sagte der Minister auf Englisch.

»Wir haben ein paar Spuren«, erwiderte Nergui. »Ich verstehe die Dringlichkeit. Genau genommen haben Sie mich von den Ermittlungen wegbeordert.« Er nahm an, dass der Minister ihn nicht nur hierherbestellt hatte, damit er einen öffentlichen Rüffel bekam.

»Ermittlungen? Was für Ermittlungen?«

Nergui schielte zu Wilson hinüber. Er hatte nicht die Absicht, noch irgendetwas zu sagen, bis ihm zumindest der Grund für Wilsons Anwesenheit klar war. »Wir sind dabei, jemanden ausfindig zu machen, von dem wir glauben, dass er uns bei unseren Nachforschungen helfen könnte.«

Der Minister nickte. »Deswegen habe ich Sie herbestellt, Nergui. Professor Wilson könnte Ihnen ebenfalls bei Ihren Nachforschungen helfen.«

Ohne dazu aufgefordert worden zu sein – in Gegenwart des Ministers nicht immer ein kluges Vorgehen –, nahm Nergui neben Wilson Platz. »Tatsächlich? Auf welche Weise?«

Wilson hustete. »Es tut mir leid, aber ich war Ihnen gegenüber letzte Nacht nicht ganz offen«, sagte er. »Mein Aufenthalt hier ist doch etwas offiziellerer Natur, als ich angedeutet habe.«

Nergui schaute wieder den Minister an, der mit einem kaum merklichen Achselzucken reagierte.

»Ich hatte Sie so verstanden, dass Sie als Begleitung Ihrer Frau hier sind?«

»Das habe ich Sie auch glauben gemacht. Die Forschungsarbeit meiner Frau ist durchaus echt, aber sie ist nicht der Hauptgrund, weshalb ich hier bin.«

Nergui hatte die Spielchen allmählich satt. »Hören Sie«, sagte er, »die Nacht war ohnehin schon lang genug und ich habe noch sehr viel zu tun. Ich lasse mich nicht gerne anlügen. Ich wäre Ihnen dankbar, wenn Sie zur Sache kommen könnten.«

Einen Moment lang sah der Minister so aus, als wollte er sich einschalten, doch dann lehnte er sich wieder zurück. Wilson fuhr fort: »Ich habe Ihnen erzählt, dass ich für die britische Regierung arbeite. So viel hat zumindest gestimmt. In dieser Funktion bin ich hier.«

»In welcher Funktion genau?« Nergui spürte, wie Ärger

in ihm hochstieg. Er wusste nicht, wohin diese Unterhaltung führte, aber irgendetwas daran gefiel ihm nicht.

Wilson seufzte leicht. »Wie Sie vielleicht wissen, ist die britische Regierung eine der Parteien, die ein …« Er hielt inne, als suchte er nach dem passenden Wort. »… ein Interesse an der Entwicklung der Goldfelder im Süden haben.«

Nergui schaute von Wilson zu dem Minister, dessen Miene nicht ausdrucksloser hätte sein können. »Ich wusste nicht, dass die britische Regierung irgendein Interesse an den Goldfeldern hat«, sagte er. »Meines Wissens sind eine Reihe von Konzernen daran beteiligt.«

»Das ist richtig. Unsere Beteiligung ist indirekt.«

»Entschuldigung«, erwiderte Nergui, »aber ich verstehe wirklich nicht, was das bedeutet.«

Wilson nickte. »Ich versuche, es so vorsichtig wie möglich zu formulieren. Meine Position ist eine sehr schwierige.«

»Das kann ich mir vorstellen«, sagte Nergui, »wenn Sie unter Vortäuschung falscher Tatsachen im Land sind.«

»Nun …« Wilson zögerte, und zum ersten Mal sah er aus, als bewegte er sich auf nicht ganz so sicherem Terrain. »Dazu kommen wir bestimmt noch. Lassen Sie mich Ihnen erst einmal meine Position erklären. Ein Firmenkonsortium aus Großbritannien hat eine beträchtliche Summe in die Entwicklung der Goldfelder investiert …«

»Zusammen mit beträchtlichen Summen, die eine Reihe anderer internationaler Gesellschaften investiert haben, soweit ich weiß«, unterbrach Nergui.

»Ganz recht. Das ist eine rein kommerzielle Transaktion. Die Rolle der britischen Regierung – das heißt, meine Rolle – bestand lediglich darin, dafür zu sorgen, dass die Interessen Großbritanniens gewahrt werden.«

»Was erklärt, warum Sie hier sind. Es erklärt aber nicht Ihre verdeckte Anwesenheit.«

»Wir hatten eine Zeitlang Bedenken wegen dieses Projekts«, sagte Wilson. »Insbesondere, weil es Anzeichen für ... nun ja, Spannungen zwischen den Partnerorganisationen gab.«

Nergui hatte mitbekommen, dass in dem fraglichen Projekt nicht alles glattlief. Die Bestimmung und der Abbau der Goldreserven hatten sich als problematischer erwiesen als ursprünglich gedacht. Höhere Investitionen waren notwendig geworden, und während der Umfang der zu erwartenden Erträge nach wie vor nicht infrage stand, war der Zeitplan für deren Realisierung immer unsicherer geworden. Vor allem bei den Russen hatte man sich um zusätzliche Investitionen bemüht, und Nergui verstand, dass die Beziehungen zwischen den beteiligten Parteien angespannt waren.

»Manches davon ist mir bekannt«, sagte Nergui.

»War Ihnen bekannt, dass Mr. Ransom ebenfalls mit diesem Projekt zu tun hatte?«

Nergui setzte sich auf. »Nach meinem Verständnis ...« Sein Blick fiel auf den Minister. »Nach unserem Verständnis hat Ransom für eine der Gesellschaften gearbeitet, die im Norden Gold abbauen.«

Wilson nickte. »Das ist richtig. Aber er war Freiberufler. Er war vor kurzem – verdeckt, um ihre Vokabel zu benutzen – als Berater für das Konsortium in der Wüste Gobi angeworben worden. Insbesondere, so wie ich es verstehe, um einige anscheinend fragwürdige Daten zu überprüfen, die eine der Partnerorganisationen geliefert hatte.«

»Wussten wir davon?«, fragte Nergui den Minister.

Der schüttelte kaum merklich den Kopf. »Davon haben wir nichts erfahren«, antwortete er. »Ransoms Visum wurde aufgrund seiner Arbeit im Norden ausgestellt.«

Nergui wandte sich Wilson zu. »Also handelte Mr. Ransom auch illegal. War die britische Regierung darüber informiert?«

Wilson wirkte etwas gequält. »Wir wurden nicht offiziell in Kenntnis gesetzt«, sagte er. »Ich kann allerdings nicht so tun, als hätten wir gar nichts davon gewusst. Mr. Ransom war als eine Art Feuerwehr in solchen Dingen bekannt.«

»Wollen Sie also damit sagen«, fragte Nergui, »dass Ransoms Ermordung mit den Spannungen zusammenhing, von denen Sie gesprochen haben?«

Wilson zuckte die Achseln. »Das weiß ich, ehrlich gesagt, nicht. Aber Ransoms Tod war der Anlass für meine Reise hierher. Wir wussten nicht, was dahintersteckte, aber es ließ die Alarmglocken schrillen. Ich wollte mehr über den Stand der Dinge im Konsortium erfahren. Sicherstellen, dass unsere Interessen gewahrt wurden.«

Nergui starrte ihn an. Dann wandte er sich dem Minister zu. »Ich gehe davon aus, dass wir das auch nicht wussten. Oder hatten Sie nur beschlossen, es mir nicht mitzuteilen?«

»Von alledem hatten wir keine Ahnung, Nergui«, sagte der Minister. »Natürlich hätte ich Ihnen eine solche Information nicht vorenthalten. Unter diesen Umständen jedenfalls nicht.«

Nergui wusste nur allzu gut, dass der Minister ihm unter allen denkbaren Umständen nur das mitteilen würde, was er ihm mitteilen wollte. Dennoch fiel es ihm schwer, zu glauben, dass er in diesem Fall nicht offen gewesen wäre.

»Was bedeutet«, sagte Nergui zu Wilson, »dass Sie auch illegal hier sind, da Sie auf Ihrem Visumsantrag falsche Gründe für Ihre Einreise in die Mongolei angegeben haben.«

»Nicht ganz«, entgegnete Wilson. »Auf meinem Antrag habe ich angegeben, dass ich einerseits meine Frau auf ihrer Forschungsreise begleiten, andererseits aber auch die Gelegenheit nutzen würde, mich mit dem Botschafter und anderen Vertretern Großbritanniens über Handelsangelegenheiten zu beraten. Ich habe nur die Art dieser Beratungen nicht näher spezifiziert.«

»Nergui«, sagte der Minister, »ich sehe keinen Sinn darin, auf der Frage herumzureiten, ob Professor Wilson illegal hier ist oder nicht. Mir wäre ein größeres Maß an Offenheit auch lieber gewesen, aber der Zug ist jetzt abgefahren.«

»Ich hatte keine Täuschungsabsicht«, sagte Wilson. »Ich wollte nur meine Einreise in die Mongolei so unauffällig wie möglich gestalten. Ich wusste nicht – und weiß immer noch nicht genau –, welche Interessen hier im Spiel sind, und wollte, soweit möglich, beobachten, ohne selbst beobachtet zu werden.«

»Bleibt die Tatsache«, sagte Nergui, »dass Sie Hinweise zurückgehalten haben, aufgrund derer wir vielleicht schnellere Fortschritte bei der Suche nach Ransoms Mörder gemacht hätten. Ihre Information liefert zumindest ein mögliches Mordmotiv, was uns bisher gefehlt hat.« Er machte eine Pause. »Wenn wir schneller hätten handeln können, hätten wir vielleicht weitere Morde verhindert. Und«, fügte er hinzu, »Chief Inspector McLeish wäre vielleicht noch bei uns.«

Wilson nickte langsam. »Ich weiß. Ich verstehe das. Deshalb bin ich ja hier. Als ich hörte, dass der Chief Inspector verschwunden ist – nun, da wurde mir klar, dass es unangemessen ist, länger zu schweigen.«

Unangemessen, dachte Nergui. Brutale Serienmorde, eine Entführung. Und dieser Mann spricht davon, was unangemessen ist.

»Lassen Sie mich offen sein«, sagte Wilson. »Meine Sorge ist eine ganz einfache. Einige der an dem Projekt beteiligten Kreise sind meiner Meinung nach gefährlich. Ich weiß nicht, um wen es sich im Einzelnen handelt, aber wir kennen diese Art von Organisationen. Und ich habe den Verdacht, dass manche davon zu einem Mord durchaus fähig wären.«

»Sie glauben also, dass Ransom wegen seiner Beteiligung an diesem Projekt ermordet wurde?«

»Das halte ich für möglich. Warum genau er umgebracht wurde, weiß ich nicht. Womöglich verfügte er über ein bestimmtes Wissen, bestimmte Informationen …«

»Und warum wurde er auf so brutale Weise ermordet?«, hakte Nergui nach. »Wenn diese Kreise Ihrer Beschreibung entsprechen, wäre seine Ermordung professionell durchgeführt worden. Eine solche Zurschaustellung wäre nicht nötig gewesen. Man hätte ihn einfach verschwinden lassen.«

»Wie Chief Inspector McLeish?«

Nergui nickte. »Genau wie Chief Inspector McLeish.« Er machte eine kurze Pause. »Professor, ich möchte nicht unhöflich erscheinen, aber ich würde gerne ein paar Minuten mit dem Herrn Minister allein sprechen.«

Der Minister sah aus, als sei er im Begriff zu protestieren, aber Wilson sagte: »Selbstverständlich. Das verstehe ich vollkommen. Ich warte solange draußen.«

»Vielen Dank«, sagte der Minister mit einem Seitenblick auf Nergui. »Es wird sicher nur ein paar Minuten dauern.«

Kaum hatte Wilson die Tür hinter sich zugemacht, sagte der Minister: »Ich will Ihre Ansichten gar nicht hören, Nergui. Wir müssen das ernst nehmen.«

»Ich behaupte nicht eine Sekunde lang, dass wir es nicht ernst nehmen sollten«, erwiderte Nergui. »Aber ich bin mir nicht ganz darüber im Klaren, was das bedeutet. Warum sollten wir Wilson trauen?«

»Er ist als Vertreter der britischen Regierung hier.«

»Er ist unter Vortäuschung falscher Tatsachen hier und stellt nicht autorisierte Nachforschungen über einen britischen Staatsbürger an, der ebenfalls unter Vortäuschung falscher Tatsachen hier gearbeitet hat. Außerdem hat er Informationen zurückgehalten, die für die Ermittlungen in einem größeren Mordfall wichtig sind. Und das auch nicht aus Unwissenheit – als ich mich neulich nachts mit ihm unterhielt, war ziemlich klar, dass er sich des Ernstes der Lage vollauf bewusst war. Er hat sich nur deshalb jetzt offenbart, weil McLeishs Verschwinden einen Skandal größeren Ausmaßes enthüllen könnte. Warum sollten wir ihm also trauen? Wir wissen nicht, welche Absichten er hat. Wir wissen nur, dass er uns, die Behörden, von Anfang an belogen hat.«

»Nergui, Sie sind doch erfahren genug, um zu verstehen, welche politische Taktik dahintersteckt. Sie wissen, dass wir uns Sorgen über die Finanzierung des Projekts im Süden gemacht haben. Wegen der Bedeutung dieses Projekts haben wir ein Auge zugedrückt, das ist alles – wir haben die Investitionen gebraucht.«

»Natürlich, und wir nehmen Geld von überall, solange der Preis stimmt. Das verstehe ich sehr gut.«

Mit einer Miene, die besagte, dass seine Geduld allmählich zu Ende war, schüttelte der Minister den Kopf. »Es ist nicht an Ihnen, Nergui, die Politik der Regierung infrage zu stellen. Ihre Aufgabe besteht darin, für Recht und Ordnung zu sorgen – eine Aufgabe, bei deren Erfüllung Sie in diesem Fall, soweit ich sehe, bisher eindeutig versagt haben.«

»Es ist nicht leicht, diese Aufgabe zu erfüllen, wenn mir Informationen vorenthalten werden.«

»Sie begeben sich hier auf gefährliches Terrain, Nergui. So angesehen Sie auch sein mögen, Ihre Position im Ministerium verdanken Sie wie jeder andere meiner Fürsprache. Da draußen gibt es Leute, die Sie nur zu gerne fallen sähen.«

»Davon gehe ich aus.«

»Ich kenne Ihre Stärken, Nergui. Ich schätze Ihren Verstand, Ihre Ehrlichkeit, Ihre Auffassungsgabe. In einem Polizeiapparat, der weitgehend aus inkompetenten Jasagern besteht, sind diese Eigenschaften nicht selbstverständlich. Aber ich brauche Sie auf meiner Seite.«

»In diesem Fall müssen Sie mir vertrauen. Ich kann nicht arbeiten, wenn ich nicht weiß, wem oder was ich glauben soll.«

»Glauben Sie mir, Nergui, bis gestern Abend wusste ich nichts von Wilsons Geschichte.«

»Das glaube ich Ihnen sogar.« Nergui lächelte. »Schon weil es für Sie ein schmerzliches Eingeständnis sein muss. Die Erkenntnis ist allerdings bestürzend, dass es trotz unserer ganzen nachrichtendienstlichen Tätigkeit Dinge gibt, von denen wir nichts wissen.«

»Das ist wirklich bestürzend, Nergui. Falls an Wilsons Hypothesen etwas Wahres dran ist, deutet das darauf hin, dass wir es im Süden mit einer sehr instabilen Lage zu tun haben. Wenn diese Leute zu solchen Mitteln greifen ...«

»Ich frage aber noch einmal, ist es richtig, Wilson zu trauen? Er erzählt uns, dass er, aus unerfindlichen Gründen, der Meinung ist, Ransom sei womöglich ein Opfer von – ja, von wem? Dem organisierten Verbrechen? Der Russenmafia? Den Triaden? Und die haben sich entschieden, Ransom auf so brutale Weise umzubringen? Für mich ergibt die Geschichte keinen rechten Sinn.«

»Es kommt darauf an, was hinter dem Mord stecken könnte«, hielt der Minister dagegen. »Wenn das, womit wir es hier zu tun haben, eine Folge von Vergeltungstaten ist – die Art von Bandenfehde, über die wir spekuliert haben –, dann könnte ein derart inszeniertes Verbrechen durchaus Sinn ergeben.«

»Ja, könnte. Aber der Mord an Ransom war, zumindest nach allem, was wir wissen, die vierte Bluttat. Wer hat denn diese Tötungsrunde eröffnet – die Briten?«

Der Minister zuckte die Achseln. »Ich weiß es nicht, Nergui. Ich werde nicht schlau daraus. Aber Sie scheinen da auch nicht viel weiterzukommen.«

Nergui nickte. »Das kann ich nicht leugnen«, gab er zu. »Ich komme mir vor wie jemand, der nach Schatten greift. Wir haben eine andere Spur, aber ich sehe nicht, wie sie hierzu passen könnte.« Er umriss kurz ihren Besuch bei den illegalen Goldsuchern und ihre Begegnung mit Cholon. »Vielleicht ist es wieder reine Zeitverschwendung.«

»Sie müssen das ernst nehmen«, sagte der Minister. »Ich weiß nicht, ob ein einzelner Psychopath mehr Sinn ergibt als das, was Wilson andeutet, aber wenn auch nur eine geringe Chance besteht, dass das wahr sein könnte …«

»Dann müssen wir ihn kriegen.«

Nergui machte Anstalten aufzustehen, aber der Minister bedeutete ihm, noch einen Moment sitzen zu bleiben. »Wir müssen aber auch das zur Kenntnis nehmen, was Wilson vorbringt. Natürlich kennen wir seine Absichten nicht, wie Sie zu Recht gesagt haben. Wir wissen nicht, ob er uns die ganze Wahrheit, ja, ob er uns überhaupt die Wahrheit sagt. Wenn seine Aussagen aber auch nur ein Quäntchen davon enthalten, könnte eins unserer größten nationalen Investitionsprogramme kurz davor stehen, sich in ein Blutbad zu verwandeln.«

»Groß ist die Auswahl ja nicht«, sagte Nergui im Aufstehen. »Ein Serienmörder oder eine Mafiafehde.«

»Vielleicht ist es aber auch noch schlimmer«, entgegnete der Minister. »Vielleicht ist es beides.«

19. KAPITEL

Als Nergui den Rückweg über den Süchbaatar-Platz antrat, war das Wetter etwas besser geworden. Es schneite immer noch, aber nicht mehr ganz so dicht wie zuvor, und Nergui konnte jetzt durch den Schleier der Straßenbeleuchtung hindurch bis zur anderen Seite des Platzes sehen. Alles lag unter einer dicken Schneedecke, Gebäude und Standbilder hatten durch die Schneewehen ihre Form verloren. Auf dem ganzen riesigen Platz war keine Spur menschlichen Lebens zu sehen, obwohl ein Schneepflug, anscheinend verlassen, in einer der Hauptstraßen stand.

Nergui warf einen Blick auf die Uhr. Halb fünf. Auf zur nächsten Runde seiner fruchtlosen Suche. Ihm wurde bewusst, dass er völlig instinktiv handelte. Das war ein merkwürdiges Gefühl. Trotz seiner gelegentlichen Bemerkungen über die Intuition ging Nergui üblicherweise mit akribischer Strenge vor. Aus Erfahrung wusste er, dass Verbrechen eher durch das systematische Überprüfen von Beweismaterial als durch kühne Vermutungen oder wilde Spekulationen aufgeklärt wurden. In diesem Fall dagegen waren enorme Anstrengungen unternommen worden, sich konsequent durch alle Beweisstücke durchzuarbeiten, und trotzdem gab es praktisch keine Ergebnisse.

Allerdings wurden Nerguis Aktionen dadurch auch nicht vernünftiger oder berechtigter. Ihm war klar, dass er einem jüngeren Polizisten, den er bei einer solchen Jagd quer durch die Mongolei ertappte, vermutlich längst ein Disziplinarverfahren angehängt hätte. Er lächelte grimmig. Da alle Welt wusste, dass diese Regeln für Nergui nicht galten, war es unwahrscheinlich, dass jemand innerhalb des Polizeiapparates ihn infrage stellte. Wenn er aber nicht bald Ergebnisse lieferte, konnte er in seiner Position tatsächlich unhaltbar werden.

Beim Einbiegen auf den Parkplatz des Polizeipräsidiums stellte er mit Befriedigung fest, dass der Geländewagen mit Schneeketten und zusätzlichen Scheinwerfern für Schneefahrten ausgerüstet worden war. Als er in das warme Gebäude trat, sah er Doripalam und Cholon im Aufenthaltsraum sitzen. Er winkte, worauf die beiden Männer aufsprangen und ihm entgegenkamen.

»Alles klar«, sagte Doripalam. »Ich habe Schneeketten aufziehen lassen. Wir können los, wenn Sie so weit sind.«

Nergui nickte. »Haben Sie Schusswaffen?«

Doripalam schielte zu Cholon hinüber. »Ja, für Sie und mich.«

»Gut. Ich hoffe, dass wir sie nicht brauchen werden, aber wir dürfen kein Risiko eingehen.«

»Sollten wir noch jemanden zur Unterstützung mitnehmen?«

Nergui schüttelte den Kopf. »Das haben Sie zu entscheiden, aber ich meine, eher nicht. Es kann gut sein, dass wir nur unsere Zeit verschwenden, und da wäre es mir lieber, wenn es nicht auch noch um die Zeit allzu vieler anderer ginge. Allerdings sollten so viele Kräfte wie möglich auf Abruf bereitstehen.«

»Dafür habe ich bereits gesorgt.«

Nergui lächelte. Er bekam allmählich den Verdacht, dass Doripalam viel rationaler, viel gelassener an diesen Fall heranging als er selbst. Er wandte sich Cholon zu. »Sind Sie sicher, dass Sie mitkommen wollen? Ich weiß nicht, welches Risiko damit verbunden ist.«

Cholon zuckte die Achseln. »Falls es mein Bruder ist, könnte meine Anwesenheit hilfreich sein.«

Das stimmte natürlich. Nergui hatte keine Ahnung, in was

sie sich da hineinbegaben. Es war aber durchaus denkbar, dass Badzar eher Vernunft annahm, wenn er seinen Bruder sah.

»In Ordnung«, sagte Nergui. »Aber es ist Ihre Entscheidung. Und Sie dürfen nichts tun, was wir Ihnen nicht sagen.«

Cholon nickte und die drei Männer gingen hinaus zu dem wartenden Fahrzeug. Mittlerweile hatte es fast aufgehört zu schneien, der Himmel klarte auf und ein paar Sterne waren bereits zu sehen. Vor der Morgendämmerung würde es noch kälter werden, dachte Nergui, was die Straßen glatter und tückischer machte. Doripalam setzte sich hinters Steuer. Nergui stieg neben ihm und Cholon hinten ein. »Wohin fahren wir?«, fragte Doripalam.

»Noch einmal an den Ort, wo wir Delgerbayars Leiche gefunden haben. Die stillgelegte Fabrik.«

Doripalam wandte den Kopf zu Nergui und starrte ihn an. »Dahin zurück? Glauben Sie wirklich, dass wir da etwas finden?«

Nergui schüttelte den Kopf. »Ich habe keine Ahnung«, sagte er. »Ich befinde mich gewissermaßen im Blindflug. Wenn Sie sich so verhielten, hätten Sie schon eine Disziplinarstrafe von mir erhalten. Aber irgendetwas ist da – ich weiß nicht. Die Fabrik ist nicht weit von der Wohnung entfernt, in der Badzar diese zwei Nächte verbracht hat. Das Timing stimmte exakt mit dem Mord an Delgerbayar überein. Ich habe da nur so ein Gefühl, mehr nicht. Das möchte ich gerne überprüfen.«

»Aber das Gebäude ist doch gründlich durchsucht worden, nachdem Delgerbayars Leiche entdeckt worden war.«

»Ich weiß. Ich glaube aber, dass er vielleicht noch einmal dort war.«

»Dann wäre er ein großes Risiko eingegangen.«

»Vielleicht auch nicht. Es ist nicht riskanter als irgendwo anders. Vielleicht sogar weniger riskant. Wir haben der Fabrik keine besondere Bedeutung beigemessen, haben sie sorgfältig durchsucht und dann verlassen. Wir haben keinen Grund gesehen, sie bewachen oder unter Beobachtung stellen zu lassen. Ihm könnte klar geworden sein, dass wir nicht die Absicht hatten, dorthin zurückzukommen.«

Doripalam, der ganz und gar nicht überzeugt wirkte, zuckte nur die Achseln. »Na ja, wie Sie schon sagten, einen Versuch ist es vielleicht wert.« Er ließ den Motor an und lenkte den Wagen langsam auf die Straße hinaus. Selbst mit den Schneeketten fuhr man noch unsicher, und sie spürten, wie das schwere Fahrzeug leicht wegrutschte, als sie in die Hauptstraße einbogen. Es wurde noch schlimmer, als der Schnee sich unter dem klaren Himmel allmählich in Eis verwandelte.

Die Fabrik war nicht weit entfernt, doch die Fahrt dauerte fast eine halbe Stunde, in der Doripalam darum kämpfte, die Kontrolle über das Auto zu behalten. Schließlich bogen sie in den Fabrikhof ein.

Der Himmel war jetzt wolkenlos und über dem Horizont hing weiß leuchtend ein fast voller Mond. In seinem fahlen Licht wirkte der stille, jedes Geräusch dämpfende Schnee unheimlich. Er lag als dicke Schicht im Hof und hoch aufgeweht an den Wänden der leeren Fabrik. Als Nergui aus dem Wagen sprang, spürte er, wie er unter seinen Füßen knirschte. Selbst hier im Windschatten der Gebäude war er gute fünfzehn Zentimeter tief.

Langsam ging Nergui zu der Tür, durch die sie sich beim ersten Mal Zutritt zu dem Gebäude verschafft hatten. Doripalam und Cholon folgten ihm. Außer dem Knirschen ihrer Schritte im Schnee herrschte absolute Stille. Der tief hängende Mond verlängerte die Schatten, sodass die Seite der Fabrik im Dunkel lag.

Die Tür war von der Polizei zugenagelt worden. Sie schien unberührt, aber Nergui war klar, dass es rund um das Gebäude noch mehrere andere Eingänge gab, durch die man hineingelangen konnte.

Nergui drehte sich zu Doripalam um. Der hielt die große Brechstange, die sie mitgebracht hatten, in der Hand und wartete den nächsten Schritt ab. Cholon dagegen war ein paar Meter weiter hinten im Mondlicht stehen geblieben und starrte das massive Gebäude vor ihnen an.

»Ist was?«, fragte Nergui halb flüsternd, wobei der Klang seiner Stimme durch den Schnee gedämpft wurde.

»Mir ist gerade klar geworden, was das hier für ein Ort ist«, sagte Cholon. »Ich war nur ein paarmal hier, deshalb habe ich ihn im Dunkeln nicht gleich erkannt.«

»Was meinen Sie damit?« Während Nergui zu Doripalam ging, um ihm die Brechstange aus der Hand zu nehmen, beobachtete er Cholon scharf.

»Es ist die Fabrik, in der unser Vater gearbeitet hat. Als er hier seine Stelle verlor, mussten wir aus der Stadt wegziehen.«

Nergui nickte. Mit einem leichten Schamgefühl wurde ihm bewusst, dass seine erste Regung eine gewisse Erleichterung gewesen war, die Erkenntnis, dass die Schatten, denen er hinterherjagte, letztlich also doch nicht ganz substanzlos waren. Im Gegensatz dazu hatte Cholon offensichtlich mit widerstreitenden Gefühlen zu kämpfen, nachdem er erst einmal die Wahrheit erkannt und sich die Folgen davon vor Augen geführt hatte.

»Wir müssen weitermachen«, drängte Nergui. Er setzte die Brechstange hinter dem ersten der festgenagelten Bretter an und drückte es langsam weg. Der Eingang war fachgerecht versiegelt worden und sie brauchten eine Weile, bis sie die Bretter so weit entfernt hatten, dass die Tür zugänglich wurde. Endlich hatten sie sie freigelegt und Nergui stieß sie auf.

Nach der gedämpften Stille der Landschaft draußen fanden sie es erschreckend, wie das Echo der sich öffnenden Tür in dem riesigen, gewölbten Raum vor ihnen dröhnte. Nergui wartete einen Moment, bis das Geräusch verklang, und trat behutsam ins Dunkel. Bevor er sich anschickte, seine Taschenlampe anzuknipsen, wartete er wieder, um seine Augen an die Dunkelheit zu gewöhnen.

Während seine Augen sich anpassten, fiel ihm auf, dass es nicht vollkommen dunkel war. Die große Fabrikhalle selbst war unbeleuchtet, aber am anderen Ende des Raums sah er ein ganz schwaches, aus dieser Entfernung gerade noch wahrnehmbares Licht. Nergui blinzelte und versuchte, sich den Grundriss des Gebäudes vorzustellen. Dann wurde ihm klar, dass es ein Lichtschimmer unter einer Tür war. Der Tür zu dem Raum, in dem sie Delgerbayars Leiche gefunden hatten.

Das Warten. Das war das Allerschlimmste. Das Wissen, dass etwas passieren würde, ohne dass er sagen konnte, was oder wann. Das Gefühl, dass etwas oder jemand wartete, unmittelbar außerhalb seines Gesichtsfelds, und jederzeit auftauchen könnte.

Und dann die Stille, die unheimliche, nicht endende Stille. Außer den schwachen Geräuschen seines Atems, seines Herzschlags hörte er nichts – wie lange schon? Er hatte keine Ahnung. Es kam ihm wie Stunden vor, aber vielleicht waren es nur Minuten. Es gab keine Möglichkeit, die Zeit zu messen. Sein Körper fühlte sich an, als befände er sich in einem Zustand vorübergehender Leblosigkeit – er spürte schon lange keinen Schmerz, keine körperlichen Bedürfnisse oder Gefühle mehr. Irgendwie war es, als existierte er jenseits der Zeit.

Und dann wurde die Stille plötzlich durchbrochen. Es dauerte einen Moment, bis er es merkte. War es das Geräusch von Bewegung, von Schritten? Er konzentrierte sich mit aller

Kraft, versuchte zu lauschen, versuchte herauszubekommen, was genau er da gehört hatte.

Zuerst nahm er nichts wahr, dann hörte er es wieder, diesmal deutlicher. Es war das Geräusch von jemandem, von etwas, das sich irgendwo ganz in der Nähe bewegte. Er strengte sich an, den Kopf zu drehen, um ein bisschen mehr zu sehen, aber die Fessel um seinen Hals gab immer noch nicht nach, und alles, was er sehen konnte, war das gleißende Deckenlicht.

Das Geräusch wurde lauter. Es waren Schritte, keine beständigen, keine gleichmäßigen, so als schleppte jemand einen schweren Gegenstand. Dann war da noch etwas anderes, ein Kratzen, etwas Metallenes, das auf dem Boden entlanggezogen wurde.

Und dann herrschte einen atemlosen Moment lang wieder Stille. Er konnte hören, wie sein Herz klopfte, schneller und lauter als vorher, und das Blut in seinen Ohren pochte.

Zum ersten Mal seit seiner anfänglichen Panikattacke im Dunkeln hatte er entsetzliche Angst. Bis jetzt war sein Verstand von der Realität losgelöst gewesen und er hatte sich fast schon selbst eingeredet, dass die Stille, das Warten ewig fortdauern könnten, so als wäre die Zeit tatsächlich ausgesetzt.

Doch das sich nähernde Geräusch von Schritten hatte ihn wieder in die Realität seiner schrecklichen Lage zurückgebracht. Es gab keinen Weg hinaus. Er konnte sich nicht bewegen. Er konnte nur hier liegen, mit klopfendem Herzen, während er darauf wartete, was als Nächstes passierte.

Er horchte wieder angestrengt auf einen Hinweis, einen Anhaltspunkt. So ungleichmäßig wie zuvor und von dem merkwürdigen metallischen Kratzen begleitet, begannen die Schritte wieder, wurden immer lauter und kamen immer näher. Und dann hörte er etwas auf Holz aufschlagen, ein hohles Echo. Die Schritte hielten wieder inne, und er hörte mit einer ekelhaften Leere im Magen, dass die Tür am anderen Ende des Raums langsam aufging.

»Es ist derselbe Raum wie neulich«, flüsterte Nergui. »Der Raum, in dem wir Delgerbayar gefunden haben.«

Doripalam und Cholon standen dicht bei ihm. Die Fabrik war eiskalt und dazu konnten sie noch den kalten Luftzug spüren, der durch die offene Tür hinter ihnen hereinkam. Mit seiner großen Taschenlampe leuchtete Nergui die staubige leere Halle entlang bis zu der geschlossenen Tür am anderen Ende.

Die eigentliche Fabrikhalle lag genauso leer und verlassen da wie beim ersten Mal. Nergui war mit dem Lichtstrahl durch den großen gewölbten Raum gefahren und hatte in die Ecken und nach oben auf die Stege geleuchtet, um sicherzugehen, dass sich nichts verändert hatte. Zu dieser Jahreszeit huschten nicht einmal Ratten in den Ecken umher. Es herrschte nur eine unheimliche, hohle Stille, die sich dicht um sie herumzulegen schien, während sie zusammen in der eisig kalten Nacht standen.

Nergui wandte sich Cholon zu. »Sie müssen nicht weiter mitkommen. Gehen Sie zurück zum Auto. Wenn wir nicht in zehn Minuten draußen sind, rufen Sie über Funk Verstärkung.«

Cholon zögerte. »Ich würde trotzdem gerne mit Ihnen kommen. Wenn es Badzar ist …«

»Wir wissen nicht, was wir hier finden werden.« Vor Nerguis geistigem Auge tauchten bereits Bilder von ihrer letzten Entdeckung an diesem Ort auf. »Es ist besser, Sie gehen zurück und warten.« Bis zu dem Moment, als er den schwachen Lichtschein am Ende der Halle wahrgenommen hatte, hatte er eigentlich nicht geglaubt, dass sie hier irgendetwas finden würden. Es war eine Ahnung gewesen, etwas, das überprüft werden musste, aber seine ganze berufliche Erfahrung hatte ihm gesagt, dass es Zeitverschwendung war. Doch seine Ahnung hatte ihn nicht getrogen. Hier war etwas.

Als Cholon noch einen Moment stehen blieb, sagte Nergui: »Gehen Sie. Jetzt.« Cholon nickte und ging zu der offen stehenden Eingangstür zurück. Nergui mutmaßte, dass er draußen warten und sich verzweifelt fragen würde, was wohl dahintersteckte. Das war in Ordnung – zumindest wäre er so in der Lage, notfalls über Funk Hilfe anzufordern.

Nergui nickte Doripalam zu und sie begannen, die Halle langsam in Längsrichtung zu durchqueren. Nergui hielt die Lampe vor sie gerichtet, versuchte aber, nicht direkt auf die Tür zu leuchten, damit in dem Raum hinter der Tür niemand gewarnt werden könnte.

Als sie am Ende der Halle ankamen, konnte sich Nergui bereits denken, was sie hinter der Tür erwartete. Er hätte nicht sagen können, was ihn zuerst alarmierte – vielleicht sein Instinkt, aber dann stieg ihm auch ein Geruch in die Nase, den er nur zu gut kannte. Es war der Geruch von Blut und Fäulnis. Es war der Geruch, der in der Luft hängt, wenn menschliche Überreste der Verwesung überlassen worden sind. Der Geruch des Todes.

Schweigend gab er Doripalam ein Zeichen, stehen zu bleiben. Dann flüsterte er: »Treten Sie zurück. Ich glaube nicht, dass wir hier in Gefahr sind, aber was sich hinter dieser Tür befindet, wird mit einiger Sicherheit nicht angenehm sein.«

Nergui legte die Taschenlampe ab und zog, den Blick fest auf die Tür gerichtet, seine Pistole. Dann streckte er die Hand aus und riss, auf jeden nur möglichen Anblick gefasst, mit angehaltenem Atem die Tür auf.

Dennoch war er völlig überrascht.

In dem Raum befand sich, wie er erwartet hatte, nichts Lebendiges. Er lag genauso still und leer da wie an dem Tag, als sie Delgerbayars Leiche gefunden hatten. Und wie damals wurde er durch einen Schweinwerfer erhellt, der an eine Autobatterie angeschlossen war, und bot die Kulisse für eine weitere groteske Szene.

Aber das Kernstück war anders. Auf dem Tisch lag keine Leiche, sondern eine Ansammlung blutiger Teile, eine entsetzliche Parodie auf die Auslage eines Metzgers. Nergui blinzelte, versuchte, aufzunehmen, was er sah. Schließlich konnte er, während sein Atem stoßweise ging, den ungeheuerlichen Anblick vor ihm enträtseln.

Was da auf dem Tisch lag, war eine Anhäufung abgeschnittener menschlicher Körperteile. Vier am Gelenk abgeschnittene Hände. Und zwei menschliche Köpfe, die mit leeren, starrenden Augen genau in der Mitte des Tisches platziert worden waren.

Nergui drehte sich zu Doripalam um, der sich hinter ihn gestellt hatte und entsetzt in den Raum starrte. »Ich glaube«, sagte Nergui langsam, »dass Badzar beschlossen hat, die Lücken in unserer Sammlung zu füllen.«

20. KAPITEL

Nachdem Doripalam Badzar zur Fahndung hatte ausschreiben lassen, wurden Polizeibeamte in den Dienst zurückbeordert, damit eine großangelegte Suche nach ihm ausgelöst werden konnte. Zumindest hatten sie jetzt einen eindeutigen Verdächtigen, aber Nergui wusste aus Erfahrung, wie leicht es für einen Flüchtigen war, sich in dieser Stadt zu verstecken. Er machte sich keine großen Hoffnungen, dass man Badzar rasch fassen würde.

Nergui wollte an Ort und Stelle auf die Mitarbeiter der Gerichtsmedizin warten. Doripalam und Cholon schickte er derweil mit der dringenden Bitte zurück, sich etwas auszuruhen. Vorher hatte er Cholon in knappen Worten darüber in Kenntnis gesetzt, was sie in dem Raum gefunden hatten, ihm allerdings nicht gestattet, sich die groteske Szenerie anzuschauen. Während er sprach, hatte Nergui in den Augen des jungen Mannes den Ausdruck entsetzter Leere bemerkt. Weder vor sich selbst noch vor anderen konnte Cholon jetzt noch länger leugnen, wozu sein Bruder fähig gewesen war. »Es tut mir leid«, war alles, was Nergui herausbrachte, aber er spürte, dass der junge Mann Jahre unverständlichen Schmerzes vor sich hatte.

Mit leerem Blick machte Cholon sich auf den Weg zurück zum Auto. Doripalam wandte sich Nergui zu. »Ist es wirklich in Ordnung, wenn Sie allein hierbleiben? Meinen Sie, das ist sicher?«

Nergui zuckte die Achseln. »Ich denke schon. Ich kann mir nicht vorstellen, dass Badzar sich noch länger hier herumgetrieben hat, nachdem er diese kleine Vorstellung für uns inszeniert hatte.«

»Aber er ist ganz schön schlau«, sagte Doripalam. »Woher wusste er, dass wir hierherkommen würden? Ich meine …« Er wirkte etwas verlegen. »Ich meine, es war ja nur eine Ahnung von Ihnen. Ich – also ich war mir nicht sicher, dass dabei irgendetwas herauskommen würde.«

Nergui lächelte grimmig. »Ich genauso wenig, um ehrlich zu sein. Nachdem mir der Gedanke aber erst einmal gekommen war, konnte ich ihn nicht mehr ignorieren. Allerdings könnte diese Inszenierung auch auf längere Zeit angelegt gewesen sein. Das Licht brannte über eine Zeitschaltuhr, und Badzar konnte wahrscheinlich jederzeit kommen und notfalls die Batterie auswechseln. Zu dieser Jahreszeit würde das Fleisch nicht so schnell verwesen. Er konnte einfach warten, bis wir – oder sonst jemand – zufällig darauf stießen.« Er hielt inne. »Und wenn unser Phantomanrufer tatsächlich Badzar ist, dann hätte er seinen nächsten Anruf natürlich auch dazu nutzen können, uns hierherzulocken.«

»Aber was hat er vor? Warum macht er sich die Mühe, die Leichen zu zerstückeln, um scheinbar deren Identität zu verschleiern, und gibt uns die fehlenden Körperteile dann doch?«

»Ich weiß es nicht, aber ich habe das Gefühl, dass das alles auf eine Art Endspiel zuläuft.« Genau das hatte er schon die ganze Zeit verspürt, das Gefühl, dass etwas sich langsam, aber sicher auf ein Ziel, eine Art Lösung zubewegte. Er konnte dieses Gefühl nicht mit dem brutalen und scheinbar zufälligen Charakter dieser Morde in Einklang bringen, aber der Eindruck von Zielgerichtetheit war jetzt stärker denn je. Er schüttelte den Kopf. »Irgendetwas ist hier im Gange«, sagte er. »Ich glaube, Endspiel ist das richtige Wort. Hier wird irgendein Spiel gespielt, und ich habe das schreckliche Gefühl, dass wir als Bauern eingesetzt werden.«

Doripalam nickte, offensichtlich von Nerguis Spekulationen verblüfft. »Sie wollen wirklich nicht, dass wir warten, bis Verstärkung kommt?«

Nergui warf einen Blick auf Cholon, der über der Kühlerhaube des Geländewagens hing und wie ein gebrochener Mann wirkte. »Nein, Sie müssen sich um Cholon kümmern. Ich kann nicht ansatzweise nachempfinden, was er durchmachen muss. Besorgen Sie ihm ein Hotelzimmer, schauen Sie, dass er ein bisschen schläft, und passen Sie auf ihn auf.«

Kaum war der Geländewagen verschwunden, fragte sich Nergui, ob das eine kluge Entscheidung gewesen war. Es ließ sich nicht sagen, was Badzar vorhatte. Vielleicht beobachtete er ihn genau in diesem Moment und wartete darauf, dass Doripalam und Cholon wegfuhren, bevor er einen Zug gegen Nergui machte. Genauso, dachte Nergui, wie er womöglich neulich nachts auf Drew gewartet hatte, als sie aus der Botschaft kamen.

Er sah sich unruhig um. Der Hof neben der Fabrik war still und verlassen. Es war immer noch dunkel, wenngleich der Schimmer am östlichen Himmel das Herannahen des Sonnenaufgangs ankündigte. In der Ferne würde die Stadt bald zum Leben erwachen, würden Schneepflüge die Straßen freiräumen. Aber hier war davon nichts zu spüren. Nergui leuchtete mit der Taschenlampe den Hof ab, wobei er mit dem kreisenden Lichtstrahl irritierende Formen und Schatten einfing. Langsam schob er sich rückwärts an die Fabrikwand und versuchte sicherzustellen, dass ihn wenigstens niemand von hinten erwischte.

Nergui war alles andere als ein nervöser Mensch, aber die folgenden zwanzig Minuten, bis Verstärkung eintraf, gehörten zu den unangenehmsten, die er je durchlebt hatte. Den Rücken an die Fabrikwand gedrückt, beschrieb er mit dem Lichtstrahl immer wieder einen Bogen um sich herum und hoffte, nicht überrascht zu werden. Die andere Hand ruhte in seiner Manteltasche auf dem kalten Griff seiner Pistole, bereit, sie beim geringsten Anzeichen von Bewegung zu ziehen.

Der Schnee war für ihn von Vorteil, denn jede Gestalt, die den Hof überquerte, würde sich gegen das reine Weiß abheben, und es war praktisch unmöglich, ohne ein Knirschen durch die Schneewehen zu laufen. Eigentlich fand Nergui, dass er sich lächerlich machte. Es war unmöglich, dass Badzar hier herumlungerte, unwahrscheinlich, dass er ihre Ankunft mitbekommen hatte. Das Risiko wäre viel zu groß gewesen. Andererseits hatten Sie es natürlich nicht mit einem rational handelnden Menschen zu tun. Wie es schien, gab es keine Grenze für das, wozu er imstande war, keine Möglichkeit, seine Handlungen vorauszusagen.

Sosehr Nergui sich auch bemühte, einen kühlen Kopf zu bewahren, er wurde das unbehagliche Gefühl nicht los, beobachtet zu werden, und als ihm dann noch der Pfeil einfiel, der auf ihn und Drew abgeschossen worden war, wurde ihm bewusst, wie prekär seine Situation womöglich war.

Er verharrte so reglos wie möglich, horchte auf jede Bewegung, jedes Geräusch, das die Anwesenheit eines anderen Menschen verraten könnte. Ein kalter Wind wehte zwischen den Fabrikgebäuden. Einmal hörte er etwas knistern, vielleicht ein vom Wind umhergewehtes Stück Papier, oder vielleicht das Echo von Schritten im Schnee. Er drehte sich in die für sein Empfinden richtige Richtung und lauschte konzentriert, konnte aber weiter nichts hören.

Und dann nahm er auf einmal links von ihm ein anderes Geräusch wahr. Diesmal unüberhörbar, ein Kratzen, Schnee, der verdrängt wurde, jemand, der sich bewegte. Er richtete die Taschenlampe in die Richtung, aus der das Geräusch kam, konnte jedoch nichts erkennen. Der angewehte Schnee erhob sich in einem weißen Bogen an einer Betonmauer am anderen Ende des Fabrikhofs. Und dann erfasste sein Lichtstrahl etwas, oben auf der Mauer – einen Umriss, einen Schatten, der sich geschickt bewegte und sich hinter die Betonmauer fallen ließ. Er spannte sich an, ließ das Licht an der Stelle auf und ab gleiten, konnte aber sonst nichts erkennen. Nur den Schnee oben auf der Mauer und vielleicht ein, zwei Schmutzflecken, dort wo er niedergetreten worden war.

Er versuchte, etwas auszumachen. Vielleicht war es irgendein Tier gewesen, obwohl ihm das in einer so kalten Nacht eher unwahrscheinlich vorkam. Im Grunde seines Herzens wusste er, dass jemand ihn beobachtet hatte. Ihn vielleicht immer noch beobachtete.

Nergui fröstelte. Die Vorstellung, dass er von dem Menschen beobachtet wurde, der zu so unbeschreiblichen Verstümmelungen fähig und vielleicht auch für Drews Verschwinden verantwortlich war, jagte ihm einen kalten Schauer über den Rücken. In dem Bemühen, ein möglichst kleines Ziel abzugeben, ging er in die Hocke und hielt den Blick auf die Stelle gerichtet, wo er eine Bewegung gesehen hatte, ließ ihn zwischendurch aber auch über den Hof huschen, falls ein Angriff aus einer anderen Richtung kommen sollte.

Schließlich wurde seine Konzentration durch ein weitaus willkommeneres Geräusch gestört. Es war der Lärm eines Automotors, dicht gefolgt von einem zweiten. Scheinwerfer blitzten um die Ecken des Hofes, als zwei Streifenwagen langsam vor der Fabrik anhielten.

Nergui erhob sich und spähte über die Autos hinweg, um zu sehen, ob es an der Mauer irgendein Anzeichen von Bewegung gab. Aus dem vorderen Auto stiegen drei Polizeibeamte. Im hinteren befanden sich der Pathologe und ein Kollege vom Erkennungsdienst.

Er sprach kurz mit den drei Polizisten. »Kommen Sie mit mir. Ich glaube, ich habe da drüben jemanden gesehen. Es kann unser Mann sein. Aber seien Sie vorsichtig. Er ist äußerst gefährlich.«

Vorsichtig führte er sie über den Hof zu der schneebedeckten Mauer, wo er die Bewegung gesehen hatte, und leuchtete sie mit der Taschenlampe ab. Er hatte recht gehabt. In der Mitte war der Schnee niedergetreten, als hätte jemand versucht, über die Mauer zu klettern. Die Mauer selbst war nicht höher als ein Meter achtzig, unter normalen Umständen also nicht schwer zu erklimmen. Nergui drückte einem der Polizisten die Taschenlampe in die Hand und stapfte durch die Schneewehe auf die Mauer zu. Er war sich sehr wohl bewusst, dass er ein leicht zu treffendes Ziel abgab, als er die Hand ausstreckte und sich hochzog, bis sein Kopf über die Mauer hinausragte. Sollte es auf der anderen Seite auch nur die Andeutung einer Bedrohung geben, würde er sich sofort wieder fallen lassen.

Drüben war nichts, nur ein weiterer schneebedeckter Hof, dann verlor sich der Untergrund in einer Art Brachland – den Ruinen eines zerstörten Gebäudes, im Schnee allerdings schwer zu erkennen. Jenseits davon lagen dicht gedrängt weitere Fabriken und Industriegebäude.

Fußstapfen führten hinunter zum Brachland. Es war möglich, dass sie so etwas wie eine Spur darstellten, aber Nergui vermutete, dass die Spur sich in den gegenüberliegenden Fabrikgebäuden verlor, wo die engen Durchgänge nicht so viel Schnee abbekommen hatten.

»War er es?«, fragte einer der Polizisten.

Nergui zuckte die Achseln. »Ich kann mir nicht vorstellen, dass sich in einer Nacht wie dieser jemand anders hier draußen aufhält. Klettern Sie über die Mauer und schauen Sie, ob Sie mit der Spur im Schnee drüben etwas anfangen können – überhaupt mit den Fußstapfen. Und dann sehen Sie nach, wohin sie führen. Wahrscheinlich hören sie auf der anderen Seite einfach auf, aber wir sollten schon einen Blick darauf werfen. Seien Sie vorsichtig.«

Die Polizisten begannen auf die Mauer zu klettern. Nergui schaute ihnen einen Moment lang zu und ging dann über den Hof zurück an die Stelle, wo der Rechtsmediziner und der Kriminaltechniker warteten. Er nickte ihnen wortlos zu und führte sie in die Fabrik.

Selbst Nergui war bei der Rückkehr in den Raum immer noch schockiert von dieser Zurschaustellung von Körperteilen. Er sah, dass der Kriminaltechniker bei dem Anblick sichtlich erblasste und sogar der abgeklärte Rechtsmediziner erschüttert wirkte.

»Es ist anzunehmen«, sagte Nergui langsam, »dass diese Teile zu den zwei nicht identifizierten Leichen gehören, die wir bereits sichergestellt haben. Ich bete, dass es nicht zwei weitere Morde sind.«

Der Rechtsmediziner nickte. »Das hoffe ich auch.«

»Als Nächstes müssen wir versuchen, deren Identität herauszufinden. Wenn diese Teile von den Leichen abgetrennt wurden, die wir bereits gefunden haben, dürfte es jetzt wesentlich einfacher sein, sie zu identifizieren, oder?«

Der Rechtsmediziner nickte, den Blick mit einer Mischung aus Abscheu und Verblüffung auf die Szenerie gerichtet. »Eine Garantie gibt es nicht, aber wir haben jetzt zumindest Fingerabdrücke, den jeweiligen Zahnstatus. Sieht aus, als versuchte der Mörder, uns zu helfen.«

»Genau den Anschein hat es«, pflichtete Nergui ihm bei. Er wandte sich an den Mann vom Erkennungsdienst. »Ich möchte, dass Sie sich an diesem Ort jeden Quadratzentimeter noch einmal vornehmen. Alles, was Sie finden können – *alles* –, kann von entscheidender Bedeutung sein. Wir glauben, dass wir jetzt wissen, wen wir suchen, und deshalb brauchen wir Hinweise darauf, dass er hier war. Ich kann mir nicht vorstellen, dass er Fingerabdrücke hinterlassen hat, aber vielleicht gibt es andere forensische Beweise.«

Er ließ die beiden Männer in dem Raum arbeiten, der immer noch von dem batteriebetriebenen Scheinwerfer erhellt wurde, und ging wieder nach draußen. Die drei Polizeibeamten waren über die Mauer zurückgeklettert und kamen auf ihn zu.

»Nichts«, sagte einer kopfschüttelnd. »Die Fußstapfen hier oben sind zu wirr, als dass man etwas damit anfangen könnte. Und drüben auf der anderen Seite konnten wir die Spur ein Stück weit verfolgen, aber dann war sie verschwunden.«

»Dieser Mann weiß, was er tut«, erklärte Nergui. »Er wird es uns nicht leicht machen.« Er deutete auf die Fabrik hinter ihnen. »Zwei von Ihnen sollten lieber hierbleiben, für alle

Fälle.« Er blickte sich im Dunkeln um. »Ich kann mir nicht vorstellen, dass er immer noch in der Nähe ist. Aber vorher hatte ich ja auch nicht ernsthaft geglaubt, dass er hier wäre.«

Er wandte sich an den dritten Polizisten. »Ist die Großfahndung in dem Gebiet hier angelaufen?«

Der Beamte nickte. »So gut es ging. Wir hatten nur die Nachtschicht da, aber wir sind dabei, so viele Kollegen wie möglich zusammenzutrommeln. Dabei ist uns der Schnee nicht gerade behilflich. Die Straßen werden zwar nach und nach geräumt, aber da das der erste richtige Schneefall in diesem Jahr ist, geht es einfach nicht so schnell. Wir haben hier jetzt überall Streifenwagen, aber es hat eine Weile gedauert, sie dorthin zu bekommen.«

»Gut. Viel mehr können wir nicht tun. Wenn Sie mich zum Polizeipräsidium zurückbringen, können Sie anschließend mit den anderen rausfahren.«

Auf der Rückfahrt stellte Nergui fest, dass die Hauptverkehrsstraßen jetzt weitgehend geräumt waren. Ganze Lastwagenladungen zusammengeschobenen Schnees wurden vom Räumdienst abtransportiert, um für den Morgenverkehr möglichst viele Straßen frei zu haben.

Nergui schaute auf die Uhr. Zwanzig nach sieben. Im Osten hellte sich der Himmel auf, und es würde nicht mehr lange dauern, bis die Sonne aufging. Um diese spezielle Nacht würde es ihm sicher nicht leidtun, aber er fragte sich besorgt, was der kommende Tag bringen würde. Der anonyme Anrufer wollte sich um neun wieder melden. War das ein Scherz oder war es wirklich Badzar? Und wenn er es war, was würde er ihnen sagen?

Vorausgesetzt, die Gliedmaßen gehörten tatsächlich zu den beiden verstümmelten Leichen, die sie bereits gefunden hatten, sah es so aus, als versuchte Badzar jetzt, ihnen etwas mitzuteilen. War das reiner Zufall oder wusste er irgendwoher, dass sie über seine Identität gestolpert waren? Falls Badzar ihn die letzten Tage beobachtet hatte – was Nergui mit einem innerlichen Frösteln für immer wahrscheinlicher hielt –, war es möglich, dass er Cholon in ihrer Begleitung gesehen hatte. Vielleicht war ihm klar geworden, dass sein Bruder ihn verraten hatte. Falls dem so war, mussten sie für Cholons Schutz sorgen. Er zog sein Handy hervor, wählte die Nummer des Polizeipräsidiums und verlangte Doripalam. Der brauchte ein paar Minuten, bis er am Telefon war, und dann klang er, als wäre er außer Atem.

»Ich wollte mich vergewissern, dass es Cholon gut geht. Was haben Sie mit ihm gemacht?«

»Er ist immer noch hier. Ich habe gesagt, er solle sich schlafen legen, aber er will unbedingt hierbleiben, zumindest bis der nächste Anruf kommt. Und ich dachte, vielleicht wäre er hier am sichersten.«

»Wir müssen auf ihn aufpassen. Es ist möglich, dass Badzar ihn mit uns gesehen hat.«

»Sie glauben, Badzar hat uns beobachtet?«

»Ja, ich glaube, dass er uns heute Nacht in der Fabrik beobachtet hat. Und dass er mich beobachtet hat, nachdem Sie und Cholon weggefahren waren.«

Am anderen Ende der Leitung war ein tiefer Atemzug zu hören, als Doripalam klar wurde, was das bedeutete. »Ich kümmere mich um ihn. Außerdem wollte ich Ihnen sagen, dass ich noch etwas weitergegraben habe, seit ich wieder hier bin. Es gibt ein paar Dinge, da muss ich Sie auf den neuesten Stand bringen.«

Nergui schaute flüchtig aus dem Autofenster. »Ich bin in ein paar Minuten da. Dann komme ich zu Ihnen.«

Mit den sanft geschwungenen Schneewehen wirkte der Süchbaataar-Platz seltsam idyllisch. Die Straßen rund um den

Platz dagegen waren jetzt schneefrei. Von dort bogen sie in den Parkplatz des Polizeipräsidiums ein.

Erst als Nergui das Gebäude betrat, merkte er, wie durchgefroren er war. Durch die Glasscheibe konnte er Doripalam mit Cholon im Aufenthaltsraum sitzen sehen, einen dicken Stapel Akten hinter sich. Cholon hatte sich unbequem in einem großen Sessel eingerollt und war endlich eingeschlafen.

Doripalam sprang auf, als Nergui den Raum betrat, eine Akte in der Hand.

Der Ältere lächelte schwach. »Bevor ich irgendetwas aufnehmen kann, brauche ich erst einmal einen Kaffee. Ich friere.«

Er füllte den Wasserkocher, der zwischen gebrauchten Kaffeebechern auf einem Tisch weiter hinten stand, und drehte sich dann wieder zu Doripalam um. »Was gibt's?«

»Verschiedenes«, antwortete der junge Mann. »Ich habe über Delgerbayar nachgedacht und darüber, wie er in das alles hineinpasst.«

Das war eine gute Fragestellung. Cholons Beschreibung hatte nahegelegt, dass Delgerbayar zumindest nebenbei kleine Geschäfte gemacht hatte. Natürlich war das eine der ersten Fragen, die sie angesichts seiner brutalen Ermordung gestellt hatten, aber es hatte keine Anzeichen für irgendein Fehlverhalten von seiner Seite gegeben.

»Nach Delgerbayars Tod wurden all seine Akten und Unterlagen gründlich untersucht«, sagte Nergui.

»Das weiß ich. Es war alles überaus korrekt. Vielleicht verdächtig korrekt, wenn man weiß, was wir jetzt wissen. Wir hatten um Kopien von Delgerbayars letzten Bankauszügen gebeten, um zu sehen, ob sie Hinweise auf ungeklärte Zahlungen enthielten.«

Nergui nickte. »Soweit ich weiß, gab es keine Anzeichen

dafür, dass er bestechlich war. Die Ein- und Ausgänge entsprachen so ziemlich dem, was man von einem Mann in seiner Position erwarten würde.«

»Das taten sie. Ich habe mir die Auszüge aber etwas genauer angesehen. Die meisten Zahlungen entsprachen dem Üblichen, aber es gab eine Reihe kleinerer Überweisungen von einem anderen Konto. Immer nur kleine Beträge, als hätte er sich damit bis zur nächsten Gehaltszahlung oder so was über Wasser halten müssen.«

»Vielleicht hatte er noch ein anderes Konto«, gab Nergui zu bedenken. »Ein Sparkonto zum Beispiel.«

»Ja, genau das war auch mein Gedanke. Aber dann habe ich es doch lieber überprüft.«

Nichts für selbstverständlich halten. Eine der ersten Ermittlungsregeln, dachte Nergui, und genau die, die sie während ihrer ganzen Arbeit an diesem Fall grob vernachlässigt hatten. »So früh am Morgen? Nicht gerade die ideale Zeit, um Bankinformationen einzuholen«, bemerkte er.

Doripalam lächelte. »Nein. Deshalb habe ich den Bankdirektor zu Hause angerufen.«

»Der war bestimmt hocherfreut. Um wie viel Uhr war denn das?«

»Gegen sechs. Er war zumindest schon auf und wusste, dass es um eine Mordermittlung ging. Außerdem, nun ja, habe ich Ihren Namen erwähnt und daraufhin war er sehr hilfsbereit.«

Nergui nickte. »Das war's dann wohl mit meiner Aussicht auf einen Überziehungskredit. Und er hat Ihnen die Information gegeben, ohne Ihre Bevollmächtigung in dreifacher Ausfertigung zu verlangen?«

»Nachdem ich Ihren Namen genannt hatte, ja. Wie sich herausstellte, gibt es noch ein anderes Konto. Es wurde von Delgerbayars Vater eröffnet. Allerdings ist Delgerbayars Vater bereits vor fünf Jahren gestorben, wovon die Bank jedoch nichts wusste.«

»Und was befindet sich auf diesem Konto?«

»Ich habe den Direktor nicht gedrängt, mir den genauen Betrag zu nennen, da ihm etwas mulmig wurde, weil er einfach so mit mir darüber sprach. Aber sicher eine Menge. Man hatte dem Mann erzählt, der Vater sei in der Exportbranche tätig. Die meisten Zahlungen waren nämlich in Dollar erfolgt. Bar, wie es scheint.«

»Und die Bank hatte nie daran gedacht, dem auf den Grund zu gehen?«, fragte Nergui. Obwohl es ihn nicht überraschte. Nachdem die Mongolei die internationalen Geldwäschegesetze unterzeichnet hatte, erließ sie auf diesem Gebiet immer strengere Vorschriften. Über die sich jedoch viele hinwegsetzten. Nergui mutmaßte, dass ein gewisses Sümmchen wohl auch seinen Weg in die Tasche des Bankdirektors gefunden hatte. Möglicherweise war er ein kleiner Fisch, um den sie sich später würden kümmern müssen, aber erst einmal galt es, den dicken Fisch ins Netz zu bekommen.

»Ich glaube, als ihm klar wurde, worüber wir da sprachen, hat er seine Hilfsbereitschaft doch ein wenig bereut«, meinte Doripalam.

»Also war Delgerbayar doch bestechlich, und zwar in recht großem Stil. Und damit hat er sich offenbar zumindest einen ernst zu nehmenden Feind eingehandelt. Wir müssen jemanden zur Bank rüberschicken, bevor der Direktor anfängt, sämtliche Beweise zu vernichten.«

»Daran habe ich bereits gedacht«, entgegnete Doripalam. »Ich wusste nicht, wen wir von der Fahndung nach Badzar hätten abziehen sollen. Ich wäre ja selbst gegangen, wollte aber hier auf Sie warten, um Sie sofort auf den neuesten Stand zu bringen. Schließlich habe ich Batzorig damit beauftragt. Er wird sämtliche Unterlagen mit dem Direktor durchsehen und alles mitbringen, was auch nur im Entferntesten von Bedeutung sein könnte.«

»Klingt vernünftig«, sagte Nergui, »obwohl es verschwendete Zeit sein könnte. Wenn der Mann schlau ist, wird er die schriftlichen Belege in dieser Sache auf ein Minimum reduziert haben. Und von Delgerbayar war es ein kluger Schachzug, das Konto seines Vaters zu benutzen – es dürfte einige Zeit vor der ersten Einzahlung eröffnet worden sein. Es ist gut möglich, dass der Bankdirektor nur dafür zur Verantwortung gezogen werden kann, dass er die Einzahlung größerer Summen gestattet hat, ohne deren Herkunft zu prüfen. Und ich wette, das gilt für jeden Bankdirektor im Land.«

»Das ist aber noch nicht alles«, fuhr Doripalam fort. »Ich habe mich noch auf ein, zwei anderen Gebieten umgetan und die Bergbaugesellschaft, mit der Delgerbayar anscheinend zu tun gehabt hatte, etwas genauer unter die Lupe genommen. Wie sich herausstellte, befindet sie sich weitgehend in russischem Besitz mit einer gewissen staatlichen Beteiligung von unserer Seite. Sie gehört zu dem Konsortium, das das Gobi-Projekt durchführt. Genau genommen sind die Russen neben einer amerikanischen Gesellschaft die größten Investoren.«

»Seltsame Bettgenossen«, bemerkte Nergui. Er schaute auf die Uhr. »Wie haben Sie das alles bloß innerhalb einer knappen Stunde herausgefunden?«

»Eigentlich kein Kunststück. Ich habe ein bisschen im Internet gesucht und so gewisse Basisinformationen bekommen. Ein paar Daten aus Regierungssystemen habe ich mir auch besorgt – ich bin mir zwar nicht ganz sicher, dass ich da offiziell drin sein durfte, aber ich habe einen unserer IT-Leute um einen Gefallen gebeten.«

»Da komme ich mir ja richtig alt vor. Dieses amerikanische Unternehmen hat nicht zufällig Verbindungen zu Collins und Maxon?«

»Ihre besten Jahre haben Sie offensichtlich noch nicht hinter sich. Doch, sie gehören zum selben Konzern. Eine andere Betriebsgesellschaft.«

»Und was ist mit dem russischen Unternehmen?«

»MN Mining. Mit Sitz in St. Petersburg. Es gehört zu einer größeren Gruppe, aber MN ist ausschließlich auf Bergbau, vorwiegend Gold, in der Mongolei spezialisiert. Sie haben eine größere Niederlassung hier in der Stadt. Der Geschäftsführer ist ein hier ansässiger Russe, Sergei Kartashkin.«

»Und an welcher Stelle kommen die amerikanischen Investoren ins Spiel?«

»Tja, da wird's interessant. Am Anfang ließ MN sich als Tochterunternehmen hier nieder, um im Norden Tagebau zu betreiben, wie wir ihn gestern gesehen haben. Anscheinend haben sie von unserer Seite staatliche Förderung erhalten, sodass es im Grunde ein Joint Venture war. Doch dann fingen sie an, sich für einige der Schürfstellen im Süden zu interessieren, wo mehr Untertagebau notwendig ist. Dieses Verfahren ist viel kostspieliger – selbst die Bestimmung der Lagerstätten kostet schon viel Geld, sodass sie sich nach weiteren Investoren umschauen mussten. Schließlich bildete MN das Konsortium mit der amerikanischen Gesellschaft, einem Unternehmen aus Großbritannien und südkoreanischen Kapitalgebern.«

»Alles vermeintlich legitim?«

»Kann ich schwer sagen. Das ist eher Ihr Terrain als meins«, antwortete Doripalam.

Nergui nickte. Geld aller Art strömte ins Land, manches auf ehrliche, das meiste jedoch auf fragwürdige Weise. Es gab große Anreize für das organisierte Verbrechen, diese abgelegene Republik als Zwischenstation bei der Geldwäsche zu benutzen, vor allem wenn dabei noch Gewinne aus Investitionen zu erzielen waren. Das sollte nicht heißen, dass es sich in diesem Fall zwangsläufig um betrügerische Investitionen handelte, aber eine Reihe der in Russland ansässigen Unternehmen waren dafür bekannt, dass sie Verbindungen zu kriminellen Milieus unterhielten. Nergui war sich auch der Tatsache bewusst, dass es immer mehr Verbindungen – allerdings auch erhebliche Spannungen – zwischen dem organisierten Verbrechen in Russland und dessen Widerpart in den Vereinigten Staaten gab. Es wäre keine Überraschung, in diesem speziellen Geschäft auf ein paar widerwärtige Elemente zu stoßen.

»Zumindest wissen wir jetzt, dass sie Interesse an den Goldvorkommen im Süden haben, was, wenn Delgerbayar auf ihrer Gehaltsliste stand, seine geheimnisvolle Reise in die Wüste Gobi erklären könnte. Vor diesem Hintergrund und selbst wenn man außer Acht lässt, was wir über Collins und Maxon wissen, wäre ich wahrscheinlich sehr überrascht, wenn sie eine völlig weiße Weste hätten. Ich habe keine Ahnung, was uns das alles sagt, aber wir haben angefangen, an ein paar interessanten Fäden zu ziehen, und es kann sein, dass dieses Ding sich nun allmählich aufdröseln lässt. Keine Ahnung, was dabei herauskommt.«

Nergui warf einen Blick auf die Uhr. Zwanzig vor neun. Der angekündigte Telefonanruf stand in zwanzig Minuten an, vorausgesetzt, der erste Anruf war nicht nur ein Scherz gewesen. »Gut«, sagte er, »wir müssen alles für diesen Anruf vorbereiten. Ich möchte, dass wir ihn zurückverfolgen, sobald er in der Telefonzentrale ankommt. Jedes Wort davon aufzeichnen. Nach allem, was wir von dem Anrufer wissen, glaube ich nicht, dass er nachlässig sein wird, aber wir müssen mit allen Tricks arbeiten. Bitte leiten Sie das jetzt alles in die Wege. Ich bleibe erst einmal hier unten bei Cholon.«

Doripalam drehte sich um und war schon auf dem Weg nach oben, als Nergui hinter ihm herrief. »Doripalam, das haben Sie gut gemacht. Sehr gut. Ich glaube, unsere Arbeit bekommt endlich eine Richtung. Wenn wir erst einmal gesehen haben, ob unser Phantomanrufer sich wieder meldet, was hielten Sie dann von einem Besuch bei Herrn Kartashkin? Ich habe richtig Lust auf ein Geschäftstreffen.«

21. KAPITEL

Anfangs dachten sie, der Anruf würde gar nicht kommen. Nergui hatte sich an einem Schreibtisch niedergelassen, der zwar abseits, aber in Sichtweite des Telefonisten stand, sodass sie sich notfalls durch Zeichen verständigen konnten. Doripalam hatte das Aufnahmegerät bereitgestellt und stand in Kontakt zu dem Telefontechniker, der sich bemühen würde, den Anruf zurückzuverfolgen. Der Versuch würde sich vermutlich als sinnlos erweisen. Der Anruf würde höchstwahrscheinlich von einem Handy kommen. Es war zwar theoretisch möglich, wenigstens die Gegend zu bestimmen, aus der er kam, aber das funktionierte nur, wenn der Anrufer wesentlich geschwätziger war als beim ersten Mal.

Es ging auf neun Uhr zu und die kleine Mannschaft wurde angespannter, während sie auf einen Anruf auf einer der externen Leitungen wartete. Sollten zur selben Zeit irgendwelche anderen Anrufe eingehen, würde der Telefonist sie ohne Kommentar in die Warteschleife legen, um nicht von der anstehenden Aufgabe abgelenkt zu werden.

Die volle Stunde kam und ging. Um vier Minuten nach neun ging ein Anruf ein, aber es war nur jemand, der eine gestohlene Brieftasche melden wollte. Plangemäß legte der Telefonist den Anrufer in die Warteschleife und wartete weiter. »Ich hoffe, er legt in der Zwischenzeit nicht auf«, bemerkte er.

»Wir wissen nicht, wie lange das dauern kann«, sagte Doripalam. »Wie lange wollen wir warten?«

Die Antwort folgte auf dem Fuße. Sie erkannten sofort die Stimme von vergangener Nacht. Das Band lief bereits und Doripalam hatte die Rückverfolgung ausgelöst.

»Nergui«, sagte die Stimme. Der Telefonist gab Nergui ein Zeichen, bevor er den Anruf durchstellte.

»Nergui am Apparat. Wer ist da?«

»Ich will Ihnen meine Hilfe anbieten«, antwortete die Stimme. »Ich habe etwas Wertvolles, das Sie sicher interessieren würde. Im Gegenzug will ich nur Ihre Aufmerksamkeit.«

»Wie meinen Sie das?«

»Wie gesagt, ich habe etwas Wertvolles. Ich verlange keinen Preis dafür, außer, dass Sie mir zuhören.«

»Das ist Unsinn«, erwiderte Nergui. »Ich bin zu alt für solche Spielchen. Sagen Sie mir, was Sie wollen, oder gehen Sie aus der Leitung.«

Darauf folgte eine lange Pause und Nergui dachte schon, der Anrufer hätte wirklich aufgelegt. Dann hörte er ein schwaches Atemgeräusch in der Leitung. Nergui brach das Schweigen nicht, denn er wollte, dass der Anrufer weitersprach.

»Ich habe McLeish«, sagte die Stimme schließlich. »Den Polizisten. Ich möchte Sie treffen. Nur Sie. Ich rufe wieder an.«

»Woher weiß ich, dass Sie ...?«, hob Nergui an, aber die Leitung war schon unterbrochen. Frustriert über den Mangel an Information, knallte Nergui den Kopfhörer samt Mikrophon auf den Tisch. Das konnte immer noch ein Scherzbold sein, sinnlose Zeitverschwendung. Er schaute zu Doripalam auf, der kopfschüttelnd langsam herüberkam.

»Keine Chance, das Gespräch zurückzuverfolgen. Viel zu kurz. Ich glaube, sie konnten es irgendwo im Süden der Stadt lokalisieren, aber das war's auch schon.«

»Also nicht weit von da, wo wir letzte Nacht waren«, überlegte Nergui laut.

Doripalam nickte. »Das stimmt, aber viel können wir damit auch nicht anfangen.«

»Ihm muss klar gewesen sein, dass wir versuchen würden, ihn ausfindig zu machen. Deshalb hat er so schnell aufgelegt«, sagte Nergui. »Er ist nicht auf den Kopf gefallen.«

»Sie glauben also nicht, dass sich jemand einen Scherz erlaubt?«

Nergui zuckte die Achseln. »Nun, es könnte sein. Aber er kannte McLeishs Namen, und der stand bis jetzt nicht in den Zeitungen. Wenn er also ein Schwindler ist, hat er zumindest gute Beziehungen.«

»Und was jetzt?«

»Wir sind kein Stück weiter. Mir kommt es sogar eher wie ein Rückschritt vor, da wir nicht wissen, wann er uns wieder kontaktieren wird und ob überhaupt.«

»Er hat gesagt, er würde sich wieder bei uns melden.«

Nergui nickte. »Tja, wenn es kein Scherz ist, können wir vermutlich davon ausgehen, dass er es tun wird. Die Frage ist, wie bald, und was in der Zwischenzeit passiert. Wir dürfen jetzt unseren Schwung nicht verlieren. Müssen dafür sorgen, dass sämtliche verfügbaren Kräfte nach Badzar fahnden. Jedes Gebäude in dieser Gegend muss auf den Kopf gestellt werden.« Er wandte sich an den Telefonisten. »Wenn unser Freund wieder anruft, stellen Sie ihn auf mein Handy durch. Wir sind jetzt außer Haus – wahrscheinlich für eine Stunde oder so.«

Auf dem Weg zur Tür nahm Nergui seinen Mantel vom Stuhl. »Kommen Sie«, sagte er zu Doripalam, »wir werden Genosse Kartashkin einen Besuch abstatten.«

Nach dem Geräusch der sich öffnenden Tür trat wieder Stille ein. Er konzentrierte sich, lauschte angestrengt auf das, was da kommen mochte, horchte auf das Geräusch von Bewegung, von Schritten. Aber da war nichts. Zuerst dachte er, er könnte ein entferntes schwaches Atmen hören, aber sicher war er sich nicht.

Panik und Verzweiflung überkamen ihn. Er hatte fürchterliche Angst vor dem gehabt, was als Nächstes passieren würde, aber zumindest hatte die Aussicht auf irgendeine Lösung bestanden. Das hier war schlimmer. Es war, als würde er immer noch in der Schwebe gehalten, in einem nicht enden wollenden Stillstand, und wartete auf eine Veränderung, die nie eintreten würde.

Genau das war wahrscheinlich auch beabsichtigt. Es war eine Art Folter. Er versuchte nach Kräften, seine wachsende Panik zu unterdrücken und sich zu konzentrieren. Jemand hatte die Tür aufgemacht. Jemand war jetzt da. Jemand wartete.

Er horchte wieder, versuchte, neben seinem eigenen Herzschlag und seiner keuchenden Atmung noch andere Geräusche herauszuhören.

Und dann hörte er die Schritte wieder, nicht in unmittelbarer Nähe, immer noch außerhalb dieses Raums, dieselbe Unregelmäßigkeit, dasselbe Kratzen dazu. Und noch etwas.

Den Klang einer Stimme. Kaum mehr als ein Flüstern, leise und zischend. Er konnte keine einzelnen Worte verstehen. Er konnte nicht sagen, ob da jemand mit sich selbst oder einem Dritten sprach, wenngleich nur eine Stimme zu hören war. Es war, als ginge jemand auf und ab, wartend, auszählend.

Und dann wurden die Schritte entschlossener, kein zielloses Umhergehen mehr, sondern eine Vorwärtsbewegung wie auf ein Ziel zu. Entfernten sie sich? Drew spürte, wie bei diesem Gedanken Erleichterung seinen Körper durchströmte. Aber er wusste, dass das albern war. Jegliche Ruhepause konnte nur vorübergehend sein.

Er hatte recht; plötzlich kehrten die Schritte zurück, wurden lauter. Die Ungleichmäßigkeit war immer noch da, aber das kratzende Geräusch konnte er nicht mehr hören, nur langsame, entschlossene Schritte, die auf ihn zukamen.

Dann sagte ihm eine Veränderung in der Beschaffenheit des Geräuschs, dass die Person, die draußen auf und ab gegangen war, jetzt den Raum betreten hatte. Ihn betrachtete, wie er gefesselt auf der Bank lag. Sein klares Denkvermögen ließ ihn im Stich. Er war hilflos, von einer elementaren Angst verzehrt, die alle Instinkte nach Flucht schreien ließ.

Er versuchte zu sprechen, doch die Worte blieben in seiner trockenen Kehle stecken. Unter quälenden Schmerzen presste er Arme und Beine gegen die Plastikschnüre und versuchte wieder, den Kopf zu heben, konnte aber außer der Decke und den Lichtern immer noch nichts sehen.

Die Schritte kamen näher und jetzt konnte er ein schwaches Atemgeräusch hören, das Rascheln von Kleidung. Jemand stand unmittelbar über ihm, wenn auch immer noch außerhalb seines beschränkten Sichtfelds.

Er hielt die Luft an. War auf nahezu alles gefasst. Einen Schuss, einen Messerstich, einen Schlag.

Aber nichts passierte. Die Schritte waren nicht mehr zu hören. Die schwache Atmung sehr wohl. Seine Fingerknöchel weiß vor Anspannung, wartete Drew, was als Nächstes kommen würde.

»Es tut mir leid, aber er ist den ganzen Morgen beschäftigt.« Mit dem Zeigefinger fuhr sie langsam die Seite des Tischkalenders vor ihr hinunter, als müsste sie ihre Aussage selbst bestätigen. »Am späten Nachmittag könnte ich Sie vielleicht noch einschieben.«

Nergui schaute Doripalam an, der den Blick ausdruckslos erwiderte. Er lächelte die Empfangsdame freundlich an. »Ich glaube, Sie haben mich nicht recht verstanden«, erklärte er. »Wir sind von der Polizei. Und ermitteln in einem Mordfall, mehreren Mordfällen, um genau zu sein. Wir müssen Herrn Kartashkin jetzt sofort sehen.«

Bei der Erwähnung der Morde war ihr die Kinnlade ein wenig heruntergefallen, aber sie schien immer noch nicht geneigt, klein beizugeben. »Mir ist mit allem Nachdruck gesagt worden, er dürfe nicht ...«

Aber Nergui ging bereits an ihr vorbei und nach oben in den ersten Stock. Sie sprang auf, als wollte sie versuchen, ihn aufzuhalten, aber Doripalam gab ihr mit einer Geste zu verstehen, dass sie sich wieder hinsetzen solle. »Halten Sie sich da besser raus«, erklärte er.

»Aber Sie können nicht einfach herkommen ...« Sie schaute wild um sich.

»Das können wir sehr wohl«, entgegnete Doripalam lächelnd. »Sagen Sie, wo finden wir denn Herrn Kartashkin?«

Erst starrte sie ihn an wie einen Verrückten. Dann schüttelte sie den Kopf, als würde ihr gerade bewusst, dass es wenig Sinn hatte, Einwände zu erheben. »Er ist im Sitzungssaal. Die Treppe rauf, erste Tür links.«

»Danke«, sagte Doripalam. »Sehen Sie, wie hilfreich ein bisschen Kooperation sein kann.«

Er stürmte hinter Nergui her nach oben. Der hatte offensichtlich den Anfang des Gesprächs unten mitbekommen und empfing den jungen Mann jetzt mit einem breiten Grinsen oben an der Treppe. »Was sagte sie, wo er ist?«

»Sitzungssaal. Erste Tür links.«

Sie gingen die paar Meter den Flur entlang bis zu einer robusten Holztür. Ein blank poliertes Messingschild bestätigte ihnen, dass es sich hier um den Sitzungssaal handelte.

Nergui, der seinem Auftritt gerne einen gewissen Effekt verlieh, drückte die Klinke herunter und stieß die Tür auf.

Vier Männer saßen, Akten und Papiere zwischen sich ausgebreitet, an einem großen Mahagonitisch. Alle starrten den Eindringling erstaunt an.

»Guten Morgen, meine Herren«, sagte Nergui. »Wer von Ihnen ist Herr Kartashkin?«

Am anderen Ende des Tisches erhob sich ein großer, glatzköpfiger Mann. »Ich bin Kartashkin«, sagte er ruhig. »Ich hoffe, Sie haben eine gute Erklärung für diese Störung.«

»Ich glaube schon«, sagte Nergui mit einem schwachen Lächeln. Er zog seinen Dienstausweis aus der Brusttasche und wedelte damit vor den Männern herum. »Ministerium für innere Sicherheit«, erklärte er.

Kartashkin sah aus, als wollte er protestieren, bevor er es sich eindeutig anders überlegte. »Ich wüsste nicht, dass unser Unternehmen für das Ministerium von irgendeinem Interesse wäre«, sagte er ruhig. »Der Minister hat mir diesen Eindruck jedenfalls nicht vermittelt.«

Nergui lächelte. »Na ja, vielleicht enthüllt er Ihnen nicht sein ganzes Innenleben. Möchten Sie ihn sicherheitshalber vielleicht lieber anrufen?«

Kartashkin schaute in Nerguis ungerührte Miene, dann senkte er plötzlich den Blick. »Nicht nötig«, sagte er. »Ich arbeite natürlich gerne jederzeit und auf jede erdenkliche Weise mit dem Ministerium zusammen.« Höflich lächelnd schaute er in die Runde. »Meine Herren, bitte lassen Sie mich einen kurzen Augenblick allein mit Herrn …?« Er warf Nergui einen Blick zu.

»Nergui«, sagte der lächelnd. »Und mein Kollege, Doripalam. Es dürfte nicht lange dauern.«

Die anderen Männer verließen den Raum, während Kartashkin dasaß und die beiden Kriminalbeamten anlächelte.

Kaum hatte sich die Tür hinter seinen Kollegen geschlossen, verschwand Kartashkins Lächeln. »Was zum Teufel soll das alles? Ich schätze es ganz und gar nicht, wenn man hier so hereinplatzt.«

Nergui lächelte ebenso höflich wie Kartashkin zuvor. »Es geht um etwas äußerst Wichtiges, Herr Kartashkin. Wir ermitteln in einem Mordfall.«

Kartashkin musterte ihn genau. »Und was hat Mord mit mir zu tun? Ich bin Geschäftsmann.«

»Sie sagen es, Herr Kartashkin. Und einer mit guten Beziehungen. Wir haben gehört, dass einer unserer Beamten auf Ihrer Gehaltsliste stand.«

Kartashkins Kopf zuckte hoch. »Was meinen Sie damit?«

»Was ich sage.«

»Das ist lächerlich. Wir haben noch nie …«

»Delgerbayar, der besagte Beamte, ist jetzt tot. Ermordet. Auf brutale Weise ermordet.«

Kartashkin stand auf. »Ich muss Sie bitten zu gehen. Ich weiß nicht, was Sie damit andeuten wollen, aber es klingt wie die ungeheuerlichste …«

Nergui hob langsam die Hand, worauf Kartashkin, unter seinesgleichen sicher eine imponierende Gestalt, verstummte. »Ich will gar nichts andeuten, Herr Kartashkin. Ich stelle lediglich einen Sachverhalt dar und ersuche Sie um Ihre Hilfe bei unseren Ermittlungen.«

Kartashkin ließ sich wieder auf seinen Sitz fallen. »Sie können nicht beweisen …«

Wieder hob Nergui die Hand. »Herr Kartashkin, wir sind beide erwachsene Menschen. Wir sollten einander nicht unnötig die Zeit stehlen. Sie wissen nicht, was ich beweisen kann und was nicht. Ich weiß, dass Delgerbayar auf Ihrer Gehaltsliste stand. Es kann durchaus sein, dass Sie noch weitere ranghöhere Beamte in der Tasche haben. Das weiß ich nicht und es interessiert mich im Moment auch nicht besonders. Was mich interessiert, ist allein Delgerbayar, denn er ist jetzt tot, und ich möchte wissen, warum.«

Kartashkin schaute zögernd von einem zum anderen und wieder zurück, als hoffte er, dass noch ein anderes Thema auf den Tisch käme. Am Ende sagte er: »Ich weiß nicht, wovon Sie reden.«

Nergui schüttelte langsam den Kopf. »Sie enttäuschen mich, Herr Kartashkin. Ich hatte eine intelligentere Antwort erwartet.«

Kartashkin schaute zur Tür, als rechnete er damit, dass jemand hereinkäme und sie störte. Vielleicht, dachte Nergui, kontaktierte doch jemand den Minister in seinem Auftrag.

»Was beabsichtigen Sie zu tun? Mich festzunehmen?« Die Worte waren viel herausfordernder als sein Ton. Kartashkin war plötzlich ein ganz anderer Mensch als der tobende Tyrann, der sie anfangs begrüßt hatte. Er war ein Mann, dem man die Angst ansehen konnte, fand Nergui. Aber Angst wovor? Über die rechtlichen Konsequenzen seiner Handlungen machte er sich vermutlich keine Sorgen. Und vor einer Verhaftung musste er sich sowieso nicht fürchten. Womöglich steckte er so tief im Korruptionsmorast, dass die Bestechung von ein paar Polizeibeamten noch vergleichsweise harmlos war, und bei ausländischen Investitionen drückte man sowieso immer beide Augen zu. Das, wovor er Angst hatte, war etwas viel Beunruhigenderes. Während Nergui Kartashkin beobachtete und sah, dass ihm auf Stirn und Nacken der Schweiß ausbrach, fiel ihm die Vorstandssitzung wieder ein, die sie offenbar unterbrochen hatten. Sie hatten nur einen kurzen Blick auf die Gruppe erhaschen können, bevor die Männer den Raum verließen, aber an ihren Mienen und ihrer Körpersprache hatte Nergui ablesen können, dass es sich um eine Art Krisensitzung gehandelt hatte.

Nergui nickte. »Wenn ich Sie aufs Polizeipräsidium mitnehmen muss, um die nötigen Antworten zu erhalten, dann muss es wohl so sein. Es wäre allerdings eine bedauerliche Unterbrechung Ihres Tages. Ich bin sicher, dass Sie noch viel zu erledigen haben.«

Kartashkin schüttelte den Kopf. »Ich bin nicht bereit, irgendetwas zu Protokoll zu geben. Wenn Sie eine offizielle Aussage wollen, werden Sie mich wohl verhaften müssen.«

Nergui lächelte. »Und inoffiziell?«

»Ich weiß es nicht.« Kartashkin schaute wieder nervös zur Tür. »Das ist kein guter Zeitpunkt. Ich bin mitten in anderen Dingen.«

»Wir werden Sie nicht länger aufhalten als nötig.«

»Ich ... wir haben mit Schwierigkeiten zu kämpfen.« Er hielt inne, versuchte offensichtlich, die passende Formulierung zu finden. »Sie haben recht. Inoffiziell. Delgerbayar war uns bekannt. Er hat gelegentlich kleine Geschäfte für uns erledigt. Nichts Unredliches.«

»Ich verstehe«, sagte Nergui mit ausdrucksloser Miene.

»Ich weiß nicht, warum er ermordet wurde. Aber ich würde es gerne wissen. Wir haben geschäftliche Probleme gehabt.«

»Sie sind an einem der Projekte in der Wüste Gobi beteiligt, stimmt das?«

Kartashkin hob den Kopf und schaute Nergui scharf an. »Ich glaube, Sie wissen mehr, als Sie zugeben. Ja, wir sind in der Wüste Gobi tätig.«

»Läuft es nicht gut?«

»Nein, letztlich ist es schwieriger als vorausgesehen. Das Potential dort ist gewaltig, aber die Exploration erweist sich als problematisch. Sie hat mehr Investitionen erfordert, als wir erwartet hatten. Weitaus mehr.« Er machte eine kurze Pause, in der er offensichtlich überlegte, ob er schon zu viel gesagt hatte.

»Sie sind der Hauptinvestor?«, fragte Nergui. »Zusammen mit unserer Regierung, meine ich.«

Kartashkin zögerte. »Das ist kompliziert«, antwortete er. »Wir waren der Hauptinvestor, anfänglich. Es war gewissermaßen ein Joint Venture zwischen uns und Ihrer Regierung, mit geringfügiger finanzieller Beteiligung und Know-how von Seiten der USA, Großbritanniens und Südkoreas. Als jedoch die veranschlagten Kosten stiegen, hatten wir Mühe, Schritt zu halten, sodass die anderen Beteiligten ihren Einsatz erhöhten. Vor allem die USA.«

»Die US-Regierung?«, hakte Nergui nach.

Kartashkin schüttelte den Kopf. »Wie bei allen Partnergesellschaften gibt es zwar finanzielle und sonstige Unterstützung von Seiten der Regierung, aber es ist ein privates Unternehmen.« Er lächelte niedergeschlagen.

»Aber das erforderliche Kapital haben Sie zusammenbekommen?«

»Wir haben das erforderliche Kapital zusammenbekommen. Doch es war nicht einfach. Es gab Spannungen.«

»Und Morde?«

»Wir wissen nicht, ob es irgendeine Verbindung zwischen Delgerbayars Tod und ...«

»Mr. Ransom, der Engländer, stand der auch auf Ihrer Gehaltsliste?«

Zum zweiten Mal hob Kartashkin den Kopf und starrte Nergui an. »Sie spielen mit mir«, sagte er.

»Glauben Sie mir, Herr Kartashkin, wenn es um solche Dinge geht, spiele ich nie. Wir wissen, dass Mr. Ransom für das Konsortium gearbeitet hat.«

»Er hat für unseren britischen Partner gearbeitet. Im Norden. Er war Berater in Fragen des Tagebaus.«

»Bitte unterschätzen Sie mich nicht, Herr Kartashkin. Wir haben erfahren, dass Mr. Ransom einen Auftrag in Zusammenhang mit dem Gobi-Projekt durchgeführt hat. Nach allem, was wir wissen, wurde er hinzugezogen, um strittige Daten zu überprüfen.«

Jetzt waren Kartashkins Augen weit aufgerissen. »In Russland haben wir, glaube ich, aufgehört, unsere Bürger nachrichtendienstlich zu überwachen. Ich kann nur vermuten, dass das hier noch nicht der Fall ist.«

»Vermuten Sie, was Sie wollen«, entgegnete Nergui. »Allerdings möchten wir sehr wohl über illegale Geschäfte Bescheid wissen.«

»Illegal wohl kaum«, sagte Kartashkin. »Aber das werden Sie mit unserem Partner besprechen müssen. Auf seine Forderung hin ...«

»Mr. Ransom hat außerhalb des in seinem Visum angegebenen Tätigkeitsbereichs gearbeitet«, erklärte Nergui. »Aber das ist unwichtig. Wir haben zwei Mordopfer, die unter ziemlich ähnlichen Umständen getötet wurden und beide anscheinend für Ihr Konsortium gearbeitet haben.«

»Ich weiß nicht, was da vor sich geht«, sagte Kartashkin. »Ich sage die Wahrheit. In diesem Projekt gerate ich ins Schwimmen, das gebe ich zu. Ich bin Geschäftsmann – ein ziemlich hartgesottener, dachte ich. Und ich halte mich nicht immer an die Regeln. Aber das hier geht über meinen Horizont.«

»Was geht über Ihren Horizont, Herr Kartashkin?«, fragte Nergui.

»Dieses Projekt. Daran sind Leute beteiligt, die mir Angst machen. Auf allen Seiten.« Wieder warf er einen flüchtigen Blick zur Tür.

»Auch auf Ihrer Seite?«

Die Hände ineinander verkrampft, beugte Kartashkin sich vor. »Ja, auch auf meiner Seite. Wir sind ein legales Unternehmen. Aber wir brauchten mehr Kapital, um im Spiel bleiben zu können. Wir haben uns immer auf einer Gratwanderung befunden.«

»Wie meinen Sie das?«

»Unser Sitz ist St. Petersburg. Das macht es nicht einfach. Dort ist das organisierte Verbrechen ... nun, es beherrscht die Geschäftswelt. Nicht alle Geschäftsleute sind Verbrecher, aber wir müssen alle Zugeständnisse machen.«

»Ich verstehe. Und in Bezug auf dieses Projekt haben Sie Zugeständnisse gemacht?«

»Mehr als je zuvor. Wir waren verzweifelt. Wir hatten uns schon so weit auf dieses Geschäft eingelassen, dass wir, wenn es gescheitert wäre, den Boden unter den Füßen verloren hätten. Und von den anderen Partnerländern wurde immer mehr Kapital eingebracht, sodass wir allmählich Angst bekamen, sie würden uns hinausdrängen. Deshalb mussten wir zu Hause nach weiteren Investoren suchen.«

»Und die haben Sie gefunden?«

»Die haben wir gefunden. Allerdings nur, indem wir Geschäfte mit Leuten gemacht haben, mit denen ich normalerweise nichts zu tun haben möchte.«

Nergui nickte und schaute zur Tür. »Ihre Kollegen da«, sagte er. »Sind das die Leute, von denen Sie sprechen?«

»Zwei von ihnen, ja. Der Dritte ist mein Stellvertreter. Aber die anderen beiden Direktoren ...«

»Glauben Sie, dass sie für die Morde verantwortlich sind, Herr Kartashkin?«

Der Russe schüttelte den Kopf. »Nein. Ich meine, das würde keinen Sinn ergeben. Warum hätten sie Delgerbayar und Ransom töten wollen?«

»Wer hätte es dann tun können?«

»Genau das erschreckt mich ja. Wenn wir davon ausgehen, dass die beiden Morde zusammenhängen, deutet das darauf hin, dass sie von jemand anderem aus dem Projekt begangen wurden. Jemandem, der versucht, unseren Interessen zu schaden.« Er zögerte. »Das scheinen jedenfalls meine neuen Kollegen zu denken.«

Nergui nickte. »Und sie denken das, weil sie sich selbst vielleicht so verhalten würden?«

Kartashkin zuckte die Schultern. »Ich weiß es nicht. Aber ich weiß, dass sie die Morde als – wie soll ich sagen? –, als einen Angriff auf ihre Ehre betrachten. Wie sie reden, beunruhigt mich.«

Nergui nickte. »Ich finde es mutig von Ihnen, Herr Kartashkin, Ihre Ansichten so offen auszusprechen.«

»Ich bin alles andere als mutig«, entgegnete Kartashkin. »Aber Ihnen vertraue ich das an. Ich will nicht noch mehr Blutvergießen.«

»Ich könnte darauf bestehen, dass Sie mit aufs Präsidium kommen, um eine offizielle Aussage zu machen«, sagte Nergui. »Und vielleicht werde ich das noch tun müssen. Im Moment halte ich es aber für besser, wenn wir unser Gespräch beenden. Sie haben mir nichts erzählt.«

Kartashkin nickte sichtlich erleichtert. »Vielen Dank. Mehr kann ich wohl nicht für Sie tun, aber wenn ich helfen könnte, würde ich es machen.«

»Einen Rat möchte ich Ihnen noch geben, Herr Kartashkin. Steigen Sie aus. So schnell Sie können.«

Beim Verlassen des Sitzungssaals sahen sie zwei der Männer, die an dem Treffen mit Kartashkin teilgenommen hatten, am anderen Ende des Flurs stehen und sie beobachten. Nergui machte eine Geste der Entschuldigung. »Es tut mir leid, dass ich Ihre Sitzung gestört habe. Hoffentlich mussten Sie nicht allzu lange warten.« Langsam ging er auf die beiden Männer zu, die ihn misstrauisch beäugten. Einer war groß, dünn, mit kahlrasiertem Schädel. Selbst hier drin und mitten im Winter trug er eine Sonnenbrille. Seine ausdruckslose Miene war einschüchternd. Der andere war kleiner mit glatt zurückgekämmten Haaren und hellen, halb zugekniffenen Augen.

»Routinefragen, meine Herren«, erklärte Nergui. »Wir ermitteln gegen ein paar illegale Goldsucher in der Nähe Ihrer Lagerstätten im Norden. Ich wollte mich nur erkundigen, ob Sie die Illegalen vielleicht gesehen haben und mir irgendwelche Informationen über sie geben könnten. Kartashkin hat das verneint. Entspricht das auch Ihrer Erinnerung?« Er schaute die beiden Männer unverwandt an, während ein schwaches Lächeln seine Lippen umspielte.

Einen Moment lang herrschte Schweigen, dann sprach der größere Mann, kaum lauter als ein Flüstern: »Wir wissen nichts davon. Wir möchten bloß, dass die Polizei für die Einhaltung der Gesetze sorgt.«

»Genau darum bemühen wir uns«, erwiderte Nergui. Er nickte langsam, als dächte er über die Worte des Mannes nach. »Aber vielen Dank. Und entschuldigen Sie noch einmal die Störung.«

Er drehte sich um, und als er, Doripalam dicht hinter sich, die Treppe hinabstieg, spürte er, dass die Männer ihm nachschauten, bis er den Empfangsbereich durchquert und das Gebäude verlassen hatte.

Sobald sie wieder in die kalte Morgenluft traten, nahm Nergui mit der ihm eigenen Geschwindigkeit Kurs auf das Polizeipräsidium. Doripalam beeilte sich, Schritt zu halten. »Unangenehmer Haufen«, bemerkte er.

»Absolut. Ich wollte sie unbedingt in dem Glauben wiegen, dass Kartashkin uns nichts verraten hat.«

»Was halten Sie von Kartashkin? Von dem, was er gesagt hat, meine ich.«

»Mir kommt es so vor«, antwortete Nergui, »als hätte er uns ein weiteres Stück des Puzzles geliefert, aber wie das alles zusammenpasst, ist mir schleierhaft. Wenn es stimmt, dass die Ermordung von Ransom und Delgerbayar irgendwie mit dem Gobi-Projekt zusammenhängt, wo gehört Badzar dann hinein?«

»Vielleicht hat Badzar für einen der Partnerkonzerne gearbeitet. Vielleicht ist er ein gedungener Mörder.«

Nergui blieb abrupt stehen und drehte sich zu Doripalam um. »Möglich ist das schon, aber ich kann keinen rechten Sinn darin entdecken. Wer würde denn schon einen Irren anheuern? Und welcher Profikiller würde die Leichen auf solche Weise hinterlassen?«

Beim Überqueren der Straße mussten sie über die dicken Haufen grau werdenden Schnees steigen, die die Schneepflüge zusammengeschoben hatten.

Als sie um die Ecke zum Polizeipräsidium bogen, klingelte Nerguis Handy. Er drückte auf die Verbindungstaste und hielt sich das Gerät beim Gehen ans Ohr.

Es war einer der jüngeren Beamten. »Wir hatten noch einen Anruf. Von unserem Freund.«

»Ist er noch in der Leitung?«, fragte Nergui. »Ich hatte doch darum gebeten, dass er mir aufs Handy durchgestellt wird!«

»Das haben wir versucht, aber er ist nicht drangeblieben. Dachte offensichtlich, das wäre ein Trick, um ihn ausfindig zu machen. Aber er hat eine Nachricht hinterlassen.«

»Was für eine Nachricht?«

»Er sagte, er wolle Sie treffen. Nur Sie. Allein. Er behauptet immer noch, den englischen Polizeibeamten zu haben. Sagt, er sei bereit, ihn freizulassen, aber nur, wenn er sich mit Ihnen treffen kann.«

»Hat er uns irgendeinen Anhaltspunkt dafür gegeben, dass McLeish noch lebt?«

»Eigentlich nicht. Er blieb nicht lange genug dran.«

»Und was jetzt?«

»Er will eine Antwort von Ihnen, Nergui. Ob Sie bereit sind, sich mit ihm zu treffen. Die stillschweigende Folgerung war, dass andernfalls der britische Polizist nicht mehr lange am Leben sein würde.«

»Vorausgesetzt, er lebt überhaupt noch. Hat er angedeutet, wann er wieder anruft?«

»Er sagte, in fünfzehn Minuten. Und dass wir dann eine Antwort parat haben sollten.«

»In diesem Fall sollte ich mir lieber eine überlegen.«

Er beendete das Gespräch und klärte Doripalam über den wesentlichen Inhalt der Nachricht auf.

»Was werden Sie jetzt tun?«

»Ich weiß es nicht«, antwortete Nergui. »Er hat uns in der Hand, was ihm sicher vollauf bewusst ist. Wir können den Anruf nicht einfach ignorieren. Die politischen Auswirkungen sind zu groß. Es wäre aber verrückt, sich in eine Unterredung unter vier Augen mit einem Psychopathen wie diesem zu begeben. Vor allem wo wir nicht einmal wissen, ob er McLeish wirklich hat beziehungsweise ob der noch lebt.«

»Sie könnten mit Rückendeckung hingehen.«

»Das wäre ein Risiko. Falls McLeish bei ihm und noch am Leben ist, wissen wir nicht, wie Badzar reagiert, wenn er sich plötzlich in die Enge getrieben fühlt.«

»Es könnte ja auch alles ein übler Scherz sein, oder?«

»Sie sagen es. Es könnte ein Geisteskranker sein, der versucht, uns zum Narren zu halten. Was in diesem Fall nicht besonders schwierig gewesen sein dürfte.«

Sie waren im Präsidium angekommen. Trotz der hellen Morgensonne wirkte das Gebäude immer noch bedrückend, ein dunkler Betonbau, der drohend vor ihnen aufragte. Die Schneehaufen am Eingang waren vom Getrampel zahlloser Füße bereits grau geworden. Nergui hatte das Gefühl, hier nicht mehr dazuzugehören. Er spürte, dass die regulären Polizisten ihm seine Anwesenheit übelnahmen, dass sie seinen Beweggründen mit Argwohn gegenüberstanden. Aber im Ministerium fühlte er sich auch nicht mehr wohl. Er hatte sich immer als cleverer politischer Akteur verstanden, aber allmählich meinte er immer mehr, von allen im Stich gelassen zu werden.

Drinnen waren fast alle Büros leer, da die meisten Polizisten bei der Fahndung nach Badzar eingesetzt waren. Bisher schien der Kerl jedoch wie vom Erdboden verschluckt zu sein.

Nergui blieb bei der Telefonvermittlung stehen. »Wann erwarten wir seinen Anruf?«, fragte er den Telefonisten.

»In zehn Minuten«, erwiderte der Mann nach einem Blick auf die Uhr. »Vielleicht etwas weniger.«

Nergui nickte. »Ich bin dann in meinem Büro«, sagte er. »Stellen Sie ihn gleich durch.«

Er betrat vor Doripalam das Büro, setzte sich hinter den Schreibtisch und gab dem jüngeren Mann ein Zeichen, sich zu setzen. Die Fallakten lagen unberührt vor ihm.

»Ich glaube, ich habe keine Wahl«, sagte Nergui.

»Wie meinen Sie das?«

»Ich glaube, ich muss tun, was er sagt«, antwortete Nergui. »Mich mit ihm treffen. Allein.«

»Obwohl wir nicht einmal wissen, ob McLeish noch am Leben ist?«

»Gerade deswegen. Der Minister kann nicht mehr lange den Deckel auf dieser Geschichte halten. Die westlichen Medien werden sich innerhalb der nächsten vierundzwanzig Stunden auf uns stürzen.«

»Die Geschichte wird aber nicht besser, wenn wir auch noch einen unserer ranghöheren Beamten verlieren«, hielt Doripalam dagegen.

»Sie haben recht.« Nergui verzog bei dem Gedanken kurz

das Gesicht. »Aber wie gesagt, ich glaube, ich habe keine andere Wahl. Ich kann nur versuchen, das Risiko so gering wie möglich zu halten. Das Risiko für mich. Und das Risiko für McLeish, wenn er überhaupt noch lebt.«

»Und wie wollen Sie das anstellen?«

Nergui zuckte die Achseln. »In der Hinsicht habe ich gewisse Talente. Und ich werde bewaffnet sein. Und ich möchte Sie als Rückendeckung haben.«

»Mich? Ich weiß aber nicht, ob ich der beste …«

»Wir haben speziell ausgebildete Beamte, die ich mitnehmen könnte, aber ich weiß nicht mehr, wem ich hier überhaupt noch trauen kann. Ich weiß nicht, für wen Badzar arbeitet, wenn er überhaupt für jemanden arbeitet. Und ich weiß nicht, wen er kennt oder was er weiß. Ich habe das Gefühl, wenn ich das Ganze offiziell durchziehe, könnte er von der Rückendeckung durchaus erfahren. Und das könnte für McLeish das Ende bedeuten.«

»Aber ich bin trotzdem kein …«

»Doripalam, wir haben keine Ahnung, was wir uns da möglicherweise einbrocken. Wir wissen nicht, was Badzar antreibt. Wir wissen nicht, warum er plötzlich beschlossen hat, aus der Anonymität herauszutreten. Es könnte eine Falle sein. Aber warum sollte er sich mit einer Falle abgeben? Wir gehen davon aus, dass McLeish bereits in seiner Gewalt ist – für mögliche Forderungen hat er also mehr als genug Druckmittel. Wenn er ein weiteres Opfer wollte, hätte er mit Leichtigkeit eins finden können, ohne sich selbst diesem Risiko auszusetzen. Er hätte mich töten können, als ich letzte Nacht vor der Fabrik gewartet habe. Ich halte es für wahrscheinlicher, dass er etwas will.« Er zögerte. »Und vielleicht weiß *er* auch nicht mehr, wem er noch trauen kann.«

Doripalam nickte und hatte schon den Mund aufgemacht, um etwas zu entgegnen, als Nerguis Telefon klingelte. Nergui hob ab, lauschte und drückte dann die Freisprechtaste. »Er ist es«, artikulierte er mit den Lippen.

Aus dem krächzenden Lautsprecher kam die schon bekannte zischende Stimme. »Hatten Sie Zeit, nachzudenken?«, fragte sie ohne weitere Vorrede.

»Was wollen Sie?«, fragte Nergui.

»Sie treffen. Allein.«

»Woher weiß ich, dass McLeish unversehrt ist?«

»Gar nicht. Und zwar so lange nicht, bis Sie sich mit mir treffen. Jetzt hören Sie bitte auf, mir die Zeit zu stehlen. Sind Sie zu dem Treffen bereit? Nur Sie. Wenn irgendwelche anderen Polizisten mitkommen, stirbt McLeish.«

»Wenn er überhaupt noch lebt.«

»Sie sagen es. Ja oder nein?«

Nergui zögerte und warf Doripalam einen Blick zu. »Ja«, antwortete er. »Sagen Sie mir nur, wo und wann.«

22. KAPITEL

Keine völlige Stille.

Drew lag da und spannte jeden Muskel an in dem Bemühen, etwas zu sehen oder zu hören, irgendeinen Hinweis auf das zu bekommen, was da vor sich ging.

Jemand beobachtete ihn scharf, während er weiter vergeblich mit den Fesseln kämpfte, die ihn festhielten. Er wusste nicht, wie er die Anwesenheit dieser anderen Person spüren konnte.

Aber es herrschte keine völlige Stille.

Es kam ihm wie Stunden vor, seit er jemanden den Raum hatte betreten hören, aber vermutlich waren es nur Minuten. Und obwohl er wusste, dass alles, was als Nächstes passieren konnte, nicht angenehm sein würde, wollte ein Teil von ihm das immer noch nicht akzeptieren und glaubte nach wie vor, dass sein gegenwärtiger Zustand ewig fortdauern würde.

Warum machte sein Entführer nicht einfach weiter mit dem, was er vorhatte? Wozu diese endlose quälende Ungewissheit? Wollte er ihn einfach mürbe machen? Aber warum? Drew hatte nichts – weder Besitzgegenstände noch Informationen –, was für jemanden, der ihn in diesem Land entführte, von Interesse hätte sein können. Falls die Absicht darin bestand, die Regierung, hier oder zu Hause, zu erpressen, brachte diese Art von psychologischer Folter letztendlich doch nichts ein.

Er schwankte weiterhin zwischen dem Versuch, gegen seine Fesseln anzukämpfen, und dem Bemühen, so still wie möglich dazuliegen und ein Gespür für das zu bekommen, was da vor sich ging. Beides war jedoch verlorene Mühe, nicht mehr als eine leere Geste, der vergebliche Versuch, seinem Entführer zu zeigen, dass er seinen Widerstand noch nicht aufgegeben hatte.

Und dann fühlte er plötzlich und unerwartet die sanfte Berührung einer Hand an seiner, die überraschende Wärme menschlichen Kontakts. Die Berührung war so zart, dass er anfangs dachte, er bilde sich die Wahrnehmung nur ein. Doch dann spürte er, wie seine Hand fest von einer anderen ergriffen wurde, ein seltsames Gefühl, da die Hand sich rauer, trockener anfühlte als menschliche Haut. In dem Bemühen, wenigstens die Hand zu sehen, wenigstens zu erkennen, was da seine Finger umfasste, drehte er den Kopf.

Und dann sah er sie. Es war tatsächlich einfach eine menschliche Hand, die die seine umklammerte, aber ihre Finger steckten in der Art von Schutzhandschuh, wie Verkaufs- oder Bedienungspersonal sie beim Umgang mit Lebensmitteln trug. Die Art von Handschuh, die jemand tragen würde, der keine Fingerabdrücke hinterlassen wollte.

Drew bog den Rücken durch, um so vielleicht sein Gesichtsfeld zu erweitern, aber er konnte immer noch nur die Hand und darüber ein von einer weißen Hemdmanschette umgebenes Handgelenk sehen. Die Hand umklammerte fest die seine und zog sie kräftig zu einer Seite. Er spürte, wie sein Herz laut pochte und der Atem in seiner Brust trommelte, als er sich fragte, was wohl jetzt folgen mochte.

Und dann hörte er, wie etwas Metallenes, Schweres vom Boden aufgehoben wurde. Er konnte den Atem seines Entführers hören, die leichte Anstrengung von jemandem, der etwas Schweres hoch über den Kopf hebt.

Drew spannte sich an, als er spürte, wie der Gegenstand über ihm geschwungen wurde, während sich ihm die Erinnerung an den Anblick zerstückelter Körper aufdrängte, zusammen mit der Frage, wie diese Gliedmaßen entfernt worden waren. Und als er den Luftzug über sich spürte, war er so atemlos, dass er nicht einmal schreien konnte.

Das heftige Aufschlagen von Metall fühlte er mehr, als dass er es hörte. Verrückterweise fielen ihm Geschichten von Leuten ein, die beim Verlust von Gliedmaßen anfangs gar keinen Schmerz gespürt, ja nicht einmal mitbekommen hatten, dass sie verletzt worden waren.

Doch dann kehrten Atem und Sinne zurück und er merkte, dass er überhaupt nicht verwundet war. Mit einer Kopfdrehung richtete er den Blick auf die Stelle, wo die Hand seines Entführers die seine immer noch umklammerte.

In der Bank gleich neben seiner Hand steckte eine große Axt ungefähr einen Zentimeter tief im Holz. Seine Hand war beiseitegezogen worden, um der Axt auszuweichen. Sonst hätte die Schneide sein Gelenk glatt durchtrennt.

Drew machte den Mund auf, um zu schreien, obwohl er keine Ahnung hatte, welche Wörter er dieser nach wie vor unsichtbaren Gestalt entgegenschleudern sollte, die des Englischen wahrscheinlich nicht mächtig war. Bevor er jedoch einen Ton von sich geben konnte, schloss sich eine Handschelle um Drews losgebundenes Handgelenk. Er spürte, wie erneut an seinem Arm gezogen wurde, und merkte dann, dass die andere Hälfte der Handschelle an einem bis dahin noch unsichtbaren Gegenstand befestigt wurde. Er wand sich wieder in den noch verbliebenen Fesseln, konnte aber nichts sehen.

Die Gestalt ging hinten um ihn herum, dann wurde McLeishs andere Hand gepackt und zur Seite gezogen. Wieder sauste die Axt durch die Luft, worauf eine weitere Fessel abfiel.

Er versuchte, sich zu bewegen, aber die übrigen Fesseln an Knöcheln und Hals hielten ihn immer noch in seiner Position fest. Er erhaschte einen Blick auf seinen Entführer, als der sich schnell durch den Raum bewegte, ein schwarzer Schatten, der quer durch sein Gesichtsfeld huschte. Jetzt befand sich die Gestalt unten an seinen Füßen. Wieder spürte Drew auf seinem Bein die Hand, die seine Füße zu einer Seite wegzog, während die Axt von Neuem niedersauste und die Fessel an seinem linken Bein durchschnitt. Und dann dasselbe an seinem rechten. Seine Beine waren frei, und nur die stramme Fessel am Hals hielt ihn noch fest.

Sein Entführer ging langsam an der Bank entlang. Drew verdrehte den Kopf, so weit es ging, und sah zum ersten Mal die Gestalt, die neben ihm stand.

Der Mann war unauffällig. Von mittlerer Größe, stämmig gebaut, in einen billig aussehenden schwarzen Anzug westlicher Machart gekleidet. Er trug ein weißes Hemd mit offenem Kragen. Jetzt blieb er stehen und starrte Drew an.

Der Mann trug eine schwarze Sturmhaube, die sein Gesicht bis auf zwei kleine Augenlöcher vollständig bedeckte. Und während sein übriger Körper eher unauffällig war, hatten seine Augen etwas Hervorstechendes. Sie waren fest auf Drew geheftet, gerötet, brennend, starr. Es war unmöglich, die

Emotionen dahinter zu erkennen, sah man doch nichts als eine nahezu unmenschliche Leere und Ausdruckslosigkeit.

Bisher waren Drews Befürchtungen zwar beträchtlich, aber eher allgemein gewesen, nicht mehr als eine Angst vor dem, was ihm bevorstehen könnte. Jetzt dagegen war die Bedrohung real und unmittelbar.

Drew lag still auf der Bank, die Beine und den rechten Arm frei, den Hals aber immer noch an die Bank gefesselt. Er verlagerte den Kopf noch weiter, spürte, wie die Schnüre schmerzhaft in seinen Hals schnitten, und sah, dass sein linker Arm mit den Handschellen an einen Ring am Ende eines Metallpfostens gekettet war. Drew zog kräftig an den Handschellen, aber es war klar, dass der Pfosten in einem schweren, nur mit Mühe zu bewegenden Sockel steckte. Vielleicht war er das, was Drew seinen Entführer hatte über den Boden schleifen hören.

Die Gestalt stand reglos da, den Blick auf Drew gerichtet. Die Axt locker in der linken Hand. In der Rechten hielt sie, ebenso locker, etwas, das wie ein Taschenmesser aussah und in der grellen Beleuchtung des Raumes hell glänzte.

In panischer Angst starrte Drew auf das Messer, während der Mann sich langsam in seine Richtung zu bewegen begann und sich dabei das Messer vors Gesicht hob. Seine Augen erschienen Drew immer noch ausdruckslos, kein Gedanke oder Gefühl war darin zu erkennen.

Als das Messer sich seinem Gesicht näherte, kam es Drew plötzlich so vor, als strömten Leben und Gefühl in seinen unbeweglichen Körper zurück. Zu spät, er strampelte mit den Beinen, versuchte, sich zu befreien, spürte die strammen Schnüre um seinen Hals, die ihn davon abhielten, sich von der Bank zu werfen. Das Messer erhob sich über ihm, und als Drew schrie, verfing das Echo sich nutzlos zwischen Wänden und in leeren Räumen.

Hier war Nergui schon einmal gewesen.

Wie lange war das her? Drei Jahre, vielleicht vier. So in etwa. Aber die Bilder und Geräusche und Gerüche – vor allem die Gerüche – dieses Ortes hatten ihn seitdem immer begleitet.

Es war ein Ort, den er liebend gerne vergessen hätte. Er musste an das denken, was er hier gesehen hatte, zu einer Zeit, als er dachte, sein Land versänke unwiderruflich im Chaos. Dieser Ort war ihm fast wie ein Symbol dieser trostlosen Zeit erschienen, ein Abbild der Tiefen, in die die Nation gesunken war und aus denen sie, wie es damals schien, nie wieder auftauchen würde.

Doch die Dinge hatten sich geändert und Nergui nahm an, dass das ein gutes Omen für die Zukunft war, selbst wenn sein Zynismus ihm verbot, einen übertriebenen Optimismus an den Tag zu legen. Dieser Ort war so unheimlich und irritierend wie eh und je, aber die mit ihm verbundenen Assoziationen änderten sich. Die Vergangenheit trat immer mehr in den Hintergrund.

Optisch war der Ort außergewöhnlich, ein gewundener Gobelin aus schwarzen, verdrehten Rohren und wogendem Dampf. Es war der Eingang zu einem Kanalisationssystem, einer zu Sowjetzeiten erbauten Konstruktion. Das Rohrsystem war nicht nur zur Weiterleitung von Abwasser gedacht gewesen, sondern sollte auch heißen Dampf von den umliegenden, damals noch florierenden Fabrikanlagen zu Wohnsiedlungen in der Nachbarschaft befördern. Eine besonders effiziente Einrichtung war das nicht, da erhebliche Mengen Dampf in die eisige Luft entwichen. Mit der typischen Findigkeit der Russen sorgte es aber dafür, dass Hitze, die sonst verschwendet worden wäre – und die man im Westen vielleicht gedankenlos hinausgeblasen hätte –, einem praktischen Nutzen zugeführt wurde.

Doch mit dem Zusammenbruch der Wirtschaft waren die Dampfrohre in etwas verwandelt worden, was über das rein Praktische hinausging. Für Leute in äußerst misslichen und tragischen Situationen waren sie zu Lebensrettern geworden. Nur wenige Jahre zuvor war dieses Gebiet von Menschen überschwemmt worden, die kein anderes Zuhause mehr hatten – die meisten von ihnen Kinder oder Jugendliche.

Welcher Herkunft sie auch waren, die Scharen obdachloser junger Leute hatten sich in der Hoffnung an diesem Ort versammelt, hier die bittere Kälte des mongolischen Winters ertragen zu können. Die Dampfrohre wärmten sie, und so hatten die Obdachlosen zu Hunderten hier Zuflucht gesucht und dem Gestank des Abwassers getrotzt, um zu überleben.

Anfangs hatten die Behörden im Großen und Ganzen ein Auge zugedrückt. Wenn diese Leute imstande waren, unter härtesten Bedingungen für sich selbst zu sorgen, dann war es ihnen gerade recht. Aber fortan stieg auch die Kriminalitätsrate und die halb verwilderten Kinder wurden bald als Plage betrachtet. Auf die Polizei wurde Druck ausgeübt, das Problem anzupacken, und Nergui erinnerte sich an mehrere Razzien in dieser Gegend. Dutzende von Kindern wurden aufgegriffen und in Unterkünfte gebracht, die oft nur eine unwesentliche Verbesserung gegenüber den improvisierten Behausungen darstellten, die sie zurückließen. Unweigerlich liefen viele von denen, die aufgelesen wurden, schon nach Tagen wieder fort und der ganze Teufelskreis begann von vorne.

Doch nach und nach hatten die Dinge sich gewandelt. Von entscheidender Bedeutung war dabei, dass die wirtschaftliche Lage sich allmählich gebessert hatte und dass aus dem Ausland Hilfe für diese Menschen gekommen war. Immer mehr ordentliche Kinderheime waren gebaut worden, von denen viele unter den Fittichen internationaler Wohltätigkeitsorganisationen standen. Es gab wieder mehr Arbeit, sodass viele der zuvor Obdachlosen sich jetzt selbst zu helfen wussten.

Trotz allem war dies immer noch ein Ort, an dem sich die Wohnsitzlosen sammelten, vor allem, wenn der Winter nahte. Viele der ehemals florierenden Fabriken lagen nun verlassen da, und man konnte ganz in der Nähe der Dampfrohre Unterschlupf finden, um den Unbilden der Winternächte zu trotzen.

Jetzt allerdings erschien die Gegend menschenleer. Zwischen den Fabrikgebäuden wanden sich, tief im Schatten, kleine Gassen. Im freien Gelände lag eine dicke Schneeschicht, die nur dort schmolz, wo der Dampf in Schwaden dahinzog und die eisige Luft mit dichtem weißem Nebel erfüllte. Den Blick angestrengt nach vorne gerichtet, stapfte Nergui langsam vorwärts. Die Sicht betrug kaum mehr als einen Meter.

Er warf einen Blick auf die Uhr. Fast drei, wie Badzar sich ausbedungen hatte. Hinter ihm ging über der Stadt bereits die Sonne unter und die Schatten zwischen den Gebäuden wurden länger.

Das ist Wahnsinn, dachte er. Er hatte nicht um die Genehmigung ersucht, hierherzukommen, noch irgendjemandem außer Doripalam erzählt, wohin er ging. Diese einsame Aktion lief allen Regeln der Polizeiarbeit zuwider. Andererseits hatte er kaum eine andere Wahl. Der Minister wäre, falls Nergui ihn konsultiert hätte, wahrscheinlich derselben Meinung gewesen, auch wenn er das vielleicht nicht so offen hätte zum Ausdruck bringen können.

Richtig wäre gewesen, eine Polizeiaktion im großen Stil durchzuführen. Sie hätten das Gebiet einkreisen, Nergui volle Rückendeckung geben und dafür sorgen müssen, dass Badzar auf keinen Fall lebend herauskam, ganz gleich, was passierte.

Stattdessen hatte er nur Doripalam, seine Pistole und sein Handy, auf dem Doripalams Nummer bereits eingetippt war. Sie hatten vereinbart, dass der junge Mann unverzüglich Verstärkung anfordern sollte, falls Nergui ihn anrief. Nergui wiegte sich allerdings nicht in der Illusion, dass ein Verstärkungstrupp rechtzeitig eintreffen würde, um Badzars Flucht zu verhindern.

Wenn aber der ungünstigste Fall eintrat und Drew getötet wurde, konnte der Minister das als offiziell nicht genehmigte Eskapade eines Eigenbrötlers darstellen. Schlimmstenfalls stünden sie dann wieder ganz am Anfang und Nergui bliebe es überlassen, wahrscheinlich posthum, die Verantwortung dafür zu übernehmen. Immerhin war aber auch der Fall denkbar, dass das Ganze einen positiven Ausgang nahm – und den würde man mit herkömmlicheren Methoden nie erzielen können.

Trotz der frühen Nachmittagsstunde war es bereits ziemlich dämmrig. Nergui zog seine Taschenlampe hervor und richtete ihren Strahl in die schmalen Gassen, wo er sich wegen der dichten Dampfwolken jedoch als ziemlich nutzlos erwies. Nur der rissige und verschmutzte Beton der alten Fabrikgebäude war zu erkennen. Darüber befanden sich Reihen von zertrümmerten und zugenagelten Fenstern. Darunter lag nur verstreuter Abfall, die Überreste verlassener Industrieanlagen, weiße Gebilde, von Schnee bedeckt.

Badzar hatte nicht genau angegeben, wo er sich aufhalten oder wie er sich bemerkbar machen würde. Er hatte Nergui nur gesagt, er solle um drei hier sein und warten.

Nergui leuchtete nach oben und um sich herum, wobei er hin und wieder, wenn der Nebel sich vorübergehend lichtete, einen Blick auf die dunkel aufragenden Fabriken erhaschte. Durch den Dunst hindurch veränderte sich die Farbe des Himmels, als die Sonne verschwand, von Rot zu Dunkellila. Bald würde die Dunkelheit hier dicht und schwer werden, gemildert nur durch den immerfort wabernden Dampf.

Die Umgebung machte ihn nervös, und die wabernden Dampfwolken ließen vor seinen Augen Phantome aufsteigen, während er umherging. Als er an die kopflosen Leichen dachte, rann ihm trotz der Kälte Schweiß den Rücken hinunter. Er sagte sich, dass Badzar ihn in der Nacht zuvor hätte töten können, wenn er dies gewollt hätte. Zur Beruhigung seiner Nerven trug dieser Gedanke jedoch nicht bei.

Nergui bewegte den Lichtstrahl bedächtig um sich herum, beobachtete die dichter werdenden Schatten und sich ständig verändernden Wolken und versuchte, mit dem Rücken nah an der Wand zu bleiben. Das einzige Geräusch war das beharrliche Zischen des entweichenden Dampfs, das Knirschen seiner Schritte im gefrorenen Schnee.

Und dann bemerkte er, ohne genau zu wissen, wie, dass noch jemand oder etwas anwesend war. Bemüht, irgendeine Bewegung zu erkennen, starrte er vor sich in die Düsterkeit und den Dampf. Als er schon beinahe davon überzeugt war, sich geirrt zu haben, sah er etwas, jenseits des freien Geländes, am Eingang zu einer der vielen Gassen. Zuerst war es nicht mehr als eine unbestimmte Bewegung, ein Gefühl von sich veränderndem Raum. Und dann verwandelte es sich in eine Gestalt, eine Silhouette, durch die Dunkelheit und die Dampfschwaden nur schwer zu erkennen.

»Badzar?«, rief Nergui. Er richtete seine Taschenlampe auf die Gestalt, aber im düsteren Nebel reichte der Lichtstrahl nicht weit.

Es kam keine unmittelbare Reaktion. Nergui war sich jetzt sicher, dass es sich bei der Gestalt um einen Mann handelte, der ein langes dunkles Kleidungsstück trug, aber viel mehr konnte er nicht erkennen. Die Pistole in seiner Tasche fest im Griff, setzte er sich langsam wieder in Bewegung.

Er ging ein paar Meter, die Taschenlampe geradeaus gerichtet, und sah, wie die schwarze Gestalt sich allmählich aus der Dunkelheit löste. »Badzar?«, sagte er noch einmal.

Die Gestalt blieb reglos und beobachtete ihn anscheinend ungerührt. Noch immer war sie kaum mehr als eine gesichtslose Silhouette.

Er trat noch einen Schritt vor, worauf sich endlich auch die Gestalt bewegte und die Hände hob. »Bleiben Sie da stehen.« Es war dieselbe tiefe, zischende Stimme, die er am Telefon gehört hatte.

»Badzar. Es ist nicht zu spät, dem Ganzen ein Ende zu setzen.« Als er die Worte aussprach, wusste Nergui, dass er log; hier war etwas in Gang gesetzt worden, das weit über seine Problemlösungskompetenz hinausging.

»Halt«, wiederholte die Gestalt.

Nergui gehorchte, richtete aber seine Taschenlampe auf den Unbekannten. Soweit er erkennen konnte, war er in einen langen schwarzen Mantel gehüllt und hatte eine Art Kapuze über die Augen gezogen.

»Was genau wollen Sie?«, rief Nergui. »Warum haben Sie mich hierherbestellt?«

»Der englische Polizist ist in Sicherheit«, sagte die Gestalt, als beantwortete sie damit die Frage. »Und zwar so lange, wie Sie tun, was ich sage.«

»Wo ist er?«

»Er ist hier. Ganz in der Nähe. Sind Sie allein?«

Nergui gestikulierte mit der Taschenlampe. »Vollkommen. Wie Sie sehen können.«

»Woher weiß ich das?«

»Woher weiß ich, dass Sie McLeish haben?«

»Das wissen Sie nicht.«

»Gleichfalls. Sie müssen mir vertrauen.«

Der Mann nickte, als dächte er darüber nach. Er starrte

Nergui weiter an, ohne sein Gesicht zu zeigen. »Ich vertraue Ihnen«, sagte er. »Im Moment jedenfalls.« Und dann drehte er sich abrupt um und verschwand wieder in der Dunkelheit der Gasse.

Nachdem Nergui ihm einen Augenblick nachgeschaut hatte, ging er rasch über den offenen Fabrikhof zu der Stelle, wo die Gestalt gestanden hatte. Jetzt war niemand mehr da.

Nergui leuchtete mit der Taschenlampe die Gasse hinunter. Fußstapfen führten über den vereisten Schnee. Mit dem Lichtstrahl verfolgte Nergui die Spur bis dahin, wo sie an einem offenen Zugang zu einem der Fabrikgebäude endete. Einen Moment lang fühlte Nergui sich durch den Anblick der Fußspuren seltsam beruhigt – genau wie in der Nacht zuvor, erinnerte er sich. Es war, als müsste er sich immer wieder darauf besinnen, dass Badzar schließlich auch nur ein Mensch war.

Während er sich vorsichtig durch die Gasse tastete, schaute er sich immer wieder um, falls das eine Art Falle war. Jetzt herrschte wieder Stille und er hörte nur noch seine eigenen Schritte.

Jenseits des Eingangs war kein Licht zu sehen. Die Tür hing offen in den Angeln und unweit davon sah er ein aufgebrochenes Vorhängeschloss auf dem Boden liegen. Er blieb neben der Türöffnung stehen, denn er wollte lieber kein allzu gut sichtbares Ziel abgeben. »Badzar. Hören Sie auf mit den Spielchen. Sagen Sie mir, was Sie wollen.« Er konnte seine Stimme in den leeren Räumen jenseits des Eingangs widerhallen hören, ein unerwarteter Gegensatz zu der gedämpften, verschneiten Welt draußen.

Es kam keine Antwort. Nergui knipste die Taschenlampe aus, wissend, dass sie nur seine Position verraten würde. Er zog seine Pistole, entsicherte sie und trat in die Dunkelheit.

Nachdem er die Türöffnung durchschritten hatte, entfernte er sich rasch von ihr, wobei er sich an der Wand entlangtastete.

Auf die Weise wäre er ein weniger offensichtliches Ziel. Den Rücken an die Wand gepresst, blieb er stehen, hielt die Luft an und horchte, ob er irgendeinen Hinweis auf das vernahm, was sich in diesem gewölbten Raum befinden könnte.

Es war nichts zu hören. Stille und Dunkelheit schienen vollkommen zu sein, sah man von dem schwachen Grau ab, das vom Eingang herkam. Er hatte keine Ahnung, was ihn in dem Raum erwartete, ob er einfach leer und verlassen oder mit irgendwelchen Gerätschaften gefüllt war. Er wusste nicht, ob Badzar wirklich hier drin, und falls ja, ob er allein war.

Nergui blieb reglos an der Wand stehen und überlegte, was er wohl als Nächstes tun sollte. Wenn es keine weitere Reaktion gäbe, hätte er kaum eine andere Wahl, als die Taschenlampe wieder anzuknipsen. Er fühlte sich auf absurde Weise exponiert, denn er musste zugeben, dass Badzar mit ihm spielte. Er brachte ihn nämlich in eine Lage, in der er keine andere Wahl hatte, als seine Position preiszugeben, sich dem unsichtbaren Feind als Ziel darzubieten.

Er drückte sich an die Wand, die Pistole fest umschlossen, den Finger am Abzug, bereit für das, was ihn möglicherweise erwartete, wenn er die Taschenlampe anknipste.

Und dann wurde ihm die Entscheidung abgenommen, so plötzlich, dass er fast unwillkürlich abgedrückt hätte. Der große Raum mit der gewölbten Decke war mit einem Mal lichtdurchflutet, nachdem entlang der Dachbalken Reihen von Leuchtstoffröhren unter Zucken angegangen waren.

Nergui versuchte, die Augen offen zu halten, wurde aber von der unerwarteten Helligkeit geblendet und konnte endlose Sekunden lang gar nichts sehen. Die Pistole fest in der Hand, wollte er einerseits bereit sein für alles, was ihn erwarten mochte, war sich andererseits aber auch der Gefahr bewusst, die ein blind abgefeuerter Schuss barg.

Aber nichts geschah. Und als sich seine Augen schließlich

an das Licht gewöhnt hatten, konnte er sehen, was sich am anderen Ende der riesigen Fabrikhalle befand.

23. KAPITEL

Das Messer fuhr in die Höhe, die silberne Klinge im hellen Deckenlicht funkelnd, dann kam es jäh herab. Drews Schreie hallten noch in dem weiten leeren Raum wider, als die Klinge auftraf, eine Klinge, die schwer mit den strammen Schnüren zu kämpfen hatte.

Drew keuchte, die ganze Atemluft war aus seinem Körper ausgestoßen, sein Verstand benommen, seine Angst selbst zum Schreien zu groß. Für einen kurzen Augenblick fühlte er den kalten Stahl an seinem Hals, dann nichts mehr. Es dauerte ein Weilchen, bis er merkte, dass er keinen Schmerz verspürte, und noch einmal ein paar Sekunden, bis er annehmen konnte, dass er unversehrt geblieben war, abgesehen von einem leichten Kribbeln an der Stelle, wo die Klinge ihn gestreift hatte.

Er drehte den Kopf, versuchte zu sehen, was passiert war, und stellte fest, dass er zum ersten Mal wieder den Kopf frei bewegen konnte. Der Messerhieb hatte die Schnüre, die ihn festgehalten hatten, mit vollendetem Geschick sauber durchtrennt und dabei kaum seine Haut berührt.

Sein Entführer stand ein oder zwei Schritte entfernt ruhig da und schaute zu, wie Drew sich wand, um etwas zu sehen. Hinter der wollenen Haube blieb der Blick des Mannes starr.

Drews Körper schmerzte und war steif, nachdem er so lange gefesselt auf der Bank gelegen hatte, und zuerst wusste er mit seiner neu gewonnenen Bewegungsfreiheit gar nichts anzufangen. Jetzt hielten ihn nur noch die Handschellen, die an einem Ring hingen, der seinerseits in einen großen Betonklotz eingebettet war. Er zog kräftig an den Handschellen und der Klotz schleifte ein winziges Stück über den Boden. Es wäre möglich gewesen, ihn zu bewegen, aber nur mit beachtlicher Anstrengung. Sein Entführer musste wesentlich stärker als Drew und daran gewöhnt sein, schwere Lasten zu bewegen.

Mit schmerzenden Muskeln zog Drew sich zum Sitzen hoch. Sein Entführer stand immer noch reglos da, einem Wissenschaftler ähnlich, der ein Experiment beobachtete. Drew schaute sich um. Wie er vermutet hatte, war dies eine Art stillgelegtes Fabrikgebäude. Der Raum, in dem sie sich befanden, war ein Lagerraum mit leeren Metallregalen rundherum an den Wänden. Hier und da lagen ausgediente Gegenstände – ein Farbtopf, ein paar rostig aussehende Werkzeuge, einige Teile aus Holz und Metall. Drew hatte auf einer hölzernen Werkbank gelegen, die in der Mitte des Betonbodens aufgestellt worden war.

Der Raum war relativ groß – vielleicht zehn Quadratmeter –, aber durch die Tür hinter seinem Entführer konnte Drew einen weiteren, viel größeren Bereich sehen. Vermutlich die eigentliche Fabrikhalle, dachte er.

Es war, als lebte Drew wieder auf, nachdem sein Körper befreit worden war, als kehrte wieder Leben in ihn zurück. Während er gefesselt dagelegen hatte, war er sich des Schmerzes oder anderer körperlicher Bedürfnisse so gut wie gar nicht bewusst gewesen. Jetzt plötzlich bemerkte er nicht nur die Steifheit und die Schmerzen, die von der Gefangenschaft herkamen, sondern auch andere Schmerzen – die Prellungen und Schürfwunden, die er bei dem Überfall und der Entführung erlitten hatte. Noch stärker verspürte er jetzt allerdings das Bedürfnis, Wasser zu lassen.

Er starrte seinen Entführer an. »Wer sind Sie?«, fragte er. »Was wollen Sie von mir?« Ihm war klar, dass der Mann wahrscheinlich kein Englisch sprach.

Es kam keine direkte Reaktion. Sein Entführer starrte ihn

weiterhin an. Drew schob sich von der Bank und stellte die Füße auf den Boden. Seine Beine zitterten vor Anstrengung, aber er zwang sich, aufrecht zu stehen. »Warum haben Sie mich hierhergebracht?«, fragte er in einem letzten Versuch, sich verständlich zu machen. Er begann, auf seinen Entführer zuzugehen, indem er den Arm mit der Handschelle, so weit er konnte, ausstreckte.

Der andere Mann bewegte sich immer noch nicht. Er stand nur wenige Schritte von Drew entfernt. Als der sich zu ihm hinzustrecken versuchte, betrachtete er ihn nur weiter mit verhaltener Neugier.

Schließlich trat der Mann einen Schritt zurück, den Blick immer noch auf Drew gerichtet. Plötzlich drehte er sich um und ging auf die offen stehende Tür zu. Dort blieb er kurz stehen und blickte über die Schulter zurück. »Kommen Sie«, sagte er auf Englisch. »Hier entlang.«

Für einen Moment starrte Drew ihn verblüfft an. Die Worte waren auf Englisch herausgekommen. Mit einem Akzent, der sich amerikanisch angehört hatte, zumindest aber wie der eines Menschen, der in den USA Englisch gelernt hatte. Drew sah zu, wie der Mann in dem angrenzenden Raum verschwand. Dann versuchte er langsam und unter Schmerzen, ihm zu folgen, indem er den schweren Betonklotz hinter sich herschleifte.

So legte er ungefähr einen Meter zurück. Dann blieb er stehen, und mit einer Mischung aus Erleichterung und sinnloser Rebellion öffnete er mit der freien Hand seinen Hosenschlitz und fing an, reichlich auf den Betonboden zu urinieren. Erst als er damit fertig war und die Flüssigkeit in kleinen Rinnsalen durch den leeren Raum lief, nahm er seinen beschwerlichen Weg in Richtung Tür wieder auf.

Nachdem Nerguis Augen sich langsam an das Licht gewöhnt hatten, starrte er durch einen Schleier von Farben hindurch in den Raum.

Es war die alte Fabrikhalle, ein großer Raum mit einer hohen, gewölbten, von metallenen Dachbalken durchzogenen Decke. Über alle Wände erstreckten sich großflächige Fenster, die meisten jedoch zerbrochen oder zugenagelt. Während der Raum früher offensichtlich irgendeine Art von Fertigungsmaschinen enthalten hatte, war er jetzt, abgesehen von ein paar ausrangierten rostigen Metallteilen, leer.

Am anderen Ende stand ein Mann. Es war die Gestalt, die Nergui im Dunkeln gesehen hatte, in einen langen schwarzen Mantel gehüllt und mit einer Kapuze über dem Kopf. Selbst im hellen Licht der zahlreichen Leuchtröhren konnte Nergui das Gesicht des Mannes nicht deutlich sehen, nur so viel, dass er eindeutig Mongole war.

»Badzar?«, fragte Nergui.

»Sie wissen, wer ich bin«, erwiderte Badzar. Das war eher eine Feststellung als eine Frage. »Ich habe meinen Bruder gesehen«, fügte er hinzu.

Nergui machte behutsam einen Schritt nach vorne. Es war nicht klar, ob Badzar eine Waffe hatte, aber Nergui war ohnehin schon zu viele Risiken eingegangen. »Es ist nicht zu spät, das Ganze zu beenden«, sagte er.

Badzar schüttelte den Kopf. »Ich glaube, es ist zu spät«, entgegnete er. »Nicht für mich, aber für andere.«

»Wo ist McLeish?«, fragte Nergui. »Der englische Polizeibeamte. Sie haben gesagt, Sie hätten ihn. Wo ist er?«

»Er ist nicht hier«, antwortete Badzar. »Es stimmt nicht, dass ich ihn habe. Nicht ganz.« Er hob die Hand, als Nergui zu sprechen begann. »Aber ich weiß, wo er ist. Er ist ganz in der Nähe. Soweit ich weiß, geht es ihm derzeit gut.«

»Soweit Sie wissen? Wie meinen Sie das?« Nergui merkte,

dass er vor Erleichterung ein bisschen zitterte. Er verstand Badzars Antworten zwar nicht, aber sie waren so seltsam, dass sie wiederum der Wahrheit entsprechen konnten. Dann war McLeish also doch noch am Leben. »Wo ist er?«

»Ganz in der Nähe«, sagte Badzar. Er zuckte die Achseln. »Ich bringe Sie gerne hin, obwohl ich nicht weiß, was danach passieren wird. Ich möchte dem Ganzen ein Ende setzen. Es ist nicht das, was ich erwartet habe.«

Nergui schüttelte leicht den Kopf, während er das, was er da hörte, zu verstehen versuchte. Vielleicht war Badzar einfach geisteskrank, jenseits aller Vernunft, abgekoppelt von der Ungeheuerlichkeit dessen, was er getan, der Verbrechen, die er begangen hatte. Aber den Eindruck machte er nicht. Nergui hatte, wie schon die ganze Zeit über, das Gefühl, dass sich hier irgendetwas zusammenbraute, etwas, das er noch nicht so recht fassen konnte.

»Es ist leicht für Sie, dem ein Ende zu setzen, wenn Sie das wirklich wollen«, sagte er. »Bringen Sie mich zu McLeish. Liefern Sie ihn aus. Um alles andere können wir uns dann kümmern.«

»So einfach ist es nicht«, erwiderte Badzar. »So einfach kann es nie wieder sein. Es hat schon so viele Verbrechen gegeben, und das ist erst der Anfang.«

Nergui ging noch ein paar Schritte vor. Badzar schien darauf nicht zu reagieren, er stand da mit schlaff herabhängenden Armen. Nerguis Hand steckte, fest um die Pistole gelegt, in seiner Tasche.

»Was meinen Sie damit«, fragte er, »erst der Anfang?«

Badzar schüttelte den Kopf. Sein Gesicht war jetzt, im Licht der Leuchtstoffröhren, deutlich zu erkennen. Er starrte geradeaus, die Augen leer, das Gesicht ausdruckslos. Er sah nicht wie ein Getriebener aus, wirkte nicht wie eine Bedrohung. Er sah aus wie ein Mann, der verloren war, der irgendwie zu schnell und zu weit gereist war und jetzt keine Ahnung hatte, wo er sich eigentlich befand. Nergui merkte, dass Badzar ihn gar nicht ansah, wie er vermutet hatte, sondern durch ihn hindurchschaute, wie auf etwas jenseits von ihm, ganz in der Ferne. Unsicher, ob das Ganze nicht vielleicht doch eine Falle war, warf Nergui einen Blick hinter sich. Dann wurde ihm klar, dass, was immer Badzar auch anstarrte, nichts in diesem Raum Befindliches war. Nichts, was ein menschliches Auge sehen konnte.

»Was ist los?«, fragte Nergui. »Wovon sprechen Sie? Wo ist McLeish? Bringen Sie mich zu ihm.«

Badzar blinzelte und sein Blick richtete sich auf Nergui, als sähe er ihn zum ersten Mal. »Ich bringe Sie zu ihm«, sagte er. »Ich will Sie zu ihm bringen. Ich glaube, er ist unversehrt. Noch jedenfalls.«

»Dann schnell«, drängte Nergui. Er verstand kein bisschen von dem, was Badzar sagte, aber es klang, als wäre McLeish immer noch in Gefahr. »Bringen Sie mich zu ihm.«

Badzar starrte Nergui an. Sein Blick ging jetzt nicht mehr ins Leere, sondern war auf Nergui gerichtet. Die Wirkung war nicht weniger beunruhigend. »Er war es, wissen Sie«, sagte Badzar, als reagierte er damit auf Nerguis Anweisung. »Er war es. Er hat mir befohlen, es zu tun. Er hat mir geholfen.« Mit flehendem Blick hielt er inne. »Ohne ihn hätte ich es nicht getan. Nicht auf diese Weise. Nicht so oft. Nicht so viele.«

»Wer hat Ihnen befohlen, es zu tun?«, wollte Nergui wissen.

»Er. Er hat mich dazu gebracht. Hat mir gesagt, es sei der einzige Weg. Und dann haben wir einfach weitergemacht. Es gab keinen Ausweg. Keinen Weg zurück.«

»Wen meinen Sie? Von wem sprechen Sie?«

»Von ihm. Er hat es mir befohlen.« Badzar schüttelte jetzt den Kopf, langsam, immer wieder, wie besessen. Seine Augen waren immer noch ausdruckslos. »Er hat es mir befohlen.«

»Wer ist er? Ist er bei McLeish?« Nergui ließ den Blick durch den leeren, hell erleuchteten Raum schweifen. Er konnte Badzar in seinem scheinbaren Abstieg in den Wahnsinn nicht folgen. Gab es wirklich noch einen Dritten? Oder war das bloß ein merkwürdiges Symptom von Badzars Geisteskrankheit? Falls ja, gab es keine Garantie dafür, dass McLeish noch am Leben, ja dass er überhaupt hier war.

»Er hat mir befohlen, Sie anzurufen. Sie zu ihm zu bringen.«

Die Worte jagten Nergui kalte Schauer über den Rücken und ließen ihn jäh anhalten. »Hat er Ihnen gesagt, Sie sollten mich anrufen? Mich hierherbringen?«

Mit einem Ausdruck der Ungeduld schüttelte Badzar den Kopf. »Nein, nicht, Sie hierherzubringen. Das ist es ja gerade. Er hat mir befohlen, Sie zu ihm zu bringen.«

»Wo ist er denn?«

»Er ist – ganz in der Nähe. Ich habe gesagt, ich würde Sie zu ihm bringen. Aber ich wollte reden. Es Ihnen sagen. Dass er es war.«

»Dass er was war?«

»Er war alles. Alles. Er hat mir befohlen, es zu tun. Alles. Und er – trägt die Verantwortung dafür.«

»Wo ist er?«, fragte Nergui noch einmal.

»Ganz in der Nähe.« Badzar blieb stehen und sah auf die Uhr. »Wir haben keine Zeit mehr. Wir müssen zu ihm. Sonst …«

»Sonst was?«

»Wir müssen los. Jetzt. Aber ich wollte es Ihnen sagen.«

»Bringen Sie mich zu McLeish.« Nergui zog die Pistole aus der Tasche. »Jetzt sofort.«

Badzar schaute hinunter auf die Pistole, schien ihre Existenz aber kaum zu erfassen. »Ich muss Sie jetzt hinbringen«, sagte er wieder.

Er drehte sich um und ging langsam auf den hinteren Teil

der Halle zu. Dort befand sich eine breite Doppeltür, die offensichtlich einmal als Durchlass für große Maschinen gedacht gewesen war. Rechts der Doppeltür gab es einen normalen Eingang. Badzar erreichte ihn, dicht gefolgt von Nergui, und stieß die Tür auf.

Nergui ging hinter ihm her in eine schmale dunkle Gasse. Sie war unbeleuchtet, aber er konnte sie in beide Richtungen ganz überblicken. Über ihnen ragte ein weiteres Fabrikgebäude auf.

»Ich bringe Sie zu ihm«, sagte Badzar. Den Blick zu Boden gerichtet, ging er langsam die Gasse entlang. Nergui hielt sich dicht hinter ihm, mit der einen Hand die Pistole, mit der anderen die Taschenlampe umklammernd.

Die Gasse öffnete sich zu einem weiteren offenen Gelände hin, das von einer Ansammlung von Fabrikgebäuden und Lagerhäusern umstanden war. Den Hof bedeckte gefrorener, anscheinend noch jungfräulicher Schnee. Der klare Himmel über ihnen war jetzt mit Sternen übersät.

Als Badzar langsam den Hof überquerte, hinterließ er eine Spur im unberührten Schnee. Nergui hatte keine Ahnung, was er erwarten sollte. Fest stand nur, dass Badzar nicht bei Sinnen war.

Am anderen Ende mündete der Hof in eine breitere Gasse. Badzar trat hinein, blieb aber fast augenblicklich stehen und wandte sich nach links. »Hier«, sagte er. »Hier ist es.« Er deutete auf die Wand des angrenzenden Gebäudes. Nergui ging dicht hinter ihm und sah, dass es dort einen schmalen Eingang gab, dessen Tür offen stand. »Hier drin«, erklärte Badzar.

Nergui fuchtelte mit der Pistole vor ihm herum. »Sie zuerst«, forderte er ihn auf.

Badzar nickte, schob langsam die Tür auf und trat ein. Er machte ein paar Schritte vorwärts, und Nergui, der immer noch eine Falle vermutete, folgte ihm vorsichtig.

Hinter der Tür lag ein kurzer, unbeleuchteter Gang, der wiederum an einer Doppeltür endete. Sie war geschlossen, aber von einem schmalen Lichtstreifen eingerahmt.

»Hier«, sagte Badzar. »Hier ist er drin.«

»McLeish?«

»Ja, McLeish. Und er. Ich hoffe, wir kommen nicht zu spät.«

»Das hoffe ich auch«, erwiderte Nergui. »Sie gehen zuerst rein.«

Er wusste immer noch nicht, worauf er sich einstellen, wie er Badzars Geisteszustand beurteilen sollte. Seine größte Angst war, dass McLeishs Leiche hinter dieser Tür lag. Was ihn sonst noch erwarten könnte, war ihm völlig unklar.

In einer Parodie auf konventionelle Höflichkeit hielt Badzar ihm die Tür auf. Die Pistole vor sich, trat Nergui langsam ein.

Wieder war es ein verlassener großer Raum, diesmal vermutlich ein altes Lager, denn die Wände waren mit Regalen und Stellagen bedeckt. Als Nergui weiter in den hell erleuchteten Raum trat, stellte er sich die völlig irrelevante Frage, wie es kam, dass diese verlassenen Gebäude immer noch mit Strom versorgt wurden.

Dann blieb er stehen. Badzar hatte ein paar Schritte vor ihm innegehalten, die Arme, wie zuvor, schlaff an den Seiten herabhängend.

Der Raum war nicht leer. Drew war hier, wie Badzar versprochen hatte, und er war noch nicht die Leiche, die vorzufinden Nergui befürchtet hatte. Allerdings sah er aus, als könnte der Tod nicht mehr weit entfernt sein. Vornübergebeugt kauerte er auf dem Boden am anderen Ende des Raums, das Gesicht blass und abgehärmt, die Augen ruhelos. Er trug dieselben Kleider wie an dem Abend in der Botschaft. Einer seiner Arme war mit Handschellen an einen Pfosten gebunden, die

Art von Vorrichtung, an der man einen Hund oder ein Pferd anpflocken würde.

Und neben ihm stand eine andere Gestalt, schwarz gekleidet, eine schwarze Sturmhaube über das Gesicht gezogen, die alles bis auf die Augen verbarg. In der Hand hielt sie lässig eine Pistole, deren Lauf auf Drew gerichtet war.

Die Gestalt drehte sich zu ihnen um und Nergui war sich sicher, dass ihr Gesicht hinter der Maske lächelte. »Guten Tag«, sagte sie. »Sie kommen rechtzeitig. Gerade noch. Ich dachte schon, Sie würden nicht kommen.« Er hob die Pistole vor sein Gesicht, schaute sie an und schüttelte dabei den Kopf. »Im Moment brauche ich das hier also nicht.« Den Pistolenlauf erneut auf Drew richtend, blickte er wieder zu Nergui auf.

»Aber ich bin froh, dass Sie da sind«, sagte er. »Wir haben viel zu besprechen.«

24. KAPITEL

Nergui senkte langsam seine Waffe, behielt sie aber in der Hand. »Damit hätte ich eigentlich rechnen müssen.«

»Sie sind ein schlauer Kopf, Nergui«, entgegnete der maskierte Mann, »aber hier sind Sie überfordert. Wie wir alle, glaube ich.«

»Sogar Sie?«

»Ja, vielleicht sogar ich.«

»Drew. Alles in Ordnung?« Nergui schaute jetzt hinüber zu Drew, ohne den maskierten Mann weiter zu beachten, der immer noch seine Pistole auf Drews Kopf richtete.

Drew nickte langsam. »Ich glaube ja, im Moment jedenfalls.«

»Ihm wird nichts geschehen«, schaltete der Maskierte sich ein. »Solange Sie vernünftig sind.«

»Vergessen Sie's, Maxon.«

Der maskierte Mann nickte langsam, dann hob er die Hand, um sich die Haube abzuziehen. »Wie ich gesagt habe«, meinte Maxon lächelnd, »Sie sind schlau. Schlau genug, Ihrem Freund McLeish hier zu helfen, falls Sie vernünftig sind.«

Nergui schüttelte den Kopf. »Es ist zu spät, Maxon. Selbst wenn Sie uns entkommen, der anderen Seite werden Sie nicht entkommen.«

»Wieder schlau beobachtet, Nergui. Aber diesmal irren Sie sich. Ich bin schon zu lange in diesem Geschäft, um mich jetzt überrumpeln zu lassen. Alles, was ich brauche, ist eine kleine Hilfe.«

»Diesmal nicht. Sie sind zu weit gegangen.«

»Sie wissen gar nicht, wie weit«, entgegnete Maxon. »Das ist jetzt nicht mehr Ihre Kragenweite. Hier geht es nicht um die Vollstreckung von Gesetzen oder um Moral, hier geht es um Politik. Niemand ist an der Wahrheit interessiert, alle wollen nur einen politisch akzeptablen Ausgang. Sie können zum Helden werden. Sie gehen mit einem wohlbehaltenen McLeish hier raus und verhaften den Mörder.« Er deutete auf Badzar. »Der wird keinen Widerstand leisten.«

»Und im Gegenzug lasse ich Sie entkommen?«

»Sie *helfen* mir zu entkommen. Ich brauche für ein paar Tage einen Unterschlupf und Hilfe beim Verlassen des Landes, das ist alles. Ich könnte es auch allein schaffen, aber mit Ihrer – mit offizieller – Unterstützung bin ich auf der sicheren Seite.« Er zuckte die Achseln. »So verliert niemand.«

»Außer Badzar.«

»Der ist ein Mörder. Ein gottverdammter Serienmörder. Warum interessieren Sie sich überhaupt für ihn?«

»Ich interessiere mich nicht für ihn. Ich möchte, dass er die Strafe bekommt, die er verdient, was immer das am Ende sein mag. Aber ich interessiere mich für Sie. Wenn er ein Mörder ist, was sind dann Sie?«

»Ich bin Profi«, antwortete Maxon.

Nergui schüttelte den Kopf. »Sie sind ein gottverdammter Widerling. Gut, und was passiert, wenn ich Ihnen nicht helfe?«

»Dann verlieren wir alle. Sollen wir das mal durchspielen? Wenn Sie nicht mit mir zusammenarbeiten, mache ich mich mit Ihrem Freund hier aus dem Staub und Sie sind wieder da, wo Sie angefangen haben.«

»Weit kommen Sie nicht. Wir durchkämmen die Stadt nach Ihnen.«

»Ja, aber ohne jeden Erfolg, bis ich Ihnen einen kleinen Hinweis gegeben habe. In Form meines gottverdammten exakten Aufenthaltsorts. Und der Punkt ist, dass ich genau weiß, was für ein politischer Orkan sich da über dem Kopf Ihres Freundes zusammenbraut. Bisher haben Sie das Ganze noch ganz gut steuern können, aber lange klappt das nicht mehr. Sobald die westlichen Medien mitkriegen, dass Sie keine Ahnung haben, wo er ist – oder, noch schlimmer, wenn mir die Geduld ausgeht oder der Finger am Abzug ausrutscht –, stecken Sie ganz schön in der Scheiße. Vor allem, wenn rauskommt, dass Sie mich bereits in den Fängen hatten, mich aber haben entwischen lassen.«

»Das ist Irrsinn, Maxon. Selbst wenn ich dem zustimme, was passiert, wenn Sie mir McLeish übergeben haben? Warum sollten wir Sie dann nicht sofort hochnehmen?«

»Weil ich dafür sorgen werde, dass Sie McLeish erst kriegen, wenn ich schon über alle Berge bin. Sie haben doch nicht geglaubt, dass ich ihn nur auf Ihr Ehrenwort hin hätte laufen lassen, oder? Nein, es ist ganz einfach. Ich nehme ihn mit in ein anderes nettes Versteck. Sie verschaffen mir den Freiraum und die Papiere, die ich brauche, um von hier in ein Land meiner Wahl auszureisen, und dann rufe ich Sie an und teile Ihnen mit, wo Sie ihn finden.«

»Sie sind verrückt. Warum sollten wir uns auf einen solchen Deal einlassen? Für Sie wäre es doch das Einfachste, McLeish zu erschießen, sobald wir von der Bildfläche verschwunden sind. So hätten Sie am wenigsten Ärger und wir erführen erst davon, wenn es schon zu spät wäre.«

»Mensch, Nergui, Sie sollten meinen Job übernehmen. An so etwas habe ich noch gar nicht gedacht. Nun denn. Aber wie ich die Sache sehe, haben Sie keine andere Wahl, als mir zu vertrauen. Immerhin nehmen Sie ja Badzar mit. Als Geste meines guten Willens, sozusagen. So haben Sie, falls alles schiefgeht, wenigstens den gefürchteten Serienmörder geschnappt. Klingt doch nach einem schlauen Deal.«

»Sie sind ein Arschloch, Maxon.«

Maxon schüttelte mit einem schwachen Lächeln den Kopf. »Nein, ich habe Ihnen doch schon gesagt, ich bin Profi.«

»Und wie gerät ein Profi in einen solchen Schlamassel?«

Maxon machte eine Geste der Ungeduld. »Für so eine Scheiße ist jetzt keine Zeit, Nergui. Ich bin sicher, dass Sie die Geschichte schon ganz allein rausgekriegt haben.«

»Manches davon. Sie hatten beim Gobi-Projekt einen richtig schönen Deal laufen. Sie, die Briten, die Russen, die Kanadier, die Koreaner. Alles einvernehmlich. Alles legale Geschäfte.« Den Blick auf Maxon gerichtet, hielt Nergui kurz inne. »Legale Geschäfte, aber eine nette Fassade für Geldwäsche durch ein obskures Land, und am Ende noch ein erhebliches Gewinnpotential. Und unsere Regierung ist vielleicht nur allzu sehr darauf bedacht, ihren Beitrag dazu zu leisten. Auch hier, jeder ein Gewinner.«

Maxon schaute ihn scharf an, zielte mit seiner Pistole jedoch weiterhin auf Drew. »Hören Sie mit diesem Schwachsinn auf, Nergui.«

»Dann fingen die Dinge langsam an, aus dem Ruder zu laufen. Die Explorationen waren problematischer als erwartet. Es wurden mehr Investitionen gebraucht. Die Russen und die Mongolen machten immer wieder neue Schwierigkeiten geltend. Ihre eigenen Leute – und die anderen, die Briten, die Kanadier – waren misstrauisch. Die genannten Zahlen gingen nicht auf.«

Maxon hielt die Pistole noch dichter an Drews Kopf. »Also gut«, sagte er. »Ich erzähle Ihnen den Rest, damit wir endlich vorankommen und unser Freund hier versteht, worum es eigentlich geht. Die Russen wussten, dass wir nicht bereit waren, ohne einen gottverdammten guten Grund noch einen einzigen Cent zu investieren. Also kündigten sie an, sie würden selbst mehr investieren, und forderten einen größeren Einsatz. Wir wurden richtiggehend ausgequetscht.«

Nergui nickte langsam. »Aber diese Art von Streit hätte doch sicher auch einvernehmlich beigelegt werden können? Schließlich ist unsere Regierung für das Projekt verantwortlich – sie hat das letzte Wort.«

Maxon lachte auf. »Wissen Sie, Nergui, das könnte gerade das gottverdammte Problem gewesen sein. Es ist nicht an mir, zu urteilen, aber ich hatte den Eindruck, dass einige unserer Leute nicht auf unserer Seite kämpften.«

»Also beschlossen Sie, auf eigene Faust aktiv zu werden?«

»Das ist mein Job«, antwortete Maxon. »Ich vollstrecke Dinge. Genau das tue ich.«

»Nur dass Sie es nicht selbst getan haben. Wo ist Ihnen Badzar über den Weg gelaufen?«

»Sie sind viel zu schade für Ihren Beruf, Nergui. Sie sind selbst ein ziemlicher Profi. Sie könnten richtig gut Geld verdienen. Auf Badzar bin ich gestoßen, als er begann, Ein-Mann-Guerilla-Anschläge auf unsere Abbaustätten im Norden zu verüben. Ich sollte ihn entmutigen. Aber dann habe ich seine Geschichte gehört ...«

»Und mit den Tränen gekämpft?«

»... und gefunden, dass er uns lebendig mehr nützen würde als tot. Zunächst nahm ich ihn mit zurück in die Stadt und dann konnte ich ihn davon überzeugen, dass ich auf seiner Seite stand.«

»Ihre Überredungskünste müssen beeindruckend sein.«

»Ja, und ich setze dabei nicht nur auf Gewalt. Ich habe mich als Agent der amerikanischen Regierung ausgegeben, der den Auftrag hatte, die russische Vorherrschaft in der mongolischen Bergbauindustrie zu untergraben.«

»Was ja nicht so weit von der Wahrheit entfernt ist, oder?«

»Das sind gute Lügen nie. Badzar traute mir nicht ganz über den Weg, aber er konnte sehen, dass wir auf dasselbe Ziel hinarbeiteten. Außerdem habe ich ihn vorsichtshalber mit dem einen oder anderen Suchtmittel bekannt gemacht. Es ist erstaunlich, wie gefügig Menschen sein können, wenn Sie die einzige Bezugsquelle von etwas sind, das sie brauchen.«

»Und Sie hätten Ihre Beteiligung jederzeit abstreiten können?«

»Genau. Badzar wusste nichts von mir. Immer nützlich, wenn etwas schiefgeht.«

»Was es dann tat.«

»Ganz im Gegenteil, es lief besser, als wir es uns je erträumt hätten. Wenn die Russen nicht so sture Mistkerle gewesen wären.«

Nergui nickte. »Das erste Mordopfer – die zerstückelte Leiche – war einer aus dem russischen Team?«

»Einer ihrer Geologen. Einer von denen, die die falschen Daten erstellt hatten. Wir dachten, das wäre eine klare Botschaft.«

»Und die Russen haben ihn nicht als vermisst gemeldet, weil dadurch das ganze schmutzige Arrangement aufgeflogen wäre. Stattdessen reagierten sie auf dieselbe Weise.«

Maxon nickte. »So ziemlich. Ich glaube, wir hatten sie unterschätzt. Wir dachten, im Vergleich zu uns wären sie bloß ein armseliger Haufen, der beim ersten Anzeichen von Problemen den Schwanz einzieht.«

»Ganz schön naiv, Maxon.«

»Stimmt. Tja, ich bin es wohl eher gewohnt, in zivilisierteren Teilen der Welt zu operieren.«

»Dann war also das zweite Opfer – der Mann, dem vom Hoteldach runtergeholfen wurde – einer von Ihnen?«

»Genau derselbe Fall. Einer unserer Geologen. Ich glaube, die Botschaft war klar.«

»Aber Sie haben sie nicht kapiert?«

»Scheiße, nein. Ich meine, inzwischen war es zu einem reinen Machtkampf geworden. Wir haben Badzar ganz vorsichtig auf einen anderen aus ihrem Team angesetzt. Einen, der den Oberen schon näher war.«

»Die Leiche, die wir auf dem Grund der Schlucht gefunden haben, und die Russen reagierten darauf mit dem Mord an Mr. Ransom, der zu Ihnen gehörte, nehme ich an?«

»Genau. Ransom hatte für uns gearbeitet, versucht, die Daten zu überprüfen, die sie erstellt hatten. Er war unser Fachmann auf dem Gebiet. Armes Schwein. Er hatte überhaupt nichts damit zu tun. Hat nur seine Arbeit gemacht.«

»Noch ein Profi«, bemerkte Nergui. »Aber ich vermute, das könnten Sie auch über die Geologen sagen, die Sie umgebracht haben.«

»Die Drecksäue wussten, was sie taten«, erwiderte Maxon. »Die steckten bis zum Hals mit drin.«

»Und wie ist unser Delgerbayar da hineingeraten?«

»Wir wussten nicht, wie sie Ransom auf die Spur gekommen waren. Als Experte, der für uns Daten auswertete, hatte er sich eigentlich im Hintergrund gehalten. Er hatte nur wenige Reisen in die Wüste Gobi unternommen und war sicher kein Mensch, den man als Bedrohung hätte ansehen können. Delgerbayar hatte schon eine Weile auf der Gehaltsliste des Konsortiums gestanden, erledigte aber nicht nur für uns die Drecksarbeit, sondern half auch den Russen aus. Sie bezahlten ihn dafür, dass er herausbekam, was da eigentlich vor sich ging. Er hatte im Norden Nachforschungen angestellt und war dann unverzüglich wieder in den Süden gefahren, um den Russen Meldung zu machen. Allmählich wurde er nervös, denn er dachte, dass er, wenn es einen Skandal gäbe, Kopf und Kragen riskierte. Es war jedoch klar, dass er über Badzar Bescheid wusste. Eigentlich beunruhigte mich das nicht besonders – auf Badzar konnte man jederzeit verzichten –, doch inzwischen wussten schon zu viele Leute zu viel. Unten im Süden brodelte die Gerüchteküche. Wir dachten, Delgerbayars Tod könnte eine angemessene Geste darstellen. Und Badzar zu überreden, war keine Kunst.«

»Wieso nicht?«

Maxon lachte. »Haben Sie das nicht gewusst? Delgerbayar war einer der Anführer der Gruppe, die das Goldschürfercamp überfallen hatte. Ich weiß nicht, ob er selbst Badzars Vater umgebracht hat, aber möglich ist es. Jedenfalls war Badzar schnell überredet.«

Nergui nickte. Vor seinem geistigen Auge sah er immer noch Delgerbayars verstümmelten Körper, hingestreckt draußen in der Fabrik, in der Badzars Vater einmal gearbeitet hatte. Seine Abscheu vor dieser Szene war unverändert groß, aber seine Reaktion darauf – die Annahme, es gebe eine klare Trennlinie zwischen Opfer und Täter – hatte sich ein für alle Mal geändert. Das war, wie er fand, der Verlust einer anderen Art von Unschuld, lange nachdem er zu der vermeintlichen Überzeugung gelangt war, der Zynismus habe ihn gegen solche Veränderungen gefeit gemacht.

»Und danach sind wir uns dann in der Wüste Gobi über den Weg gelaufen?«

»Ja, und ihr Scheißkerle habt mich zu Tode erschreckt. Ich dachte, die Russen wären Badzar vielleicht auf die Schliche gekommen. So fuhr ich runter in die Wüste, um Collins zu instruieren, der mit unseren Leuten da unten in Kontakt war. Wir mieteten uns in dem Touristencamp ein, um nicht zusammen bei den Goldlagerstätten gesehen zu werden, und dann seid ihr Scheißkerle aufgetaucht.«

»Reiner Zufall. Wir sind Delgerbayars Spur gefolgt.«

»Klar, da unten geht ja jeder an denselben Ort, wenn er inkognito bleiben will. Mensch, Nergui, Ist Ihnen schon mal aufgefallen, dass es Ihrem Land an Freizeiteinrichtungen fehlt? Jedenfalls dachte ich, sie wären uns auf der Spur, und ich beschloss abzuhauen. Collins lag sternhagelvoll im Zelt. Ich lud Dingsda, wie hieß er doch gleich, der Typ, der das Camp leitete, auf ein paar Drinks zu uns ein. Dann verdrückte ich mich unter dem Vorwand, aufs Klo zu gehen.«

Nergui hob den Blick. »Sie haben Batkhuyag mit Absicht ins Zelt eingeladen?«

»Natürlich, so waren zwei Männer drin. Aber Batkhuyag hatte auch eine Ahnung von dem, was da ablief. Er sperrte Augen und Ohren etwas zu weit auf. Noch so ein Klatschmaul. Ich hielt es für ziemlich wahrscheinlich, dass die Mörder nicht merken würden, dass ich nicht da war – vermutlich wussten sie nicht einmal genau, wie ich aussehe. Sie dachten bestimmt, mit Collins und Batkhuyag die Richtigen erwischt zu haben. Jedenfalls würde ich so ein bisschen mehr Zeit haben, um mich zu verdünnisieren. Was ich auch tat.«

Nergui starrte Maxon immer noch an. »Ich verstehe, was

Sie mit Professionalität meinen. Aber wie haben Sie es geschafft, aus der Gegend zu verschwinden?«

»Ich hatte Collins vorher gebeten, ein Motorrad für mich aufzutreiben. Wahrscheinlich war es gestohlen. Jedenfalls hatte ich es, und dazu einen ordentlichen Benzinvorrat, und so fuhr ich einfach nordwärts in die Wüste.«

»Zu dieser Jahreszeit ein ziemliches Risiko.«

»Vielleicht. Aber was man nicht weiß, bringt einen nicht um. Zumal ich gut vorbereitet war. Immer bin. Ich war ja gut ausgerüstet, unter anderem mit einem leistungsfähigen Navigator. Ich fuhr und fuhr einfach durch die Nacht. Kam am Ende wieder hier an. Vermutlich kaum noch in der Lage, einen klaren Gedanken zu fassen.«

»Weshalb Sie dann McLeish entführt haben?«

»Nein, das war ziemlich gut durchdacht. Ich wusste, dass die Russen hinter mir her waren, und vermutete, dass Ihre Regierung mir wahrscheinlich keinen Gefallen tun würde. Also musste ich versuchen, hier rauszukommen. Was mit konventionellen Mitteln, soweit ich das beurteilen konnte, nur schwer zu bewerkstelligen gewesen wäre. Dann fielen Sie und McLeish mir ein. Sie waren mir, nun ja, schlauer und weniger korrumpierbar vorgekommen als manche Ihrer Landsleute, und McLeish würde genau das Druckmittel darstellen, das ich brauchte.«

»Aber wie haben Sie ihn ausfindig gemacht?«

»Kein Problem. Ich hatte mir vorgenommen, in allen größeren Hotels nach ihm zu fragen, um zu sehen, wo er wohnte. Schon der erste Anruf, im Dschingis Khan, erwies sich als Volltreffer. Ich versteckte mich einfach davor, und als er herauskam, folgte ich ihm bis zur Botschaft. Während ich erneut auf ihn wartete, habe ich ziemlich gefroren, und dann dachte ich schon, es wäre umsonst gewesen, weil er mit euch anderen in das gottverdammte Auto steigen würde. Das tat er aber nicht, und so sind wir nun alle hier. Und Sie und Ihr Freund können jetzt sehen, wie ernst Ihre gottverdammte Lage ist.«

»Was machen wir denn nun daraus?«

»Ganz einfach«, antwortete Maxon. »Sie nehmen Badzar mit und stecken die Anerkennung dafür ein. In der Zwischenzeit kümmere ich mich um McLeish, während Sie die nötigen Vorkehrungen treffen, damit ich Ihr gottverdammtes Land verlassen kann.«

Nergui warf McLeish einen flüchtigen Blick zu. »Ich glaube nicht, dass das so einfach ist«, entgegnete er. »Ich bin immer noch Polizist. Ich weiß nicht, ob ich Sie so einfach gehen lassen kann. Und außerdem steht immer noch die Frage im Raum, wie weit ich Ihnen überhaupt trauen kann. Wenn ich Sie mit McLeish hier rauslasse, habe ich keine Gewähr, einen von Ihnen wiederzusehen.«

»Mensch, welche Möglichkeiten gibt es denn? Ich muss so bald wie möglich aus Ihrem gottverdammten Land raus. Diese Scheißkerle sind mir dicht auf den Fersen. Ich werde nichts tun, was mein Entkommen gefährden könnte. Aber Sie müssen schnell handeln. Und was Ihre verfluchten Skrupel angeht, ja, merken Sie nicht, dass Sie der Letzte sind, der überhaupt noch welche zu haben scheint? Ihre Scheißregierung steht in dieser Angelegenheit schon die ganze Zeit hinter den Russen. Sie will einfach nur absahnen. Wie freudig ist sie mit meinen Leuten ins Bett gestiegen, als das noch die lukrativste Option zu sein schien, und jetzt hat sie genauso freudig die Seiten gewechselt.«

Plötzlich hielt er inne und lächelte dann unversehens. Er richtete den Blick auf McLeish, der über dem Betonblock zusammengesackt war und unsagbar erschöpft wirkte. »Und überhaupt, Nergui, was sind Ihre verfluchten Skrupel denn wert? Es ist McLeishs Leben, mit dem Sie pokern, nicht Ihr eigenes.«

Die letzte Bemerkung saß. Maxon war wirklich ausgefuchst. Während Nergui geredet hatte, um Zeit zu schinden, war Maxon ihm dennoch immer einen Schritt voraus gewesen. Er hatte auf die ganze Tragweite der Angelegenheit verwiesen. Nerguis Skrupel ausgenutzt. Und auf den einzigen Knopf gedrückt, der Nergui zur Kooperation bewegen könnte.

Nergui schüttelte den Kopf und wandte sich Drew zu, ohne zu wissen, was er sagen, geschweige denn als Nächstes tun sollte.

Es war, als hätte Drew Maxons Bemerkung als Stichwort aufgefasst. Von einem Moment zum anderen schienen ihm neue und unerwartete Kräfte zuzufliegen, und er stürzte sich auf Maxon, den Metallpfosten mitsamt dem Betonklotz hinter sich herschleppend. Überrumpelt von der Wucht des unvermittelten Vorstoßes taumelte Maxon rückwärts. Seine Pistole ging los und feuerte einen ungezielten Schuss in die gewölbte Deckenkonstruktion über ihnen. Fast gleichzeitig – und Nergui konnte später nicht mehr genau sagen, was er gesehen hatte und was nicht – wurde die Fabrikhalle plötzlich in völlige Dunkelheit getaucht. Nergui, der dadurch leicht ins Wanken geriet, zog seine Pistole hervor, wagte aber nicht, zu schießen. Er wühlte in der anderen Tasche nach seiner Taschenlampe, doch die verhedderte sich hoffnungslos im Mantelfutter.

Ein weiterer Schuss hallte in dem leeren Gebäude wider, und dann noch einer. Von irgendwoher genau vor Nergui kam ein jäher Schmerzensschrei, und dann ein dritter Schuss. Darauf folgte eine lange, qualvolle Stille.

Nergui rollte sich über den Fußboden, bis er den kalten Stein der Wand am Rücken spürte. Seine Ohren und Augen waren aufs Äußerste gespannt, versuchten, irgendeine Bewegung wahrzunehmen, irgendeinen Hinweis darauf zu erhalten, was da passiert war. Schließlich gelang es ihm, mit einer fast lautlosen Bewegung die Taschenlampe hervorzuziehen. Mit der Pistole im Anschlag leuchtete er um sich herum.

Es war jetzt vollkommen still, geradezu unheimlich nach den Echos der Schüsse. Nergui bewegte vorsichtig den Lichtstrahl umher, bevor er merkte, dass von irgendwoher im Raum eine andere Taschenlampe leuchtete.

Vor ihm auf dem Betonboden lag Maxon mit einer Schusswunde in der Brust, aus der Blut floss. Neben ihm lag auch Badzar, dessen Kopf anscheinend von einer anderen Kugel aufgesprengt worden war. Hinter ihnen hing Drew über dem Betonklotz. Einen Augenblick lang dachte Nergui, Drew sei ebenfalls getroffen worden. Er starrte ausdruckslos ins Licht, das Gesicht kreidebleich, am ganzen Körper zitternd. Nergui erkannte mit einem tiefen Seufzer der Erleichterung, dass er offenbar unverletzt war.

Nergui richtete seine Lampe wieder auf den sich nähernden Lichtstrahl. »Wer ist da?«, rief er, erst auf Mongolisch, dann auf Englisch.

Die Stimme, die ihm antwortete, sprach Englisch, in einem angenehmen Ton und mit britischem Akzent. »Es tut mir leid, dass ich Sie erschreckt habe«, sagte sie. »Die Dunkelheit war ein Risiko, aber notwendig.« Nergui konnte jetzt eine Silhouette erkennen, die langsam auf sie zukam. Auf alles gefasst, hob er die Pistole. Die sich nähernde Gestalt hob ebenfalls ihre Waffe, aber auf eine nicht bedrohliche Weise. »Infrarotsicht. Schien mir das Beste zu sein.«

Schließlich trat die Gestalt in den Lichtstrahl von Nerguis Taschenlampe.

»Wilson«, sagte Nergui. »Ihnen ist klar, dass ich Sie wegen Mordes werde verhaften müssen?«

Wilson nickte nachdenklich. »Wie Sie meinen, Nergui. Obwohl ich finde, dass ein einfaches Dankeschön genügt hätte.«

25. KAPITEL

Draußen hatte es wieder zu schneien begonnen, dicht und heftig vom nächtlichen Himmel. Nergui, der schräg zum Fenster saß und im Licht der Straßenlaternen auf dem Süchbaataar-Platz die herabfallenden Schneeflocken betrachtete, lauschte kaum dem Gespräch.

»McLeish geht es also gut?«, fragte der Minister, während er ein Bündel offiziell aussehender Papiere hochkant auf den Tisch klopfte. Wie immer war sein Schreibtisch bis auf einen altmodischen Tintenlöscher und ein Tintenfass völlig leer. Nergui hatte den Verdacht, dass der Papierstapel eine ähnlich dekorative Funktion hatte, etwas, das der Minister durchsehen konnte, wenn er beschäftigt erscheinen wollte.

Nergui löste sich von dem hypnotischen Wirbel der Schneeflocken und richtete den Blick wieder auf den Minister. »Physisch geht es ihm gut. Wir haben ihn von unserem Polizeiarzt untersuchen lassen. Bei dem Überfall hat er ein paar kleinere Schnitte und Prellungen erlitten und er war eine Zeitlang ohne Essen oder Wasser, aber körperlich hat er keinen schwerwiegenden Schaden davongetragen. Er ist verarztet und mit einer ordentlichen Mahlzeit versorgt worden, sodass es ihm jetzt wieder gut gehen müsste.«

Der britische Botschafter saß in dem anderen Sessel des Ministers und blätterte ziellos eine dicke Akte auf seinen Knien durch. Nergui hatte keine Ahnung, ob diese Akte irgendeine Bedeutung hatte oder auch nur der Augenwischerei diente. Er erkannte allmählich, wie wenig er von dieser Welt wirklich verstand.

»Ich kann mir aber trotzdem vorstellen, dass das alles eine ziemliche Qual für ihn gewesen sein muss«, mutmaßte der Botschafter.

»Das können Sie wohl sagen«, erwiderte Nergui. Das war vermutlich ein weiteres Beispiel für das berühmte britische Understatement. Oder womöglich grobe Dummheit. »Er war sehr aufgewühlt. Wer wäre das nicht? Was die Langzeitfolgen betrifft, nun … ich bin kein Fachmann.«

Der Botschafter nickte. »Die Polizei kennt sich in solchen Dingen aus. Ich habe mit dem britischen Innenministerium gesprochen. Sie verfügen über bewährte Methoden der Trauma-Therapie und solche Sachen. Wir lassen ihn heute Nacht in einer eigens für ihn gecharterten Maschine über Wien ausfliegen, damit er von der Bildfläche verschwunden ist, bevor die internationale Presse kapiert, was hier passiert ist. Sobald er zu Hause ist, wird man ihm die beste Behandlung angedeihen lassen.«

»Gut zu hören«, sagte Nergui ehrlich erfreut. »Er ist durch die Hölle gegangen. Ich glaube, wir können uns nicht im Entferntesten vorstellen, wie das war.«

»Obwohl Maxon ja zum Glück nicht der Mörder war«, meinte der Minister.

Nergui drehte sich mit halb offenem Mund zu ihm um, schluckte jedoch seine instinktive Antwort herunter. »Das ist eine Frage der Perspektive«, bemerkte er schließlich. Er hielt kurz inne, bevor er fortfuhr: »Apropos, was passiert denn jetzt mit Wilson?«

Der Minister zögerte und schaute dann den Botschafter an. »Professor Wilson ist uns in Gewahrsam gegeben worden. Wir werden uns um ihn kümmern«, antwortete der Botschafter aalglatt.

»Was bedeutet?«, hakte Nergui nach.

»Genau das«, erwiderte der Botschafter. »Wir nehmen uns der Sache an.«

Nerguis Blick wanderte vom Botschafter zum Minister. Beide Gesichter waren unbewegt, gaben nichts preis. Er zuckte die Achseln. »Nun, ich bin sicher, dass wir uns auf die Integrität Ihres Landes verlassen können, Exzellenz.«

Der Minister nickte. »Ganz recht, Nergui. Ich glaube, wir können uns alle zu Recht darüber freuen, wie die Sache unter den gegebenen Umständen ausgegangen ist. Sie besonders.« Nergui entging der leicht drohende Unterton in den letzten beiden Worten nicht.

»Ich habe mein Bestes getan, Herr Minister. Die entscheidenden Hinweise kamen von Doripalam. Wenn ich ehrlich bin, kann ich nicht viel Anerkennung für mich beanspruchen. Letztlich habe ich einfach nur Glück gehabt.«

»Tja, Nergui, solche Dinge verlaufen nie geradlinig.«

»Nein, jedenfalls nicht, wenn so viele Interessen beteiligt sind. Für einen einfachen Polizisten ist das nicht leicht.«

Der Minister starrte ihn an. »Ich würde Sie niemals als einfach einstufen, Nergui. Das mag Ihr Problem sein.« Er zögerte, dann lächelte er breit. »Aber ich bin Ihnen zutiefst dankbar für das, was Sie hier geleistet haben. McLeish ist in Sicherheit. Wir haben die Straßen von einem gefährlichen Psychopathen befreit.«

»Zwei gefährlichen Psychopathen, würde ich sagen«, bemerkte Nergui.

Der Minister zuckte die Achseln. »Na ja, Maxon war ein normaler Krimineller. Die Amerikaner hatten offiziell nichts gegen ihn vorliegen, aber wie es aussieht, wussten sie mehr über seinen Hintergrund, als sie uns verraten haben. Wir stehen in Kontakt mit dem FBI, das anscheinend nicht allzu erstaunt über die Mordvorwürfe gegen Maxon ist. Solche internen Machtkämpfe sind gar nicht so selten. Ich glaube nicht, dass irgendjemand ihm oder seinem Kompagnon nachtrauern wird.«

Nergui zuckte die Achseln. »Wenn Sie meinen, Herr Minister.«

»Wissen Sie, Nergui«, sagte der Minister, »Sie sind ein fähiger Mann. Wir freuen uns, Sie bald wieder dort zu haben, wohin Sie gehören.«

»Daran habe ich keinen Zweifel, Herr Minister.« Nergui lächelte dünn. »Und ich werde wahrscheinlich froh sein, Doripalam in Ruhe lassen zu können. Er verdient irgendeine Form von Anerkennung hierfür – er hat hervorragende Arbeit geleistet.« Er zögerte. »Aber ich denke über meine Zukunft nach. Sie mögen da anderer Meinung sein, aber ich bin wirklich ein einfacher Mann. Ich komme allmählich zu der Überzeugung, dass ich mich mit den Arten von Verbrechen, die ich verstehe, wesentlich wohler fühle.«

»Ich glaube, der Botschafter war ein bisschen verärgert«, bemerkte Nergui. »Er hat das als sein Terrain betrachtet.«

McLeish lächelte. So weit er konnte, streckte er im Fond des Wagens seine schmerzenden Beine aus. »Ich hätte es wirklich nicht mehr ausgehalten«, sagte er. »Noch eine Stunde am Flughafen mit diesem scheinheiligen Mistkerl, der mir zu der Rolle gratuliert, die ich bei der Ergreifung eines Serienmörders gespielt habe.« Er lachte bitter. »Indem ich zwei Tage lang reglos auf einer Bank lag.«

»Am Ende haben Sie mehr als das gemacht«, betonte Nergui.

»Wahrscheinlich wäre ich gleich darauf selbst erschossen worden, wenn Wilson nicht eingegriffen hätte.«

»Wir wissen nicht, ob Wilson tatsächlich eingegriffen hat«, entgegnete Nergui. »Vielleicht hat er nur einem Freund die Waffe gehalten.«

»Natürlich«, sagte McLeish. »Herrje, was für eine Welt.«

»Ich weiß sowieso nicht«, fuhr Nergui fort, »ob Maxon Sie erschossen hätte. Ich glaube, er wusste nicht, was er tun sollte. Er war verzweifelt, sonst hätte er es nicht mit einem so unausgegorenen Plan versucht, aber Sie waren das einzige Druckmittel, das er hatte.«

»Und er war zu Recht verzweifelt. Irgendjemand war ihm dicht auf den Fersen.« McLeish hielt kurz inne. »Ich kann dem trotzdem nicht ganz folgen. Gehen wir davon aus, dass Wilson mit den Russen zusammengearbeitet hat?«

Nergui zuckte die Achseln. »Wer weiß? Ich glaube, wir können davon ausgehen, dass es die Kräfte der Stabilität und des globalen Kapitalismus waren. Denen ist es egal, woher das Geld kommt oder wohin es geht, solange sie ihren Teil bekommen und niemand das Boot zum Schwanken bringt. Maxon war zu einer Bürde geworden. Vermutlich sogar für seine eigenen Leute. Oder bin ich jetzt zu zynisch?«

»Nach allem, was ich hier erlebt habe, können Sie gar nicht zynisch genug sein. Ich hoffe nur, dass Sie nicht aufgeben.«

Sie verfielen in Schweigen, während der Streifenwagen durch die leere Nacht brauste. Unweit des Flughafens kamen sie durch eins der Bergbaugebiete. Drew starrte im Vorbeifahren durchs Fenster auf die chaotischen, in Flutlicht getauchten riesigen Flächen mit schweren Maschinen, Behelfsunterkünften, Pipelines und Geländewagen. Dann wandte er sich wieder Nergui zu. »Wissen Sie, als ich zum ersten Mal daran vorbeifuhr«, sagte er, »fand ich, dass es aussieht wie das Tor zur Hölle.«

Nergui folgte dem Blick des Engländers in die Dunkelheit. »Ich glaube, dass Sie unser Land besser verstehen, als Ihnen klar ist«, sagte er. »Aber ich hoffe, Sie haben unrecht.«

Ian Rankin bei Goldmann

Mehr Informationen unter www.goldmann-verlag.de

GOLDMANN